HUNGER GAMES

HUNGER

GAMES

SUZANNE COLLINS

Traduit de l'anglais (États-Unis)
par Guillaume Fournier

Directeur de collection :
Xavier d'Almeida

Titre original :
The Hunger Games

Publié pour la première fois en 2008 par
Scholastic Press, un département de Scholastic Inc., New York.

Suzanne Collins écrit depuis près de 20 ans des scénarios de programmes de télévision pour enfants. Au cours de cette période, elle rencontre un auteur de livres pour enfants qui la pousse à se lancer elle aussi dans cette voie. Après plusieurs livres de fantasy, elle rencontre un immense succès international avec le premier tome de sa série *Hunger Games*. Elle travaille à présent à l'écriture du troisième tome et au script d'une adaptation de la trilogie au cinéma.
Suzanne Collins vit aux États-Unis, dans le Connecticut, avec sa famille et plusieurs chatons un peu sauvages trouvés dans le jardin.

Déjà paru :

Hunger Games I
Hunger Games II – *L'embrasement*
Hunger Games III – *La révolte*

Loi n° 49 956 du 16 juillet 1949 sur les publications
destinées à la jeunesse : octobre 2009.

ISBN : 978-2-266-18269-0

À James Proimos

PREMIÈRE PARTIE

LES TRIBUTS

1

À mon réveil, l'autre côté du lit est tout froid. Je tâtonne, je cherche la chaleur de Prim, mais je n'attrape que la grosse toile du matelas. Elle a dû faire un mauvais rêve et grimper dans le lit de maman. Normal : c'est le jour de la Moisson.

Je me redresse sur un coude. Il y a suffisamment de lumière dans la chambre à coucher pour que je les voie. Ma petite sœur Prim, pelotonnée contre ma mère, leurs joues collées l'une à l'autre. Dans son sommeil, maman paraît plus jeune, moins usée. Le visage de Prim est frais comme la rosée, aussi adorable que la primevère qui lui donne son nom. Ma mère aussi était très belle, autrefois. À ce qu'on dit.

Couché sur les genoux de Prim, protecteur, se tient le chat le plus laid du monde. Il a le nez aplati, il lui manque la moitié d'une oreille et ses yeux sont couleur de vieille courge. Prim a insisté pour le baptiser Buttercup – Bouton-d'Or –, sous prétexte que son poil jaunâtre lui rappelait cette fleur. Il me déteste. En tout cas, il ne me fait pas confiance. Même si ça remonte à plusieurs années, je crois qu'il n'a pas oublié que j'ai tenté de le noyer quand Prim l'a rapporté à la maison. Un chaton famélique, au ventre ballonné, infesté de puces. Je n'avais vraiment pas besoin d'une bouche de plus à nourrir. Mais Prim a tellement supplié, pleuré, que j'ai dû céder. Il n'a pas si mal grandi. Ma mère l'a débarrassé de sa vermine, et c'est un excellent chasseur. Il lui arrive même de nous faire cadeau d'un rat. Parfois, quand je vide une prise, je jette les entrailles à Buttercup. Il a cessé de cracher dans ma direction.

Des entrailles. Pas de crachats. C'est le grand amour.

Je balance mes jambes hors du lit et me glisse dans mes bottes de chasse. Le cuir souple épouse la forme de mes pieds. J'enfile un pantalon, une chemise, je fourre ma longue natte brune dans une casquette et j'attrape ma gibecière. Sur la table, sous un bol en bois qui le protège des rats affamés et des chats, m'attend un très joli petit fromage de chèvre, enveloppé dans des feuilles de basilic. C'est mon cadeau de la part de Prim pour le jour de la Moisson. Je le range dans ma poche en me glissant dehors.

À cette heure de la matinée, notre quartier du district Douze, surnommé la Veine, grouille généralement de mineurs en chemin pour le travail. Des hommes et des femmes aux épaules voûtées, aux phalanges gonflées, dont la plupart ont renoncé depuis longtemps à gratter la poussière de charbon incrustée sous leurs ongles ou dans les sillons de leurs visages. Mais, aujourd'hui, les rues cendreuses sont désertes, les maisons grises ont les volets clos. La Moisson ne commence pas avant deux heures. Autant dormir jusque-là pour ceux qui le peuvent.

Notre maison se trouve presque à la limite de la Veine. Je n'ai que quelques porches à passer pour atteindre le terrain vague qu'on appelle le Pré. Un haut grillage surmonté de barbelés le sépare de la forêt. Il encercle entièrement le district Douze. En théorie, il est électrifié vingt-quatre heures sur vingt-quatre pour éloigner les prédateurs – les meutes de chiens sauvages, les pumas solitaires, les ours – qui menaçaient nos rues, autrefois. Mais, comme on peut s'estimer heureux quand on a deux ou trois heures d'électricité dans la soirée, on le touche généralement sans danger. Malgré ça, je prends toujours le temps de m'assurer de l'absence de bourdonnement révélateur. Pour l'instant, le grillage est plus silencieux qu'une pierre. Dissimulée par un buisson, je me couche sur le ventre et rampe à travers une déchirure de soixante centimètres, que j'ai repérée il y a des années. Il existe d'autres entailles dans le grillage, mais celle-ci est la plus proche de chez nous, et c'est presque toujours par là que je me faufile dans les bois.

Une fois sous les arbres, je récupère mon arc et mon carquois dans un tronc creux. Électrifié ou non, le grillage tient les carnassiers à distance du district Douze. Dans la forêt, en revanche, ils abondent, et leur menace s'ajoute à celle des serpents venimeux, des animaux enragés ainsi qu'à l'absence de sentiers. Mais on y trouve aussi de la nourriture, si on sait où chercher. Mon père savait, et il me l'a appris avant d'être pulvérisé par un coup de grisou. Il ne restait plus rien à enterrer. J'avais onze ans à l'époque. Cinq ans après, je me réveille encore en lui criant de s'enfuir.

Même si pénétrer dans les bois est illégal et que le braconnage est puni de la façon la plus sévère, nous serions davantage à prendre le risque si les gens possédaient des armes. Mais la plupart n'ont pas le courage de s'aventurer à l'extérieur rien qu'avec un couteau. Mon arc, confectionné par mon père, comme quelques autres que je dissimule dans les bois, soigneusement enveloppés dans de la toile imperméable, est une rareté. Mon père aurait pu en tirer un très bon prix, mais, si les autorités l'avaient découvert, on l'aurait exécuté en public pour incitation à la rébellion. En règle générale, les Pacificateurs ferment les yeux sur nos petites expéditions de chasse parce qu'ils apprécient la viande fraîche autant que les autres. En fait, ils comptent parmi nos meilleurs clients. Cependant ils n'auraient pas toléré que l'on puisse armer la Veine.

En automne, quelques courageux se hasardent dans les bois pour cueillir des pommes. Mais toujours en vue du Pré. Toujours suffisamment près pour regagner au pas de course la sécurité du district Douze en cas de mauvaise rencontre.

— Le district Douze : on y meurt de faim en toute sécurité, je grommelle.

Puis je jette un rapide coup d'œil autour de moi. Même ici, au milieu de nulle part, on s'inquiète constamment à l'idée que quelqu'un nous entende.

Quand j'étais plus petite, je terrorisais ma mère par mes propos sur le district Douze, sur les gens qui dirigent nos vies depuis le Capitole, la lointaine capitale de ce pays, Panem. J'ai fini par comprendre que cela ne nous attirerait que des ennuis. J'ai appris à tenir ma langue, à montrer en permanence un masque d'indifférence afin que personne ne puisse jamais deviner mes pensées. À travailler en silence à l'école. À me limiter aux banalités d'usage sur le marché, à ne discuter affaires qu'à la Plaque, le marché noir d'où je tire l'essentiel de mes revenus. Même à la maison, où je suis moins aimable, j'évite d'aborder les sujets sensibles. Comme la Moisson, la disette ou les Hunger Games – les Jeux de la faim. Prim risquerait de répéter mes paroles, et nous serions dans de beaux draps.

Dans la forêt m'attend la seule personne avec laquelle je peux être moi-même. Gale. Les muscles de mon visage se détendent, et je presse le pas en grimpant la colline vers notre point de rendez-vous, une corniche rocheuse surplombant une vallée. D'épais buissons de mûres la mettent à l'abri des yeux indiscrets. En découvrant Gale, je souris. Gale prétend que je ne souris jamais, sauf dans la forêt.

— Salut, Catnip, me dit-il.

En réalité je m'appelle Katniss – le nom indien du Sagittaire –, seulement, à notre première rencontre, je l'ai dit trop bas. Il a cru entendre Catnip – herbe aux chats. Et puis, un cinglé de lynx s'est mis à me suivre dans la forêt pour récupérer les restes, et le surnom est devenu officiel. Plus tard, j'ai dû abattre le lynx, qui faisait fuir le gibier. Je l'ai un peu regretté, car sa compagnie n'était pas désagréable ; mais j'ai quand même négocié sa fourrure un bon prix.

— Regarde ce que j'ai tiré ! triomphe Gale en brandissant une miche de pain traversée par une flèche.

Je ris. C'est du vrai pain de boulanger, pas l'un de ces pains plats et trop denses que nous préparons avec nos rations de blé. Je le prends, je retire la flèche et j'approche la croûte de mon nez afin de humer l'odeur qui s'échappe du trou. J'en ai tout de suite l'eau à la bouche. Du bon pain comme ça, c'est pour les occasions spéciales.

— Miam, encore chaud, dis-je. (Il a dû se rendre à la boulangerie à l'aurore.) Qu'est-ce que ça t'a coûté ?

— Juste un écureuil. J'ai eu l'impression que le vieux était d'humeur sentimentale, ce matin, ajoute Gale. Il m'a même souhaité bonne chance.

— Oh, on se sent tous plus proches les uns des autres aujourd'hui, non ? dis-je sans même me donner la peine de lever les yeux au ciel. Prim nous a laissé un fromage.

Je le sors de ma poche. Le visage de Gale s'illumine quand il le découvre.

— Hé, merci, Prim ! On va se régaler. (Il prend soudain l'accent du Capitole pour imiter Effie Trinket, l'irréductible optimiste qui vient chaque année lire à haute voix les noms pour la Moisson.) J'allais presque oublier ! Joyeux Hunger Games ! (Il rafle quelques mûres sur un buisson voisin.) Et puisse le sort...

Il lance une mûre dans ma direction. Je la rattrape au vol et la crève entre mes dents. Son acidité sucrée m'explose sur la langue.

— … vous être favorable ! dis-je avec une verve identique.

Nous préférons en rire plutôt qu'avoir une frousse de tous les diables. Et puis, l'accent du Capitole est si outré que la moindre phrase devient comique avec lui.

Je regarde Gale sortir son couteau et découper des tranches. Il pourrait être mon frère. Mêmes cheveux bruns et raides, même teint olivâtre et mêmes yeux gris. Pourtant nous ne sommes pas apparentés, du moins pas directement. La plupart des familles qui travaillent à la mine se ressemblent plus ou moins.

C'est pourquoi maman et Prim, avec leurs cheveux blonds et leurs yeux bleus, ont toujours paru déplacées. Elles le sont. Les parents de notre mère appartenaient à cette classe de petits commerçants qui fournit les représentants de l'autorité, les Pacificateurs et quelques clients issus de la Veine. Ils tenaient une pharmacie dans le meilleur quartier du district Douze. Comme personne ou presque n'a les moyens de s'offrir un médecin, ce sont les pharmaciens qui nous soignent. Mon père a connu ma mère parce que, au cours de ses chasses, il ramassait parfois des herbes médicinales, qu'il venait vendre à sa boutique. Elle devait être très amoureuse pour quitter son foyer et venir s'installer dans la Veine. Je m'efforce de m'en souvenir quand je vois la femme qu'elle est devenue, apathique et indifférente, pendant que ses filles mouraient de faim sous ses yeux. Je tente de lui pardonner, au nom de mon père. Mais, en toute franchise, le pardon n'est pas une chose qui me vient facilement.

Gale étale le fromage de chèvre sur le pain, en posant avec délicatesse une feuille de basilic sur chaque tranche, pendant que je ramasse une brassée de mûres dans les buissons. On s'installe dans un creux des rochers. De là-haut, nous sommes invisibles, mais nous avons une vue dégagée sur la vallée. L'endroit grouille de vie estivale, de plantes et de racines comestibles, de poissons qui scintillent au soleil. C'est une journée magnifique, avec un grand ciel bleu, une brise légère. La nourriture est délicieuse, le fromage fond sur le pain chaud, les mûres éclatent dans la bouche. Tout serait parfait s'il s'agissait vraiment d'un jour férié, si nous avions la journée devant nous pour courir la montagne et chasser le dîner de ce soir. Au lieu de quoi, nous serons debout sur la grand-place à deux heures pile, à guetter l'annonce des noms.

— On pourrait le faire, tu sais, dit Gale d'une voix douce.

— Quoi donc ?

— Quitter le district. Nous enfuir. Vivre dans les bois. Ensemble, on pourrait réussir.

Je ne sais pas quoi répondre. L'idée est tellement absurde.

— S'il n'y avait pas les enfants, s'empresse-t-il d'ajouter.

Ce ne sont pas nos enfants, bien sûr. Mais cela revient au même. Les deux petits frères et la sœur de Gale. Prim. Auxquels on peut rajouter nos mères, aussi, parce que comment se débrouilleraient-elles sans nous ? Qui nourrirait toutes ces bouches affamées ? Nous avons beau chasser tous les jours, il y a quand même des soirs où il faut troquer notre gibier contre du lard, des lacets de chaussures, de la laine, et même des nuits où nous allons nous coucher l'estomac vide.

— Je n'aurai jamais d'enfants, dis-je.

— Moi, j'aimerais bien. Si je vivais ailleurs, répond Gale.

— Sauf que tu vis ici.

— Laisse tomber.

Cette discussion ne rime à rien. Nous enfuir ? Comment pourrais-je abandonner Prim, la seule personne au monde que je sois sûre d'aimer ? Et Gale est entièrement dévoué à sa famille. Nous ne pouvons pas partir, alors à quoi bon en parler ? Et même… en admettant que nous le fassions… d'où sort-il cette idée d'avoir des enfants ? Il n'y a jamais eu le moindre soupçon de romance entre Gale et moi. À notre première rencontre, j'étais une petite maigrichonne de douze ans, alors que lui, bien qu'il n'ait que deux ans de plus, avait déjà l'air d'un homme. Il nous a fallu du temps pour devenir amis, pour cesser de nous disputer les prises et commencer à nous entraider.

Par ailleurs, s'il veut vraiment des enfants, Gale n'aura aucun mal à se trouver une femme. Il est séduisant, assez fort pour survivre à la mine, et il sait chasser. On voit bien, à la manière dont elles en parlent à l'école, que les filles s'intéressent à lui. Cela me rend jalouse, mais pas dans le sens auquel on s'attendrait. C'est juste que les bons partenaires de chasse sont rares.

— Qu'as-tu envie de faire ? je lui demande. On peut chasser, pêcher ou ramasser des baies.

— Allons pêcher au lac. Ensuite, on n'aura qu'à laisser nos cannes pour faire un peu de cueillette. Comme ça, on rapportera quelque chose de chouette pour ce soir.

Ce soir. Après la Moisson, tout le monde est censé faire la fête. Beaucoup la font, d'ailleurs, soulagés de savoir que leurs enfants seront épargnés un an de plus. Mais deux familles au moins ferment leurs volets, verrouillent leur porte et cherchent un moyen d'affronter les semaines douloureuses qui s'annoncent.

La récolte est bonne. Les prédateurs nous laissent tranquilles car, par une si belle journée, ils trouvent en abondance des proies plus faciles et plus goûteuses. À la fin de la matinée, nous avons une douzaine de poissons, quelques plantes comestibles et, surtout, un énorme sac de fraises. J'ai découvert le champ de fraises il y a quelques années, mais c'est Gale qui a eu l'idée de l'entourer d'un grillage pour tenir les animaux à l'écart.

Sur le chemin du retour, nous faisons un crochet par la Plaque, le marché noir qui se tient dans l'ancien entrepôt de charbon désaffecté. Quand on a découvert un système plus efficace pour transporter le charbon directement de la mine au train, la Plaque s'est approprié peu à peu tout l'espace. La plupart des commerces sont fermés à cette heure-ci, le jour de la Moisson, mais le marché noir reste ouvert. Sae Boui-boui, la vieille femme décharnée qui vend des bols de soupe chaude derrière son grand chaudron, nous débarrasse de la moitié de nos plantes en échange de deux blocs de paraffine. Nous en tirerions peut-être davantage ailleurs, mais nous faisons un effort pour rester en bons termes avec Sae. Elle seule est toujours prête à nous acheter du chien sauvage. On ne les chasse pas spécialement mais, quand ils nous attaquent et qu'on peut en abattre un ou deux, eh bien, la viande, c'est de la viande.

— Dans ma soupe, ça devient du bœuf, prétend Sae Boui-boui avec un clin d'œil.

Dans la Veine, on ne cracherait pas sur un cuissot de chien sauvage, mais les Pacificateurs qui viennent à la Plaque ont les moyens de se montrer un peu plus difficiles.

Après le marché, nous allons frapper à la porte de service de la maison du maire pour lui vendre la moitié de nos fraises, sachant qu'il les adore et qu'il peut se les offrir. Sa fille, Madge, vient nous ouvrir. À l'école, on est dans la même classe. Vu que c'est la fille du maire, on s'attendrait à une pimbêche, mais pas du tout. Elle évite simplement de se mêler aux autres. Comme moi. Du coup, aucune de nous deux n'a vraiment d'amis, et nous nous retrouvons souvent ensemble à l'école. À l'heure du déjeuner, lors des assemblées, ou encore quand il faut se trouver un binôme en cours de sport. Nous ne parlons pas beaucoup, et cela nous convient à merveille.

Aujourd'hui, elle a troqué son uniforme d'écolière contre une belle robe blanche et noué un ruban rose dans ses cheveux blonds. Parée pour la Moisson.

— Jolie robe, remarque Gale.

Madge lui jette un regard perçant, l'air de se demander si c'est un compliment sincère ou s'il est ironique. Sa robe *est* jolie, mais elle ne l'aurait jamais mise sans une occasion extraordinaire. Elle pince les lèvres et sourit.

— Bah, si je dois partir pour le Capitole, autant paraître à mon avantage, non ?

C'est maintenant au tour de Gale de rester perplexe. Est-elle sérieuse ? Ou est-ce une manière de flirter avec lui ? Je pencherais pour la seconde solution.

— Tu n'iras pas au Capitole, riposte Gale d'un ton froid. (Son regard se pose sur la petite broche ronde qui orne la robe de Madge. En or massif. Un bijou magnifique. De quoi nourrir une famille pendant des mois.) Tu as combien d'inscriptions ? Cinq ? Moi, j'en avais déjà six à douze ans.

— Elle n'y est pour rien, dis-je.

— Non, personne n'y est pour rien. C'est comme ça, admet Gale.

Le visage de Madge s'est durci. Elle dépose l'argent des fraises dans ma main.

— Bonne chance, Katniss.

— À toi aussi.

La porte se referme.

Nous regagnons la Veine en silence. Gale n'aurait pas dû s'en prendre à Madge, mais il a raison, bien sûr. Le système de la Moisson est injuste, car il pénalise les pauvres. On devient éligible à l'âge de douze ans. Cette année-là, votre nom est inscrit une fois. À treize ans, deux fois. Et ainsi de suite jusqu'à vos dix-huit ans, dernière année d'éligibilité, où votre nom est inscrit sept fois. C'est vrai pour chaque citoyen des douze districts du pays de Panem.

Seulement, il y a un truc. Imaginons que vous soyez pauvre et que vous creviez de faim, comme nous. Vous pouvez choisir de faire inscrire votre nom plusieurs fois en échange de *tesserae*. Un *tessera* représente l'équivalent d'un an d'approvisionnement en blé et en huile pour une personne. Vous pouvez faire cela pour chacun des membres de votre famille. Si bien que, à l'âge de douze ans, j'ai fait inscrire mon nom quatre fois. Une fois parce que j'y étais obligée, et trois autres en échange de tesserae pour ma mère, Prim et moi. En fait, j'ai dû recommencer chaque année. Et toutes ces inscriptions s'additionnent. De sorte qu'aujourd'hui, à seize ans, mon nom figurera vingt fois dans le tirage au sort. Gale, qui a dix-huit ans et fait vivre à lui tout seul une famille de cinq personnes depuis sept ans, aura quarante-deux chances d'être choisi.

On comprend qu'une fille comme Madge, qui n'a jamais eu besoin du moindre tessera, puisse l'agacer. Le risque que son nom soit tiré au sort est bien mince comparé à ceux d'entre nous qui vivent dans la Veine. Pas inexistant, mais mince. Et même si les règles sont fixées par le Capitole et non par les districts, et encore moins par la famille de Madge, il est difficile de ne pas en vouloir aux privilégiés du système.

Gale sait que sa colère se trompe de cible. L'autre jour, dans la forêt, je l'ai écouté pester longuement contre les tesserae qui ne seraient qu'un instrument de plus pour semer la discorde au sein de notre district. Un moyen d'alimenter la haine entre les mineurs affamés de la Veine et ceux qui ont de quoi dîner tous les soirs, afin de s'assurer que les uns et les autres ne puissent jamais s'entendre.

« Le Capitole a tout intérêt à entretenir nos divisions », dirait peut-être Gale, si personne ne risquait de l'écouter. Si ce n'était pas le jour de la Moisson. Si une fille avec une broche en or et sans tessera n'avait pas lâché un commentaire malheureux, dont je suis persuadée qu'il était sans malice.

Tout en marchant, je glisse un coup d'œil vers Gale, lequel continue à fulminer sous son air impassible. Sa colère me paraît futile, même si je ne dis rien. Non pas que je ne sois pas d'accord avec lui. Je le suis. Mais à quoi bon crier contre le Capitole au milieu de la forêt ? Cela ne changera rien. Cela ne rendra pas le système plus juste. Cela ne remplira pas nos estomacs – ça ferait plutôt fuir le gibier. Je le laisse crier néanmoins. Mieux vaut qu'il le fasse dans les bois qu'en pleine rue.

Gale et moi partageons notre butin, soit deux poissons, deux tranches de pain, quelques légumes, un quart des fraises, un peu de sel, de paraffine et d'argent pour chacun.

— À tout à l'heure, sur la place, dis-je.

— Mets-toi sur ton trente et un, répond-il sèchement.

Chez moi, je retrouve ma mère et ma sœur fin prêtes. Maman a passé une jolie robe du temps de la pharmacie. Prim porte la tenue de ma première Moisson, une jupe avec un chemisier à jabot. Elle est un peu grande pour elle, mais maman l'a resserrée avec des épingles. Même ainsi, ma sœur a bien du mal à empêcher le chemisier de pendre dans son dos.

Elles m'ont préparé une baignoire d'eau chaude. Je me débarrasse de la terre et de la sueur amassées dans les bois, et me lave même les cheveux. À ma grande surprise, maman a sorti une de ses robes à mon intention. Très jolie, bleue, avec des chaussures assorties.

— Tu es sûre ? je lui demande.

J'essaie de ne plus rejeter systématiquement son aide. À une époque, j'étais si en colère que je ne voulais rien accepter d'elle. Cette fois, il s'agit de quelque chose de spécial. Ses habits d'autrefois sont précieux pour elle.

— Oui. On va aussi s'occuper de tes cheveux, dit-elle.

Je la laisse me sécher les cheveux et les remonter en tresses sur ma tête. Je me reconnais à peine dans le miroir fendu appuyé contre le mur.

— Tu es drôlement belle, souffle Prim, intimidée.

— Méconnaissable, dis-je.

Je la serre dans mes bras, parce que je sais que les prochaines heures seront terribles pour elle. Sa première Moisson. Elle ne risque pratiquement rien, son nom n'a été inscrit qu'une fois. Je n'ai pas voulu qu'elle prenne le moindre tessera. En revanche, elle s'inquiète pour moi. Elle redoute l'impensable.

Je protège Prim autant que je le peux, mais je suis impuissante face à la Moisson. L'angoisse que je ressens chaque fois que ma sœur tombe malade me noue la gorge, menace de s'afficher sur mon visage. Je remarque le dos de son chemisier, encore une fois sorti de sa jupe, et je m'astreins au calme.

— Rentre ta queue, petit canard, lui dis-je en glissant le chemisier à l'intérieur de la jupe.

Prim glousse.

— Coin, coin, fait-elle.

— Coin toi-même, je réponds avec un rire léger. (Le genre de rire que Prim est seule à savoir m'arracher.) Allez, passons à table, dis-je en lui plantant un baiser sur le crâne.

Le poisson et les légumes sont déjà en train de mijoter en ragoût, mais ce sera pour ce soir. Nous décidons de garder les fraises et le pain de boulangerie pour le dîner, afin de marquer l'occasion. En attendant, nous déjeunons du lait de la chèvre de Prim, Lady, et du pain dur obtenu avec le blé des tesserae. Personne n'a beaucoup d'appétit, de toute façon.

À une heure pile, nous prenons la direction de la grand-place. La participation est obligatoire, à moins de se trouver aux portes de la mort. Ce soir, les autorités passeront vérifier si c'est bien le cas. Sinon, on vous jette en prison.

C'est dommage, vraiment, que la Moisson se tienne sur la grand-place – l'un des rares endroits agréables du district Douze. Elle est bordée de boutiques, et les jours de marché, surtout quand il fait beau, il y flotte comme un air de vacances. Mais aujourd'hui, en dépit des bannières éclatantes accrochées aux immeubles, l'atmosphère est lugubre. Les équipes de tournage, perchées comme des busards au sommet des toits, soulignent encore plus cette impression.

Les gens font la queue en silence et signent le registre. La Moisson est aussi l'occasion pour le Capitole de procéder à un recensement. Les enfants de douze à dix-huit ans sont regroupés par tranches d'âge dans un secteur délimité par des cordons, les plus vieux devant, les plus jeunes, comme Prim, vers le fond. Les membres de leurs familles se pressent sur le périmètre en se tenant très fort par la main. D'autres, dont les proches ne sont pas menacés, ou qui semblent indifférents au sort des leurs, se glissent au premier rang et prennent des paris sur les deux malheureux qui seront désignés. On propose de miser sur leur âge, leurs origines – la Veine ou la classe commerçante ? –, ou encore de parier qu'ils s'effondreront en larmes à l'annonce de leur nom. La plupart des gens déclinent ces offres, mais doucement, poliment. Ces bookmakers sont souvent des informateurs, et qui n'a jamais enfreint la loi ? On pourrait m'exécuter chaque jour pour braconnage, si je n'étais pas couverte par l'appétit des responsables. Tout le monde ne peut pas en dire autant.

De toute façon, Gale et moi sommes d'accord : entre crever de faim et recevoir une balle dans la tête, mieux vaut une mort rapide.

La foule se fait plus dense, plus oppressante, à mesure que les gens arrivent. La grand-place est vaste, mais quand même pas au point d'accueillir les quelque huit mille habitants du district. Les retardataires se pressent dans les rues adjacentes, où ils pourront suivre l'événement sur écran géant, car l'État en assure la retransmission en direct.

Je me retrouve au milieu d'un groupe de jeunes gens de la Veine de seize ans. Nous échangeons des hochements de tête anxieux avant de tourner notre regard vers l'estrade érigée devant l'hôtel de justice. Elle soutient trois fauteuils, un podium, ainsi que deux grandes boules de verre, l'une pour les garçons et l'autre pour les filles. Je fixe les papiers pliés dans la boule des filles. Sur vingt d'entre eux se trouve inscrit le nom de Katniss Everdeen, d'une écriture soignée.

Deux des fauteuils sont occupés par le père de Madge, le maire Undersee, grand, le crâne dégarni, et par Effie Trinket, l'hôtesse du district Douze, fraîchement débarquée du Capitole avec son sourire d'une blancheur effrayante, ses cheveux roses et son tailleur vert pomme. Ils échangent des messes basses en lorgnant le siège vide d'un air soucieux.

Quand l'horloge de la ville sonne deux heures, le maire s'avance sur le podium et entame son discours. C'est le même chaque année. Il rappelle l'histoire de Panem, le pays qui s'est relevé des cendres de ce qu'on appelait autrefois l'Amérique du Nord. Il énumère les catastrophes naturelles, sécheresses, ouragans, incendies, la montée des océans qui a englouti une si grande partie des terres, la guerre impitoyable pour les maigres ressources restantes. Voilà d'où vient Panem, un Capitole rayonnant bordé de treize districts, qui a apporté paix et prospérité à ses citoyens. Puis sont venus les jours obscurs, le soulèvement des districts contre le Capitole. Douze ont été vaincus, le treizième a été éliminé. Le traité de la Trahison nous a accordé de nouvelles lois pour garantir la paix et, pour rappeler chaque année que les jours obscurs ne devaient pas se reproduire, il nous a donné les Hunger Games.

Les règles des Hunger Games sont simples. Pour les punir du soulèvement, chacun des douze districts est tenu de fournir un garçon et une fille, appelés « tributs ». Les vingt-quatre tributs sont lâchés dans une immense arène naturelle pouvant contenir n'importe quel décor, du désert suffocant à la toundra glaciale. Ils s'affrontent alors jusqu'à la mort durant plusieurs semaines. Le dernier survivant est déclaré vainqueur.

Arracher des enfants à leurs districts, les obliger à s'entretuer sous les yeux de la population : c'est ainsi que le Capitole nous rappelle que nous sommes entièrement à sa merci et que nous n'aurions aucune chance de survivre à une nouvelle rébellion. Quelles que soient les paroles, le message est clair : « Regardez, nous prenons vos enfants, nous les sacrifions, et vous n'y pouvez rien. Si vous leviez seulement le petit doigt, nous vous éliminerions jusqu'au dernier. Comme nous l'avons fait avec le district Treize. »

Pour ajouter l'humiliation à la torture, le Capitole nous impose de considérer les Jeux comme un spectacle, un événement sportif opposant les districts les uns aux autres. Le vainqueur rentre chez lui mener une vie facile, et son district est inondé de cadeaux, principalement sous forme de nourriture. Chaque année, le Capitole nous montre les généreuses allocations de blé et d'huile, parfois même de sucre, attribuées au district vainqueur, tandis que les autres continuent à lutter contre la famine.

— C'est à la fois le temps du repentir et le temps de la gratitude, entonne le maire.

Puis il énonce la liste des vainqueurs du district Douze. En soixante-quatorze ans, il n'y en a eu que deux. Un seul est toujours en vie. Haymitch Abernathy, un quadragénaire ventripotent qui apparaît à l'instant en grommelant des propos inintelligibles. On le voit grimper en titubant sur l'estrade et s'écrouler dans le troisième fauteuil. Il a bu. Beaucoup. La foule l'accueille par quelques applaudissements symboliques, mais il se méprend et tente de serrer dans ses bras Effie Trinket, qui parvient à l'esquiver de justesse.

Le maire a l'air embêté. L'événement est retransmis en direct, le district Douze est maintenant la risée de Panem, et il le sait. Il s'efforce de ramener rapidement l'attention générale sur la Moisson en présentant Effie Trinket.

Plus gaie et pimpante que jamais, Effie Trinket s'avance à petits pas jusqu'au podium et lance son traditionnel :

— Joyeux Hunger Games ! Et puisse le sort vous être favorable !

Ses cheveux roses sont sûrement une perruque, car ses boucles sont légèrement de travers depuis qu'Haymitch a essayé de la prendre dans ses bras. Elle s'étend un peu sur la fierté qu'elle éprouve à se trouver là, même si tout le monde sait bien qu'elle n'espère qu'une chose, être promue dans un meilleur district, avec des vainqueurs dignes de ce nom et non pas des ivrognes qui vous embarrassent devant la nation entière.

À travers la foule, je repère Gale, qui me fait un mince sourire. Au moins, cette Moisson-ci a quelque chose de drôle. Mais, soudain, je pense à Gale et aux quarante-deux papiers pliés qui portent son nom dans la grosse boule de verre, et je me dis que le sort ne lui est pas favorable. Beaucoup moins qu'à la plupart des garçons. Et peut-être pense-t-il la même chose à mon sujet, car son visage s'assombrit et il tourne la tête. « Il y a quand même plusieurs milliers de petits papiers », voudrais-je pouvoir lui glisser à l'oreille.

C'est le moment de procéder au tirage. Effie Trinket annonce, comme elle le fait toujours :

— Les dames, d'abord !

Et elle s'avance vers la grosse boule qui contient les noms des filles. Elle enfonce profondément le bras dans la masse des papiers et en tire un sans regarder. La foule retient son souffle, on pourrait entendre une mouche voler, je me sens mal et je prie désespérément pour que ce ne soit pas moi, pas moi, pas moi.

Effie Trinket retourne vers le podium, déplie le papier et lit le nom à haute voix. Ce n'est pas le mien.

C'est celui de Primrose Everdeen.

2

Un jour, alors que je guettais le passage du gibier, cachée dans un arbre, je me suis assoupie et j'ai fait une chute de trois mètres avant d'atterrir sur le dos. C'était comme si l'impact avait chassé tout l'air de mes poumons. Je suis restée allongée là, m'efforçant d'inhaler, d'exhaler, de faire quelque chose.

Voilà ce que je ressens en ce moment. Je tâche de me souvenir de respirer, incapable de parler, totalement abasourdie tandis que le nom résonne dans mon crâne. Quelqu'un me serre le bras, un garçon de la Veine, comme si j'avais commencé à défaillir et qu'il m'avait retenue.

Il doit s'agir d'une erreur. Ce n'est pas possible. Le papier de Prim était enfoui parmi des milliers d'autres ! Le risque qu'elle soit désignée était si mince que je n'étais même pas inquiète pour elle. J'ai pourtant fait ce qu'il fallait. J'ai pris les tesserae, refusé qu'elle le fasse. Un seul papier. Un seul parmi des milliers. Le sort lui était on ne peut plus favorable. Et ça n'a fait aucune différence.

Quelque part, très loin, j'entends la foule gronder, comme elle le fait toujours quand un enfant de douze ans est choisi, parce que tout le monde trouve ça injuste. Et puis je la vois, blanche comme un linge, les poings crispés, qui s'avance avec raideur vers l'estrade, me dépasse, et je vois le dos de son chemisier qui pend par-dessus sa jupe.

C'est ce petit détail, ce coin de tissu formant une queue de canard, qui me ramène à la réalité.

— Prim !

Je crie d'une voix étranglée, tandis que mes muscles se remettent à fonctionner.

— Prim !

Je n'ai pas besoin de me frayer un chemin à travers la foule. Les autres enfants s'écartent immédiatement, m'ouvrant un passage jusqu'à l'estrade. Je rattrape Prim alors qu'elle s'apprête à gravir les marches. D'un geste du bras, je la repousse derrière moi.

— Je suis volontaire ! m'écrié-je. Je me porte volontaire comme tribut !

Voilà qui provoque une certaine confusion sur l'estrade. Le district Douze n'a plus connu de volontaires depuis des décennies, et le protocole est quelque peu rouillé. Quand un tribut est désigné par le sort, la règle autorise un autre enfant à le remplacer, tant qu'il est éligible et du même sexe. Dans certains districts, où remporter la Moisson est considéré comme un immense honneur, beaucoup sont prêts à risquer leur vie, et le processus peut se révéler compliqué. Mais dans le district Douze, où le mot de « tribut » rime avec « vaincu », les volontaires sont une espèce disparue depuis longtemps.

— C'est trop chou ! minaude Effie Trinket. Mais je crois qu'en principe on doit d'abord annoncer le vainqueur de la Moisson, puis demander s'il y a des volontaires, et ensuite seulement, si quelqu'un se propose, euh…

Elle hésite, visiblement peu sûre d'elle.

— Quelle importance ? intervient le maire.

Il me regarde avec une expression navrée. Il ne me connaît pas, pas vraiment, mais je vois qu'il se souvient de moi. Je suis la fille qui lui apporte les fraises. Avec laquelle sa propre fille discute de temps en temps. Celle qui, cinq ans plus tôt, s'est tenue devant lui, entre sa mère et sa sœur, quand il lui a présenté, à elle, l'aînée de la famille, la médaille du courage. Une médaille posthume pour son père volatilisé dans la mine. Se souvient-il de cela ?

— Quelle importance ? répète-t-il d'une voix bourrue. Qu'elle s'avance donc.

Prim pousse des hurlements hystériques derrière moi. Elle m'enserre comme dans un étau entre ses petits bras osseux.

— Non, Katniss ! Non ! Tu ne peux pas !

— Prim, lâche-moi ! lui dis-je brutalement, parce que je suis bouleversée et que je ne veux surtout pas pleurer. (Car lors de la rediffusion des meilleurs moments de la Moisson, ce soir, tout le monde remarquerait mes larmes, et je serais désignée comme une proie facile. Une pleurnicharde. Je ne donnerai cette satisfaction à personne.) Lâche-moi !

Je sens qu'on l'arrache à moi. Je me retourne et vois Gale qui l'a soulevée du sol, et Prim qui se débat entre ses bras.

— Vas-y, Catnip, dit-il d'une voix qu'il s'efforce de maîtriser.

Puis il emporte Prim vers ma mère. Je redresse le buste et gravis les marches.

— Eh bien, bravo ! s'écrie Effie Trinket. C'est l'esprit des Jeux ! (Elle semble heureuse d'avoir enfin un district où il se passe quelque chose.) Comment t'appelles-tu ?

J'avale ma salive.

— Katniss Everdeen.

— Je parie qu'il s'agissait de ta petite sœur. Tu ne voulais pas te laisser voler la vedette, hein ? Allez, tout le monde ! Je vous demande d'applaudir bien fort notre nouveau tribut !

Mais – et j'en serai éternellement reconnaissante aux gens du district Douze – personne n'applaudit. Pas même parmi ceux qui prennent les paris, ceux qui, d'ordinaire, se moquent bien de ce genre de choses. Peut-être parce qu'ils m'ont vue à la Plaque, ou ont connu mon père, ou rencontré Prim, que tout le monde adore. De sorte qu'au lieu de recevoir des applaudissements je reste là, immobile, pendant qu'ils affichent leur désapprobation de la manière la plus courageuse. Par le silence. Qui signifie que nous ne sommes pas d'accord. Que nous n'excusons rien. Que tout cela est mal.

Il arrive alors une chose inattendue. Pour moi, en tout cas, parce que je ne pensais pas compter dans le district Douze. Mais il s'est produit un changement quand je me suis avancée pour prendre la place de Prim, et on dirait désormais que je suis devenue quelqu'un de précieux. Une personne, puis deux, puis quasiment toute la foule porte les trois doigts du milieu de la main gauche à ses lèvres avant de les tendre vers moi. C'est un vieux geste de notre district, rarement utilisé, qu'on voit parfois lors des funérailles. Un geste de remerciement, d'admiration, d'adieu à ceux que l'on aime.

Me voilà maintenant au bord des larmes, mais, heureusement, Haymitch choisit ce moment pour traverser l'estrade en titubant afin de me congratuler.

— Regardez-la ! Regardez cette fille ! braille-t-il en m'attrapant par les épaules. (Il est d'une force étonnante pour une épave pareille.) Elle me plaît ! (Son haleine empeste l'alcool, et son dernier bain doit remonter à longtemps.) Elle a des… (Il hésite un instant sur le mot.)… des tripes ! achève-t-il avec un accent triomphal. Plus que vous ! (Il me lâche et s'approche du bord de l'estrade.) Plus que vous tous ! crie-t-il en pointant le doigt vers la caméra.

S'adresse-t-il aux spectateurs, ou bien est-il soûl au point d'insulter le Capitole ? Je ne le saurai jamais car, alors même qu'il ouvre la bouche pour développer son propos, Haymitch dégringole de l'estrade et tombe par terre, assommé.

Il a beau être pathétique, je lui suis reconnaissante. Grâce aux caméras qui braquent sur lui un œil narquois, j'ai juste le temps de lâcher le petit sanglot que j'avais dans la gorge, et de reprendre mon sang-froid. Je croise les mains derrière le dos et je fixe mon regard au loin. J'aperçois les collines que j'ai gravies ce matin en compagnie de Gale. Pendant un moment, j'éprouve une pointe de regret... à l'idée que nous aurions pu fuir le district, disparaître dans la forêt... mais je sais que j'ai eu raison de rester. Car qui d'autre se serait porté volontaire pour Prim ?

On emporte Haymitch sur une civière, et Effie Trinket tente de réchauffer l'ambiance.

— Quelle journée incroyable ! roucoule-t-elle en essayant de redresser sa perruque, qui penche sérieusement sur la droite. Mais nous n'en avons pas encore terminé ! Il est temps de choisir notre tribut masculin ! (Ses cheveux glissent. Dans l'espoir de sauver la situation, elle les plaque sur sa tête, marche jusqu'à la boule contenant les noms des garçons et attrape le premier papier qui lui tombe sous la main. Elle s'empresse alors de regagner le podium, et je n'ai même pas le temps de prier pour Gale qu'elle annonce déjà le nom.) Peeta Mellark !

Peeta Mellark !

« Oh non, pensé-je. Pas lui. » Parce que je connais ce nom, même si je n'ai jamais parlé directement à celui qu'il désigne. Peeta Mellark.

Décidément, le sort ne m'est pas favorable, aujourd'hui.

Je le regarde s'approcher de l'estrade. Taille moyenne, trapu, des cheveux blond cendré qui ondulent sur son front.

Le choc de l'annonce s'affiche sur son visage, on voit qu'il lutte pour demeurer impassible, mais ses yeux bleus trahissent la même frayeur que celle que j'ai vue si souvent chez le gibier. Pourtant, il grimpe sur l'estrade d'un pas ferme et prend sa place.

Effie Trinket demande s'il y a des volontaires, mais personne ne s'avance. Il a deux frères aînés, je le sais, je les ai vus à la boulangerie, mais l'un est probablement trop âgé désormais pour se porter volontaire et l'autre ne le fera pas. C'est normal. La dévotion familiale montre ses limites le jour de la Moisson. Ma réaction était tout à fait exceptionnelle.

Le maire entame la longue et fastidieuse lecture du traité de la Trahison, comme il le fait chaque année à ce stade – c'est la loi –, mais je n'en écoute pas un mot.

« Pourquoi lui ? » me dis-je. Je tente de me convaincre que cela n'a pas d'importance. Peeta Mellark et moi ne sommes pas amis. Pas même voisins. Nous ne nous sommes jamais adressé la parole. Notre seule rencontre remonte à des années. Il l'a probablement oubliée. Moi pas, cependant, et je sais que je ne l'oublierai jamais…

C'était durant la pire période. Mon père était mort trois mois plus tôt dans ce coup de grisou, au cours du mois de janvier le plus froid qu'on ait jamais connu. L'engourdissement du premier choc était passé, et la douleur de sa perte me frappait n'importe où, me pliait en deux, le corps secoué de sanglots. « Où es-tu ? m'écriai-je dans ma tête. Pourquoi es-tu parti ? » Mais, bien sûr, je n'avais jamais aucune réponse.

Le district nous avait remis une petite somme d'argent à titre de compensation, de quoi couvrir le mois de deuil à l'issue duquel on attendait de notre mère qu'elle reprenne un travail. Sauf qu'elle n'en a rien fait. Elle n'a rien fait du tout, sinon rester assise sur une chaise ou, le plus souvent, pelotonnée dans son lit sous les couvertures, le regard perdu dans le vague. De temps en temps elle remuait, se redressait brusquement, puis retombait dans la prostration. Les supplications de Prim semblaient la laisser indifférente.

J'étais terrifiée. Aujourd'hui, je suppose que ma mère était en quelque sorte prisonnière de sa tristesse, mais, sur le moment, je voyais seulement que je ne pouvais plus compter sur aucun de mes deux parents. À onze ans, alors que Prim n'en avait que sept, j'ai pris notre famille en charge. Je n'avais pas le choix. J'achetais à manger au marché, je préparais nos repas du mieux que je pouvais, tout en veillant à ce que Prim et moi restions présentables. Car, si l'on avait su que notre mère n'était plus en état de s'occuper de nous, le district lui aurait retiré notre garde et nous aurait confiées au foyer communal. J'avais grandi au contact de tels enfants, à l'école. Leur tristesse, les marques de coups sur leur visage, le désespoir qui leur voûtait les épaules. Pas question qu'une chose pareille arrive à Prim. La gentille petite Prim qui fondait en larmes dès qu'elle me voyait pleurer, sans même en connaître la raison, qui brossait les cheveux de notre mère avant notre départ pour l'école, qui continuait à nettoyer tous les soirs le miroir devant lequel se rasait notre père, parce qu'il avait horreur de cette poussière de charbon qui se déposait partout dans la Veine. Le foyer communal l'aurait broyée comme un rien. Alors, je gardais le secret sur nos soucis.

L'argent a fini par s'épuiser, et nous avons commencé à dépérir. Il n'y a pas d'autre mot. Je n'arrêtais pas de me dire que si je pouvais tenir jusqu'en mai, jusqu'au 8 mai, j'aurais douze ans, je pourrais signer pour les tesserae et obtenir ce blé et cette huile tant convoités. Mais il restait encore plusieurs semaines. Nous serions peut-être mortes toutes les trois d'ici là.

Mourir de faim n'a rien de rare, dans le district Douze. Qui n'en a jamais vu les victimes ? Des vieux trop faibles pour travailler. Des enfants d'une famille comptant trop de bouches à nourrir. Des gens devenus invalides dans la mine. Qui se traînent dans la rue. Et qu'on retrouve un beau jour affalés contre un mur, ou étendus dans le Pré, à moins que l'on n'entende juste sangloter dans une maison. On appelle alors les Pacificateurs pour enlever le corps. La faim n'est jamais la cause officielle du décès. C'est toujours la grippe, le froid, la pneumonie. Mais cela ne trompe personne.

L'après-midi de ma rencontre avec Peeta Mellark, une pluie glaciale tombait à verse. J'étais sortie vendre de vieux vêtements de bébé de Prim sur le marché, mais sans trouver preneur. Et même si j'avais déjà accompagné mon père plusieurs fois à la Plaque, j'avais bien trop peur pour me rendre seule dans cet endroit lugubre. La pluie avait détrempé la veste de chasse de mon père, et j'étais glacée jusqu'aux os. Depuis trois jours, nous n'avalions plus que de l'eau chaude avec quelques vieilles feuilles de menthe que j'avais trouvées au fond d'un placard. À la fermeture du marché, je tremblais si fort que j'en ai lâché mes vêtements de bébé dans une flaque de boue. Je ne les ai pas ramassés. Je craignais de trébucher et d'être incapable de me relever. De toute façon, personne n'en voulait, de ces habits.

Je ne pouvais pas retourner à la maison. Parce qu'à la maison m'attendaient ma mère avec ses yeux éteints, ma petite sœur avec ses joues creuses et ses lèvres gercées. Dans une pièce enfumée, à cause du bois humide que je ramassais à la lisière de la forêt depuis que nous étions à court de charbon. Je ne pouvais pas rentrer les mains vides.

Je me suis retrouvée à patauger dans une ruelle boueuse, derrière les boutiques destinées à la frange aisée de la population. Les marchands vivaient au-dessus de leur commerce, de sorte que je me tenais pour ainsi dire dans leur arrière-cour. Je me souviens des jardins en friche, d'une chèvre ou deux dans un enclos, d'un chien trempé de pluie attaché à un piquet, couché dans la boue comme une âme en peine.

Le vol est strictement interdit dans le district Douze. Passible de la peine de mort. Mais l'idée m'est venue que cette loi ne s'appliquait pas au contenu des poubelles, dans lesquelles je trouverais peut-être quelque chose. Un os derrière la boucherie, des légumes pourris derrière l'épicerie, des restes que seule ma famille serait suffisamment désespérée pour manger. Malheureusement, le ramassage des ordures venait d'avoir lieu.

Au niveau de la boulangerie flottait une odeur de pain frais, si forte que j'en ai eu le vertige. Les fours donnaient derrière, et une lumière dorée s'échappait de la porte ouverte de la cuisine. Je suis restée là, fascinée par la chaleur et l'arôme capiteux, jusqu'à ce que la pluie s'en mêle et que ses doigts glacés au creux de mon dos me ramènent à la réalité. J'ai soulevé le couvercle de la poubelle du boulanger : elle était vide – impitoyablement vide.

Une voix brutale m'a soudain aboyé dessus, et j'ai relevé la tête pour découvrir la femme du boulanger. Elle me criait de déguerpir si je ne voulais pas qu'elle appelle les Pacificateurs, et qu'elle en avait assez de surprendre ces sales gamins de la Veine à fouiller dans ses ordures. Dures paroles, auxquelles je n'avais rien à répondre. Alors que je reposais le couvercle et battais en retraite, je l'ai vu, un jeune garçon aux cheveux blonds qui m'observait dans le dos de sa mère. Je l'avais aperçu à l'école. Il était dans la même classe que moi, mais j'ignorais son nom. Il était toujours fourré avec les enfants de la ville, comment l'aurais-je connu ? Sa mère est retournée à l'intérieur en fulminant, mais il avait dû me voir contourner l'enclos de leur cochon et m'adosser au tronc d'un vieux pommier. J'ai fini par me résigner à l'idée de rentrer bredouille. Mes genoux m'ont trahie, et je me suis laissée glisser au sol le long du tronc. C'en était trop. Je me sentais mal, faible et fatiguée, oh, si fatiguée. « Qu'on appelle donc les Pacificateurs et qu'on nous emmène au foyer communal, ai-je pensé. Ou, mieux encore, que je crève ici même, sous la pluie. »

Des bruits sont sortis de la boulangerie. J'ai entendu la femme hurler de plus belle, puis un bruit de coup, et je me suis demandé vaguement ce qui se passait. Des pas ont clapoté vers moi dans la boue, et je me suis dit : « C'est elle. Elle vient me chasser à coups de bâton. » Je me trompais, cependant. C'était le garçon. Il tenait dans les bras deux grosses miches, qui avaient dû tomber dans le feu à en juger par leur croûte noircie.

— Jette-les donc au cochon, crétin ! a hurlé sa mère. À qui veux-tu qu'on vende du pain brûlé ?

Il a arraché quelques morceaux calcinés, qu'il a lancés dans l'enclos. Puis le carillon de la porte d'entrée a tinté, et la mère a disparu pour servir un client.

Le garçon ne m'a pas accordé un regard. Moi, en revanche, je l'observais. À cause du pain, à cause de la marque rouge sur sa pommette. Avec quoi l'avait-elle frappé ? Mes parents ne nous avaient jamais battues. C'était inimaginable, pour moi. Le garçon a jeté un coup d'œil derrière lui, comme pour s'assurer que la voie était libre, puis, se retournant vers le cochon, a lancé l'une des miches dans ma direction. La seconde a suivi aussitôt, après quoi il a regagné la boulangerie en refermant soigneusement la porte de la cuisine derrière lui.

J'ai fixé les miches avec incrédulité. Elles étaient très bien, parfaites, même, à part la croûte brûlée. Avait-il voulu me les offrir ? Sans doute, parce qu'elles gisaient à mes pieds. Avant qu'on me surprenne, je les ai fourrées sous ma chemise, j'ai refermé les pans de ma veste de chasse et déguerpi promptement. La chaleur des pains me brûlait la peau, mais je les ai serrés encore plus fort, comme on se cramponne à la vie.

Le temps que je rentre, les miches avaient un peu refroidi, mais restaient tièdes à l'intérieur. En me voyant les poser sur la table, Prim a tout de suite voulu en prendre un morceau. Je l'ai obligée à s'asseoir, j'ai forcé ma mère à nous rejoindre à table et je nous ai versé du thé chaud. J'ai gratté la croûte noircie puis coupé le pain. Nous avons dévoré une miche entière, tranche après tranche. C'était de l'excellent pain, aux raisins et aux noix.

J'ai étendu mes vêtements près du feu, je me suis glissée dans le lit et me suis endormie d'un sommeil sans rêves. C'est seulement le lendemain matin que m'est venue l'idée que le garçon avait pu brûler ses pains exprès. Peut-être qu'il les avait lâchés dans le feu, sachant qu'il serait puni, pour me les donner ensuite. Mais non, c'était forcément un accident. Pourquoi aurait-il agi ainsi ? Il ne me connaissait même pas. Malgré tout, le seul fait de me les avoir lancés constituait déjà un sacré cadeau, qui lui vaudrait sûrement une correction sévère si on l'apprenait. Je ne m'expliquais pas son comportement.

Nous avons encore mangé du pain au petit déjeuner et sommes parties pour l'école. On aurait dit que le printemps était arrivé en l'espace d'une nuit. L'air était tiède et parfumé, les nuages paraissaient floconneux. À l'école, j'ai croisé le garçon dans le couloir ; sa joue avait enflé, et il avait un œil au beurre noir. Il se trouvait en compagnie de ses amis et n'a pas semblé me remarquer. Mais, en passant chercher Prim pour rentrer chez nous, cet après-midi-là, je l'ai vu qui m'observait de l'autre côté de la cour. Nous nous sommes regardés une seconde, puis il a tourné la tête. J'ai baissé les yeux, gênée, et là, j'ai vu le premier pissenlit de l'année. J'ai eu un déclic. J'ai repensé aux heures passées dans les bois avec mon père, et j'ai su comment nous allions nous en sortir.

Aujourd'hui encore, je ne peux m'empêcher de faire le lien entre ce garçon, Peeta Mellark, le pain qui m'a redonné espoir, et le pissenlit qui m'a rappelé que je n'étais pas condamnée. Plus d'une fois, dans le couloir de l'école, je l'ai surpris qui regardait dans ma direction avant de se détourner aussitôt. J'ai la sensation d'avoir une dette envers lui, ce que je déteste. Peut-être que si j'avais pu le remercier, je me sentirais moins mal aujourd'hui. J'ai voulu le faire parfois, mais sans jamais trouver le bon moment. Ce moment ne se présentera plus désormais. Parce qu'on va nous lâcher dans une arène afin que nous nous y affrontions jusqu'à la mort. Je vois mal comment glisser un « merci », là-dedans. Ça n'aura pas l'air sincère si je m'efforce en même temps de lui trancher la gorge.

Le maire achève son interminable traité de la Trahison et nous fait signe de nous serrer la main. Celle de Peeta est chaude et ferme comme du bon pain. Il me regarde droit dans les yeux, et j'ai l'impression qu'il me presse les doigts avec douceur, pour me rassurer. Peut-être s'agit-il d'un spasme nerveux.

Nous nous retournons vers la foule tandis que retentit l'hymne de Panem.

« Oh, et puis zut, me dis-je. Nous serons quand même vingt-quatre. Avec un peu de chance, quelqu'un d'autre l'éliminera avant moi. »

Il est vrai que la chance n'a pas l'air de mon côté, ces derniers temps.

3 ◉ ▶

Dès l'instant où l'hymne prend fin, nous sommes placés en détention. Je ne veux pas dire qu'on nous met les menottes ni rien de ce genre, mais un groupe de Pacificateurs nous escorte à l'intérieur de l'hôtel de justice. Peut-être que des tributs ont tenté de s'échapper autrefois. Même si ça ne s'est jamais produit de mon vivant.

Une fois à l'intérieur, on me conduit dans une pièce et on m'y laisse seule. C'est l'endroit le plus luxueux qu'il m'ait été donné de voir, avec des tapis moelleux, un canapé en velours et des fauteuils. Je sais reconnaître le velours parce que ma mère possède une robe avec un col de cette étoffe. En prenant place sur le canapé, je ne peux m'empêcher de le caresser à plusieurs reprises. Ça m'aide à me calmer, tandis que je me prépare à l'heure qui va suivre. Le temps alloué aux tributs pour faire leurs adieux à leurs proches. Je ne peux pas me permettre d'avoir l'air bouleversée, de ressortir de cette pièce avec les yeux gonflés et le nez rouge. Pleurer m'est interdit. Il y aura d'autres caméras à la gare.

Ma sœur et ma mère sont les premières à entrer. Je tends les bras à Prim, et elle grimpe sur mes genoux, les bras autour de mon cou, la tête contre mon épaule, comme quand elle était encore gamine. Ma mère s'assied à côté et nous entoure de ses bras. Pendant de longues minutes, personne ne dit rien. Ensuite, je commence à leur énumérer tout ce qu'elles vont devoir faire, vu que je ne serais plus là pour m'en charger.

Prim ne doit pas prendre de tesserae. Si elles font attention, elles s'en sortiront en vendant le lait et le fromage de chèvre de Prim, et grâce au petit commerce pharmaceutique que tient ma mère pour les habitants de la Veine. Gale lui trouvera les herbes qui ne poussent pas dans son jardin, mais il lui faudra se montrer très précise en les lui décrivant, car il ne les connaît pas aussi bien que moi. Il leur apportera également du gibier – lui et moi avons passé un pacte en ce sens il y a plus d'un an désormais – et ne leur réclamera vraisemblablement rien en échange, mais ce serait bien qu'elles le remercient d'une manière ou d'une autre, par exemple avec du lait ou des remèdes.

Je ne conseille pas à Prim de se mettre à chasser. J'ai essayé de le lui apprendre une fois ou deux, avec un résultat désastreux. La forêt la terrorise, et lorsque j'abattais une proie, elle se mettait à pleurer, à dire que nous pourrions peut-être la sauver en la ramenant très vite à la maison. Comme elle se débrouille bien avec sa chèvre, je me concentre là-dessus.

Après leur avoir donné des instructions concernant le bois de chauffage, le troc, et insisté sur la nécessité de rester à l'école, je me tourne vers ma mère et lui empoigne le bras avec force.

— Écoute-moi. Tu m'écoutes ? (Elle acquiesce, alarmée par l'intensité de mon regard. Elle doit sentir ce qui va suivre.) Pas question de te dérober encore une fois.

Maman baisse les yeux au sol.

— Je sais. Ça n'arrivera pas. C'était malgré moi, je...

— Eh bien, il s'agira d'être plus forte, cette fois-ci. Tu ne peux pas t'effondrer et laisser Prim livrée à elle-même.

Je ne serai plus là pour vous garder en vie toutes les deux. Peu importe ce qui arrive. Peu importe ce que vous voyez à l'écran. Je veux que tu me promettes de te battre pour vous en sortir !

Je hausse le ton malgré moi. Dans ma voix vibre toute la colère, toute la frayeur que j'ai pu éprouver devant son abandon.

Elle dégage son bras et se défend.

— J'étais malade ! J'aurais pu me soigner si j'avais eu les remèdes que je possède aujourd'hui.

Il y a peut-être du vrai, là-dedans. Je l'ai vue, depuis, soigner des gens qui souffraient eux aussi d'une langueur paralysante. C'est peut-être une maladie, mais que nous ne pouvons pas nous permettre.

— Dans ce cas, prends-les. Et veille sur elle ! dis-je.

— Ne t'en fais pas pour moi, Katniss, m'assure Prim en me prenant le visage entre les mains. Pense plutôt à toi. Tu es rapide et courageuse. Peut-être que tu peux gagner.

Je ne peux pas gagner. Prim le sait sûrement au fond d'elle. La compétition dépasse largement mes capacités. Des enfants issus de districts mieux lotis, où gagner est un immense honneur, s'entraînent depuis toujours en vue de cet événement. Des garçons deux ou trois fois plus forts que moi. Des filles qui connaissent vingt manières de tuer avec un couteau. Oh, il y aura aussi des gens comme moi. Des adversaires à éliminer avant que les choses sérieuses ne commencent pour de bon.

— Peut-être, dis-je, parce que je peux difficilement demander à ma mère de s'accrocher si je capitule de mon côté. (Par ailleurs, ce n'est pas dans mes habitudes de m'avouer vaincue sans combattre, même quand la situation paraît insurmontable.) On deviendrait aussi riches qu'Haymitch.

— Je me fiche qu'on soit riches. Je veux juste que tu reviennes. Tu essaieras, hein ? Tu essaieras vraiment ? insiste Prim.

— Vraiment. Je te le jure, lui dis-je.

Et je sais que, pour Prim, je le ferai.

Puis le Pacificateur apparaît dans l'encadrement de la porte, nous fait signe que le temps imparti est écoulé, et on se serre dans les bras à s'étouffer. Je ne trouve rien d'autre à dire que :

— Je vous aime. Je vous aime toutes les deux.

Elles m'en disent autant, puis le Pacificateur les pousse dehors, et la porte se referme sur elles. J'enfouis la tête dans l'un des coussins de velours, comme si cela pouvait bloquer tout le reste.

Quelqu'un d'autre fait son entrée et, en levant la tête, j'ai la surprise de découvrir le boulanger, le père de Peeta Mellark. Je n'arrive pas à croire qu'il vienne me rendre visite. Après tout, je chercherai bientôt à tuer son fils. Mais il est vrai qu'on se connaît un peu, et qu'il connaît Prim encore mieux. Quand elle vend ses fromages de chèvre à la Plaque, elle lui en met chaque fois deux de côté, qu'il lui échange contre une généreuse quantité de pain. Nous attendons toujours que sa sorcière de femme soit occupée ailleurs pour négocier avec lui, car il est beaucoup plus gentil. Je suis à peu près certaine qu'il n'aurait jamais frappé son fils pour ces deux pains brûlés. Mais pourquoi vouloir me voir ?

Le boulanger s'assoit avec gêne sur le bord d'un fauteuil. C'est un homme solide, large d'épaules, dont les cicatrices de brûlures rappellent les années de travail au four. Il a déjà sans doute dit adieu à son fils.

Il sort un sachet en papier blanc de la poche de son blouson et me le tend. Je l'ouvre et découvre des cookies. Voilà un luxe que nous n'avons jamais pu nous offrir.

— Merci, dis-je. (Le boulanger est rarement loquace ; aujourd'hui, il est carrément muet.) J'ai mangé l'un de vos pains, ce matin. Mon ami Gale vous avait donné un écureuil en échange. (Il acquiesce, comme s'il se rappelait l'écureuil.) Je vous ai connu plus dur en affaires.

Il hausse les épaules, comme si rien de tout cela n'avait plus d'importance.

Je ne trouve rien à ajouter, et nous demeurons silencieux jusqu'au retour du Pacificateur. Le boulanger se lève alors, se racle la gorge et dit :

— Je garderai un œil sur la petite. Je m'assurerai qu'elle mange à sa faim.

Ces mots me soulagent un peu. Les gens traitent avec moi, mais ils aiment Prim. Peut-être l'aimeront-ils suffisamment pour qu'elle reste en vie.

Ma visiteuse suivante est tout aussi inattendue. Madge entre et marche droit sur moi. Sans larmoyer ni tourner autour du pot ; au contraire, elle parle avec un ton d'urgence qui me surprend.

— On te laisse garder un objet personnel, dans l'arène. Quelque chose qui rappelle ton district. Voudrais-tu porter ça ?

Elle me tend la broche en or que j'ai vue sur sa robe ce matin. Je n'y avais pas vraiment fait attention, mais je remarque maintenant qu'elle représente un oiseau en plein vol.

— Ta broche ? dis-je.

Porter un emblème de mon district est bien la dernière de mes préoccupations.

— Tiens, laisse-moi l'épingler sur ta robe, d'accord ? (Elle n'attend pas ma réponse, mais se penche et fixe le bijou en place.) Promets-moi de la porter dans l'arène, Katniss. C'est promis ?

— Mais oui.

Des cookies. Une broche. Je reçois toutes sortes de cadeaux, aujourd'hui. Madge m'en fait un dernier. Un baiser sur la joue. Puis elle disparaît, et me voilà en train de me demander si, après tout, elle n'aurait pas toujours été mon amie.

Pour finir, Gale fait son entrée. Peut-être qu'il n'y a pas la moindre romance entre nous mais, quand il m'ouvre les bras, je cours m'y blottir. Son corps m'est familier – sa façon de bouger, l'odeur du feu de bois, et même son pouls, que j'entends parfois dans les périodes d'attente, lors de nos chasses –, mais c'est la première fois que je le sens vraiment, mince et musclé contre le mien.

— Écoute, commence-t-il. Te procurer un couteau ne devrait pas poser de difficultés, mais il faut que tu mettes la main sur un arc. C'est ta meilleure chance.

— Il n'y en a pas toujours, dis-je en me rappelant l'année où les seules armes fournies aux tributs avaient été d'horribles massues hérissées de pointes.

— Dans ce cas, fabriques-en un, insiste Gale. Un arc de fortune vaudra toujours mieux que pas d'arc du tout.

J'ai déjà essayé de reproduire les armes de mon père, sans grand succès. Ce n'est pas si facile. Même lui devait parfois abandonner et tout recommencer de zéro.

— Je ne sais même pas s'il y aura du bois.

Une autre année, on a largué les concurrents dans un paysage de désolation, rien que du sable et des rochers avec quelques épineux. J'avais particulièrement détesté cette année-là. Bon nombre de tributs étaient morts à la suite d'une morsure de serpent, quand la soif ne les avait pas rendus fous.

— Il y en a presque toujours, rétorque Gale. Depuis l'année où la moitié des joueurs sont morts de froid. Ce qui n'avait pas grand intérêt.

C'est vrai. Une fois, nous avons regardé les joueurs des Hunger Games geler sur place, à la nuit tombée. On les distinguait à peine, recroquevillés sur eux-mêmes, sans bois pour se chauffer ni s'éclairer. Le spectacle de ces morts silencieuses avait beaucoup déçu le Capitole. Depuis, on trouve généralement de quoi faire du feu.

— Oui, il y en aura sûrement.

— Catnip, ce n'est que de la chasse. Tu es la meilleure à ce jeu-là, dit Gale.

— Ce n'est pas de la chasse. Ils sont armés. Ils réfléchissent.

— Toi aussi, remarque-t-il. Et tu as une expérience qu'ils n'ont pas. Une expérience pratique. Tu as déjà tué.

— Pas des gens.

— Quelle différence ça peut bien faire ? demande Gale d'un ton cynique.

Le plus terrible, c'est qu'il a raison. Si je pouvais oublier qu'il s'agit de gens comme moi, cela ne ferait aucune différence.

Les Pacificateurs reviennent, trop vite. Gale leur demande plus de temps, mais ils le poussent vers la sortie, et je me mets à paniquer.

— Ne les laisse pas mourir de faim ! m'écrié-je en le retenant par la main.

— Compte sur moi ! Tu sais que tu peux compter sur moi ! Catnip, souviens-toi de… commence-t-il.

Ils l'entraînent de force et claquent la porte derrière eux. Je ne saurai jamais ce qu'il tenait à me rappeler.

Le trajet depuis l'hôtel de justice jusqu'à la gare n'est pas bien long. C'est la première fois que je monte dans une voiture. Je suis même rarement montée dans un chariot. Dans la Veine, on se déplace à pied.

J'ai eu raison de ne pas pleurer. La gare grouille de reporters, leurs caméras insectoïdes braquées sur mon visage. Mais j'ai appris depuis longtemps à réprimer toute émotion, et c'est ce que je fais, à présent. Je m'aperçois brièvement sur l'écran géant de la gare qui retransmet mon arrivée en direct. À ma grande satisfaction, je donne presque l'impression de m'ennuyer.

Peeta Mellark, à l'inverse, a manifestement pleuré et, curieusement, il ne semble pas chercher à s'en cacher. Je me demande si ce ne serait pas une stratégie pour les Jeux. Paraître faible et terrorisé afin de convaincre les autres tributs qu'il ne représente aucun danger. Ç'a fonctionné pour une fille du district Sept, Johanna Mason, voilà quelques années. Elle était passée pour une telle froussarde, pleurnicharde et sans cervelle, que les autres l'avaient ignorée jusqu'à ce qu'il ne reste plus qu'une poignée de concurrents. On s'était alors aperçu qu'elle pouvait tuer, et sans scrupule. Une stratégie plutôt maligne. Mais qui semble moins convaincante de la part de Peeta Mellark, car c'est un fils de boulanger. Toutes ces années à manger à sa faim, à porter des plateaux de pains, l'ont rendu fort et large d'épaules. Il lui faudra pleurer beaucoup avant de persuader quiconque de le négliger.

On nous fait patienter quelques minutes devant le train afin d'être filmés par les caméras, puis on nous laisse embarquer, et les portes se referment sur nous. Le train s'ébranle aussitôt.

Au début, la vitesse me coupe le souffle. Je n'ai jamais pris de train, naturellement, puisque les déplacements entre districts sont interdits en dehors du service officiel. Pour nous, le rail sert surtout à convoyer le charbon. Ce train-ci n'a rien d'un convoi de charbon, néanmoins. C'est un transport à grande vitesse du Capitole capable d'atteindre les quatre cents kilomètres-heure de moyenne. Notre voyage jusqu'au Capitole durera moins d'une journée.

À l'école, on nous enseigne que le Capitole est construit dans une région appelée autrefois les Rocheuses. Le district Douze était jadis connu sous le nom d'Appalaches. On y extrayait déjà du charbon voilà des siècles. Ce qui explique pourquoi nos mineurs doivent creuser aussi profond.

À l'école, presque tout se ramène au charbon. Hormis l'apprentissage de la lecture et des mathématiques, l'essentiel de notre instruction est lié au charbon. À l'exception du sermon hebdomadaire concernant l'histoire de Panem, dans lequel on nous rabâche tout ce que nous devons au Capitole. Je sais qu'on ne nous dit pas tout, qu'il a dû se produire autre chose durant la rébellion. Mais j'y réfléchis rarement. Quelle que soit la vérité, ce n'est pas elle qui m'aidera à mettre de la nourriture sur la table.

Le train des tributs est encore plus luxueux que l'hôtel de justice. Nous bénéficions chacun d'un appartement privé, avec une chambre à coucher, un dressing et une salle de bains individuelle, avec eau courante chaude et froide. Pour avoir de l'eau chaude, chez moi, il faut la faire bouillir.

Je découvre des tiroirs entiers remplis de beaux habits, et Effie Trinket me dit de me servir, de porter ce que je veux, que tout est à ma disposition. Que je sois simplement prête pour le dîner, dans une heure. J'enlève la robe bleue de ma mère et je m'offre une douche brûlante. Je n'en avais encore jamais pris jusqu'ici. On a l'impression de se retrouver sous une averse d'été, mais plus chaude. J'enfile un pantalon et une chemise vert foncé.

Je me rappelle alors la petite broche en or de Madge. Je l'étudie de près pour la première fois. Elle représente un oiseau d'or entouré d'un anneau. L'oiseau ne touche l'anneau que par le bout des ailes. Je reconnais sa silhouette. Un geai moqueur.

C'est un drôle d'oiseau, qui représente une forme de camouflet pour le Capitole. Pendant la rébellion, ce dernier avait modifié génétiquement plusieurs espèces animales afin de s'en servir comme armes. L'une d'elles, le geai bavard, avait la faculté de mémoriser et de reproduire des discussions entières. Exclusivement mâle, il regagnait toujours son gîte à la manière d'un pigeon voyageur. Le Capitole en a lâché un grand nombre au-dessus des régions où se cachaient ses ennemis. Les oiseaux recueillaient ce qu'ils entendaient, puis regagnaient leurs centres pour le répéter. Les gens ont mis un moment à comprendre ce qui se passait dans les districts, comment leurs conversations étaient espionnées. Ensuite, bien sûr, les rebelles se sont amusés à inonder le Capitole de mensonges invraisemblables, et tout le monde en a fait des gorges chaudes. Puis les centres ont été fermés, et les oiseaux abandonnés dans la nature pour y mourir.

Sauf qu'au lieu de s'éteindre, les geais bavards se sont accouplés à des moqueurs femelles, engendrant ainsi une nouvelle espèce capable d'imiter aussi bien le chant des oiseaux que la voix humaine. S'ils avaient perdu la faculté de prononcer des mots, ils parvenaient encore à reproduire différents sons humains, du gazouillis léger d'un bébé au baryton sonore d'un adulte. Et ils pouvaient retenir des chants. Pas uniquement quelques notes, mais des chansons entières, avec plusieurs couplets, quand on avait la patience de leur en chanter et qu'ils appréciaient votre voix.

Mon père adorait les geais moqueurs. Quand nous partions chasser, il leur sifflait ou leur chantait des airs complexes et, après une pause polie, ils les lui chantaient en retour. Tout le monde n'est pas traité avec autant de respect. Mais, chaque fois que mon père chantait, les oiseaux du voisinage se taisaient pour l'écouter. Il avait une voix magnifique, haute et claire, si pleine de vie qu'elle pouvait vous tirer des rires et des larmes à la fois. Je n'ai jamais pu me résoudre à reprendre le flambeau après sa mort. Néanmoins, je trouve un certain réconfort dans ce bijou. Comme si j'emportais un peu de mon père avec moi, pour me protéger. Je fixe la broche à ma chemise. Sur l'étoffe vert foncé, on pourrait presque s'imaginer le geai moqueur en train de voler entre les branches.

Effie Trinket passe me prendre pour le dîner. Je l'accompagne le long d'un couloir étroit et cahotant, jusqu'à une salle à manger aux cloisons vernies. Une vaisselle délicate a été disposée sur la table. Peeta Mellark est déjà assis à nous attendre, à côté d'une chaise vide.

— Haymitch n'est pas là ? lance gaiement Effie.

— La dernière fois que je l'ai vu, il a dit qu'il comptait piquer un roupillon, répond Peeta.

— Il faut dire que nous avons eu une journée fatigante, concède Effie Trinket.

J'ai l'impression que l'absence d'Haymitch la soulage, et qui l'en blâmerait ?

Le dîner comporte plusieurs plats. D'abord une soupe de carottes épaisse, puis une salade verte, des côtelettes d'agneau avec de la purée de pommes de terre, du fromage, des fruits et un gâteau au chocolat. Tout le long du repas, Effie Trinket ne cesse de nous répéter de garder de la place pour la suite. Je m'empiffre néanmoins, car on ne m'avait encore jamais présenté de nourriture pareille, aussi bonne et en telle quantité, sans compter que prendre quelques kilos avant les Jeux est probablement la meilleure chose à faire.

— Au moins, vous savez vous tenir à table, observe Effie vers la fin du plat principal. Les deux de l'an dernier mangeaient avec leurs mains, de vrais sauvages. Ils m'avaient complètement coupé l'appétit.

Ceux de l'an dernier étaient deux enfants de la Veine qui n'avaient jamais mangé à leur faim. Et lorsqu'ils avaient de la nourriture sur leur table, les bonnes manières étaient sûrement le cadet de leurs soucis. Peeta est le fils d'un boulanger. Maman nous a enseigné à manger proprement, à Prim et à moi, de sorte que, oui, je sais me servir d'une fourchette et d'un couteau. Mais le commentaire d'Effie me rend si furieuse que je mets un point d'honneur à finir le repas avec mes doigts. Puis je m'essuie sur la nappe. Effie pince les lèvres devant ce spectacle.

Le repas terminé, je dois lutter pour conserver tout ce que j'ai avalé. Peeta semble un peu pâle, lui aussi. Notre estomac n'est pas habitué à un traitement pareil. Mais, si je peux garder la mixture de Sae Boui-boui à base de viande de rat, d'entrailles de porc et d'écorce – sa spécialité de l'hiver –, je ne vais certainement pas rendre ce festin.

Nous passons dans un autre compartiment afin de regarder un résumé des Moissons à travers tout Panem. Leur programmation s'échelonne le long de la journée afin qu'il soit possible de les suivre toutes en direct, mais seuls les habitants du Capitole le peuvent vraiment, puisqu'ils ne sont tenus d'assister à aucune.

Les Moissons se succèdent une à une, avec l'appel des noms et, parfois – rarement –, les volontaires qui s'avancent. Nous étudions les visages de nos futurs adversaires. Quelques-uns se détachent du lot. Un garçon monstrueux qui se porte volontaire pour le district Deux. Une rousse au visage de renard dans le district Cinq. Un garçon affligé d'un pied bot dans le district Un. Et, le pire, une gamine de douze ans du district Onze. Elle a la peau brune et les yeux marron mais, pour le reste, elle ressemble beaucoup à Prim. Sauf que, quand elle grimpe sur l'estrade et qu'on demande des volontaires, on n'entend que le vent qui siffle à travers les immeubles délabrés tout autour. Personne n'est disposé à prendre sa place.

Vient enfin le tour du district Douze. L'appel de Prim, moi qui me précipite. Ma voix se brise un peu lorsque je pousse Prim derrière moi, comme si je craignais que personne ne m'entende et qu'on ne la prenne malgré tout. Mais, bien sûr, tout le monde m'entend. Je vois Gale soulever ma petite sœur, je me vois gravir les marches. Les commentateurs ne savent pas trop comment interpréter le refus d'applaudir de la foule. Son salut silencieux. L'un d'eux fait observer que le district Douze a toujours été un peu fruste, mais que ses coutumes sont parfois bien pittoresques. Comme pour illustrer son propos, Haymitch choisit ce moment pour basculer de l'estrade. Ils se désolent de manière cocasse. On tire le nom de Peeta, qui rejoint calmement sa place. Nous échangeons une poignée de main. On rejoue l'hymne encore une fois, puis l'émission s'achève.

Effie Trinket boude à cause de l'état dans lequel se trouvait sa perruque.

— Votre mentor aurait beaucoup à apprendre en matière de présentation. De comportement télévisuel.

Peeta s'esclaffe.

— Il était soûl, dit-il. Il est soûl chaque année.

— Chaque jour, ajouté-je.

Je ne peux réprimer un petit sourire narquois. Dans la bouche d'Effie Trinket, on dirait qu'Haymitch a simplement de mauvaises manières, que quelques conseils de sa part permettraient de corriger.

— Oui, répond sèchement Effie Trinket. Et je ne vois vraiment pas ce qu'il y a de drôle. Votre mentor est votre unique bouée de sauvetage, lors de ces Jeux. C'est lui qui vous conseille, qui vous cherche des sponsors, qui organise la présentation des cadeaux quand il y en a. Il pourrait bien représenter votre seule chance de vous en sortir vivants !

À cet instant précis, Haymitch débouche en titubant dans le compartiment.

— J'ai loupé le dîner ? demande-t-il d'une voix pâteuse.

Puis il vomit partout sur le tapis et s'écroule par terre.

— Eh bien, riez donc ! s'écrie Effie Trinket.

Elle contourne la flaque de vomi sur la pointe de ses escarpins et prend la fuite.

4 ◉ ▶

Peeta et moi observons un moment, sans bouger, notre mentor vautré dans le contenu de son estomac. La puanteur de vomi et d'alcool fort manque de me faire rendre mon dîner. Nous échangeons un regard. Haymitch ne vaut sans doute pas grand-chose, mais Effie Trinket a raison sur un point : une fois dans l'arène, il sera notre seul allié. Sans nous consulter, Peeta et moi l'attrapons chacun par un bras et l'aidons à se relever.

— J'suis tombé ? demande Haymitch. Ça pue.

Il s'essuie le nez en se barbouillant de vomi.

— On va vous ramener dans votre chambre, dit Peeta. Vous nettoyer un peu.

Nous le portons à moitié jusqu'à son compartiment. Comme il n'est pas question de l'allonger dans cet état sur le couvre-lit brodé, nous le hissons dans la baignoire et le passons au jet. À peine s'il s'en aperçoit.

— C'est bon, me dit Peeta. Je prends le relais à partir de là.

Je ne peux me défendre d'éprouver une certaine gratitude, car déshabiller Haymitch, laver le vomi dans les poils de son torse et le fourrer au lit, voilà bien la dernière chose dont j'aie envie. Peeta essaie peut-être de faire bonne impression sur lui, d'être son favori quand les Jeux auront commencé. Mais, à en juger par son état, Haymitch ne gardera aucun souvenir de cette soirée.

— D'accord, dis-je. Je peux t'envoyer quelqu'un du Capitole pour t'aider.

Il y a beaucoup de personnel dans le train. Pour nous faire la cuisine. Nous servir. Nous protéger. C'est son travail de s'occuper de nous.

— Non. Je ne veux pas d'eux, répond Peeta.

J'acquiesce et je retourne dans ma propre chambre. Je comprends ce que ressent Peeta. Moi-même, je ne supporte pas la vue des gens du Capitole. Leur balancer Haymitch dans les bras aurait néanmoins constitué une certaine forme de revanche. Si bien que je me demande pourquoi Peeta insiste pour s'en occuper tout seul et, subitement, je me dis : « C'est par gentillesse. Comme quand il m'a donné les pains. »

Cette idée me glace le sang. Gentil, Peeta Mellark est beaucoup plus redoutable pour moi que s'il était méchant. Les personnes gentilles ont le chic pour m'attendrir. Je ne peux pas me le permettre. Pas là où nous allons. Je décide donc, à partir de cet instant, d'avoir le moins de contacts possible avec le fils du boulanger.

Le train s'arrête. J'ouvre ma fenêtre, je jette au-dehors les cookies que m'a donnés le père de Peeta, puis je referme brutalement. Assez. Je ne veux plus penser ni à l'un ni à l'autre.

Malheureusement, le sachet de cookies se déchire, et les gâteaux se répandent dans un bouquet de pissenlits sur le bord de la voie. L'image s'éloigne bientôt, car le train repart, mais c'est suffisant. Suffisant pour me rappeler cet autre pissenlit dans la cour de l'école, des années plus tôt...

Je venais de me détourner de Peeta Mellark et de son bleu sur le visage quand j'ai aperçu le pissenlit et su que tout espoir n'était pas perdu. Je l'ai arraché avec soin et me suis empressée de le rapporter à la maison. J'ai pris un seau, attrapé Prim par la main, et je l'ai entraînée dans le Pré qui, effectivement, était couvert de fleurs jaunes. Après avoir ramassé ceux-là, nous avons continué le long de la grille sur plus d'un kilomètre, jusqu'à ce que notre seau déborde de pissenlits, de feuilles comestibles, de bourgeons et de fleurs. Ce soir-là, nous avons festoyé de salade de pissenlits et du reste de pain.

— Et sinon ? m'a demandé Prim. Quel genre de nourriture peut-on encore trouver ?

— Toutes sortes de choses, ai-je répondu. Il faudra juste que je m'en souvienne.

Notre mère possédait un livre qu'elle avait rapporté de la pharmacie. Les pages en parchemin jauni étaient couvertes de dessins de plantes tracés à la plume. Une écriture soignée indiquait leurs noms, où les récolter, l'époque de leur floraison, leur usage médicinal. Mon père avait ajouté des notes de sa main. Concernant des plantes comestibles, et non médicinales. Pissenlits, raisin d'Amérique, oignons sauvages, pignons. Prim et moi avons passé le reste de la soirée à parcourir ces pages.

Le lendemain, nous n'avions pas école. J'ai rôdé un moment aux abords du Pré avant de trouver le courage de me faufiler sous la grille. C'était la première fois que j'y allais seule, sans les armes de mon père pour me protéger. J'ai quand même récupéré dans le tronc d'un arbre creux le petit arc et les flèches qu'il m'avait fabriqués. Je n'ai pas dû faire plus de vingt mètres dans la forêt, ce jour-là. Je suis restée pratiquement tout le temps dans les branches d'un vieux chêne, à espérer qu'un gibier se présente. Au bout de plusieurs heures, j'ai eu la chance d'abattre un lapin. J'en avais déjà tiré quelques-uns avec mon père. Mais j'avais abattu celui-ci toute seule.

Nous n'avions pas mangé de viande depuis des mois. La vue du lapin a paru sortir ma mère de sa léthargie. Elle s'est levée, l'a écorché et a préparé un ragoût avec la viande ainsi que quelques feuilles comestibles que Prim avait ramassées. Ensuite, elle a perdu le fil de ce qu'elle faisait et elle est retournée se coucher, mais, quand le ragoût a été prêt, nous lui en avons servi une assiette.

La forêt est devenue notre providence. Chaque jour, je m'enfonçais un peu plus profondément entre ses bras. Ç'a été laborieux au début, mais j'étais bien décidée à nous nourrir. Je volais des œufs dans les nids, je prenais des poissons dans la nasse, je parvenais parfois à tirer sur un écureuil ou un lapin, et je ramassais toutes sortes de plantes. Il faut être prudent avec les plantes. Beaucoup sont comestibles, mais une seule mauvaise bouchée peut suffire à vous tuer. Je les vérifiais et revérifiais plusieurs fois en me servant des notes de mon père. Je nous gardais en vie.

Au début, le moindre signal de danger – un hurlement lointain, une branche qui se cassait soudain – me faisait regagner le grillage au pas de course. Puis j'ai commencé à grimper aux arbres pour échapper aux chiens sauvages, lesquels ne tardaient pas à se lasser et à s'en aller. Les ours et les félins vivaient plus loin dans la forêt. Sans doute n'appréciaient-ils guère la puanteur de suie de notre district.

Le 8 mai, je me suis rendue à l'hôtel de justice, j'ai signé pour mes tesserae et j'ai rapporté à la maison ma première ration de blé et d'huile dans le petit chariot de Prim. Et je pouvais recommencer le 8 de chaque mois. Je n'ai pas cessé de chasser et de ramasser des plantes, bien sûr. Le blé n'aurait pas suffi à nous nourrir, et il y avait d'autres choses à acheter, du savon, du lait, du fil. Je me suis mise à revendre à la Plaque toute la nourriture dont nous pouvions nous passer. C'était un peu effrayant de pénétrer dans cet endroit sans mon père, mais les gens l'avaient respecté et ils m'ont acceptée. Le gibier restait du gibier, après tout ; peu importe qui l'avait abattu. Je vendais également à la porte de service des plus riches maisons de la ville, en tâchant de me rappeler ce que mon père m'avait appris tout en retenant quelques nouveaux trucs au passage. Le boucher me prenait mes lapins, mais pas mes écureuils. Le boulanger aimait l'écureuil, mais ne m'en achetait qu'en l'absence de sa femme. Le chef des Pacificateurs raffolait du dindon sauvage. Le maire avait une passion pour les fraises.

À la fin de l'été, alors que je me lavais dans un étang, j'ai remarqué les plantes qui poussaient autour de moi. Grandes, avec des feuilles en forme de pointes de flèche. Des fleurs blanches à trois pétales. Je me suis agenouillée dans l'eau, j'ai enfoncé les doigts dans la boue et ramené des poignées de racines. De petits tubercules bleuâtres qui ne payaient pas de mine mais qui, une fois cuits ou bouillis, sont aussi bons que des pommes de terre.

— Des katniss, ai-je dit à voix haute.

C'est la plante qui m'a donné mon prénom. J'entendais encore mon père me dire en riant : « Tant que tu arrives à te trouver, tu ne mourras pas de faim ! » J'ai passé plusieurs heures à gratter le fond de l'étang avec mes orteils et un long bâton, et à rassembler les tubercules qui remontaient à la surface. Ce soir-là, nous avons fait un festin de poisson et de racines de katniss jusqu'à ce qu'enfin, pour la première fois depuis des mois, nous soyons rassasiées.

Ma mère a repris pied peu à peu. Elle s'est mise à nettoyer, à cuisiner, à conserver une partie de la nourriture que je rapportais en prévision de l'hiver. Des gens faisaient du troc avec nous, ou lui achetaient ses remèdes pharmaceutiques. Un jour, je l'ai entendue chanter.

Prim était aux anges, mais je restais vigilante, guettant le moment où notre mère nous abandonnerait de nouveau. Je ne lui faisais plus confiance. Et au fond de moi, dans un recoin sombre et tourmenté, je la haïssais pour sa faiblesse, sa négligence, les mois d'épreuve qu'elle nous avait fait endurer. Prim lui avait pardonné, mais, pour ma part, je m'étais détachée de ma mère. J'avais érigé un mur entre nous deux, comme pour affirmer que je n'avais plus besoin d'elle, et rien n'a plus jamais été pareil entre elle et moi.

Et voilà que je vais mourir sans avoir eu l'occasion de réparer cela. Je repense à ce que je lui ai crié aujourd'hui, à l'hôtel de justice. Je lui ai quand même dit que je l'aimais. Ça compense, peut-être.

Je reste un long moment à regarder par la fenêtre. Je voudrais bien l'ouvrir, mais je ne sais pas trop ce qui se passerait à cette vitesse. On distingue au loin les lumières d'un autre district. Le Sept ? Le Dix ? Je n'en sais rien. Je pense aux gens chez eux, en train de se mettre au lit. J'imagine ma maison, avec les volets clos. Que font Prim et ma mère ? Ont-elles trouvé le courage de manger ? De profiter du ragoût de poisson, des fraises ? Ou bien ont-elles laissé refroidir leur nourriture dans leur assiette ? Ont-elles suivi la rediffusion des meilleurs moments de la journée sur notre vieux téléviseur ? Sans doute ont-elles pleuré. Ma mère tient-elle le coup ? Se montre-t-elle forte pour Prim ? Ou bien a-t-elle déjà commencé à se replier sur elle-même, à laisser le poids du monde sur les frêles épaules de ma sœur ?

Prim dormira certainement avec ma mère, cette nuit. L'idée de ce bon vieux Buttercup couché sur le lit afin de veiller sur elle me réconforte. Si elle se met à pleurer, il viendra se lover entre ses bras et ronronnera jusqu'à ce qu'elle se calme et s'endorme. Je suis bien contente de ne pas l'avoir noyé.

Penser à ma famille me fait ressentir douloureusement ma solitude. La journée a été interminable. J'ai du mal à croire que ce matin encore je mangeais des mûres en compagnie de Gale. J'ai l'impression que ça remonte à une éternité. Comme un long rêve qui aurait viré au cauchemar. Peut-être que si je m'endors, je me réveillerai chez moi, au district Douze.

J'imagine que les tiroirs contiennent toutes sortes de chemises de nuit, mais je me contente de me déshabiller et de me glisser dans le lit en sous-vêtements. Les draps sont doux, soyeux. Un édredon épais me procure une chaleur immédiate.

Si je dois pleurer, c'est le moment ou jamais. Demain matin, j'effacerai les traces en faisant ma toilette. Mais aucune larme ne me vient. Je suis trop fatiguée ou trop engourdie pour pleurer. Je n'ai qu'une envie : être ailleurs. Alors je me laisse bercer par le train et sombrer dans l'oubli.

Une lumière grise filtre entre les rideaux quand de petits coups frappés à la porte me réveillent. J'entends la voix d'Effie Trinket m'appeler à travers :

— Debout, debout, debout ! Ça va être une grande, grande, grande journée !

J'essaie brièvement de me mettre dans la peau de cette femme. Que peut-elle bien avoir dans la tête ? À quoi rêve-t-elle, une fois la nuit tombée ? Je n'en ai aucune idée.

Je remets mon ensemble vert foncé, vu qu'il n'est pas vraiment sale, juste un peu froissé après avoir passé la nuit par terre. Mon doigt effleure le cercle autour du petit geai moqueur en or, et je repense aux bois, à mon père, à Prim et à ma mère, qui doivent être en train de se réveiller, qui doivent avoir plein de choses à faire. J'ai dormi sur la coiffure que m'a tressée ma mère pour la Moisson, et le résultat ne me paraît pas trop mal, alors je n'y touche pas. De toute manière, peu importe. Nous serons bientôt au Capitole. Et une fois là, c'est mon styliste qui décidera de mon allure pour la cérémonie d'ouverture. J'espère qu'il ne sera pas de ceux qui ne jurent que par la nudité.

En entrant dans la voiture-salon, je croise Effie Trinket, une tasse de café noir à la main. Elle marmonne des obscénités. Haymitch, le visage bouffi et rougeaud après ses excès de la veille, est en train de glousser. Peeta tient un petit pain et affiche un air gêné.

— Assieds-toi ! Assieds-toi ! lance Haymitch en me faisant signe d'approcher.

À l'instant où je me glisse sur ma chaise, on me sert un énorme plateau de nourriture. Des œufs, du jambon, un monceau de pommes de terre sautées. Une coupe de fruits frais posés sur de la glace. Les paniers de petits pains placés devant moi suffiraient à nourrir toute ma famille pour une semaine. Il y a même un élégant verre de jus d'orange. Enfin, je crois que c'est du jus d'orange. Je n'ai goûté une orange qu'une fois, au nouvel an. Mon père m'en avait acheté une en cadeau. Une tasse de café. Ma mère adore le café, que nous n'avions presque jamais les moyens de nous offrir, mais j'ai toujours trouvé ça amer, trop clair. Je vois aussi un bol d'un liquide épais qui m'est inconnu.

— Ça s'appelle du chocolat chaud, m'explique Peeta. C'est délicieux.

Je goûte une gorgée de ce breuvage chaud, sucré, crémeux, et un frisson me parcourt de la tête aux pieds. J'ignore le reste du repas jusqu'à ce que j'aie vidé mon bol. Ensuite seulement je m'empiffre tant que je peux, en prenant garde de ne pas abuser des trucs trop riches. Ma mère m'a dit un jour que je dévorais comme si je n'espérais pas revoir de la nourriture. « Je n'en reverrai que si j'en rapporte moi-même à la maison », ai-je rétorqué. Ça lui a cloué le bec.

Quand je me sens sur le point d'éclater, je me renverse en arrière et me tourne vers mes compagnons de table. Peeta continue à grignoter de petits bouts de pain, qu'il trempe dans son chocolat chaud. Haymitch n'a pratiquement pas touché à son assiette mais sirote une bouteille contenant un jus rouge. Il ne cesse de l'allonger avec un liquide clair qu'il verse d'une flasque. À en juger par l'odeur, c'est de l'alcool. Je ne connais pas Haymitch, mais je l'ai souvent croisé à la Plaque et vu déposer des poignées de pièces sur le comptoir de la femme qui vend de l'alcool pur. Il sera ivre mort le temps qu'on atteigne le Capitole.

Je réalise que je déteste Haymitch. Pas étonnant que les tributs du district Douze ne s'en sortent jamais. Ce n'est pas uniquement que nous soyons mal nourris et mal entraînés. Certains étaient suffisamment forts, ils auraient dû avoir leur chance. Mais nous trouvons rarement des sponsors, et c'est en grande partie sa faute. Les gens riches qui soutiennent un tribut – parce qu'ils ont parié sur lui, ou simplement pour pouvoir se vanter d'avoir contribué à sa victoire – veulent traiter avec un intermédiaire un peu plus distingué.

— Vous êtes censé nous donner des conseils, je crois, dis-je à Haymitch.

— En voilà un, de conseil : restez en vie, répond Haymitch, qui éclate de rire.

J'observe Peeta avant de me rappeler que je ne veux plus avoir affaire à lui. Je suis surprise par la dureté de son regard. Lui qui paraît toujours si doux.

— Vous trouvez peut-être ça très drôle, gronde-t-il. (Il renverse brusquement le verre qu'Haymitch tient dans sa main. Le verre s'écrase par terre, et son contenu rouge sang s'écoule vers la queue du train.) Mais pas nous.

Haymitch réfléchit un moment, puis frappe Peeta à la mâchoire en le faisant basculer de sa chaise. Quand il se retourne vers son verre, je plante mon couteau dans la table entre sa main et la flasque. Je rate ses doigts d'un cheveu. Je me prépare à recevoir un coup, moi aussi, mais rien ne vient. Au contraire, il se rassoit et nous dévisage en plissant les yeux.

— Tiens, tiens, dit-il. M'aurait-on dégoté de vrais combattants, cette année ?

Peeta se relève et ramasse une poignée de glace dans la coupe de fruits. Il s'apprête à l'appliquer contre la marque rouge sur son menton.

— Non, l'arrête Haymitch. Qu'on voie le bleu, au contraire. Le public s'imaginera que tu t'es battu avec un autre tribut avant même votre entrée dans l'arène.

— Les règles l'interdisent, grogne Peeta.

— Seulement si tu te fais prendre. Ce bleu montrera que tu t'es battu et que tu ne t'es pas fait prendre, c'est encore mieux. (Haymitch se tourne vers moi.) Tu pourrais atteindre autre chose qu'une table, avec ce couteau ?

L'arc reste mon arme de prédilection. Mais je me suis pas mal entraînée à lancer le couteau, également. Parfois, quand on blesse un animal avec une flèche, il vaut mieux lui planter un couteau dans la couenne avant de s'approcher. Je réalise que, si je veux impressionner Haymitch, c'est le moment ou jamais. J'arrache le couteau de la table, je l'empoigne par la lame et je le jette contre la cloison, à l'autre bout de la salle. Je voulais juste le planter correctement, mais il se loge pile entre deux planches, ce qui me fait paraître bien meilleure que je ne le suis.

— Venez vous placer là, tous les deux, dit Haymitch en indiquant le milieu de la salle du menton. (Nous obéissons, et il tourne autour de nous, nous palpant comme à la foire, nous pinçant les muscles, nous examinant le visage.) Ma foi, ça pourrait être pire. Vous m'avez l'air en forme. Et, une fois passés entre les mains des stylistes, vous devriez avoir votre petit succès.

Peeta et moi comprenons ça. Les Hunger Games ne sont pas un concours de beauté, mais les tributs les plus séduisants attirent toujours plus de sponsors que les autres.

— Très bien, je vous propose un marché. Vous me laissez boire à ma guise, et je resterai suffisamment sobre pour vous aider, promet Haymitch. Seulement, il faudra faire exactement tout ce que je dis.

Ce n'est pas mirobolant, mais ça représente un pas de géant par rapport à tout à l'heure, où nous n'avions même pas de mentor.

— Ça me va, fait Peeta.

— Alors aidez-nous, dis-je. Quand nous arriverons à l'arène, quelle est la meilleure stratégie à la Corne d'abondance pour quelqu'un qui...

— Une chose à la fois, répond Haymitch. D'ici quelques minutes, nous entrerons en gare. On vous confiera à vos stylistes. Vous n'allez pas aimer ce qu'ils vous feront. Mais quoi qu'ils décident, ne vous y opposez pas.

— Mais... dis-je.

— Pas de « mais ». Ne discutez pas, insiste Haymitch.

Il rafle sa flasque d'alcool sur la table et quitte le wagon. Au moment où la porte se referme sur lui, le noir se fait ; quelques lampes continuent d'éclairer le salon, mais, au-dehors, on dirait que la nuit vient de tomber. Nous sommes probablement entrés dans un tunnel. Le Capitole est séparé des districts de l'Est par de hautes montagnes. Impossible d'y accéder autrement que par les tunnels. Cette barrière naturelle a joué un rôle décisif dans la défaite des districts, responsable de ma situation actuelle. Faute d'un moyen de franchir les montagnes, les rebelles constituaient une proie facile pour les forces aériennes du Capitole.

Peeta Mellark et moi demeurons silencieux pendant que le train prend de la vitesse. Le tunnel est immense, je songe aux tonnes de roc qui me séparent du ciel et je sens comme un poids sur ma poitrine. Je déteste l'idée de m'enfoncer dans la pierre. Ça me rappelle mon père piégé dans la mine, incapable de remonter à l'air libre, enfoui à tout jamais dans l'obscurité.

Le train finit par ralentir, et soudain le soleil inonde le salon. C'est plus fort que nous, Peeta et moi courons à la fenêtre pour découvrir ce que nous n'avons vu qu'à la télé-vision : le Capitole, la ville dirigeante de Panem. Les caméras n'ont pas exagéré sa grandeur. En fait, elles auraient plutôt atténué la magnificence de ses tours aux façades irisées, des voitures étincelantes qui roulent dans ses larges avenues gou-dronnées, de tous ces gens bien nourris aux costumes somp-tueux, aux coiffures étranges et au visage peint. Ces couleurs paraissent artificielles, les roses trop vifs, les verts trop intenses, les jaunes douloureux pour les yeux, comme sur ces disques en sucre d'orge que nous n'avons jamais les moyens de nous offrir dans la minuscule échoppe de frian-dises du district Douze.

Les passants nous montrent du doigt en reconnaissant notre train. Je m'écarte de la fenêtre, écœurée par leur excitation, sachant qu'ils attendent avec impatience de nous voir mourir. Mais Peeta, lui, ne bouge pas ; il sourit et salue de la main la foule des badauds. Il ne s'arrête que lorsque le train entre en gare et nous dissimule à leur vue.

Voyant que je le regarde, il hausse les épaules.

— On ne sait jamais, explique-t-il. L'un d'entre eux est peut-être riche.

Je l'ai mal jugé. Je revois tout ce qu'il a fait depuis le début de la Moisson. Sa pression amicale de la main. Son père qui m'apporte des cookies, qui promet de s'occuper de Prim… Est-ce Peeta qui le lui a demandé ? Ses larmes, à la gare. S'offrir à laver Haymitch, puis le provoquer ce matin en constatant qu'apparemment l'approche amicale ne donnait rien. Et maintenant, ce numéro à la fenêtre, pour tenter de se mettre la foule dans la poche.

Certaines pièces manquent encore mais je sens qu'il est en train d'élaborer un plan. Il ne se résigne pas à mourir. Il se bat déjà d'arrache-pied pour survivre. Ce qui veut dire que Peeta Mellark, le gentil garçon qui m'a donné du pain, se bat d'arrache-pied pour me tuer.

5

Scrrrratch ! Je serre les dents pendant que Venia, une femme aux cheveux bleus avec des tatouages dorés au-dessus des sourcils, arrache la bande de cire sur mon mollet.

— Désolée ! minaude-t-elle avec ce ridicule accent du Capitole. Mais tu es tellement velue !

Pourquoi ces gens ont-ils tous une voix aussi aiguë ? Pourquoi ouvrent-ils à peine la bouche quand ils parlent ? Pourquoi haussent-ils le ton à la fin de chaque phrase comme s'ils posaient une question ? Drôles de voyelles, mots écorchés, et toujours ce sifflement sur la lettre « s »... Pas étonnant qu'on ne puisse s'empêcher de les parodier.

Venia affiche une expression qui se voudrait compatissante.

— La bonne nouvelle, c'est qu'il n'en reste plus qu'une. Prête ?

Je me cramponne au bord de la table et j'acquiesce. La dernière rangée de poils se décolle de mes jambes en m'arrachant un tressaillement de douleur.

Je me trouve au centre de Transformation depuis plus de trois heures et je n'ai pas encore rencontré mon styliste. Apparemment, cela ne l'intéresse pas de me voir avant que Venia et les autres membres de mon équipe de préparation aient réglé certains problèmes évidents. On m'a donc frotté avec une mousse exfoliante afin de me débarrasser non seulement de ma crasse, mais aussi de trois bonnes épaisseurs de peau, on m'a taillé soigneusement les ongles et, surtout, on m'a arraché tous les poils du corps. Mes jambes, mes bras, mon torse, mes aisselles et une partie de mes sourcils ont eu droit à ce traitement qui me laisse comme un oiseau plumé, prêt à passer à la broche. Je déteste ça. Ma peau rougie me picote de partout, me donne une sensation de vulnérabilité. Mais j'ai rempli ma part du marché conclu avec Haymitch, et aucune objection n'a franchi mes lèvres.

— Tu t'en sors très bien, me complimente un certain Flavius. (Il fait bouffer ses anglaises orange et se repasse un peu de rouge à lèvres violet.) S'il y a bien une chose que nous ne supportons pas, ce sont les pleurnicheries. Appliquez-lui la crème !

Venia et Octavia, une femme grassouillette teinte de la tête aux pieds en vert pomme, m'enduisent d'une lotion qui commence par piquer avant d'apaiser ma peau à vif. Elles m'écartent ensuite de la table pour m'ôter mon peignoir transparent. Je me tiens là, nue comme un ver, pendant qu'ils tournent autour de moi tous les trois, à traquer les derniers poils récalcitrants avec leurs pinces à épiler. Je sais que je devrais me sentir gênée, mais ils sont si caricaturaux que je ne fais pas plus attention à eux qu'à un trio d'oiseaux multicolores qui viendrait picorer entre mes chevilles.

Ils s'éloignent un peu pour admirer leur travail.

— Excellent ! Tu as presque retrouvé figure humaine ! dit Flavius, ce qui les fait rire tous les trois.

Je me force à sourire pour témoigner ma reconnaissance.

— Merci, dis-je avec douceur. Nous avons rarement l'occasion de nous faire belles, dans le district Douze.

J'achève ainsi de les attendrir.

— Non, bien sûr, ma pauvre chérie ! s'exclame Octavia, émue, en se tordant les mains.

— Mais ne t'en fais pas, me rassure Venia. Quand Cinna en aura terminé avec toi, tu seras à couper le souffle !

— C'est sûr ! Tu sais, sans cette crasse et tous ces poils, tu n'es pas vilaine du tout ! ajoute Flavius d'un ton encourageant. Appelons Cinna !

Ils s'égaillent hors de la pièce. Difficile de détester mes préparateurs. Ils sont d'une telle stupidité. Pourtant je sais qu'à leur manière ils s'efforcent sincèrement de m'aider.

Je contemple les murs et le sol, blancs et froids, et je résiste à l'envie de renfiler mon peignoir. Cinna, mon styliste, me le ferait sûrement retirer aussitôt. Je lève plutôt les mains vers mes cheveux, la seule partie de mon anatomie qu'on ait demandé à mes préparateurs de ne pas toucher. Je caresse les mèches soyeuses que ma mère a disposées avec tant de soin. Ma mère... J'ai laissé sa robe bleue et ses chaussures dans mon compartiment, sans même penser à les récupérer, à tenter de conserver un souvenir d'elle, de chez moi. Je le regrette, à présent.

La porte s'ouvre, et un homme jeune, qui doit être Cinna, fait son entrée. La banalité de son aspect me prend au dépourvu. La plupart des stylistes interviewés à la télévision sont teints, maquillés et retouchés au point d'en paraître grotesques. Mais on dirait que ses cheveux en brosse ont conservé leur couleur châtain naturelle. Il est vêtu avec simplicité, chemise et pantalon noirs. Sa seule concession à la coquetterie semble être une touche d'eyeliner doré, appliqué d'une main légère. Cela fait ressortir les paillettes d'or de ses yeux. Malgré ma répugnance pour le Capitole et ses modes affreuses, je ne peux m'empêcher de lui trouver beaucoup de charme.

— Bonjour, Katniss. Je suis Cinna, ton styliste, déclare-t-il d'une voix dépourvue de l'affectation habituelle des gens du Capitole.

— Bonjour, dis-je prudemment.

— Donne-moi juste un instant, d'accord ? demande-t-il. (Il tourne autour de moi, sans me toucher, mais en détaillant chaque centimètre carré de mon corps nu. Je résiste à l'envie de croiser les bras sur ma poitrine.) Qui s'est occupé de tes cheveux ?

— Ma mère.

— C'est magnifique. Vraiment. Et ça souligne ton profil à merveille. Elle est très douée de ses mains, approuve-t-il.

Je m'attendais à quelqu'un de flamboyant, de plus âgé, qui tenterait désespérément de paraître jeune, quelqu'un qui m'examinerait comme un morceau de viande. Cinna n'est rien de tout cela.

— Vous êtes nouveau ? Je ne me souviens pas de vous avoir déjà vu, dis-je.

Les stylistes ont souvent des visages familiers, immuables, parmi les tributs sans cesse renouvelés. Certains étaient déjà là avant ma naissance.

— Oui, c'est ma première année aux Jeux, reconnaît Cinna.

— C'est pour ça qu'on vous a attribué le district Douze.

C'est généralement aux nouveaux qu'on nous confie, nous, le moins désirable des districts.

— Non, je l'avais demandé, répond-il sans autre explication. Pourquoi ne pas enfiler ton peignoir, qu'on puisse avoir une petite conversation ?

Je m'exécute et le suis dans le salon voisin. Deux canapés se font face, de part et d'autre d'une table basse. Trois des murs sont nus, le quatrième est une baie vitrée ouverte sur la ville. D'après la lumière, il doit être aux alentours de midi, même si un plafond nuageux est venu masquer le soleil. Cinna m'invite à m'asseoir et prend place en face de moi. Il presse un bouton sur le côté de la table. Le plateau s'ouvre, et un second plateau en émerge, contenant notre déjeuner. Du poulet aux quartiers d'orange cuit dans une sauce crémeuse, sur un lit de céréales d'un blanc nacré, agrémentées de petits pois et d'oignons, avec des pains en forme de fleurs et en dessert, un pudding couleur de miel.

J'essaie d'imaginer comment je pourrais réunir chez moi les ingrédients d'un festin pareil. Le poulet coûte trop cher, mais je m'accommoderais d'un dindon sauvage. Je devrais en abattre un second pour m'offrir une orange. Je prendrais du lait de chèvre en guise de crème. Nous ferions pousser des petits pois dans le jardin. Je trouverais des oignons sauvages dans les bois. Je ne reconnais pas la céréale, le blé de nos tesserae donne plutôt une sorte de bouillie brunâtre peu appétissante. Les pains fantaisie nécessiteraient un autre arrangement avec le boulanger, deux ou trois écureuils, au bas mot. Quant au pudding, je ne veux même pas savoir ce qu'il y a dedans. Des jours de chasse et de cueillette pour préparer un seul repas, qui ne serait de toute façon qu'un piètre substitut de cette version du Capitole.

Quelle impression cela fait-il de vivre dans un monde où la nourriture apparaît sur simple pression d'un bouton ? À quoi utiliserais-je les heures que je consacre à courir les bois si ma subsistance était assurée aussi facilement ? Que font-ils de leurs journées, ces gens du Capitole, à part orner leur corps et attendre une nouvelle cargaison de tributs pour se distraire par le spectacle de leur mort ?

Je lève la tête et croise le regard de Cinna.

— Nous devons te paraître bien méprisables, dit-il.

A-t-il lu cela dans mon expression ? A-t-il deviné mes pensées ? Il a raison. Je les trouve méprisables, tous autant qu'ils sont.

— Mais peu importe, continue Cinna. Bien, passons à la question de ta tenue pour la cérémonie d'ouverture. Ma collègue Portia s'occupe de ton partenaire, Peeta. Et nous avons pensé vous présenter de manière complémentaire. Comme tu le sais, la coutume consiste à refléter votre district d'origine.

Lors de la cérémonie d'ouverture, chaque tribut doit porter quelque chose en rapport avec l'économie principale de son district. Pour le district Onze, l'agriculture. Pour le Quatre, la pêche. Pour le Trois, les usines. Ce qui veut dire que Peeta et moi, venant du district Douze, sommes tenus d'évoquer les mines de charbon. Notre tenue de travail n'étant pas particulièrement seyante, nos tributs finissent généralement en combinaison fendue avec un casque surmonté d'une lampe. Une année, ils étaient entièrement nus et recouverts d'une poudre noire censée figurer la poussière de charbon. Quel que soit le résultat, il est toujours épouvantable et ne fait rien pour nous gagner les faveurs des sponsors. Je me prépare au pire.

— Ça veut dire que je serai en tenue de mineur ? demandé-je, en priant pour qu'elle soit décente.

— Pas exactement, répond Cinna. Portia et moi pensons que le thème de la mine est usé jusqu'à la corde. Ce n'est pas comme ça que les gens se souviendront de vous. Or, nous considérons tous les deux qu'il est de notre devoir de rendre les tributs du district Douze inoubliables.

« Je serai nue, ça ne fait pas un pli », me dis-je.

— Si bien qu'au lieu de partir sur l'extraction du charbon, nous préférons nous focaliser sur le charbon lui-même.

« Nue et couverte de poussière noire. »

— Et que fait-on avec le charbon ? On le brûle, achève Cinna. Tu n'as pas peur du feu, hein, Katniss ?

Mon expression le fait rire.

Quelques heures plus tard, je me retrouve dans le costume qui sera sans doute le plus sensationnel ou le plus fatal de la cérémonie d'ouverture. C'est une combinaison noire moulante qui va du cou à la cheville. J'ai aussi des bottes en cuir à lacets qui montent jusqu'au genou. Mais c'est la cape faite de lanières orange, jaunes et rouges, et la coiffe assortie qui font tout l'intérêt de ce costume. Cinna prévoit de les enflammer juste avant que notre chariot s'élance dans la rue.

— Ce ne seront pas de vraies flammes, bien sûr, rien qu'un petit feu synthétique de notre composition, à Portia et à moi. Vous ne risquez absolument rien.

À coup sûr, je serai carbonisée avant d'atteindre le centre de la ville.

Je suis assez peu maquillée, à peine quelques touches de fond de teint ici et là. Mes cheveux, soigneusement brossés, pendent en tresses dans mon dos, comme d'habitude.

— Je veux que le public puisse te reconnaître quand tu seras dans l'arène, explique Cinna d'une voix rêveuse. « Katniss, la fille du feu. »

L'idée me traverse l'esprit que son apparence calme et détendue dissimule peut-être un fou dangereux.

En dépit de ce que j'ai appris ce matin sur Peeta, je suis soulagée de le voir me rejoindre, dans un costume identique au mien. Le feu, ça doit le connaître. Il est fils de boulanger, après tout. Il est accompagné de Portia, sa styliste, avec son équipe, tout le monde frétillant d'excitation à l'idée du triomphe qui nous attend. À l'exception de Cinna, lequel reçoit les compliments sans se départir de sa réserve.

On nous conduit tout en bas du centre de Transformation, principalement constitué d'une gigantesque écurie. La cérémonie d'ouverture va bientôt débuter. Les tributs embarquent deux par deux à bord de chariots tirés par quatre chevaux. Notre attelage est noir comme du jais. Ces chevaux sont si bien dressés qu'ils peuvent se passer de cocher. Cinna et Portia nous font monter dans notre chariot et règlent avec soin notre position, le drapé de nos capes, avant de s'éloigner en chuchotant.

— Qu'en penses-tu, toi ? Du feu ? dis-je à Peeta.

— Je t'arrache ta cape si tu m'arraches la mienne, répond-il entre ses dents serrées.

— Marché conclu. (Peut-être qu'en étant assez rapides, nous éviterons de trop graves brûlures. C'est moche, quand même. On nous jettera dans l'arène quel que soit notre état.) Je sais qu'on a promis à Haymitch de faire exactement ce qu'on nous dira, mais je ne crois pas qu'il ait considéré la question sous cet angle.

— Où est-il passé, d'ailleurs ? Il n'est pas censé nous protéger de ce genre de trucs ? s'étonne Peeta.

— Avec tout l'alcool qu'il a dû ingurgiter, mieux vaut qu'il reste loin des flammes.

Et soudain, nous éclatons de rire tous les deux. Je suppose que la nervosité à l'approche des Jeux et, surtout, l'inquiétude à l'idée de nous transformer en torches vivantes peuvent expliquer cette réaction.

La musique d'ouverture retentit. On ne peut pas la manquer, elle est diffusée à travers tout le Capitole. Les portes massives s'ouvrent et dévoilent des rues bordées par la foule. Le trajet, d'une vingtaine de minutes, nous conduira au Grand Cirque, où nous serons accueillis. Après avoir écouté l'hymne, on nous escortera au centre d'Entraînement, qui sera notre résidence-prison jusqu'au début des Jeux.

Les tributs du district Un s'élancent à bord d'un chariot tiré par de magnifiques chevaux blancs. Ils sont si beaux, peints à la bombe argentée, dans leurs élégantes tuniques ornées de bijoux. Le district Un confectionne des objets de luxe à l'intention du Capitole. On peut entendre les acclamations de la foule à leur passage. Ils sont toujours très appréciés.

Le district Deux s'avance pour les suivre. Bientôt, c'est notre tour d'approcher de la sortie, et je constate que, entre le ciel plombé et l'heure tardive, la lumière vire au gris. Quand les tributs du district Onze jaillissent à leur tour, Cinna nous rejoint avec une torche enflammée.

— C'est à nous, annonce-t-il.

Et avant que nous puissions réagir, il met le feu à nos capes.

Je retiens mon souffle, je guette la sensation de chaleur, mais je ne perçois qu'un léger picotement. Cinna grimpe sur le chariot et enflamme nos coiffes. Il pousse un soupir de soulagement.

— Ça marche ! s'exclame-t-il.

Puis il me redresse gentiment le menton.

— N'oubliez pas, tête haute ! Souriez. Ils vont vous adorer ! ajoute-t-il.

Cinna bondit à bas du chariot. Une dernière idée lui vient ; il tente de nous la crier, mais sa voix est noyée par la musique. Il crie de plus belle en faisant des gestes.

— Que dit-il ? demandé-je à Peeta.

Je le regarde pour la première fois et je réalise que, dans le halo des fausses flammes, il est éblouissant. Et que je dois l'être, moi aussi.

— Je crois qu'il veut qu'on se tienne la main, répond Peeta.

Sa main gauche attrape ma main droite, et nous jetons un regard vers Cinna pour avoir confirmation. Il hoche la tête, lève les deux pouces en l'air, et c'est la dernière chose que je vois avant que nous nous élancions dans la ville.

Au premier mouvement d'inquiétude de la foule succèdent rapidement des vivats et des cris : « District Douze ! » Toutes les têtes se tournent vers nous, au détriment des trois chariots qui nous précèdent. Au début, je reste pétrifiée, mais ensuite je nous aperçois sur un écran géant et je suis frappée par le tableau que nous offrons. Dans le soir qui tombe, la lumière des flammes illumine nos visages. Nos capes ondulantes semblent suivies d'une traîne de feu. Cinna a eu raison concernant le maquillage minimaliste : nous avons l'air plus beaux tous les deux, mais nous restons parfaitement reconnaissables.

« N'oubliez pas, tête haute ! Souriez. Ils vont vous adorer ! » J'entends encore la voix de Cinna. Je lève un peu le menton, j'affiche mon plus beau sourire et j'agite ma main libre. Je suis heureuse de pouvoir m'appuyer sur Peeta, il est si fort, solide comme un roc. En prenant de l'assurance, je me surprends même à adresser quelques baisers à la foule. C'est le délire parmi les gens du Capitole. Ils nous couvrent de fleurs, ils scandent nos prénoms, qu'ils ont cherchés sur le programme.

La musique qui résonne, les acclamations, l'admiration, tout cela fait son effet sur moi et je ne peux contenir mon excitation. Cinna m'a donné un grand avantage. Personne ne m'oubliera. Ni mon visage ni mon prénom. Katniss. La fille du feu.

Pour la première fois, je sens une pointe d'espoir monter en moi. Après ça, il y aura certainement un sponsor pour miser sur moi ! Et avec un petit coup de pouce, de la nourriture, une arme appropriée, pourquoi devrais-je m'estimer vaincue d'avance ?

On me lance une rose rouge. Je l'attrape, la hume délicatement, puis souffle un baiser dans la direction de celui qui me l'a offerte. Une centaine de mains se lèvent pour saisir mon baiser, comme s'il s'agissait d'une chose réelle, tangible.

— Kat-niss ! Kat-niss !

Mon prénom retentit partout. Ils veulent tous mes baisers.

C'est seulement au moment d'entrer dans le Grand Cirque que je réalise que Peeta ne doit plus avoir une goutte de sang dans la main. Tellement je la serre. Je regarde nos doigts entremêlés et je commence à relâcher ma prise, mais il me retient.

— Non, ne me lâche pas, dit-il. (La lumière des flammes scintille dans ses yeux bleus.) S'il te plaît. J'ai peur de dégringoler.

— D'accord, je réponds.

Je garde donc sa main, mais je ne peux m'empêcher de trouver un peu étrange la manière dont Cinna nous a liés l'un à l'autre. À quoi bon nous présenter comme une équipe alors que nous allons être enfermés dans l'arène pour nous entre-tuer ?

Les douze chariots font le tour du Grand Cirque. Le gratin du Capitole se presse à chaque fenêtre des bâtiments environnants. Notre attelage s'arrête devant la demeure du président Snow, et notre chariot s'immobilise. La musique s'achève sur un finale majestueux.

Le président, un petit homme mince aux cheveux très blancs, nous accueille officiellement du haut de son balcon. La tradition veut qu'on ne montre pas les visages des tributs pendant son discours. Mais je peux voir à l'écran que nous avons beaucoup plus que notre part de temps d'antenne.

Plus il fait sombre, plus il devient difficile de détacher les yeux de nos flammes. Quand l'hymne national s'élève, la réalisation fait un effort pour s'intéresser rapidement aux autres couples de tributs, mais la caméra s'attarde sur le chariot du district Douze. Un dernier tour d'honneur dans le Grand Cirque, et nous disparaissons dans le centre d'Entraînement.

À peine les portes se sont-elles refermées derrière nous que nous sommes assaillis par les équipes de préparation, qui ne tarissent pas d'éloges. En jetant un coup d'œil autour de moi, je vois beaucoup d'autres tributs nous lancer des regards noirs, ce qui confirme ce que je pensais : nous avons éclipsé tout le monde. Puis Cinna et Portia nous aident à descendre du chariot, et nous ôtent nos capes et nos coiffes. Portia éteint les flammes en vaporisant dessus un produit spécial.

Je prends conscience que je n'ai toujours pas lâché Peeta et j'oblige mes doigts raidis à se détendre. Nous nous massons la main tous les deux.

— Merci de m'avoir tenu. J'avais un peu la tremblote, me dit Peeta.

— Ça ne s'est pas vu. Je suis sûre que personne n'a rien remarqué.

— Ils avaient tous les yeux braqués sur toi. Tu devrais porter des flammes plus souvent. Ça te va bien.

Et il m'adresse un sourire qui paraît si gentil, si sincère, avec une légère touche de timidité, que je sens une chaleur inattendue monter en moi.

Une alarme résonne dans ma tête. « Ne sois pas stupide. Peeta a l'intention de te tuer. Il voudrait faire de toi une proie facile. Plus il est amical, plus il devient dangereux. »

Mais, comme on peut être deux à s'amuser à ce jeu-là, je me dresse sur la pointe des pieds et lui dépose un baiser sur la joue. En plein sur son bleu.

6

L e centre d'Entraînement comporte une tour exclusivement réservée aux tributs ainsi qu'à leurs
équipes. C'est là que nous serons installés jusqu'au
début des Jeux. Chaque district se voit attribuer un étage
entier. Il suffit d'appuyer sur le numéro de son district dans
l'ascenseur. Facile à se rappeler.

J'ai déjà pris l'ascenseur dans l'hôtel de justice du district
Douze. Une première fois afin de recevoir la médaille pour
la mort de mon père, et puis hier, pour faire mes adieux à
la famille et aux amis. Mais c'est un appareillage sombre
et brinquebalant qui se déplace comme un escargot et
empeste le lait caillé. Ici, au contraire, la cabine de l'ascenseur est tout en verre, de sorte qu'en filant dans les airs on
peut voir les gens au rez-de-chaussée rapetisser telles des
fourmis. C'est grisant, et je suis tentée de demander à Effie
Trinket s'il est possible de refaire un voyage, mais je crains
de paraître puérile.

Il semble que la mission d'Effie Trinket n'ait pas pris fin
à la gare. Haymitch et elle nous coacheront jusque dans
l'arène. En un sens, c'est un atout, parce que au moins
nous pourrons compter sur elle pour nous emmener partout en temps et en heure, au contraire d'Haymitch, que
nous n'avons pas revu depuis qu'il a promis de nous aider
dans le train. Il est sans doute ivre mort dans un coin. Effie

Trinket, à l'inverse, est dans une forme éblouissante. Nous sommes ses premiers tributs à avoir fait une telle impression lors de la cérémonie d'ouverture. Elle nous abreuve de compliments sur nos costumes, notre manière de nous comporter. À l'entendre, elle connaît tout le monde au Capitole et a passé toute la journée à tenter de nous décrocher des sponsors.

— Je suis restée très mystérieuse, nous assure-t-elle, les yeux mi-clos. Parce que, naturellement, Haymitch ne m'a rien dit de votre stratégie. Mais j'ai fait de mon mieux avec ce que j'avais. Le sacrifice de Katniss au profit de sa sœur. La manière dont vous avez su triompher de la barbarie de votre district.

La barbarie ? Voilà qui est comique, venant d'une femme qui participe à notre préparation au massacre. Et sur quoi fonde-t-elle notre triomphe ? Sur nos bonnes manières à table ?

— Les gens manifestent une certaine réticence, bien sûr. Vous venez quand même du district du charbon. Mais j'ai répondu, vous allez voir comme c'est fin : « Oh, si on applique une pression suffisante sur le charbon, il se transforme en perles ! »

Effie nous adresse un sourire si éclatant que nous n'avons pas d'autre choix que de la féliciter pour sa finesse. Même si elle raconte n'importe quoi.

Les perles ne sont pas issues du charbon. Elles se forment dans les huîtres. Effie voulait peut-être parler du diamant, mais c'est faux également. Je crois savoir qu'il y a une machine, dans le district Un, capable de changer le graphite en diamant. Sauf que nous n'extrayons pas de graphite, dans le district Douze. Cela faisait partie des attributions du district Treize, avant qu'il soit détruit.

Je me demande si les gens auprès desquels elle a tenté de nous vendre toute la journée le savent ou s'en soucient.

— Malheureusement, je n'ai pas le droit de conclure des accords en votre nom. Haymitch est le seul à pouvoir le faire, conclut Effie d'un ton boudeur. Mais ne vous inquiétez pas, je le traînerai à la table des négociations par la peau du cou, s'il le faut.

En dépit de ses lacunes, Effie Trinket possède une détermination certaine, que je suis bien obligée de saluer.

L'appartement qu'on m'octroie est plus vaste que notre maison entière. Aussi douillet que mon compartiment dans le train, il possède des gadgets automatiques en si grand nombre que je n'aurai jamais le temps d'en presser tous les boutons. La douche à elle seule comporte un tableau de commande avec plus d'une centaine d'options. On peut régler la température de l'eau, sa pression, choisir différents savons, shampooings, parfums, huiles ou éponges de massage. Quand on en sort, des séchoirs s'enclenchent d'une simple pression sur le tapis. Au lieu de tirer sur mes mèches mouillées, il me suffit d'enfoncer la main dans une boîte : un courant électrique parcourt alors mon cuir chevelu pour me démêler et me sécher les cheveux, presque instantanément. Ils me retombent sur les épaules en un long rideau soyeux.

Je programme mon armoire pour des tenues à mon goût. Les fenêtres réagissent à la voix et permettent de zoomer sur telle ou telle partie de la ville. Si je murmure dans l'interphone le nom de n'importe quel plat inscrit au menu pléthorique, il apparaît devant moi en moins d'une minute, chaud et fumant. Je me promène dans la chambre en savourant du foie gras sur du pain de mie quand on frappe à ma porte. Effie vient me chercher pour le dîner.

Parfait. Je meurs de faim.

Peeta, Cinna et Portia se tiennent sur le balcon qui surplombe le Capitole, lorsque nous entrons dans la salle à manger. Je suis heureuse de voir nos stylistes. Un repas uniquement en compagnie d'Effie et d'Haymitch aurait été voué au désastre. Par ailleurs, l'objectif principal de ce dîner n'est pas de nous remplir le ventre mais de mettre au point une stratégie, et Cinna et Portia ont déjà fait leurs preuves dans ce domaine.

Un jeune homme silencieux en tunique blanche nous propose du vin dans des verres à pied. Mon premier geste consiste à décliner, mais je n'ai jamais bu de vin, hormis celui que ma mère préparait pour soigner la toux, et aurai-je jamais une autre occasion d'en goûter ? J'avale une gorgée de ce breuvage âcre, piquant, en me disant que quelques cuillères de miel ne lui feraient pas de mal.

Haymitch apparaît juste avant que le repas soit servi. On dirait qu'il a lui aussi bénéficié des services d'un styliste, car il est propre, soigné et plus sobre que je ne l'ai jamais vu. Il ne refuse pas un verre de vin, mais, quand il trempe sa cuillère dans son potage, je réalise que c'est la première fois que je le vois manger. Peut-être saura-t-il se tenir assez longtemps pour nous aider.

La présence de Cinna et de Portia semble exercer une influence positive sur Haymitch et sur Effie. Au moins, ils se parlent poliment. Et tous les deux n'ont que des louanges à nous adresser concernant la cérémonie d'ouverture. Pendant qu'ils bavardent, je me concentre sur la nourriture. Un potage aux champignons, des légumes avec des tomates pas plus grosses que des petits pois, un rôti de bœuf saignant coupé en tranches aussi fines que du papier, des pâtes à la sauce verte, un fromage crémeux qui vous fond sur la langue, servi avec du raisin noir. Les serveurs, tous des jeunes gens en tunique blanche, comme celui qui nous a apporté le vin, s'activent en silence autour de la table, veillant à remplir nos verres et nos assiettes.

À la moitié de mon verre de vin, mes idées s'embrouillent, et je décide de me rabattre sur l'eau. Je n'aime pas cette sensation, j'espère qu'elle se dissipera vite. Comment Haymitch peut-il supporter d'évoluer dans cet état en permanence ?

Je tente de me concentrer sur la discussion, laquelle a dérivé sur nos costumes, quand une jeune fille apporte un splendide gâteau sur la table et l'allume d'une main habile. Il s'embrase, les flammes vacillant un moment tout autour avant de finir par s'éteindre.

— Qu'est-ce qui flambe comme ça ? C'est de l'alcool ? je demande à la fille. Je ne tiens pas à… Hé, je te reconnais !

Je ne parviens pas à retrouver son nom ou à situer son visage. Pourtant je suis certaine de l'avoir déjà vue. Ses cheveux roux, ses traits, son teint de porcelaine. Mais, en prononçant ces mots, je sens mon estomac se nouer sous l'effet de l'appréhension et de la culpabilité. Même si je ne peux me le rappeler précisément, je sais qu'elle est associée à un mauvais souvenir. Son expression de terreur fugace ne fait qu'ajouter à ma confusion et à ma gêne. Elle secoue vivement la tête et s'empresse de quitter la salle.

Les quatre adultes me regardent fixement.

— Ne sois pas ridicule, Katniss, comment pourrais-tu connaître une Muette ? s'indigne Effie. Quelle idée !

— Une Muette ? dis-je, éberluée.

— Une criminelle. On lui a coupé la langue pour qu'elle ne puisse plus parler, explique Haymitch. Elle a probablement commis une trahison. Il y a peu de chances que tu l'aies déjà vue.

— Quand bien même ce serait le cas, il ne faut pas leur adresser la parole, sauf pour leur donner un ordre, dit Effie. Mais je pense que tu dois confondre.

Pourtant, j'ai déjà rencontré cette fille. Et maintenant qu'Haymitch a mentionné le mot « trahison », je me rappelle même où. Mais la désapprobation générale est si grande que je préfère me taire.

— Sûrement, je dois, euh…

Je cherche mes mots. Le vin ne m'aide pas.

Peeta claque des doigts.

— Delly Cartwright. Mais bien sûr ! Elle me disait quelque chose, à moi aussi. Delly et elle se ressemblent comme deux gouttes d'eau !

Delly Cartwright est une grosse fille à la face terreuse et aux cheveux jaune paille. Elle ressemble à notre serveuse comme un scarabée à un papillon. C'est également l'une des personnes les plus gentilles que je connaisse – elle sourit à tout le monde à l'école, même à moi. Je n'ai pas vu la rousse esquisser le moindre sourire. Mais j'abonde dans le sens de Peeta avec reconnaissance.

— Voilà, c'est à elle que je pensais. Sans doute à cause de ses cheveux, dis-je.

— Quelque chose dans le regard aussi, ajoute Peeta.

Les adultes se détendent autour de la table.

— D'accord ! s'exclame Cinna. Quant au gâteau, oui, il y a de l'alcool dedans, mais il s'est entièrement évaporé. Je l'ai commandé tout spécialement en l'honneur de vos débuts incendiaires.

Nous mangeons le gâteau puis passons dans le salon voisin pour suivre une rediffusion de la cérémonie d'ouverture. Certains couples font belle impression, mais aucun ne nous arrive à la cheville. Même notre propre équipe pousse un « Aaah ! » en nous voyant surgir du centre de Transformation.

— De qui vient cette idée de vous tenir par la main ? demande Haymitch.

— De Cinna, répond Portia.

— Juste la petite touche de rébellion qu'il fallait, approuve Haymitch. Bien vu.

Rébellion ? Le mot m'interpelle un moment. Mais en repensant aux autres couples, raides et figés, qui ne se touchaient pas et ne se regardaient même pas, comme si l'autre tribut n'existait pas, comme si les Jeux avaient déjà commencé, je comprends ce qu'il veut dire. Le fait de nous présenter comme des amis plutôt que comme des adversaires nous distingue tout autant que les costumes enflammés.

— Demain matin, vous aurez votre première séance d'entraînement. Je vous retrouverai au petit déjeuner pour vous dire exactement comment je vois les choses, nous dit Haymitch. En attendant, allez dormir pendant que les grandes personnes discutent entre elles.

Peeta et moi redescendons le long couloir qui mène à nos deux chambres. En arrivant devant ma porte, il s'appuie contre le montant, sans vraiment me barrer le passage mais en m'obligeant à lui prêter attention.

— Incroyable, Delly Cartwright. Qui aurait cru qu'on verrait son sosie, ici ?

Il me demande une explication, que je suis tentée de lui donner. Nous savons tous les deux qu'il m'a couverte. Me voilà de nouveau avec une dette envers lui. Si je lui disais la vérité au sujet de la fille, ça rétablirait un peu l'équilibre. Qu'ai-je à craindre ? Même s'il répète l'histoire, on ne pourra pas me faire grand-chose. C'est simplement une scène à laquelle j'ai assisté. Et puis, il a menti comme moi au sujet de Delly Cartwright.

Je m'aperçois que j'ai envie de parler de cette fille. De raconter son histoire à quelqu'un qui puisse m'aider à la comprendre. Gale aurait été mon premier choix, mais il y a peu de chances que je le revoie un jour. Mettre Peeta dans la confidence risque-t-il de lui donner un avantage sur moi ? Je ne vois pas comment. Au contraire, cette marque de confiance lui fera croire que je le considère comme un ami.

Par ailleurs, l'idée de cette fille à la langue coupée me terrifie. Elle me rappelle pourquoi je suis là. Non pas pour parader dans un joli costume et savourer une nourriture délicieuse. Mais pour connaître une mort sanglante, pendant que la foule encouragera mon meurtrier.

Parler, garder le silence ? J'ai encore l'esprit embrumé par le vin. Je fixe le couloir désert comme si j'allais y trouver la réponse.

Peeta perçoit mon hésitation.

— Es-tu déjà montée sur la terrasse ? (Je fais signe que non.) Cinna m'y a emmené. On voit pratiquement toute la ville, de là-haut. Le vent souffle un peu fort, par contre.

Je traduis mentalement par « Personne n'entendra ce qu'on se dit ». C'est vrai qu'on a le sentiment d'être sous surveillance, ici.

— Tu me montres ?

— D'accord, allons-y, propose Peeta.

Je le suis dans un escalier qui monte vers le toit. Nous parvenons dans une petite pièce coiffée d'un dôme, avec une porte donnant sur l'extérieur. En sortant dans la nuit fraîche et venteuse, je retiens mon souffle devant la vue. Le Capitole scintille comme une immense prairie parsemée de lucioles. L'électricité est très irrégulière, dans le district Douze ; nous n'en bénéficions en général que quelques heures par jour. Les soirées se passent souvent à la chandelle. Les seules occasions où l'on peut compter dessus, c'est durant la diffusion des Jeux, ou quand le gouvernement a une communication à faire à la télévision, que tout le monde est tenu de regarder. Mais il semble qu'ici on ne connaisse pas les coupures. Jamais.

Peeta et moi marchons jusqu'à la rambarde. En se penchant par-dessus, on peut voir la rue au pied de l'immeuble, grouillante de monde. On entend les véhicules, quelques cris, un étrange tintement métallique. Dans le district Douze, les gens ne pensent plus qu'à rejoindre leur lit, à cette heure-ci.

— J'ai demandé à Cinna pourquoi on nous laissait accéder à la terrasse. S'ils n'avaient pas peur que certains tributs se jettent dans le vide, dit Peeta.

— Qu'a-t-il répondu ?

— Que c'est impossible. (Peeta avance la main dans le vide. On entend un grésillement, et il la retire vivement.) Une sorte de champ électrique te ramène sur le toit.

— Me voilà rassurée. (Même en sachant que c'est Cinna qui a montré l'endroit à Peeta, je doute que nous soyons vraiment autorisés à monter ici aussi tard, tout seuls. Je n'ai jamais vu de tribut sur la terrasse du centre d'Entraînement. Mais ça ne veut pas dire qu'il n'y a pas de caméras.) Tu crois qu'on nous observe, en ce moment ?

— Peut-être. Viens donc voir le jardin.

De l'autre côté du dôme s'étend un jardin avec des parterres de fleurs et des arbres en pots. Des centaines de carillons sont suspendus aux branches des arbres : ce sont eux qui produisent le tintement que j'ai remarqué tout à l'heure. Avec le vent qui souffle ce soir, le bruit devrait suffire à couvrir nos messes basses. Peeta me dévisage sans rien dire.

Je fais semblant de m'intéresser à une fleur et je murmure :

— Nous chassions dans les bois, un jour. Nous étions cachés, à guetter le gibier.

— Ton père et toi ? me demande-t-il en chuchotant lui aussi.

— Non, mon ami Gale et moi. Tout à coup, les oiseaux ont cessé de chanter. Sauf un, comme s'il voulait prévenir les autres. C'est là qu'on l'a vue. Je suis sûre que c'était la même fille. Il y avait un garçon avec elle. Leurs vêtements étaient déchirés, ils avaient de gros cernes noirs sous les yeux et ils couraient comme si leur vie en dépendait.

Je reste silencieuse un moment. Je me rappelle que la vue de ces deux inconnus, visiblement étrangers au district, nous avait pétrifiés sur place. Après coup, nous avons regretté de ne pas les avoir aidés. Peut-être que nous aurions pu les cacher. En agissant vite. Ils nous avaient pris par surprise, d'accord, mais Gale et moi sommes tous les deux des chasseurs. Nous savons reconnaître un gibier aux abois. Nous avons deviné tout de suite qu'ils avaient des ennuis. Mais nous n'avons rien fait.

— L'hovercraft a surgi de nulle part, dis-je tout bas à Peeta. La seconde d'avant le ciel était vide, et soudain il était là. Sans un bruit. Ils l'ont repéré quand même. Un filet s'est abattu sur la fille et l'a remontée très vite, aussi vite que l'ascenseur. Ils ont tiré une sorte d'épieu sur le garçon, attaché à un câble, avec lequel ils l'ont hissé aussi. Mais je suis certaine qu'il était mort. Nous avons entendu la fille crier, une fois. Sans doute le nom du garçon. Et puis l'hovercraft a disparu. Comme ça, volatilisé en plein ciel. Et les oiseaux se sont remis à chanter comme si de rien n'était.

— Est-ce qu'ils vous ont vus ? demande Peeta.

— Je ne sais pas. Nous étions embusqués sous un rocher. Mais je le sais, à présent. Il y a eu un instant, juste après le cri du dernier oiseau et avant l'apparition de l'hovercraft, où la fille nous a aperçus. Elle a croisé mon regard et nous a appelés à l'aide. Mais ni Gale ni moi ne lui avons répondu.

— Tu trembles, me dit Peeta.

Le vent et ce récit m'ont glacée jusqu'aux os. Ce cri qu'a poussé la fille. Aurait-ce été le dernier ?

Peeta enlève sa veste et m'enveloppe dedans. Je fais mine de me dérober, puis je le laisse faire, en décidant d'accepter à la fois sa veste et sa gentillesse. C'est ce que ferait une amie, non ?

— Tu crois qu'ils venaient d'ici ? demande-t-il en fermant un bouton à mon cou.

J'acquiesce. Ils avaient tous les deux l'allure du Capitole. Le garçon comme la fille.

— Où crois-tu qu'ils allaient ?

— Aucune idée. (Le district Douze marque la fin de la ligne. Au-delà, il n'y a que des terres sauvages. Si on excepte les ruines du district Treize, encore fumantes sous les impacts des bombes toxiques. On nous les montre de temps en temps à la télé, pour nous rafraîchir la mémoire.) Je me demande bien pourquoi ils ont voulu partir.

Haymitch a dit que les Muets étaient des traîtres. Mais traîtres à quoi ? Ce ne peut être qu'au Capitole. Pourtant, ils avaient tout, ici. Aucune raison de se rebeller.

— Moi, je partirais, bredouille Peeta. (Il jette un regard nerveux autour de lui. Il a parlé un peu trop fort. Il s'esclaffe.) Je rentrerais chez moi, si je pouvais. Mais il faut reconnaître que la bouffe est extra.

Il couvre ses arrières, encore une fois. Quelqu'un qui n'aurait entendu que ça croirait avoir surpris les propos d'un tribut terrorisé, et non une remise en cause de la bonté ineffable du Capitole.

— Ça se rafraîchit. Nous ferions mieux de rentrer, dit-il. (Sous le dôme, nous retrouvons lumière et chaleur. Il poursuit sur le ton de la conversation :) Ton ami Gale, c'est celui qui a emporté ta sœur, lors de la Moisson ?

— Oui. Tu le connais ?

— Pas vraiment. J'entends souvent les filles en parler. Je croyais que c'était ton cousin ou quelque chose comme ça. Vous vous entendez bien, tous les deux.

— Oui, mais il n'y a aucun lien de parenté entre nous.

Peeta hoche la tête d'un air étrange.

— Est-il passé te dire adieu ?

— Oui, dis-je en l'observant attentivement. Ton père aussi, d'ailleurs. Il m'a apporté des cookies.

Peeta hausse les sourcils, comme s'il n'était pas au courant. Mais, après l'avoir vu mentir avec autant d'aplomb, je reste sceptique.

— Ah bon ? C'est vrai qu'il vous aime bien, ta sœur et toi. Je crois qu'il aurait voulu avoir une fille plutôt que des garçons.

L'idée qu'on ait pu évoquer mon nom dans la maison de Peeta, à table, devant le four ou même comme ça, dans la conversation, me surprend. C'était sûrement pendant que la mère était dans une autre pièce.

— Mon père connaissait ta mère, quand ils étaient petits, ajoute Peeta.

Autre surprise. Mais probablement vraie.

— Ah oui. Elle a grandi en ville.

Je préfère ne pas lui dire qu'elle n'a jamais mentionné le boulanger autrement que pour vanter son pain.

Nous arrivons devant ma porte. Je lui rends sa veste.

— Allez, à demain matin.

— Bonne nuit, me dit-il avant de s'éloigner dans le couloir.

Dans ma chambre, je tombe sur la rousse en train de ramasser ma combinaison et mes bottes à l'endroit où je les ai laissées, par terre, devant la douche. Je voudrais m'excuser pour tout à l'heure, au cas où je lui aurais attiré des ennuis. Je me souviens alors que je ne suis pas censée lui adresser la parole, sauf pour lui donner un ordre.

— Oh, pardon, dis-je. Je devais les rapporter à Cinna. Désolée. Tu veux bien t'en charger ?

Elle évite mon regard, hoche brièvement la tête et gagne la porte.

Je lui dirais bien que je regrette, pour le dîner. Mais je sais que mes excuses remontent à beaucoup plus loin. J'ai honte de n'avoir rien fait pour l'aider dans les bois. D'avoir laissé le Capitole tuer son compagnon et la mutiler sans lever le petit doigt.

Comme si je suivais les Jeux à la télé.

Je me débarrasse de mes chaussures d'un coup de pied et je me glisse toute habillée entre les draps. Je tremble toujours. Peut-être que la fille ne se souvient pas de moi. Mais je sais que si. On n'oublie pas le visage de la personne qui a représenté votre dernier espoir. Je tire la couverture sur ma tête, comme pour me protéger de la rousse qui ne peut plus parler. Mais je sens ses yeux fixés sur moi, qui transpercent les murs, la porte, les draps.

Je me demande si elle aura plaisir à me regarder mourir.

7

Mon sommeil est agité, plein de rêves troublants. Je revois le visage de la rousse, mêlé à des images macabres d'éditions antérieures des Jeux ; je vois ma mère repliée sur elle-même, inaccessible, et Prim émaciée, terrifiée. Je me réveille en hurlant à mon père de s'enfuir, alors que la mine explose en mille fragments lumineux.

L'aube pointe derrière la baie vitrée. La brume donne au Capitole une allure fantomatique. J'ai mal à la tête, et j'ai dû me mordre la joue pendant la nuit. En touchant la plaie du bout de la langue, je sens un goût de sang.

Laborieusement, je m'extirpe du lit et me traîne sous la douche. Je pousse plusieurs boutons au hasard sur le panneau de contrôle. Je me retrouve à sautiller d'un pied sur l'autre sous les assauts de jets tour à tour glacés et brûlants. Après quoi je suis noyée sous une mousse citronnée, dont je dois me débarrasser à la brosse dure. Bah, au moins, ça fait circuler le sang.

Une fois séchée et enduite de lotion, je trouve une tenue préparée à mon intention devant l'armoire. Un pantalon noir moulant, une tunique bordeaux à manches longues et des chaussures en cuir. Je rassemble mes cheveux en une longue natte dans le dos. C'est la première fois depuis le matin de la Moisson que j'ai l'air naturelle. Sans coiffure compliquée, sans costume, sans cape enflammée. Je me retrouve enfin. Comme si je partais chasser dans les bois. Ça me détend.

Haymitch ne nous a pas indiqué d'heure pour le petit déjeuner, et personne n'est encore venu frapper à ma porte, mais j'ai faim. Je prends donc la direction de la salle à manger en espérant y trouver ce qu'il faut. Je ne suis pas déçue. La table est vide, mais une bonne vingtaine de plats m'attendent sur un buffet, le long du mur. Un jeune homme, un Muet, se tient à côté, au garde-à-vous. Quand je lui demande si je peux me servir, il fait oui de la tête. Je remplis mon assiette d'œufs, de saucisses, de cakes glacés à la confiture d'orange, de tranches de pastèque. Tout en m'empiffrant, je regarde le soleil se lever sur le Capitole. Ensuite, j'engloutis une assiette de céréales noyées dans un ragoût de bœuf. Et enfin, je retourne chercher des petits pains, que je brise et que je trempe dans le chocolat chaud, comme Peeta me l'a montré dans le train.

Mes pensées s'égarent en direction de ma mère et de Prim. Elles doivent être levées, à cette heure. Ma mère prépare sans doute la bouillie du petit déjeuner. Prim doit traire sa chèvre avant de partir à l'école. Il y a deux jours à peine, je me réveillais encore chez moi. Deux jours ? Eh oui. Et maintenant, la maison me paraît vide, même à distance. Qu'ont-elles dit, hier soir, de mon entrée flamboyante dans les Jeux ? Cela leur a-t-il donné de l'espoir, ou bien la réalité des vingt-quatre tributs à la parade a-t-elle renforcé leurs appréhensions, sachant qu'un seul en sortira vivant ?

Haymitch et Peeta arrivent, me saluent et vont se servir. Je suis agacée de constater que Peeta porte exactement le même ensemble que le mien. Il faudra que j'en touche deux mots à Cinna. Ce numéro de jumeaux va nous exploser en pleine figure après le début des Jeux. Il le sait forcément.

Je me souviens alors du conseil d'Haymitch, qui nous a dit d'accepter sans discussion les décisions des stylistes. Si ce n'était pas Cinna, je serais tentée de protester. Mais, après notre triomphe de la veille, il serait malvenu de critiquer ses choix.

L'entraînement me rend nerveuse. Il va durer trois jours, au cours desquels tous les tributs s'entraîneront ensemble. Le dernier après-midi, chacun aura l'occasion de démontrer son savoir-faire en privé devant les Juges. Cette idée d'une rencontre avec les autres tributs me noue l'estomac. Je tourne et retourne entre mes mains le petit pain que je viens de prendre dans le panier, mais j'ai perdu l'appétit.

Après s'être resservi plusieurs fois du ragoût, Haymitch repousse son assiette avec un soupir. Il sort une flasque de sa poche, s'offre une longue rasade, puis pose les deux coudes sur la table.

— Bon, passons aux choses sérieuses. L'entraînement. Pour commencer, il faut savoir que je peux vous conseiller séparément. C'est à vous de choisir.

— Quel serait l'intérêt ? je demande.

— L'un de vous pourrait avoir un talent secret qu'il souhaite cacher à l'autre, répond Haymitch.

J'échange un regard avec Peeta.

— Je n'ai aucun talent secret, déclare-t-il. Et je connais déjà le tien, pas vrai ? Je veux dire, j'ai suffisamment profité de tes écureuils.

Je n'avais jamais imaginé que Peeta puisse manger les écureuils que j'abattais. J'avais toujours cru que le boulanger les faisait rôtir pour lui seul et les dégustait dans son coin. Non par avarice, mais parce que les familles de la ville mangent généralement de la viande qu'elles achètent chez le boucher. Du bœuf, du poulet, du cheval.

— Vous n'avez qu'à nous conseiller ensemble, dis-je à Haymitch.

Peeta acquiesce.

— Très bien. Donnez-moi une idée de ce que vous savez faire, nous suggère notre mentor.

— Je ne sais pas faire grand-chose, répond Peeta. Savoir pétrir le pain, ça compte ?

— J'ai bien peur que non. Katniss, tu m'as déjà montré que tu savais jouer du couteau.

— Pas vraiment. Par contre, je sais chasser, dis-je. Avec un arc et des flèches.

— Et tu es bonne ? s'enquiert Haymitch.

Je réfléchis à la question. Je nourris ma famille depuis quatre ans, ce qui n'est pas rien. Je ne suis pas aussi bonne que l'était mon père, mais il avait plus d'expérience. Je suis meilleure tireuse que Gale, mais là, c'est moi qui ai plus d'expérience. Lui, c'est surtout un génie des pièges et des collets.

— Je me débrouille, dis-je.

— Elle est excellente, intervient Peeta. Mon père lui achète ses écureuils. Il s'extasie toujours sur leur fourrure intacte. Elle les atteint en plein dans l'œil. Même chose pour les lapins, qu'elle revend au boucher. Elle est même capable d'abattre un daim.

Je suis vraiment surprise par cet éloge venant de Peeta. D'abord, qu'il ait remarqué. Ensuite, qu'il me mette en valeur ainsi.

— Qu'est-ce que tu fabriques ? je lui demande d'un ton soupçonneux.

— Qu'est-ce que tu fabriques *toi* ? rétorque Peeta. Si tu veux qu'il puisse t'aider, Haymitch doit savoir de quoi tu es capable. Ne te sous-estime pas.

J'ignore pourquoi, mais cette réponse m'agace.

— Et toi, alors ? dis-je sèchement. Je t'ai vu au marché. Tu peux soulever des sacs de farine de cinquante kilos. Ce n'est pas rien.

— Oui, je suis sûr que l'arène sera pleine de sacs de farine que je pourrai jeter à la tête des autres. Ce n'est pas comme si je savais me servir d'une arme. Tu sais bien que c'est différent.

— C'est un bon lutteur, expliqué-je à Haymitch. Il est sorti deuxième de la compétition de l'école l'année dernière, juste derrière son frère.

— Et alors ? Combien de fois as-tu vu un concurrent en éliminer un autre à mains nues ? demande Peeta avec dégoût.

— Il y a toujours du corps-à-corps. Il te suffit de mettre la main sur un couteau et alors, tu auras une chance. Tandis que, si on me tombe dessus, je suis morte !

J'entends ma voix grimper d'une octave sous le coup de la colère.

— Sauf qu'on ne te verra même pas ! Tu seras cachée dans un arbre à manger des écureuils crus et à abattre tes concurrents avec tes flèches. Tu sais ce que ma mère a dit, quand elle m'a fait ses adieux, comme pour me remonter le moral ? Que le district Douze aurait peut-être enfin un vainqueur. Et j'ai réalisé que ce n'était pas de moi qu'elle parlait, mais de toi ! explose Peeta.

— Oh, mais non, elle parlait de toi, je réponds avec un petit geste de la main.

— Elle a dit : « C'est une survivante, celle-là. » *Celle-là*, insiste Peeta.

J'en reste muette. Sa mère a-t-elle vraiment dit ça sur moi ? Me donne-t-elle plus de chances qu'à son fils ? Je lis la souffrance dans les yeux de Peeta et je sais qu'il ne ment pas.

Je me revois soudain derrière la boulangerie, je sens la pluie glaciale qui me coule dans le dos, la faim qui me tenaille le ventre. J'ai de nouveau onze ans quand je dis d'une petite voix :

— Seulement parce qu'on m'a aidée.

Peeta baisse les yeux sur le petit pain que je tiens à la main, et je sais qu'il se souvient de ce jour-là, lui aussi. Mais il se contente de hausser les épaules.

— On t'aidera aussi dans l'arène. Les gens se battront pour te sponsoriser.

— Pas plus que pour toi, dis-je.

Peeta lève les yeux au ciel puis se tourne vers Haymitch.

— Elle ne se rend pas compte. De l'effet qu'elle peut produire.

Il griffe la table du bout des ongles, en évitant mon regard.

Mais de quoi diable parle-t-il ? Les gens se bousculeraient pour m'aider ? Personne ne m'a aidée quand nous étions en train de mourir de faim ! Personne, sauf Peeta. Les choses ont changé lorsque j'ai eu quelque chose à négocier. Je suis coriace en affaires. Mais le suis-je vraiment ? Quelle impression puis-je donner aux autres ? Celle d'une pauvre fille dans le besoin ? Est-il en train de suggérer qu'on m'achetait mes prises un bon prix parce qu'on avait pitié de moi ? J'essaie de me poser sincèrement la question. Serait-ce vrai ? Il a pu arriver que certains marchands se montrent généreux, mais j'ai toujours attribué ça à leur relation de longue date avec mon père. Et puis, je ne leur apportais que du premier choix. Personne n'a eu pitié de moi !

Je jette un regard noir sur le pain. Je suis persuadée que Peeta a voulu m'insulter.

Au bout d'un long moment, Haymitch rompt le silence :

— Bon, je vois. D'accord. Katniss, il n'y a aucune garantie qu'on vous fournisse des arcs et des flèches dans l'arène, mais, au cours de ta séance privée devant les Juges, montre-leur ce que tu sais faire. En attendant, ne t'approche même pas d'un arc. Es-tu douée avec les pièges ?

— Je sais tendre quelques collets, dis-je en marmonnant.

— Ça pourra t'être utile pour te nourrir, continue Haymitch. Et, Peeta, elle a raison : ne sous-estime pas l'intérêt de la force dans l'arène. Très souvent, c'est la puissance physique qui fait la différence. Vous aurez des poids au centre d'Entraînement, mais ne fais pas voir aux autres tributs combien tu peux soulever. Le plan est le même pour vous deux. Participez à l'entraînement de groupe. Profitez-en pour apprendre quelque chose de nouveau pour vous : lancer un javelot, manier une massue, faire des nœuds. Gardez la démonstration de vos talents pour votre séance privée. C'est bien compris ?

Peeta et moi hochons la tête.

— Une dernière chose. En public, je veux que vous restiez en permanence l'un avec l'autre, dit Haymitch. (Nous commençons à protester tous les deux, mais Haymitch fait claquer sa main sur la table.) En permanence ! On ne discute pas ! Vous avez accepté de faire ce que je vous dirais ! Vous resterez ensemble, vous vous montrerez gentils l'un avec l'autre. Et maintenant, dehors. Effie vous prendra devant l'ascenseur, à dix heures, pour l'entraînement.

Je me mords la lèvre, je regagne ma chambre à grands pas et je m'assure que Peeta m'entend claquer la porte. Je m'assois sur le lit. Je déteste Haymitch, je déteste Peeta, je me déteste pour avoir mentionné ce fameux jour, il y a si longtemps, sous la pluie.

Quelle blague, que Peeta et moi fassions semblant d'être des amis ! Qu'on souligne les qualités de l'autre, qu'on insiste pour le mettre en valeur. Parce que en fait, tôt ou tard, il faudra bien tomber le masque et reconnaître que nous sommes des ennemis mortels. Ce que j'étais prête à faire sur-le-champ sans cette stupide consigne d'Haymitch, qui nous oblige à rester toujours ensemble à l'entraînement. C'est ma faute, je suppose. Je n'aurais pas dû lui dire de nous conseiller en même temps. Mais ça ne signifiait pas que je voulais tout faire en compagnie de Peeta. Lequel, d'ailleurs, ne montre pas plus d'enthousiasme que moi à cette idée.

J'entends encore Peeta dans ma tête. « Elle ne se rend pas compte. De l'effet qu'elle peut produire. » À l'évidence, il a dit ça pour me rabaisser, non ? Pourtant, au fond de moi, une petite voix se demande s'il ne s'agirait pas d'un com-pliment. Une manière de laisser entendre que je ne manque pas de charme. C'est drôle de voir tout ce qu'il a retenu à mon sujet. Mes prouesses à la chasse, par exemple. Et appa-remment, j'ai fait plus attention à lui que je ne le croyais. La farine. La lutte. Je n'ai jamais oublié le garçon des pains.

Il est bientôt dix heures. Je me brosse les dents et me plaque les cheveux en arrière. La colère m'a fait oublier un moment la rencontre avec les autres tributs, mais, mainte-nant, je sens mon appréhension revenir. En rejoignant Effie et Peeta devant l'ascenseur, je me surprends à me ronger les ongles. J'arrête aussitôt.

Les salles d'entraînement sont situées dans les sous-sols de notre immeuble. Avec ces ascenseurs, la descente dure moins d'une minute. Les portes s'ouvrent sur un immense gymnase, rempli d'armes et de parcours d'obstacles. Bien qu'il ne soit pas encore dix heures, nous sommes les der-niers. Les autres tributs sont déjà réunis en cercle, tendus.

Chacun porte, épinglé à sa chemise, un carré de tissu avec le numéro de son district. Pendant qu'on m'accroche un grand douze dans le dos, j'effectue un rapide tour d'horizon. Peeta et moi sommes les seuls à être habillés de la même façon.

Dès que nous avons rejoint le cercle, l'entraîneur en chef, une grande femme athlétique qui se présente sous le nom d'Atala, vient nous expliquer le programme. Des experts vont animer divers ateliers. Nous sommes libres de passer d'un atelier à l'autre, selon les instructions de nos mentors. Certains experts enseignent la survie, d'autres des techniques de combat. Les exercices offensifs avec un autre tribut sont strictement interdits. Au cas où nous aurions besoin de nous entraîner avec un partenaire, des assistants sont à notre disposition.

Alors qu'Atala énumère la liste des ateliers proposés, je ne peux m'empêcher de regarder furtivement les autres tributs. C'est la première fois que nous sommes réunis comme ça, vêtus simplement. Mon cœur se serre. Quasiment tous les garçons et plus de la moitié des filles sont plus costauds que moi, même si bon nombre d'entre eux n'ont jamais mangé à leur faim. Ça se voit à leur physique, à leur peau, à leurs yeux creusés. Je suis peut-être petite, mais l'ingéniosité familiale me donne un avantage. Je me tiens droite, et, même si je ne suis pas épaisse, j'ai de la force. La viande et les plantes que je rapporte des bois, ainsi que l'exercice physique que cela suppose, m'ont donné un corps plus sain que la plupart de ceux que je vois autour de moi.

À l'exception, bien sûr, des enfants des districts les plus aisés, les volontaires, bien nourris et qui s'entraînent depuis leur naissance. C'est généralement le cas des tributs du Un, du Deux et du Quatre. En principe, entraîner un tribut avant son arrivée au Capitole est contraire à la règle, mais ça se produit chaque année. Au district Douze, nous les appelons les « tributs de carrière », ou simplement les « carrières ». Le vainqueur est le plus souvent l'un d'entre eux.

La maigre avance que je pouvais avoir en arrivant au centre d'Entraînement – mon entrée flamboyante de la veille au soir – semble s'évaporer en présence de la concurrence. Les autres tributs étaient jaloux, mais pas de nous : de nos stylistes. Aujourd'hui, je ne lis que du mépris dans le regard des tributs de carrière. Chacun d'eux fait bien vingt-cinq à cinquante kilos de plus que moi. Ils débordent d'arrogance et de brutalité. Dès qu'Atala nous libère, ils se dirigent droit vers les armes les plus effrayantes du gymnase, qu'ils manient avec aisance.

Je suis en train de me dire que j'ai de la chance de savoir courir vite quand Peeta me touche le bras. Je sursaute. Il est resté à côté de moi, comme Haymitch nous l'a demandé. Son expression est neutre.

— Par où veux-tu commencer ?

Je regarde les tributs de carrière qui se pavanent, tâchant clairement de nous intimider. Puis les autres, les mal nourris, les maladroits, qui suivent en tremblant leur première leçon avec un couteau ou une hache.

— Et si on allait nouer quelques nœuds ? je suggère.

— Ça marche, répond Peeta.

Nous nous approchons d'un atelier désert, où l'instructeur paraît ravi d'avoir des élèves. On sent que le cours de nœuds n'est pas un incontournable des Hunger Games. Quand il réalise que je possède quelques notions en matière de collets, l'instructeur nous montre un piège tout simple, mais excellent, qui peut laisser un concurrent humain accroché par le pied au bout d'une branche. Nous nous concentrons là-dessus pendant une heure, jusqu'à ce que nous ayons tous les deux maîtrisé la technique. Puis nous passons au camouflage. Peeta semble apprécier vraiment cet atelier. Barbouiller sa peau pâle de boue, d'argile et de baies écrasées, se couvrir de feuilles et de plantes grimpantes. L'instructeur manifeste son enthousiasme devant le travail de Peeta.

— C'est moi qui m'occupe des gâteaux, m'avoue Peeta.

— Les gâteaux ? (J'étais en train de regarder le garçon du district Deux planter un javelot dans le cœur d'un mannequin à quinze mètres de distance.) Quels gâteaux ?

— Chez nous, à la boulangerie. Je fais le glaçage.

Il veut parler de ceux qu'ils exposent en vitrine. Les gâteaux fantaisie ornés de fleurs et d'autres jolies décorations en sucre, destinés aux anniversaires ou au nouvel an. Chaque fois que nous passions sur la place, Prim insistait pour aller les admirer, même si nous n'avons jamais pu nous en offrir un. Il y a si peu de belles choses, dans le district Douze, que je n'avais pas le cœur à lui refuser ce plaisir.

J'examine d'un œil plus attentif les motifs sur le bras de Peeta. L'alternance des teintes claires et foncées rappelle les rais de soleil tamisés par le feuillage. Je me demande où il a pu voir ça, car je doute qu'il ait jamais franchi le grillage. Serait-ce uniquement en observant ce vieux pommier rabougri derrière chez lui ? Je ne sais pourquoi, mais tout ça – son habileté, ses gâteaux inaccessibles, les louanges de l'expert en camouflage – commence à me porter sur les nerfs.

— Très joli. Dommage qu'on ne puisse pas glacer à mort son adversaire, dis-je.

— Ne prends pas cet air supérieur. On ne sait jamais ce qu'on risque de découvrir, une fois dans l'arène. Suppose qu'on tombe sur un gâteau géant… réplique Peeta.

— Suppose qu'on passe à autre chose.

Trois jours s'écoulent ainsi, durant lesquels Peeta et moi allons d'un atelier à l'autre, sans faire de vagues. Nous apprenons deux ou trois petites choses utiles, comme faire du feu, lancer le couteau, construire un abri. En dépit des recommandations d'Haymitch, Peeta brille au combat au corps à corps, et je passe l'épreuve des plantes comestibles sans même un battement de cils. Nous restons loin des arcs et des poids, cependant. Nous gardons cela en réserve pour nos séances privées.

Les Juges font leur apparition dès le premier jour – une vingtaine d'hommes et de femmes en robes violettes. Ils prennent place dans les gradins, s'approchent parfois pour mieux suivre certains exercices, griffonnent quelques notes, ou bien se remplissent la panse devant l'énorme buffet préparé à leur intention, sans plus s'intéresser à nous. Ils semblent néanmoins garder un œil sur les tributs du district Douze. Plusieurs fois, je surprends des regards fixés sur moi. Ils s'entretiennent également avec nos instructeurs pendant nos repas. Nous les trouvons toujours occupés à discuter à notre retour.

Le petit déjeuner et le dîner sont servis dans les étages, mais le déjeuner se prend en commun, dans une grande salle à côté du gymnase. La nourriture est disposée sur des chariots, et chacun se sert tout seul. Les tributs de carrière ont tendance à s'installer bruyamment à une même table. C'est une manière d'afficher leur supériorité, de proclamer qu'ils n'ont pas peur les uns des autres et que le reste d'entre nous est indigne de leur attention. La plupart des autres s'installent dans leur coin, comme des moutons égarés. Personne ne nous adresse la parole. Peeta et moi mangeons ensemble et, sur l'insistance d'Haymitch, nous nous appliquons à bavarder aimablement pendant le repas.

Trouver un sujet de conversation n'est pas facile. Parler

de chez nous est douloureux, aborder le présent est insoutenable. Peeta renverse la corbeille de pain pour me montrer qu'on a pris la précaution d'y inclure des pains de tous les districts, en plus du pain blanc du Capitole : le pain vert aux algues, en forme de poisson, du district Quatre ; le pain en croissant, constellé de sésame, du district Onze. Ils ont beau avoir la même composition, ils ont tous l'air beaucoup plus appétissants que les biscuits indigestes auxquels nous sommes habitués chez nous.

— Et voilà, conclut Peeta en ramassant les pains pour les remettre dans la corbeille.

— Tu en sais, des choses.

— Seulement sur le pain, regrette-t-il. Allez, ris comme si je venais de dire quelque chose de drôle.

Nous nous esclaffons tous les deux de manière à peu près crédible, sans prêter attention aux regards noirs qu'on nous lance à travers la salle.

— Très bien, je continue à sourire comme un idiot et toi, tu parles, dit Peeta.

Ça nous épuise tous les deux, de jouer la comédie de l'amitié, comme l'a demandé Haymitch. Parce que, depuis que j'ai claqué ma porte, un froid s'est installé entre nous. Nous nous y tenons, néanmoins.

— Je t'ai déjà raconté la fois où j'ai été pourchassée par un ours brun à qui j'avais volé du miel ?

— Non, répond Peeta, mais ça m'a l'air fascinant.

Je m'efforce de prendre un air enjoué en me rappelant cette histoire authentique. Peeta éclate de rire, pose des questions. Il est bien meilleur que moi, à ce jeu-là.

Le deuxième jour, alors que nous nous essayons au lancer du javelot, il me chuchote :

— J'ai l'impression qu'on nous suit.

Je lance mon javelot – pas trop mal, d'ailleurs, tant que la distance n'est pas trop grande – et je me retourne. J'aperçois la fillette du district Onze à quelques pas, qui nous observe. C'est celle qui a douze ans et qui me faisait penser à Prim. De près, on lui en donnerait à peine dix. Elle a de grands yeux noirs, une peau sombre et satinée, et elle se tient sur la pointe des pieds, les bras légèrement écartés, comme si elle se préparait à prendre son envol au moindre bruit. Impossible de ne pas penser à un oiseau.

Je ramasse un autre javelot pendant que Peeta lance le sien.

— Je crois qu'elle s'appelle Rue, me glisse-t-il à voix basse.

Je me mords la lèvre. La rue est une plante à fleurs jaunes qui pousse dans le Pré. Rue, Primrose... Aucune des deux ne dépasse les trente kilos.

— Que veux-tu qu'on y fasse ? je demande, avec plus de hargne que je n'aurais voulu.

— Rien du tout, riposte-t-il. C'était juste histoire de causer.

Sachant qu'elle est là, il m'est difficile de continuer à ignorer la gamine. Elle nous accompagne à plusieurs ateliers. Comme moi, elle connaît bien les plantes, grimpe avec adresse et vise très honorablement. Elle touche la cible à tous les coups avec une fronde. Mais que vaut une fronde contre un garçon de cent kilos armé d'une épée ?

De retour à l'étage du district Douze, Haymitch et Effie nous bombardent de questions tout le long du petit déjeuner et du dîner. Qu'avons-nous fait, sous l'œil de qui, comment se sont débrouillés les autres tributs ? Cinna et Portia n'étant pas là, il n'y a personne pour apporter un peu de bon sens dans ces repas. Non pas qu'Haymitch et Effie continuent de se disputer, non. Au contraire, on dirait qu'ils ne forment plus qu'un seul esprit, bien résolu à nous modeler comme il convient. Ils ont toujours une foule d'indications sur ce que nous devons faire ou pas à l'entraînement. Peeta endure leurs conseils avec plus de patience, mais je deviens maussade, grognon.

Le deuxième soir, alors que nous fuyons la salle à manger pour regagner enfin nos chambres, Peeta marmonne :

— Il faudrait faire boire un peu Haymitch.

J'émets un son à mi-chemin entre le rire et le reniflement. Puis je me reprends. Je n'en peux plus de passer sans arrêt de la camaraderie à la froideur. Au moins, dans l'arène, je saurai ce qu'il en est.

— Arrête. Ne faisons pas semblant quand nous sommes seuls.

— Comme tu veux, Katniss, dit-il avec lassitude.

Après cela, nous ne nous adressons plus la parole qu'en présence de tiers.

Au troisième jour d'entraînement, on commence à nous appeler après le déjeuner pour les séances privées avec les Juges. District après district, d'abord le garçon, ensuite la fille. Comme d'habitude, le district Douze passe en dernier. Nous patientons dans la salle à manger, faute de mieux. Ceux qu'on a déjà appelés ne reviennent plus. À mesure que la salle se vide, la pression des autres s'allège. Quand c'est le tour de Rue, il ne reste plus que nous deux. Nous demeurons assis en silence jusqu'à ce qu'on appelle Peeta. Il se lève.

— Souviens-toi de ce qu'a dit Haymitch. Impressionne-les aux poids.

Ces mots ont jailli tout seuls de ma bouche.

— Merci. Compte sur moi, dit-il. Et toi... vise juste.

J'acquiesce. Je ne sais pas pourquoi je lui ai dit ça. Mais, quitte à perdre, j'aimerais autant que ce soit Peeta qui gagne. Ce serait mieux pour notre district, pour Prim et ma mère.

Au bout d'une quinzaine de minutes, on m'appelle. Je lisse mes cheveux, redresse les épaules et pénètre dans le gymnase. Je sens tout de suite que l'affaire est mal engagée. Les Juges sont là depuis trop longtemps. Ils viennent d'assister à vingt-trois démonstrations. La plupart ont bu trop de vin. Ils ne songent plus qu'à rentrer chez eux.

Je n'ai pas d'autre choix que de m'en tenir au plan. Je m'avance vers le stand de tir à l'arc. Oh, ces armes qu'ils ont ! Voilà des jours que je rêve de poser les mains dessus ! Des arcs en bois, en plastique, en métal et autres composants que je serais bien en peine de nommer. Des flèches à l'empennage parfait, impeccablement taillé. Je choisis un arc, je le tends et je jette un carquois plein sur mon épaule. Un espace de tir a été prévu, mais il est trop limité. Rien que des cibles rondes banales ou des silhouettes humaines. Je me place au centre du gymnase et je choisis ma première cible. Le mannequin d'entraînement du lancer de couteau. En bandant l'arc, je sens quelque chose qui cloche. La corde est plus tendue que celle à laquelle je suis habituée. La flèche est plus rigide. Je rate le mannequin de quelques centimètres et je perds le peu d'attention qu'on m'accordait jusque-là. J'éprouve une brève bouffée d'humiliation. Je reviens aux cibles rondes et je tire, encore et encore, jusqu'à avoir mon arme bien en main.

De retour au centre du gymnase, je reprends ma position initiale et je transperce le mannequin en plein cœur. Puis je coupe la corde du sac de frappe, qui s'éventre en s'écrasant par terre. Sans un temps mort, je roule sur une épaule, me relève sur un genou et tire une flèche dans l'un des projecteurs suspendus au plafond du gymnase. Une cascade d'étincelles en dégringole.

C'est du grand art. Je me retourne vers les Juges. Quelques-uns hochent la tête d'un air approbateur, mais la plupart sont focalisés sur le cochon rôti qu'on vient d'apporter sur la table du buffet.

Soudain, je suis furieuse. Ma vie est en jeu, et ils n'ont pas la décence de m'accorder un regard. Ils préfèrent s'intéresser à un cochon crevé. Mon pouls s'emballe, mes joues s'échauffent. Sur un coup de tête, je sors une flèche de mon carquois et la décoche vers la table des Juges. Tout le monde s'écarte avec des cris d'effroi. La flèche arrache la pomme dans la gueule du cochon et la cloue au mur. On me dévisage avec incrédulité.

— Merci pour votre attention, dis-je.

Une légère courbette, puis je gagne la sortie sans attendre qu'on me le demande.

 n sortant à grands pas, je balance mon arc d'un côté et mon carquois de l'autre. Je bouscule au passage les Muets éberlués qui gardent l'ascenseur et j'enfonce rageusement le bouton du douzième. Les portes s'ouvrent, je m'engouffre dans la cabine. Je réussis à retenir mes larmes jusqu'à mon étage. Les autres m'appellent depuis la salle à manger, mais je fonce dans ma chambre, m'enferme à double tour et me jette sur mon lit. Et là, je me mets à pleurer pour de bon.

Cette fois, c'est fichu ! J'ai tout gâché ! À supposer que j'aie jamais eu l'ombre d'une chance, elle s'est envolée en fumée quand j'ai tiré cette flèche vers les Juges. Que va-t-on faire de moi ? M'arrêter ? M'exécuter ? Me couper la langue et me changer en Muette au service des futurs tributs de Panem ? Quelle mouche m'a piquée de tirer sur les Juges ? Bien sûr, ce n'est pas ce que j'ai fait, j'ai tiré sur la pomme, parce que j'étais furieuse face à leur indifférence. Je n'essayais pas de tuer qui que ce soit. Sinon, il y aurait au moins un mort !

Oh, et puis quelle importance ? Ce n'est pas comme si je risquais de remporter les Jeux. Peu importe ce qu'on me fera. Ce qui m'inquiète davantage, ce sont les conséquences pour ma mère et pour Prim, l'idée qu'on puisse leur faire payer mon coup de folie. Va-t-on leur confisquer leurs maigres biens, envoyer ma mère en prison et Prim au foyer communal ? Les tuer ? Non, on n'oserait pas les tuer, quand même. Et pourquoi pas ? Pourquoi se gênerait-on ?

J'aurais dû rester sur place et m'excuser. Ou bien éclater de rire, comme s'il ne s'agissait que d'une plaisanterie. J'aurais peut-être bénéficié d'une certaine clémence. Au lieu de quoi, j'ai quitté les lieux de la manière la plus insolente qui soit.

Haymitch et Effie viennent frapper à ma porte. Je leur crie de me ficher la paix, ce qu'ils finissent par faire. Je sanglote pendant au moins une heure. Puis je reste pelotonnée dans mon lit, à caresser les draps de soie en regardant le soleil se coucher sur un Capitole aux couleurs de sucre candi.

Au début, je m'attends à voir débarquer des gardes. Mais plus le temps passe, moins cela me paraît probable. Je me calme. On a encore besoin d'une fille du district Douze, après tout. Si les Juges veulent me punir, ils peuvent le faire publiquement. Attendre que je sois dans l'arène et lâcher des bêtes sauvages qui me dévoreront. En s'assurant que je n'aie ni arc ni flèches sous la main pour me défendre.

Avant cela, cependant, ils me donneront un score si bas qu'aucun sponsor digne de ce nom ne voudra s'intéresser à moi. C'est ce qui se passera, ce soir. L'entraînement n'étant pas ouvert aux caméras, les Juges annoncent le score de chaque participant. Le public dispose ainsi d'une base pour les paris qui se déroulent tout le long des Jeux. Ce nombre, compris entre un et douze – le un étant calamiteux et le douze pratiquement inaccessible –, traduit le potentiel de chaque tribut. Ce n'est en aucun cas une garantie de victoire. Il indique seulement quels tributs ont montré le plus de promesses à l'entraînement. En raison des impondérables de l'arène, les tributs à haut score sont souvent les premiers à succomber. Voilà quelques années, le garçon qui a remporté les Jeux n'avait reçu qu'un trois. Néanmoins, ce score peut aider ou handicaper un tribut en termes de sponsors. J'espérais que mes talents d'archère me vaudraient un six ou un sept, même si je manque un peu de puissance. Maintenant, je suis certaine d'avoir le score le plus faible des vingt-quatre. Or, si personne ne s'offre à me sponsoriser, mes chances de rester en vie se réduisent presque à néant.

Quand Effie vient frapper à ma porte pour me convier au dîner, je décide d'y aller. Les scores seront annoncés à la télévision, ce soir. Pas question de pouvoir garder le secret sur ce qui s'est passé. Je me rends à la salle de bains, je me passe de l'eau sur le visage, mais j'ai toujours les yeux rouges et gonflés.

Tout le monde m'attend à table, y compris Cinna et Portia. J'aurais préféré que les stylistes ne viennent pas car à ma grande surprise je n'aime pas l'idée de les décevoir. Comme si j'avais fichu en l'air leur excellent travail lors de la cérémonie d'ouverture. J'évite les regards et je trempe ma cuillère dans ma soupe de poisson. Son goût salé me rappelle mes larmes.

Les adultes parlent de prévisions météo, et je croise le regard de Peeta. Il hausse les sourcils. Une question. Que s'est-il passé ? Je secoue légèrement la tête. Et puis, alors qu'on nous sert le plat de résistance, Haymitch déclare :

— Très bien, assez tourné autour du pot. À quel point avez-vous été mauvais, aujourd'hui ?

Peeta se jette à l'eau.

— Je ne suis pas sûr que ça fasse une différence. Quand je suis entré, c'est à peine s'ils ont tourné la tête dans ma direction. Ils entonnaient une sorte de chanson à boire, je crois. Alors, j'ai balancé deux ou trois trucs lourds à droite et à gauche, jusqu'à ce qu'on me dise que je pouvais m'en aller.

Voilà qui me rassure un peu. Peeta n'a peut-être pas attaqué les Juges, mais, au moins, lui aussi a été méprisé.

— Et toi, chérie ? me demande Haymitch.

M'entendre appeler « chérie » par Haymitch me hérisse le poil, si bien que je rétorque :

— J'ai tiré une flèche sur les Juges.

Tout le monde s'arrête de manger.

— Tu as fait quoi ?

L'horreur qui transparaît dans la voix d'Effie confirme mes pires appréhensions.

— Je leur ai tiré dessus. Enfin, pas sur eux, à proprement parler. Dans leur direction. Comme a raconté Peeta, j'étais en train de viser, ils ne faisaient pas attention à moi et je… je me suis énervée, et j'ai dégommé une pomme dans la gueule de leur stupide cochon rôti !

Je termine cette tirade sur un ton de défi.

— Comment ont-ils réagi ? s'enquiert prudemment Cinna.

— Je n'en sais rien. Je suis partie tout de suite après.

— Sans attendre qu'ils t'en donnent la permission ? s'exclame Effie.

— Je me la suis donnée toute seule.

Je me souviens d'avoir promis à Prim de faire mon possible pour gagner. J'ai l'impression qu'une tonne de charbon vient de s'abattre sur mes épaules.

— Bon, ce qui est fait est fait, dit Haymitch.

Il entreprend de se beurrer un petit pain.

— Vous croyez qu'on va m'arrêter ? je demande.

— J'en doute, répond Haymitch. Ce ne serait pas évident de te remplacer, à ce stade.

— Et ma famille ? j'insiste. Vous croyez qu'elle risque quelque chose ?

— Je ne pense pas, dit Haymitch. Ça n'aurait guère de sens. Il faudrait dévoiler ce qui s'est passé au centre d'Entraînement pour que ça puisse avoir un impact sur la population. Les gens auraient besoin de savoir ce que tu as fait. Mais comme ça doit rester secret, à quoi bon ? Je crois plutôt qu'ils te le feront payer dans l'arène.

— C'est ce qu'ils avaient promis de faire, de toute façon, observe Peeta.

— Très juste, reconnaît Haymitch.

Et je réalise que l'impossible a eu lieu. Ils ont vraiment réussi à me remonter le moral. Haymitch prend un travers de porc avec les doigts, ce qui lui vaut un froncement de sourcils d'Effie, et le trempe dans son vin. Il déchire un morceau de viande à belles dents puis se met à glousser.

— Quelle tête faisaient-ils ?

J'ai soudain envie de rire.

— Ils avaient l'air choqués. Terrifiés. Euh... ridicules, pour certains. (Une image me revient à l'esprit.) L'un d'eux a trébuché en arrière dans un saladier de punch.

Haymitch s'esclaffe bruyamment, et nous commençons tous à rire, à l'exception d'Effie, même si on voit qu'elle se retient.

— Ma foi, bien fait pour eux ! s'exclame-t-elle. C'est leur travail de faire attention à vous. Ce n'est pas parce que vous venez du district Douze qu'il faut vous ignorer. (Elle jette des regards à droite, à gauche, comme si elle venait de dépasser les bornes.) Je suis désolée, mais c'est mon avis, ajoute-t-elle sans s'adresser à personne en particulier.

— Je vais avoir un très mauvais score, dis-je.

— Seuls les meilleurs scores ont vraiment de l'importance, personne ne retient les mauvais ou les médiocres, me rassure Portia. On peut penser que tu as caché tes talents exprès. C'est une stratégie comme une autre.

— J'espère que c'est comme ça que les gens interpréteront le quatre que je vais me payer, déclare Peeta. Si ce n'est pas moins. Franchement, voir quelqu'un ramasser un gros boulet et le lancer à un ou deux mètres, ça n'a rien d'extraordinaire. En plus, l'un d'eux a failli m'atterrir sur le pied.

Je lui adresse un grand sourire et je réalise que je meurs de faim. Je me coupe un morceau de porc, je le plonge dans la purée de pommes de terre et me mets à manger. Tout va bien. Ma famille ne risque rien. Je n'ai rien commis d'irréparable.

Après le dîner, nous passons au salon pour suivre l'annonce des scores à la télévision. Ils nous montrent d'abord une photo du tribut, puis son score s'affiche au-dessous. Sans surprise, les tributs de carrière ont tous entre huit et dix. La moyenne des autres tourne autour de cinq. Étonnamment, la petite Rue obtient un sept. Je ne sais pas ce qu'elle a montré aux juges, mais, fluette comme elle est, ce devait être impressionnant.

Le district Douze passe toujours en dernier. Peeta décroche un huit, quelques Juges ont donc dû suivre ses exploits, malgré tout. Je m'enfonce les ongles dans la paume en voyant s'afficher mon visage. Je m'attends au pire. Puis le chiffre onze s'inscrit à l'écran.

Onze !

Effie Trinket pousse un petit cri, tout le monde me tape dans le dos, m'acclame, me congratule. Tout ça me semble irréel.

— C'est sûrement une erreur. Comment... comment est-ce possible ? je demande à Haymitch.

— Je suppose qu'ils ont apprécié ton caractère, répond-il. N'oublie pas que c'est du spectacle. Il leur faut des concurrents qui dégagent quelque chose.

— Katniss, la fille du feu, dit Cinna en me serrant dans ses bras. Oh, attends un peu d'avoir vu ta robe pour l'interview.

— Encore des flammes ?

— En un sens, répond-il sur un ton malicieux.

Peeta et moi nous félicitons l'un l'autre, moment quelque peu délicat. Nous nous sommes bien débrouillés tous les deux, mais est-ce vraiment une chose dont l'autre puisse se réjouir ? Je me retire dans ma chambre dès que possible et m'enfouis sous les couvertures. La tension de la journée – la crise de larmes surtout – m'a épuisée. Je me laisse glisser dans le sommeil, libérée, soulagée, avec le chiffre onze qui danse derrière mes paupières closes.

À l'aube, je reste un moment allongée dans mon lit, à regarder le soleil se lever sur une magnifique matinée. On est dimanche. On ne travaille pas, chez nous. Je me demande si Gale est déjà dans les bois. D'habitude, nous consacrons cette journée à faire des réserves pour la semaine. On se lève tôt, on chasse, on cueille, puis on retourne faire du troc à la Plaque. Je pense à Gale, sans moi. Chacun de nous peut se débrouiller seul, mais nous sommes meilleurs à deux. Surtout pour le gros gibier. Mais également pour les petites choses. Avoir un partenaire rend le fardeau plus léger, la lourde tâche de nourrir sa famille en devient même agréable.

J'ai trimé seule dans les bois pendant six mois, avant de tomber sur Gale par hasard. C'était un dimanche d'octobre, l'air était frais, chargé d'odeurs de décomposition. J'avais passé la matinée à disputer des noisettes aux écureuils et l'après-midi, légèrement plus chaud, à patauger dans des mares pour récolter des katniss. Tout ce que j'avais comme viande, c'était un écureuil, qui avait pratiquement bondi sur mes orteils à la recherche de glands, mais j'espérais trouver encore des animaux lorsque la neige aurait recouvert mes autres sources de nourriture. M'étant enfoncée plus loin que d'habitude, j'avais hâte de rentrer chez moi avec ma besace pleine. C'est alors que je suis tombée sur un lapin mort. Il pendait par le cou, suspendu à un fil métallique à trente centimètres au-dessus de ma tête. J'en ai aperçu un autre, à cinq mètres de là. J'ai reconnu les collets parce que mon père en tendait lui aussi. Une fois pris, le gibier se retrouve en hauteur, hors d'atteinte des autres prédateurs. J'avais essayé tout l'été de tendre des collets, sans succès. Je n'ai pas pu m'empêcher de poser ma besace pour examiner celui-là. J'avais les doigts sur le fil, juste au-dessus d'un lapin, quand une voix s'est élevée :

— C'est dangereux, ce que tu fais.

J'ai bondi en arrière en voyant Gale apparaître derrière un arbre. Il devait m'observer depuis un moment. Il n'avait que quatorze ans, mais il faisait déjà un bon mètre quatre-vingts et il avait l'air d'un adulte, à mes yeux. Je l'avais croisé dans la Veine, ainsi qu'à l'école. Et en une autre occasion. Il avait perdu son père dans le même coup de grisou que celui qui avait emporté le mien. En janvier, je l'avais vu recevoir sa médaille du courage à l'hôtel de justice. Encore un orphelin… Je me souvenais de ses deux petits frères cramponnés à sa mère, dont le ventre arrondi annonçait qu'elle allait accoucher très bientôt.

— Comment tu t'appelles ? m'a-t-il dit en s'approchant pour décrocher le lapin du collet.

Il en avait trois autres pendus à sa ceinture.

— Katniss, ai-je répondu, d'une voix presque inaudible.

— Eh bien, Catnip, le vol est punissable de mort, tu n'es pas au courant ?

— Katniss, ai-je répété plus fort. Et je n'étais pas en train de te voler. Je voulais juste jeter un coup d'œil à ton collet. Je ne prends jamais rien, dans les miens.

Il m'a dévisagée en fronçant les sourcils, guère convaincu.

— Alors, d'où sort cet écureuil ?

— Je l'ai tué avec ça.

J'ai fait passer mon arc par-dessus mon épaule. J'utilisais encore le petit, que mon père avait fabriqué exprès pour moi, mais je m'entraînais avec le grand chaque fois que je le pouvais. J'espérais être en mesure d'abattre du gros gibier au retour du printemps.

Le regard de Gale s'est posé sur l'arc.

— Je peux voir ?

Je le lui ai tendu.

— N'oublie pas, le vol est punissable de mort.

C'est la première fois que je l'ai vu sourire. Il a perdu son air menaçant pour devenir quelqu'un qu'on avait envie de connaître. Mais il s'est écoulé plusieurs mois avant que je lui sourie à mon tour.

Nous avons parlé chasse, à ce moment-là. J'ai laissé entendre que je pourrais peut-être lui procurer un arc, s'il avait quelque chose à échanger. Pas de la nourriture. Je voulais apprendre. Pour être capable de tendre mes propres collets et accrocher moi aussi plusieurs lapins à ma ceinture en une journée. Il a répondu qu'on devrait pouvoir s'entendre. Au fil des saisons, nous avons partagé notre savoir-faire, nos armes, nos endroits secrets, afin de trouver des prunes sauvages ou des dindons. Il m'a appris à tendre des collets et à pêcher. Je lui ai montré les plantes comestibles et j'ai fini par lui donner l'un de nos précieux arcs. Et puis un jour, tout naturellement, nous avons formé une véritable équipe. Qui se partageait le travail et les prises. Qui veillait à ce que nos deux familles mangent à leur faim.

Gale m'apportait un sentiment de sécurité que j'avais perdu depuis la mort de mon père. La camaraderie a remplacé les longues heures solitaires dans les bois. Je suis devenue meilleure chasseuse avec quelqu'un pour couvrir mes arrières. Je n'avais plus à regarder constamment derrière moi. Mais Gale s'est révélé bien plus qu'un partenaire de chasse. Il est devenu mon confident, à qui je confiais des choses que je n'aurais jamais osé formuler à l'intérieur du grillage. En échange, il me faisait aussi des confidences. Quand j'étais dans les bois avec Gale… par moments, je me sentais presque heureuse.

Je l'appelle mon ami, mais depuis l'an dernier ce mot est presque trop faible pour dire tout ce qu'il représente pour moi. La nostalgie me submerge. Si seulement il pouvait être là ! Sauf que, bien sûr, ce n'est pas ce que je voudrais. Je ne tiens pas à le voir dans l'arène, où il mourrait en quelques jours. C'est juste que… qu'il me manque. Et je déteste me retrouver seule. Est-ce que je lui manque, moi aussi ? Sûrement.

Je repense au onze qui s'est affiché sous mon nom, la veille au soir. Je sais exactement ce qu'il m'aurait dit : « Eh ben, il y a encore des progrès à faire. » Et il m'aurait adressé un sourire, que je lui aurais rendu aussitôt.

Je ne peux m'empêcher de comparer ce que je vis avec Gale et ce que je fais semblant de vivre avec Peeta. J'ai toujours confiance dans le premier, alors que je ne cesse de douter du second. Mais la situation n'a rien à voir. Gale et moi avons été poussés l'un vers l'autre par un besoin de survie mutuel. Alors que Peeta et moi savons que notre survie dépend de la mort de l'autre. Difficile de surmonter ça.

Effie frappe à ma porte, en me rappelant que j'ai une autre « grande, grande, grande journée ! » devant moi. Demain soir, nous serons interviewés à la télé. J'imagine que toute l'équipe a du pain sur la planche pour nous préparer à l'événement.

Je me lève, prends une douche rapide – en faisant un peu plus attention aux boutons que je presse, cette fois-ci –, puis je me rends dans la salle à manger. Peeta, Effie et Haymitch sont déjà à table, en train de discuter à voix basse. Ça m'étonne un peu, mais la faim l'emporte sur ma curiosité, et je vais remplir mon assiette avant de les rejoindre.

Le ragoût d'aujourd'hui contient de la viande d'agneau et des pruneaux. Parfait sur un lit de riz sauvage. J'ai englouti la moitié de mon assiette quand je me rends compte que plus personne ne parle. J'avale une grande rasade de jus d'orange et je m'essuie la bouche.

— Alors, quoi de neuf ? Vous nous préparez pour l'interview aujourd'hui, c'est ça ?

— C'est ça, confirme Haymitch.

— Pas la peine d'attendre que j'aie fini, vous savez. Je peux écouter et manger en même temps, dis-je.

— C'est-à-dire qu'il y a un léger changement de programme, explique Haymitch. Concernant notre approche actuelle.

— Comment ça ?

J'ignorais que nous avions une « approche actuelle ». Le dernier conseil dont je me souvienne consistait à paraître médiocre par rapport aux autres tributs.

Haymitch hausse les épaules.

— Peeta a demandé à se faire conseiller séparément.

9 ◉ ▶

Un sentiment de trahison. C'est la première chose que j'éprouve, ce qui est parfaitement ridicule. Pour qu'on puisse parler de trahison, il aurait d'abord fallu de la confiance. Entre Peeta et moi. Or, la confiance ne faisait pas partie de notre arrangement. Nous sommes des tributs. Mais le garçon qui a risqué une correction pour me donner du pain, qui est venu à mon secours à propos de la Muette rousse, qui a insisté pour dévoiler mes talents de chasseuse à Haymitch... au fond de moi, ne lui faisais-je pas un peu confiance ?

D'un autre côté, je suis soulagée que nous n'ayons plus à faire semblant. De toute évidence, le lien fragile qui nous rattachait bêtement est désormais rompu. Il était plus que temps. Les Jeux commencent dans deux jours, et la confiance aurait été une faiblesse. Quelles que soient les raisons de la décision de Peeta – qui, à mon avis, sont liées à mon excellent résultat à l'entraînement –, je ne peux que m'en féliciter. Peut-être a-t-il enfin accepté le fait que, plus tôt nous reconnaîtrons ouvertement que nous sommes ennemis, mieux ce sera.

— Parfait, dis-je. Comment on s'organise ?

— Vous aurez chacun quatre heures avec Effie pour la présentation, et quatre heures avec moi pour le contenu. Tu commences avec Effie, Katniss.

J'imagine mal ce qu'Effie peut avoir à m'enseigner qui demande quatre heures. Pourtant, elle me fait travailler jusqu'à la dernière minute. Nous retournons dans ma chambre, elle me fait enfiler une robe longue et des chaussures à talons hauts (mais pas celles que je porterai pour l'interview), et elle m'ordonne de marcher. Le pire, ce sont les chaussures. Je n'ai jamais porté de talons, et j'ai le plus grand mal à garder l'équilibre. Néanmoins, Effie en porte tous les jours, et je me dis que, si elle y arrive, je dois en être capable également. La robe me pose un autre problème. Je n'arrête pas de me prendre les pieds dedans. Alors, bien sûr, je la relève, et Effie fond sur moi comme un rapace et me donne une tape sur les mains en criant : « Pas au-dessus de la cheville ! » Quand j'ai enfin maîtrisé la marche, il nous reste la position assise, la posture – apparemment, j'aurais tendance à rentrer la tête dans les épaules –, le contact visuel, les gestes de la main, et le sourire. En ce qui concerne ce dernier, il s'agit principalement de sourire davantage. Je dois répéter une centaine de phrases banales en débutant par un sourire, en souriant ou en terminant par un sourire. Lorsque vient enfin l'heure du déjeuner, les muscles de mes joues sont tout endoloris.

— Ma foi, je ne vois pas ce que je pourrais faire de plus, dit Effie avec un soupir. Surtout, Katniss, n'oublie pas que tu veux plaire aux spectateurs.

— Vous croyez qu'ils ne m'aimeront pas ?

— Pas si tu les fusilles du regard du début à la fin. Pourquoi ne pas réserver cet œil noir pour l'arène ? Imagine que tu es face à des amis, me suggère Effie.

— Ils sont en train de parier sur le temps qu'il me reste à vivre ! Ce ne sont pas mes amis !

— Eh bien, fais semblant ! riposte Effie. (Elle se maîtrise

et m'adresse un sourire radieux.) Regarde, comme moi. Tu m'exaspères, et pourtant je souris.

— Oui, c'est très convaincant. Je vais déjeuner.

J'envoie valser mes chaussures et je file vers la salle à manger, en relevant ma robe sur mes cuisses.

Peeta et Haymitch semblent d'excellente humeur, au point que je me dis que la séance de contenu devrait mieux se dérouler que celle du matin. Cruelle erreur. Après le déjeuner, Haymitch m'entraîne dans le salon, m'indique le canapé puis me contemple sans mot dire pendant un long moment.

— Eh bien ? je demande finalement.

— J'essaie de décider quoi faire de toi, dit-il. Sous quel angle te présenter. Charmante ? Hautaine ? Farouche ? Pour l'instant, tu brilles comme une étoile. Tu t'es portée volontaire pour sauver ta sœur. Cinna t'a rendue inoubliable. Tu as décroché le meilleur score à l'entraînement. Le public est intrigué, mais personne ne sait qui tu es. Or, c'est l'impression que tu feras demain qui décidera de ce que je pourrai t'obtenir en termes de sponsors.

Pour avoir regardé toute ma vie l'interview des tributs, je sais qu'il y a du vrai dans ce qu'il dit. Ceux qui plaisent à la foule, par leur humour, leur brutalité ou leur excentricité, partent souvent favorisé.

— Quelle approche a choisie Peeta ? Si je suis autorisée à poser la question.

— L'affabilité. Il a une autodérision naturelle, répond Haymitch. Alors que toi, il suffit que tu ouvres la bouche pour apparaître méfiante et renfrognée.

— Pas du tout ! je proteste.

— Je t'en prie. Je ne sais pas d'où tu as sorti cette fille joyeuse qui saluait la foule depuis son chariot, mais je ne l'avais jamais vue avant et je ne l'ai pas revue depuis.

— Il faut dire que vous m'avez donné tellement de raisons d'être joyeuse !

— Oh, ce n'est pas à moi qu'il faut plaire, dit Haymitch. Ce n'est pas moi qui te sponsoriserai. Comporte-toi comme si j'étais le public. Fais-moi rêver.

— Très bien ! je gronde.

Haymitch joue le rôle de l'interviewer, et je m'efforce de lui répondre en déployant tout mon charme. Mais j'en suis incapable. Je suis trop en colère contre lui, à cause de ce qu'il m'a dit, ou même du simple fait de devoir répondre à ses questions. Je n'arrive pas à penser à autre chose qu'à l'injustice des Hunger Games. Pourquoi suis-je là, à jouer les chiens savants pour tenter de plaire à des gens que je déteste ? Plus l'interview se prolonge, plus ma fureur semble remonter à la surface, au point que je finis par lui cracher littéralement mes réponses à la figure.

— C'est bon, ça suffit, tranche-t-il. Il va falloir trouver une autre approche. Non seulement tu es agressive, mais je n'ai toujours rien appris sur toi. Je t'ai posé cinquante questions et je ne sais toujours rien de ta vie, de ta famille, de tes centres d'intérêt. Les gens ont envie de te connaître, Katniss.

— Mais je ne veux pas qu'ils me connaissent ! Ils me prennent déjà mon avenir ! Ils ne vont pas me voler tout ce qui a pu compter pour moi dans le passé !

— Tu n'as qu'à mentir ! Invente quelque chose, dit Haymitch.

— Je ne suis pas très douée pour mentir.

— Eh bien, mieux vaudrait apprendre vite. Parce que, pour l'instant, tu as à peu près autant de charme qu'une limace crevée.

Ouille. Ça fait mal. Même Haymitch doit se rendre compte qu'il y est allé un peu fort, car sa voix se radoucit.

— Tiens, j'ai une idée. Essaie l'humilité.

— L'humilité, je répète en écho.

— Raconte que tu n'arrives pas à croire qu'une jeune fille du district Douze s'en soit aussi bien sortie. Que tout ça dépasse tes rêves les plus fous. Extasie-toi sur les costumes de Cinna. Sur la gentillesse des gens. Sur la beauté de la ville. Puisque tu ne veux pas parler de toi, au moins flatte le public. Renvoie-lui une image favorable, d'accord ? Joue sur la corde sensible.

Les heures suivantes sont un calvaire. Il apparaît tout de suite que la corde sensible n'est pas mon fort. Nous essayons l'arrogance, mais je n'ai pas ça en moi. Il semble que je sois trop « vulnérable » pour la férocité. Je ne suis pas davantage spirituelle. Ni drôle. Ni sexy. Ni mystérieuse.

À la fin de la séance, je ne sais même plus ce que je suis. Haymitch s'est mis à boire aux alentours de « spirituelle », et une certaine méchanceté transparaît dans sa voix.

— Je jette l'éponge, chérie. Contente-toi de répondre aux questions sans trop faire sentir au public à quel point tu le méprises.

Je dîne seule dans ma chambre, ce soir-là. Je me commande une orgie de sucreries, mange à m'en rendre malade et passe ma colère contre Haymitch, les Hunger Games et la population entière du Capitole en lançant des assiettes partout à travers la chambre. Quand la fille rousse apparaît pour ouvrir mon lit, elle écarquille les yeux devant ce gâchis.

— Laisse tout ça comme ça ! je lui hurle. Ne touche à rien.

Je la déteste elle aussi, avec son regard de reproche qui me traite de lâche, de monstre, de valet du Capitole, aussi bien maintenant qu'autrefois. Elle doit trouver une forme de justice dans ce qui m'arrive. Au moins, ma mort compensera un peu celle de son compagnon abattu dans les bois.

Pourtant, au lieu de s'enfuir, la fille referme la porte derrière elle et se rend dans la salle de bains. Elle en revient avec une serviette humide et m'essuie le visage avec douceur, avant de nettoyer le sang que j'ai sur les doigts – je me suis entaillé la main sur un éclat d'assiette. Pourquoi se comporte-t-elle ainsi ? Pourquoi est-ce que je me laisse faire ?

— J'aurais dû essayer de te sauver, je murmure.

Elle secoue la tête. Veut-elle dire que nous avons eu raison de ne pas intervenir ? M'aurait-elle pardonné ?

— Si, on a eu tort, j'insiste.

Elle se tapote les lèvres, puis pointe le doigt sur ma poitrine. Je crois qu'elle veut dire que j'aurais fini Muette, moi aussi. C'est probable. Muette ou morte.

Je passe l'heure suivante à aider la rousse à nettoyer ma chambre. Quand tous les débris de vaisselle ont été jetés à la poubelle et que la nourriture a été ramassée, elle ouvre mon lit. Je me glisse entre les draps comme une gamine de cinq ans et me laisse border. Puis elle s'en va. J'aurais voulu qu'elle reste jusqu'à ce que je m'endorme. Qu'elle soit encore là à mon réveil. J'aurais voulu bénéficier de sa protection, même si elle n'a pas pu compter sur la mienne.

Au petit matin, ce n'est pas la fille que je trouve à mon chevet, mais mon équipe de préparateurs. Mes leçons avec Effie et Haymitch sont terminées. Cette journée appartient à Cinna. Il représente mon dernier espoir. Peut-être parviendra-t-il à me rendre si merveilleuse que personne ne prêtera attention aux bêtises que je proférerai.

L'équipe s'affaire jusque tard dans l'après-midi, à donner à ma peau un aspect velouté, à tracer des motifs sur mes bras, à peindre des flammes sur mes vingt ongles taillés à la perfection. Venia s'occupe ensuite de mes cheveux. Elle me fait une longue tresse qui part de mon oreille gauche et retombe sur mon épaule droite. On étale sur mon visage un fond de teint pâle, avant d'en faire ressortir les traits saillants : de grands yeux noirs, des lèvres rouges et charnues, des cils qui jettent des reflets de lumière à chaque battement. Enfin, on m'enduit le corps d'une poudre qui me fait scintiller comme de l'or.

Cinna arrive alors avec ce que j'imagine être ma robe, mais que je ne vois pas car elle est rangée dans un étui.

— Ferme les yeux, m'ordonne-t-il.

Je sens d'abord le contact de la soie qu'on enfile sur mon corps nu, puis le poids du vêtement. Il doit peser près de vingt kilos. Je me cramponne à la main d'Octavia en enfilant mes chaussures à l'aveuglette, heureuse de constater que leurs talons font cinq bons centimètres de moins que celles avec lesquelles je me suis entraînée. On procède à quelques retouches, on peaufine le tout. Puis c'est le silence.

— Je peux ouvrir les yeux ? je demande.

— Oui, répond Cinna. Regarde-toi.

La créature que je découvre dans le miroir en pied installé devant moi semble provenir d'un autre monde. Où la peau scintille, où les yeux lancent des éclairs et où l'on taille les habits dans des diamants. Car ma robe, oh, ma robe est entièrement recouverte de pierres précieuses aux reflets rouges, jaunes et blancs, avec quelques touches de bleu çà et là, qui soulignent le motif en forme de flammes. Le moindre mouvement donne l'impression que je suis enrobée dans une langue de feu.

Je ne suis pas jolie. Je ne suis pas belle. Je suis éblouissante comme un soleil.

Pendant un moment, tout le monde me regarde sans dire un mot.

— Oh, Cinna, finis-je par murmurer. Merci.

— Tourne-toi pour moi, dit-il.

Je lève les bras et décris un tour sur moi-même. L'équipe de préparation pousse des cris de ravissement.

Cinna renvoie tout le monde et me fait évoluer dans ma robe et mes chaussures, lesquelles sont infiniment plus confortables que celles d'Effie. La robe est coupée de manière que je n'aie pas besoin de la soulever quand je me déplace, ce qui m'ôte une épine du pied.

— Alors, prête pour l'interview ? me demande Cinna.

Je vois à son expression qu'il a discuté avec Haymitch. Qu'il sait à quel point je suis lamentable.

— Haymitch m'a traitée de limace crevée. On a tout essayé, je n'y arrive pas. Je ne suis aucune de celles qu'il voudrait que je sois.

Cinna réfléchit un moment.

— Pourquoi ne pas être toi-même, tout simplement ?

— Moi-même ? Ça n'est pas mieux. D'après Haymitch, je suis maussade et agressive.

— Oh, tu l'es… avec Haymitch, dit Cinna en souriant largement. Pas avec moi. L'équipe de préparation t'adore. Tu as même conquis les Juges. Quant aux citoyens du Capitole, ils n'ont plus que ton prénom à la bouche. Tout le monde admire ton caractère.

Mon caractère. C'est une nouveauté. Je ne sais pas exactement ce qu'il faut comprendre par là, mais ça laisse entendre que je suis une guerrière. Une fille courageuse. Ce n'est pas comme si je n'étais amicale envers personne. D'accord, je n'aime peut-être pas tous ceux que je rencontre, peut-être que mes sourires sont plus rares que d'autres, mais il y a des gens que j'apprécie.

Cinna prend mes mains glacées dans les siennes.

— Supposons qu'au moment de répondre aux questions, tu fasses comme si tu t'adressais à un ami. Qui est ton meilleur ami, chez toi ?

— Gale, je réponds aussitôt. Mais c'est ridicule. Je ne lui dirais jamais toutes ces choses sur moi. Il les sait déjà.

— Alors, moi ? Pourrais-tu me considérer comme un ami ?

De toutes les personnes que j'ai connues depuis mon départ de chez moi, Cinna est de loin celle que je préfère. Il m'a plu tout de suite et ne m'a pas déçue une seule fois.

— Je crois, mais…

— Je serai assis sur le plateau, avec les autres stylistes. Juste en face de toi. Quand on te posera une question, cherche-moi du regard et réponds le plus franchement possible.

— Même si la réponse qui me vient à l'esprit est horrible ? Parce que ça risque d'être le cas, il faut le savoir.

— Surtout dans ce cas-là, répond Cinna. Tu essaieras ?

J'acquiesce. C'est un plan. Tout du moins quelque chose à quoi me raccrocher.

Bientôt, il est temps de partir. Les interviews doivent avoir lieu sur un plateau construit devant le centre d'Entraînement. Une fois que j'aurai quitté ma chambre, je me retrouverai en quelques minutes devant la foule, les caméras, le Tout-Panem.

Cinna tourne la poignée de la porte quand je lui retiens la main.

— Cinna…

Je suis littéralement pétrifiée par le trac.

— Souviens-toi, ils t'adorent déjà, me dit-il d'une voix douce. Sois naturelle.

Nous retrouvons les autres devant l'ascenseur. Portia et son équipe n'ont pas chômé non plus. Peeta est magnifique dans son costume noir souligné par des flammes. Et, quoique nous allions très bien ensemble, c'est un soulagement de ne pas être habillés de la même façon. Haymitch et Effie se sont faits tout beaux pour l'occasion. J'évite Haymitch. En revanche, j'accepte les compliments d'Effie. Elle est peut-être fatigante et stupide, mais au moins elle n'est pas négative.

Les portes de l'ascenseur s'ouvrent, et nous découvrons les autres tributs, qu'on aligne pour monter sur le plateau. Nous serons assis en demi-cercle, les vingt-quatre, pendant la durée des interviews. Je serai la dernière, ou plutôt l'avant-dernière, car, pour chaque district, la fille va précéder le garçon. Oh, comme je voudrais passer d'abord et en finir une bonne fois pour toutes ! Alors que là, je vais devoir écouter tous les autres se montrer spirituels, drôles, humbles, farouches et séduisants, avant que mon tour vienne. En plus, le public commencera à se lasser, comme les Juges. Et, cette fois-ci, difficile de tirer une flèche dans la foule pour capter son attention.

Avant de monter sur le plateau, Haymitch s'approche de Peeta et de moi, et grommelle :

— Rappelez-vous que vous êtes toujours de grands amis tous les deux. Alors, comportez-vous comme tels.

Quoi ? Je croyais que nous avions abandonné ce numéro quand Peeta a demandé à être conseillé séparément. Mais je suppose que c'était uniquement en privé, et pas pour la galerie. De toute façon, nos échanges seront limités, vu qu'il ne nous reste plus qu'à gagner nos places en file indienne.

Le simple fait de grimper sur le plateau me rend nerveuse. Le souffle court, je sens mon pouls battre contre mes tempes. C'est un soulagement de parvenir à mon fauteuil, car entre mes talons hauts et mes jambes flageolantes, j'ai bien cru me casser la figure. Le soir tombe, mais le Grand Cirque est plus lumineux qu'un jour d'été. Des gradins accueillent les invités de marque, dont les stylistes, au premier rang. Les caméras se tourneront vers eux quand la foule applaudira leur travail. Sur l'immeuble à notre droite, un grand balcon est réservé aux Juges. Les équipes de télévision ont réquisitionné la plupart des autres balcons. Le Grand Cirque et les avenues qui en rayonnent sont noirs de monde. Les gens sont debout. Dans les maisons et les salles communales de tout le pays, la moindre télévision est allumée. Tous les citoyens de Panem sont devant leur écran. Il n'y aura pas de coupure d'électricité, ce soir.

Caesar Flickerman, l'homme qui présente l'émission depuis plus de quarante ans, bondit sur le plateau. C'est un peu effrayant de constater que son apparence est restée inchangée depuis tout ce temps. Le même visage maquillé d'une épaisse couche de blanc. Les mêmes cheveux, teints d'une couleur différente à chaque édition des Hunger Games. Le même costume de cérémonie, bleu nuit, constellé de mille lampes minuscules qui scintillent comme des étoiles. Au Capitole, on a recours à la chirurgie pour faire paraître les gens plus jeunes et plus minces. Dans le district Douze, la vieillesse constitue un succès en soi car beaucoup de gens meurent prématurément. Quand on voit une personne âgée, on a envie de la féliciter, de lui demander le secret de sa longévité. On envie les gros, qui s'en sortent manifestement mieux que le reste d'entre nous. Mais ici, les choses sont différentes. Les rides n'ont rien de désirable. Une bedaine n'est pas un signe de réussite.

Cette année, Caesar a les cheveux bleu électrique, et ses paupières et ses lèvres sont maquillées de la même couleur. Le résultat est monstrueux, mais moins que l'année dernière, où le rouge foncé qu'il avait choisi donnait l'impression qu'il saignait. Il lance quelques plaisanteries pour détendre l'atmosphère, puis nous passons aux choses sérieuses.

La fille du district Un, très provocante dans sa robe transparente dorée, s'avance au centre du plateau pour rejoindre Caesar. On voit tout de suite que son mentor n'a pas eu trop de mal à lui trouver une approche. Avec ses longs cheveux blonds, ses yeux émeraude, son corps voluptueux... elle est sexy jusqu'au bout des ongles.

Chaque interview ne dure que trois minutes. Ensuite, une sonnette retentit, et c'est le tour du tribut suivant. Je dois reconnaître que Caesar déploie tout son talent pour faire briller ses invités. Il se montre affable, détend les plus nerveux, s'esclaffe aux pires plaisanteries et, par sa manière de réagir, parvient à transformer les déclarations les plus banales en réponses mémorables.

Je me tiens assise comme une dame, ainsi qu'Effie me l'a montré, pendant que les districts défilent. Le Deux, le Trois, le Quatre. Chacun semble avoir trouvé une approche différente. Le colosse du district Deux est une implacable machine à tuer. La fille au visage de renard du district Cinq est maligne et insaisissable. J'ai repéré Cinna dès qu'il s'est installé, mais même sa présence ne suffit pas à me calmer. Le Huit, le Neuf, le Dix. Le garçon estropié du Dix est très discret. Mes paumes ruissellent, mais ma robe à joyaux n'absorbe rien, et je ne peux les essuyer nulle part. Le Onze.

Rue, vêtue d'une robe arachnéenne surmontée de deux ailes, trottine jusqu'à Caesar. Le silence se fait dans la foule à la vue de cette petite fée. Caesar se montre très gentil avec elle, la complimente pour son sept à l'entraînement, un excellent score pour une si petite fille. Quand il lui demande quel sera son principal atout dans l'arène, elle n'hésite pas.

— Je suis très difficile à attraper, dit-elle d'une petite voix fluette. Et si on ne peut pas m'attraper, on ne peut pas me tuer. Alors ne m'enterrez pas tout de suite.

— Je m'en garderai bien, lui assure Caesar.

Le garçon du district Onze, Thresh, a la même peau noire que Rue. Toutefois, la ressemblance s'arrête là. C'est un géant de près de deux mètres, fort comme un bœuf, mais j'ai remarqué qu'il a décliné l'invitation des tributs de carrière à se joindre à eux. Il est toujours resté dans son coin, sans parler à personne, sans manifester grand intérêt pour l'entraînement. Il a tout de même décroché un dix, ce qui veut dire qu'il a impressionné les Juges. Il ignore les questions de Caesar et ne lui répond que par oui ou par non, voire pas du tout.

Si seulement j'étais bâtie comme lui, je pourrais me montrer aussi maussade et agressive que je veux, sans qu'on me dise rien ! Je parie que la moitié des sponsors s'intéressent à lui. Si j'avais de l'argent, c'est sur lui que je miserais.

Puis on appelle Katniss Everdeen, et je me vois comme dans un rêve me lever et me diriger vers le centre du plateau. Je serre la main de Caesar, qui a l'élégance de ne pas s'essuyer immédiatement sur sa veste.

— Eh bien, Katniss, le Capitole doit représenter un sacré changement, quand on vient du district Douze. Qu'est-ce qui t'a le plus impressionnée depuis ton arrivée ici ? s'enquiert Caesar.

Quoi ? Qu'a-t-il dit ? J'ai l'impression que les mots n'ont plus aucun sens.

J'ai la bouche sèche comme de la sciure. Je cherche désespérément Cinna dans le public et je le fixe du regard. J'imagine que c'est lui qui m'interroge. « Qu'est-ce qui t'a le plus impressionnée depuis ton arrivée ici ? » Je me creuse la cervelle. « Sois sincère, me dis-je. Sois sincère. »

— Le ragoût d'agneau, je balbutie.

Caesar s'esclaffe, et je réalise vaguement qu'une partie du public se joint à lui.

— Celui aux pruneaux ? demande Caesar. (J'acquiesce.) Oh, je peux en avaler un seau entier ! (Il se place de profil par rapport au public, l'air horrifié, la main sur le ventre.) Ça ne se voit pas, j'espère ?

Il est rassuré par les cris et les applaudissements du public. Comme je le disais, Caesar fait de son mieux pour vous aider.

— Entre nous, Katniss, me dit-il sur le ton de la confidence. Quand tu as surgi lors de la cérémonie d'ouverture, j'ai failli en avoir une attaque. Qu'as-tu pensé de ce costume ?

Cinna hausse le sourcil à mon intention. « Sois sincère. »

— Passé le premier moment de terreur à l'idée de brûler vive ?

Tout le monde rit. Le public est ravi.

— Oui. Passé ce moment-là, ajoute Caesar.

À Cinna, mon ami, je peux bien le dire.

— J'ai trouvé Cinna brillant. C'était le costume le plus fabuleux que j'aie jamais vu, et je devais me pincer pour vérifier que c'était moi qui le portais. C'est la même chose avec celui-ci, d'ailleurs. (Je soulève ma robe pour la lui montrer.) Regardez-moi ça !

Alors que le public fait « Oooh » et « Aaah », je vois Cinna esquisser un petit geste circulaire avec le doigt. Je sais ce qu'il est en train de me dire : « Tourne-toi pour moi. »

Je décris un tour sur moi-même, et la réaction est immédiate.

— Oh, refais ça encore une fois ! s'extasie Caesar.

Je lève les bras, pivote sur place et laisse ma robe s'élever, m'envelopper dans les flammes. Le public applaudit à tout rompre. Quand je m'arrête, je dois me cramponner au bras de Caesar.

— Continue ! dit-il.

— Je ne peux pas, j'ai la tête qui tourne !

Et je glousse comme une idiote, peut-être bien pour la première fois de ma vie. Les nerfs et le tournis ont eu raison de moi.

Caesar m'entoure d'un bras protecteur.

— Ne t'en fais pas, je te tiens. Je ne voudrais pas te voir marcher sur les traces de ton mentor.

Les spectateurs se mettent à huer et à siffler pendant que la caméra cherche Haymitch, désormais célèbre pour sa culbute lors de la Moisson. Il salue de la main avec bonhomie puis pointe le doigt sur moi.

— Tout va bien, déclare Caesar au public. Elle ne risque rien avec moi. Alors, parlons un peu de ce score à l'entraînement. Onze ! Raconte-nous ce qui s'est passé.

Je jette un coup d'œil aux Juges sur leur balcon et je me mords la lèvre.

— Euh… tout ce que je peux dire, c'est que je crois que c'était une première.

Les caméras sont braquées sur les Juges, qui hochent la tête en gloussant.

— Tu nous mets au supplice ! s'exclame Caesar avec une grimace de douleur. Des détails, on veut des détails !

Je m'adresse au balcon.

— Je n'ai pas le droit d'en parler, je crois ?

Le Juge qui a basculé dans le saladier de punch crie :

— Interdit !

— Merci, dis-je. Désolée. Je ne peux rien dire.

— Bon, revenons au moment où tu as entendu appeler le nom de ta sœur pour la Moisson, poursuit Caesar. (Son expression devient plus grave.) Tu t'es portée volontaire. Peux-tu nous parler d'elle ?

Non. À vous, non. Mais peut-être à Cinna. La tristesse que je lis sur son visage ne me paraît pas feinte.

— Elle s'appelle Prim. Elle vient d'avoir douze ans. Et je l'aime plus que tout au monde.

On entendrait une mouche voler.

— Que t'a-t-elle dit ? Après la Moisson ? veut savoir Caesar.

« Sois sincère. Sois sincère. » J'avale ma salive.

— Elle m'a demandé de tout faire pour gagner.

Le public est figé, suspendu à mes moindres paroles.

— Et qu'as-tu répondu ? m'encourage gentiment Caesar.

Mais, au lieu de chaleur, je sens une rigidité glaciale se répandre en moi. Mes muscles se tendent, comme au moment de lâcher ma flèche. Quand je parle, ma voix semble avoir baissé d'une octave.

— Je lui ai promis d'essayer.

— Je veux bien le croire, dit Caesar en me pressant l'épaule. (Le buzzer retentit.) Désolé, c'est fini. Bonne chance, Katniss Everdeen, tribut du district Douze.

Les applaudissements se prolongent longtemps après que j'ai regagné ma place. Je cherche Cinna des yeux. Il lève discrètement les deux pouces pour me rassurer.

Je suis encore grisée pendant la première moitié de l'interview de Peeta. Il s'est mis le public dans la poche, cependant, car j'entends des rires, des acclamations. Il joue la carte du fils de boulanger, compare les tributs aux pains de leurs districts. Puis il se lance dans une anecdote amusante sur les périls des douches du Capitole.

— Dites, est-ce que j'empeste encore la rose ? s'inquiète-t-il.

Caesar et lui entament un vrai numéro de duettistes, se reniflant l'un l'autre, ce qui déclenche un fou rire général. Je commence à retrouver mes esprits au moment où Caesar lui demande s'il a une petite amie.

Peeta hésite, puis secoue la tête sans conviction.

— Un beau jeune homme comme toi. Tu dois bien avoir une jeune fille en vue. Allez, dis-nous son nom, insiste Caesar.

Peeta soupire.

— C'est vrai, il y a une fille. Je ne pense qu'à elle depuis qu'on est gamins. Mais je suis à peu près sûr qu'avant la Moisson, elle ne savait même pas que j'existais.

Des murmures de sympathie agitent la foule. Un amour muet, c'est une chose que les gens peuvent comprendre.

— Elle a quelqu'un d'autre ? s'enquiert Caesar.

— Je ne sais pas, mais beaucoup de garçons s'intéressent à elle, admet Peeta.

— Je vais te dire : gagne, et puis rentre chez toi. Elle t'accueillera à bras ouverts, non ?

— Ça ne marcherait pas. La victoire… ne pourra pas m'aider, répond Peeta.

— Pourquoi ça ? s'étonne Caesar.

Peeta rougit jusqu'aux oreilles. Il bredouille :

— Parce que… parce qu'elle… est venue ici avec moi.

DEUXIÈME PARTIE

LES JEUX

Un bref instant, les caméras restent braquées sur les yeux baissés de Peeta, le temps que chacun s'imprègne de ses paroles. Puis je vois mon visage bouche bée, où se mêlent la stupeur et la protestation, en gros plan sur tous les écrans, pendant que je réalise : « Moi ! Il parle de moi ! » Je pince les lèvres et je fixe mes pieds, en espérant dissimuler les émotions qui m'envahissent.

— Oh, alors ça, ce n'est vraiment pas de chance, se désole Caesar.

On sent un vrai chagrin dans sa voix.

La foule murmure elle aussi, certains spectateurs semblent même se lamenter.

— En effet, répond Peeta.

— Ma foi, je ne crois pas qu'aucun d'entre nous puisse te blâmer. Difficile de rester insensible à cette jeune demoiselle, dit Caesar. Elle n'était pas au courant ?

Peeta secoue la tête.

— Pas jusqu'à maintenant, non.

Un rapide coup d'œil à l'écran me permet de vérifier qu'on me voit rougir jusqu'à la racine des cheveux.

— Aimeriez-vous la faire revenir afin de lui poser la question ? demande Caesar au public. (La foule pousse un grondement approbateur.) Hélas, les règles sont les règles, et le temps de parole de Katniss Everdeen est écoulé. Eh bien, bonne chance à toi, Peeta Mellark ! Et je pense parler au nom de tout Panem en disant que nous sommes de tout cœur avec toi.

Le rugissement de la foule est assourdissant. Peeta nous a tous balayés en un clin d'œil, les vingt-trois autres concurrents, avec sa déclaration d'amour. Quand le calme finit par revenir, il lâche un simple « Merci ! » d'une voix étranglée et retourne s'asseoir. Nous nous levons pour l'hymne. Forcée de redresser la tête en signe de respect, je suis bien obligée de voir que tous les écrans affichent désormais une photo de Peeta et de moi, séparés par quelques dizaines de centimètres qui, dans l'esprit des téléspectateurs, ne pourront jamais être comblés. Pauvres de nous.

Mais je ne suis pas dupe.

À la fin de l'hymne, les tributs regagnent en file indienne le hall du centre d'Entraînement et s'engouffrent dans les ascenseurs. Je veille à monter dans une autre cabine que Peeta. La foule ralentit nos escortes de stylistes, de mentors et d'hôtesses, si bien que nous sommes entre nous. Personne ne dit un mot. Mon ascenseur s'arrête pour déposer quatre tributs, avant que je me retrouve seule et que les portes s'ouvrent sur le douzième étage. À peine Peeta émerge-t-il de sa cabine que je le repousse violemment, les deux mains à plat sur la poitrine. Il perd l'équilibre et se cogne contre une horrible plante artificielle en pot. Le pot se renverse, se brise en mille morceaux. Peeta atterrit au milieu des éclats. Ses mains se mettent aussitôt à saigner.

— Qu'est-ce qui te prend ? me demande-t-il, éberlué.

— Tu n'avais pas le droit ! je lui hurle. Tu n'avais pas le droit de dire toutes ces choses sur moi !

Un autre ascenseur s'ouvre, et toute l'équipe en descend, Effie, Haymitch, Cinna et Portia.

— Que se passe-t-il ? demande Effie, une pointe d'hystérie dans la voix. Tu es tombé ?

— Elle m'a poussé, grogne Peeta tandis qu'Effie et Cinna l'aident à se relever.

Haymitch se tourne vers moi.

— Poussé ?

— C'était votre idée, hein ? De me faire passer pour une idiote devant le pays entier ? je riposte.

— L'idée vient de moi, explique Peeta, qui retire des tessons de poterie de ses paumes en faisant la grimace. Haymitch m'a simplement aidé à la mettre en œuvre.

— Oui, ce bon vieux Haymitch, toujours prêt à aider. À t'aider, toi !

— Tu es *vraiment* une idiote, dit Haymitch avec dégoût. Tu crois qu'il t'a fait du tort ? Ce garçon vient de t'offrir quelque chose que tu n'aurais jamais obtenu toute seule.

— Il m'a fait passer pour faible ! je m'écrie.

— Il t'a rendue désirable ! Voyons les choses en face : tu avais besoin d'un sérieux coup de main, dans ce domaine. Tu étais aussi attirante qu'une motte de terre jusqu'à ce qu'il déclare t'aimer. Maintenant, ils t'aiment tous. On ne parle plus que de vous. Les amants maudits du district Douze ! crache Haymitch.

— Nous ne sommes même pas amoureux !

Haymitch m'empoigne par les épaules et me plaque contre le mur.

— On s'en fiche ! Ce n'est que du spectacle. Ce qui compte, c'est la manière dont les gens te perçoivent. Tout ce que j'aurais pu dire de toi après ton interview, c'est que tu étais une gentille fille. Remarque, ça tenait déjà du miracle. Maintenant, je sais aussi que tu es un bourreau des cœurs. Que tous les gars de ton district en pincent pour toi. À ton avis, qu'est-ce qui va te valoir le plus de sponsors ?

Son haleine avinée me donne la nausée. Je repousse ses mains et fais un pas de côté, pour tâcher de dégager ma tête.

Cinna s'approche et me prend par les épaules.

— Il a raison, Katniss.

Je ne sais plus quoi penser.

— Vous auriez dû m'en parler, que j'aie l'air moins stupide.

— Au contraire, ta réaction a été parfaite. Tu aurais paru moins naturelle, si tu avais été au courant, dit Portia.

— Bah, elle s'inquiète à cause de son petit ami, bougonne Peeta en jetant par terre un autre tesson ensanglanté.

Je rougis de nouveau en pensant à Gale.

— Je n'ai pas de petit ami.

— Appelle ça comme tu veux, ajoute Peeta. En tout cas, je suis prêt à parier qu'il est suffisamment intelligent pour reconnaître un bluff, quand il en voit un. Et puis, tu n'as jamais dit que *tu* m'aimais. Alors, quelle importance ?

Ses mots font mouche. Ma colère retombe. On s'est servi de moi, mais on m'a également donné un avantage. Haymitch dit vrai. J'ai survécu à l'interview, mais de quoi avais-je l'air ? D'une écervelée qui tournoyait dans sa robe scintillante. En gloussant. Le seul moment où j'ai dû prendre un peu de relief, c'est quand j'ai parlé de Prim. À côté de Thresh et de sa puissance silencieuse, j'apparais insignifiante. Écervelée, scintillante et insignifiante. Enfin, pas entièrement. J'ai quand même obtenu un onze à l'entraînement.

Mais voilà que Peeta a fait de moi un objet de désir. Et pas seulement pour lui. À l'entendre, j'aurais de nombreux admirateurs. Et si le public croit réellement à notre amour... Je me rappelle la vigueur des réactions après sa confession. Les amants maudits : Haymitch a raison, ce genre de truc fait un tabac, au Capitole. Je m'inquiète soudain à l'idée d'avoir mal réagi et demande :

— Quand il a déclaré son amour, aurait-on dit que je l'aimais, moi aussi ?

— Moi, j'y ai cru, avoue Portia. Ta façon d'éviter de regarder la caméra, de rougir…

Tous les autres abondent dans son sens.

— Tu joues sur du velours, chérie. Les sponsors vont se bousculer, me promet Haymitch.

Me voilà rudement embarrassée par ma réaction. Je me tourne à contrecœur vers Peeta.

— Désolée de t'avoir bousculé.

— Pas grave. (Il hausse les épaules.) Même si c'est techniquement interdit.

— Et tes mains, ça va aller ?

— Ne t'en fais pas.

Dans le silence qui s'ensuit, des odeurs délicieuses nous parviennent depuis la salle à manger.

— Venez, allons manger un morceau, suggère Haymitch.

Nous le suivons tous et prenons place à table. Mais Peeta saigne trop, et Portia doit l'emmener se faire soigner. Nous entamons la soupe à la crème et aux pétales de rose sans eux. Nous sommes en train de terminer quand ils reviennent. Peeta s'est fait bander les mains. Je me sens coupable. Demain, nous serons dans l'arène. Il m'a rendu un fier service et en guise de récompense, je l'ai blessé. Cesserai-je un jour d'avoir une dette envers lui ?

Après le dîner, nous passons au salon pour suivre la rediffusion. Je me trouve frivole, ridicule à tournoyer dans ma robe en gloussant, mais les autres m'assurent que je suis charmante. Peeta, lui, devient carrément irrésistible en amoureux transi. Et me voilà rougissante, confuse, rendue belle par les mains de Cinna, désirable grâce à l'aveu de

Peeta, tragique vu les circonstances. Bref, de l'avis de tous, inoubliable.

Quand l'hymne prend fin et que l'écran redevient noir, un silence s'installe dans la pièce. Demain, à l'aube, on viendra nous réveiller et nous préparer pour l'arène. Les Jeux ne commencent qu'à dix heures, car les habitants du Capitole se lèvent tard. Mais Peeta et moi devrons nous réveiller de bonne heure. Qui sait quelle distance nous aurons à parcourir pour atteindre l'arène, cette année.

Haymitch et Effie ne viendront pas avec nous. Dès ce soir, ils seront au quartier général des Jeux, à faire signer le plus de sponsors possible, à élaborer la meilleure stratégie concernant la manière et le moment de nous faire parvenir leurs cadeaux. Cinna et Portia nous accompagneront jusqu'aux portes de l'arène. C'est néanmoins l'heure des adieux.

Effie nous prend par la main et, la larme à l'œil, nous souhaite bonne chance à tous les deux. Elle nous remercie d'avoir été les meilleurs tributs dont elle ait eu le privilège de s'occuper. Enfin, parce qu'elle ne serait pas Effie si elle ne commettait pas ce genre de bourde épouvantable, elle ajoute :

— Je ne serais pas étonnée d'être promue dans un bon district, l'année prochaine !

Elle nous embrasse sur la joue puis s'empresse de partir, submergée par l'émotion, à moins qu'elle ne soit transportée de joie à l'idée d'une promotion possible.

Haymitch croise les bras et nous examine tous les deux.

— Un dernier conseil... ? demande Peeta.

— Quand le gong résonnera, tirez-vous le plus vite possible, déclare Haymitch. Ne restez pas pour le bain de sang à la Corne d'abondance, vous n'êtes pas de taille. Dégagez, mettez autant de distance que vous le pourrez entre les autres et vous, et trouvez-vous un point d'eau. Compris ?

— Et ensuite ? dis-je.

— Restez en vie, répond Haymitch.

C'est le conseil qu'il nous a déjà donné dans le train, sauf que, cette fois-ci, il n'est pas soûl et ne rit pas. Nous hochons la tête. Que dire de plus ?

Alors que je regagne ma chambre, Peeta s'attarde à discuter avec Portia. J'en suis heureuse. Les adieux gênés que nous échangerons sans doute peuvent attendre demain. Mon lit est prêt, mais la Muette rousse n'est visible nulle part. Je regrette de ne pas connaître son nom. J'aurais dû le lui demander. Elle aurait pu me l'écrire. Ou le mimer. Mais peut-être que ça lui aurait simplement valu une autre punition.

Je prends une douche pour me débarrasser de la peinture dorée, du maquillage, de cette image de beauté qui me colle à la peau. Tout ce qui reste des efforts de mon équipe, ce sont les flammes sur mes ongles. Je décide de les conserver afin de rappeler au public qui je suis. Katniss, la fille du feu. Je serai peut-être bien contente de pouvoir me raccrocher à ça dans les prochains jours.

J'enfile une chemise de nuit molletonnée et je me glisse dans mon lit. Il me faut environ cinq secondes pour réaliser que je ne m'endormirai pas. Or j'en ai besoin, désespérément, car dans l'arène chaque instant concédé à la fatigue sera une invitation à la mort.

C'est terrible. Une heure, deux heures, trois heures passent, et mes paupières refusent de s'alourdir. J'essaie d'imaginer dans quel environnement on me jettera. Un désert ? Des marais ? Une toundra glaciale ? J'espère surtout qu'il y aura des arbres, qui devraient me permettre de me cacher et de trouver de la nourriture ainsi qu'un abri. Il y en a souvent, parce que les paysages de désolation sont trop monotones et que les Jeux s'achèvent trop vite, sinon. Mais à quoi ressemblera le climat ? Quels pièges auront dissimulés les Juges pour relancer l'intérêt en cas de baisse de rythme ? Et puis reste la question des autres tributs...

Plus je m'efforce de trouver le sommeil, plus il me fuit. N'y tenant plus, je me lève. Je fais les cent pas dans ma chambre, le cœur battant, le souffle court. J'ai l'impression d'être en prison. Si je ne respire pas un peu d'air frais, très vite, je vais recommencer à tout casser autour de moi. Je remonte le couloir au pas de course, jusqu'à la porte qui mène au toit. Je la trouve non seulement déverrouillée, mais entrouverte. Peut-être a-t-on oublié de la refermer ? Peu importe. Le champ de force qui entoure le toit interdit toute forme d'évasion désespérée. D'ailleurs, je ne cherche pas à m'échapper mais simplement à me remplir les poumons. Je veux contempler le ciel et la lune de cette dernière nuit de tranquillité.

Le toit n'est pas éclairé pendant la nuit, mais, dès que je pose mes pieds nus sur la terrasse, j'aperçois sa silhouette qui se découpe en ombre chinoise sur les lumières du Capitole. Il y a un sacré raffut dans les rues, de la musique, des chants, des concerts de klaxon, que le double vitrage de ma chambre m'empêchait d'entendre. Je pourrais me retirer discrètement, sans qu'il me voie. Mais l'air est si doux, et je ne supporte pas l'idée de regagner ma cage dorée. Quelle différence cela peut faire, de toute façon ? Qu'on s'adresse la parole ou non ?

Je m'approche en silence sur les dalles. Je ne suis plus qu'à un mètre de lui quand je lui lance :

— Tu devrais essayer de dormir un peu.

Il sursaute, sans se retourner. Je le vois secouer légèrement la tête.

— Je ne voulais pas manquer la fête. Elle est en notre honneur, après tout.

Je le rejoins et je me penche par-dessus la balustrade. Les boulevards sont remplis de gens en train de danser. Je plisse les paupières afin de mieux les voir.

— Ils sont costumés ?

— Va savoir, répond Peeta. Avec ces habits invraisemblables qu'ils portent. Toi non plus, tu n'arrives pas à dormir ?

— Impossible de déconnecter mon cerveau.

— Tu penses à ta famille ?

— Non, dis-je avec une pointe de culpabilité. Je ne parviens pas à penser à autre chose qu'à demain. Ce qui ne sert à rien, évidemment. (Grâce à la lueur qui monte d'en bas, je distingue son visage, à présent, la façon maladroite dont il tient ses mains bandées.) Sincèrement, désolée pour tes mains.

— Ce n'est pas grave, Katniss. Je n'ai jamais vraiment été un concurrent pour ces Jeux.

— Ne dis pas ça.

— Pourquoi ? C'est vrai. Mon seul espoir est de ne pas me couvrir de honte, et...

Il hésite.

— Et quoi ? je lui demande.

— Je ne sais pas exactement comment le formuler. Sauf que... je veux mourir en étant moi-même. Tu comprends ? (Je secoue la tête. Comment mourir autrement ?) Je ne veux pas changer dans l'arène. Me transformer en une espèce de monstre que je ne suis pas.

Je me mords la lèvre. Pendant que je ruminais sur la présence ou l'absence d'arbres, Peeta se demandait comment préserver son identité. Son intégrité.

— Tu veux dire que tu n'as pas l'intention de tuer ?

— Oh si, le moment venu, je suis sûr que je tuerai comme n'importe qui. Je ne tomberai pas sans combattre. Je voudrais seulement trouver un moyen de… de montrer au Capitole que je ne lui appartiens pas. Que je suis davantage qu'un simple pion dans ses Jeux.

— Pourtant c'est le cas, dis-je. Nous ne sommes que des pions, tous. C'est le principe des Jeux.

— D'accord, mais dans ce cadre, il y a toujours toi, moi, insiste-t-il. Tu comprends ?

— Un peu. Seulement… ne te vexe pas, Peeta, mais on s'en fiche, non ?

— Moi, non. Enfin, de quoi veux-tu te soucier d'autre, à ce stade ? demande-t-il rageusement.

Il plonge ses yeux bleus dans les miens. Il exige une réponse.

Je recule d'un pas.

— Soucie-toi de ce qu'a dit Haymitch. De rester en vie.

Peeta m'adresse un sourire, triste et moqueur à la fois.

— D'accord. Merci du tuyau, chérie.

Je prends ça comme une gifle. Cette parodie des manières supérieures d'Haymitch.

— Écoute, si tu tiens vraiment à passer tes dernières heures à réfléchir à une mort grandiose dans l'arène, c'est ton choix. J'ai l'intention de passer les miennes dans le district Douze.

— Ça ne me surprendrait pas, dit Peeta. Embrasse ma mère pour moi quand tu la reverras, tu veux bien ?

— Compte sur moi.

Je tourne les talons et je quitte le toit.

Je passe le reste de la nuit à somnoler, à imaginer les piques cinglantes que je lancerai à Peeta Mellark au petit matin. Peeta Mellark. Nous verrons bien ce qui restera de ses nobles préoccupations face à la mort. Il deviendra probablement l'un de ces fauves qui tentent de dévorer le cœur de leurs victimes. Je me souviens d'un cas de ce genre quelques années plus tôt, un garçon du district Six qui s'appelait Titus. Il était si enragé qu'il fallait l'étourdir à coups de pistolet électrique pour lui arracher le corps de ses victimes. Même s'il n'y a aucune règle dans l'arène, le cannibalisme passe mal auprès du public, et on s'efforce de le prohiber. Certains pensent que l'avalanche qui a fini par emporter Titus aurait été provoquée artificiellement, afin d'éviter que le vainqueur ne soit un fou furieux.

Mais je ne revois pas Peeta le lendemain matin. Cinna vient me chercher avant l'aube, me fait m'habiller simplement et me conduit sur le toit. Les ultimes préparatifs auront lieu dans les catacombes, sous l'arène proprement dite. Un hovercraft se matérialise dans le ciel, exactement comme celui que j'ai vu dans la forêt, le jour où la Muette rousse a été capturée. Une échelle en descend. Je place mes mains et mes pieds sur les barreaux inférieurs et me retrouve aussitôt paralysée, collée à l'échelle comme par une sorte de courant électrique, tandis qu'on me hisse jusqu'à l'appareil.

Une fois à l'intérieur, je m'attends à être libérée, mais je reste collée tandis qu'une femme en blouse blanche s'approche de moi avec une seringue.

— C'est juste ton mouchard, Katniss, me dit-elle. Reste tranquille, le temps que je puisse l'enfoncer correctement.

Tranquille ? Je suis une statue. Ça ne m'empêche pas de ressentir une vive douleur quand l'aiguille insère le minuscule instrument métallique sous la peau de mon avant-bras. Désormais, les Juges vont pouvoir me localiser à tout instant dans l'arène. Il ne s'agirait pas d'égarer un tribut.

Une fois le mouchard en place, l'échelle me relâche. La femme disparaît, et c'est au tour de Cinna d'être hissé à bord. Un Muet nous conduit dans une cabine où nous attend le petit déjeuner. Malgré mon estomac noué, je mange autant que je peux, sans m'intéresser le moins du monde à la nourriture – délicieuse, pourtant. Nerveuse comme je le suis, je pourrais avaler de la poussière de charbon. La seule chose qui retienne mon attention, c'est la vue à travers le hublot tandis que nous survolons la ville avant de nous enfoncer dans les terres sauvages. Voilà ce que contemplent les oiseaux. Mais eux sont libres, et en sécurité. Tout le contraire de moi.

Le trajet dure une demi-heure environ, puis les hublots s'obscurcissent – nous devons approcher de l'arène. L'hovercraft se pose, et Cinna et moi reprenons l'échelle, sauf que, cette fois-ci, elle nous dépose au fond d'un tunnel souterrain, dans les catacombes. Des panneaux nous guident jusqu'à la pièce où je suis censée me préparer. Au Capitole, on appelle cela les « chambres de lancement ». Dans les districts, ce serait plutôt le parc aux bestiaux. Là où l'on met les bêtes à l'entrée des abattoirs.

L'endroit est flambant neuf, je serai le premier et le dernier tribut à utiliser cette chambre de lancement. Les arènes deviennent des lieux historiques protégés à l'issue des Jeux. Une destination touristique très courue par les vacanciers du Capitole. On y séjourne un mois, on revoit les Jeux, on découvre les catacombes, on visite les emplacements de chaque mise à mort. On peut même participer aux reconstitutions.

Il paraît que la nourriture est excellente.

Je lutte pour ne pas vomir mon petit déjeuner pendant que je prends une douche et me brosse les dents. Cinna me coiffe comme d'habitude, avec une longue natte dans le dos. Après quoi les vêtements arrivent, les mêmes pour chaque tribut. Cinna n'a pas eu son mot à dire là-dessus, il ne sait même pas ce qu'il y a dans le paquet, mais il m'aide néanmoins à enfiler mes sous-vêtements, mon pantalon fauve, mon chemisier vert pâle, mon gros ceinturon de cuir brun et le mince blouson noir à capuche qui me tombe sur les cuisses.

— L'étoffe de ton blouson est conçue pour garder la chaleur corporelle, remarque-t-il. Les nuits risquent d'être froides.

Les bottines, portées sur des chaussettes collantes, sont plus confortables que je ne m'y attendais. En cuir souple, comme celles que j'ai chez moi, mais avec une mince semelle en caoutchouc. Parfaites pour courir.

Je crois en avoir terminé quand Cinna sort de sa poche ma broche en or représentant un geai moqueur. Je l'avais complètement oubliée.

— Où avez-vous trouvé ça ?

— Sur l'ensemble vert que tu portais dans le train, répond-il. (Je me souviens l'avoir ôtée de la robe de ma mère pour l'épingler sur le chemisier.) C'est l'emblème de ton district, c'est ça ? (Je fais oui de la tête, et il me l'agrafe sur la poitrine.) Les membres de la commission de contrôle ont failli la retenir. Certains prétendaient que l'épingle pouvait être utilisée comme une arme, ce qui t'aurait avantagée. Mais, finalement, ils ont bien voulu. Ils ont confisqué la bague de la fille du district Un, par contre. Si on tournait la pierre, une aiguille en sortait. Empoisonnée. La fille a protesté qu'elle n'en savait rien, et rien ne prouvait le contraire. Elle a quand même perdu sa bague. Là, tu es parée. Bouge un peu. Assure-toi que rien ne te gêne.

Je fais quelques pas, je tourne sur moi-même, je balance les bras.

— Ça va. Tout tombe à la perfection.

— Dans ce cas, nous n'avons plus qu'à attendre, dit Cinna. À moins que tu ne puisses encore avaler quelque chose ?

Je décline toute nourriture, mais j'accepte un verre d'eau, que je bois à petites gorgées pendant que nous patientons sur le canapé. Comme je ne tiens pas à me ronger les ongles ni à me mordiller la lèvre, je me retrouve à mordre l'intérieur de ma joue. Elle n'est pas encore entièrement guérie. Un goût de sang se répand bientôt dans ma bouche.

Ma nervosité se mue en terreur à mesure que j'anticipe la suite. D'ici une heure à peine, je serai peut-être morte. Mes doigts repassent sans cesse sur la petite bosse que j'ai à l'avant-bras, là où la femme m'a injecté le mouchard. J'appuie dessus, même si ça fait mal. J'appuie si fort qu'un bleu commence à se former.

— As-tu envie de parler, Katniss ? me propose Cinna.

Je secoue la tête mais, après un moment, je lui tends la main. Il la prend dans les siennes. Il la tient toujours quand une voix féminine et suave annonce qu'il est temps de nous préparer au lancement.

Sans lâcher la main de Cinna, je me lève et je m'avance sur la plaque métallique circulaire.

— N'oublie pas ce que t'a dit Haymitch. Sauve-toi. Trouve de l'eau. Le reste viendra tout seul, affirme-t-il. (J'acquiesce.) Et souviens-toi d'une chose : je n'ai pas le droit de parier, mais, si je le pouvais, c'est sur toi que je miserais.

— Vraiment ? je murmure.

— Vraiment. (Il se penche et me dépose un baiser sur le front.) Bonne chance, fille du feu.

Puis un cylindre de verre descend sur moi, m'oblige à lâcher Cinna, me sépare de lui. Il se tapote le menton. Tête haute.

Je redresse les épaules. Je me tiens aussi droite que possible. Le cylindre se lève. Pendant une quinzaine de secondes, je reste plongée dans le noir complet. Après quoi je sens la plaque métallique me pousser au-dehors, à l'air libre. Éblouie par le soleil, je perçois juste une forte brise ainsi qu'une odeur prometteuse de sapin.

Puis j'entends tonner tout autour de moi la voix de Claudius Templesmith, le speaker légendaire :

— Mesdames et messieurs, que les soixante-quatorzièmes Hunger Games commencent !

11 ◉ ▶

Soixante secondes. C'est le temps durant lequel nous sommes tenus de rester sur nos plaques métalliques, avant qu'un gong nous libère. Si vous en descendez avant, une mine antipersonnel vous arrache les jambes. Soixante secondes pour découvrir le cercle des tributs placés à équidistance de la Corne d'abondance, gigantesque conque dorée dont la gueule, de sept bons mètres de hauteur, déborde de tout ce qui peut nous être utile ici, dans l'arène : nourriture, récipients d'eau, armes, médicaments, vêtements, briquets. D'autres ustensiles sont disséminés tout autour, dont la valeur décroît à mesure qu'on s'éloigne de la conque. Par exemple, à quelques pas seulement, je distingue un carré de toile plastique d'un mètre de côté. Il pourrait sans doute me servir sous une averse. Mais, dans la gueule, j'aperçois une tente capable de me protéger de n'importe quelles intempéries. Si j'avais assez de tripes pour aller la chercher et la disputer aux vingt-trois autres tributs. Ce qu'on m'a bien recommandé de ne pas tenter.

Nous sommes au centre d'un vaste espace dégagé. Une plaine de terre sèche. Au-delà des tributs qui me font face, je ne vois rien, ce qui doit indiquer une pente abrupte, voire une falaise. À ma droite, un lac. À ma gauche et dans mon dos, une forêt de sapins clairsemés. C'est là qu'Haymitch voudrait me voir m'enfuir. Immédiatement.

J'entends encore ses instructions : « Dégagez, mettez autant de distance que vous le pourrez entre les autres et vous, et trouvez-vous un point d'eau. »

Mais c'est tentant, si tentant, de voir tout ce butin étalé sous mes yeux. Et je sais que, si ce n'est pas moi qui le ramasse, quelqu'un d'autre le fera. Que les tributs de carrière qui survivront au bain de sang se partageront les armes et les objets les plus précieux. Quelque chose attire mon attention. Là, au sommet d'un monceau de couvertures, je vois scintiller un carquois de flèches ainsi qu'un arc déjà tendu, prêt à servir. « Il est à moi, me dis-je. On l'a mis là pour moi. »

Je suis rapide. Au sprint, je bats toutes les filles de mon école, même s'il y en a deux qui réussissent à me battre dans les courses de fond. Mais cette course de quarante mètres est largement à ma portée. Je sais que je peux le faire, que je peux y arriver la première, mais la question est de savoir si je parviendrai à m'enfuir assez vite. Le temps d'escalader les couvertures et d'attraper mon arme, d'autres auront atteint la conque. Je devrais pouvoir en abattre un ou deux, mais, s'ils sont une douzaine, à si courte portée, ils m'auront sans difficulté à coups d'épieu ou de gourdin. Ou simplement avec leurs poings.

Néanmoins, je ne serais pas la seule cible. Je suis prête à parier que bon nombre de tributs négligeront une faible fille, même si elle a obtenu un onze à l'entraînement, pour se focaliser sur d'autres adversaires plus redoutables.

Haymitch ne m'a jamais vue courir. Peut-être que, sinon, il m'aurait conseillé de tenter ma chance. De m'emparer de l'arme. Vu que c'est précisément celle qui pourrait me sauver. Je ne vois d'ailleurs qu'un seul arc dans toute la pile. La minute est presque terminée, je sais qu'il va falloir prendre une décision et je me prépare à m'élancer, non pas en direction de la forêt mais vers la Corne d'abondance, vers l'arc. Quand soudain je remarque Peeta, le cinquième tribut sur ma droite, assez loin. Pourtant je vois qu'il me regarde et j'ai l'impression qu'il secoue la tête. Mais j'ai le soleil dans les yeux et, pendant que j'hésite, le gong retentit.

C'est fichu ! J'ai raté ma chance ! Parce que ces quelques secondes perdues suffisent à me faire changer d'avis. Mes pieds traînent dans la poussière, dans un sens puis dans l'autre, hésitant sur la direction à prendre. Finalement, je bondis en avant et je ramasse la toile en plastique, ainsi qu'une miche de pain. Ma récolte est si maigre, je suis tellement furieuse contre Peeta que je sprinte sur vingt mètres afin de récupérer un sac à dos orange qui peut contenir n'importe quoi. Je ne supporte pas l'idée de partir les mains vides.

Un garçon – celui du district Neuf, je crois – atteint le sac à dos en même temps que moi, et pendant un bref instant nous tirons dessus chacun de notre côté. Puis il tousse et m'éclabousse le visage de sang. Je trébuche en arrière, dégoûtée, perplexe devant cette giclée tiède et poisseuse. Le garçon s'écroule. C'est là que je remarque le couteau qu'il a dans le dos. D'autres tributs sont arrivés à la Corne d'abondance et commencent à se déployer autour. Oui, c'est la fille du district Deux, à une dizaine de mètres, qui court dans ma direction avec une demi-douzaine de couteaux à la main. Je l'ai vue lancer, à l'entraînement. Elle ne rate jamais. Et je suis sa prochaine cible.

Mon appréhension générale se transforme en peur immédiate de cette fille, de cette prédatrice qui pourrait me tuer dans quelques secondes. L'adrénaline me donne un coup de fouet, je jette le sac sur mon épaule et pique un sprint vers la forêt. J'entends la lame siffler dans l'air et, d'instinct, je remonte un peu le sac pour protéger ma nuque. La lame se fiche dans le sac. Les deux lanières sur les épaules, cette fois, je continue à courir. Je sais, au fond de moi, que la fille ne va pas chercher à me poursuivre. Qu'elle va retourner à la Corne d'abondance avant que toutes les bonnes choses soient parties. Je grimace un sourire. « Merci pour le couteau », me dis-je.

À la lisière de la forêt, je me retourne un instant pour évaluer la situation. Une dizaine de tributs s'entre-tuent au pied de la conque. Plusieurs gisent déjà dans la poussière. Ceux qui ont préféré s'enfuir sont en train de disparaître entre les arbres ou derrière la pente, de l'autre côté. Je repars au pas de course jusqu'à ce qu'on ne me voie plus, puis je ralentis et je continue en petites foulées, à un rythme que je peux tenir un moment. Au cours des heures qui suivent, j'alterne la marche et le petit trot afin de mettre la plus grande distance possible entre mes concurrents et moi. J'ai perdu mon pain en me battant avec le garçon du district Neuf, mais j'ai réussi à fourrer le carré de plastique dans ma manche. Tout en marchant, je le plie soigneusement et le range dans ma poche. Je récupère également le couteau – une belle arme, avec une longue lame acérée et dentelée près du manche, ce qui sera pratique si je dois scier quelque chose –, que je glisse dans mon ceinturon. Je n'ose pas m'arrêter pour examiner le contenu de mon sac. Pas encore. Je continue sans relâche, en prenant juste le temps de m'assurer qu'on ne me suit pas.

Je peux marcher longtemps. Je le sais, j'ai l'habitude de la forêt. Mais je vais avoir besoin d'eau. C'était la deuxième recommandation d'Haymitch et, comme je me suis plus ou moins loupée sur la première, je m'applique à ouvrir l'œil. Sans résultat.

La forêt se modifie peu à peu, d'autres arbres se mêlent aux sapins – certains que je reconnais et d'autres non. À un moment, j'entends un bruit suspect et je sors mon couteau, prête à me défendre, mais ce n'est qu'un lapin apeuré.

— Contente de te voir, je murmure.

Car, s'il y a un lapin, il y en a peut-être des centaines d'autres, qui n'attendent que mes collets.

Le terrain descend en pente douce. Je n'aime pas ça. Les vallées me donnent la sensation d'être prise au piège. J'aime me trouver en hauteur, comme dans les collines qui bordent le district Douze, là où je peux voir arriver mes ennemis de loin. Mais je n'ai pas d'autre choix que de continuer.

Curieusement, je ne me sens pas trop mal. Ces journées passées à m'empiffrer m'ont fait du bien. Je me sens capable de tenir longtemps, malgré le manque de sommeil. Me retrouver dans les bois me remonte le moral. J'apprécie ma solitude – même si elle est illusoire, car je passe probablement à l'écran en ce moment même. Pas tout le temps, mais par intermittence. Il y a tant de morts à exhiber le premier jour qu'un tribut qui marche à travers bois n'offre pas grand intérêt. Mais on doit me montrer quand même, afin de faire savoir au public que je suis vivante, indemne, et que je vais quelque part. La journée d'ouverture, avec ses premiers morts, est l'une de celles où l'on parie le plus. Mais cela ne saurait se comparer aux sommes mises en jeu à mesure que la compétition se réduit à une poignée de joueurs.

Tard dans l'après-midi, j'entends les premiers coups de canon. Chaque coup correspond à un tribut tué. Les combats ont dû prendre fin autour de la Corne d'abondance. On ne ramasse les corps qu'après la dispersion des survivants. Le premier jour, on ne tire le canon qu'après l'arrêt total du bain de sang, car il est trop difficile de faire le compte des victimes. Je m'accorde une petite pause, haletante, le temps d'écouter le nombre de coups. Un... deux... trois... et ainsi de suite, jusqu'à onze. Onze morts en tout. Restent treize joueurs. Je gratte le sang séché que le garçon du district Neuf m'a craché au visage. Il fait partie des morts, à coup sûr. Je m'interroge au sujet de Peeta. A-t-il survécu à la journée ? Je le saurai dans quelques heures. Quand on projettera dans le ciel le portrait des morts, afin que nous puissions tous les voir.

Subitement, me voilà bouleversée à l'idée que Peeta soit déjà mort, saigné à blanc, ramassé et en route pour le Capitole, où il sera nettoyé, rhabillé et renvoyé au district Douze dans une boîte en bois. Parti. Sur le chemin du retour. Je m'efforce de me rappeler si je l'ai vu après le déclenchement des hostilités. Mais la dernière image qui me vient est celle de Peeta en train de secouer la tête au moment du coup de gong.

Ce serait peut-être mieux ainsi. Il n'a jamais cru en ses chances. Et puis, cela m'épargnerait la tâche désagréable de le tuer. Peut-être vaut-il mieux qu'il ne soit plus dans la partie.

Je m'assois lourdement à côté de mon sac, épuisée. Je dois en examiner le contenu avant la tombée de la nuit. Faire le bilan de mes possessions. En dénouant les lanières, je remarque qu'il a l'air très résistant, en dépit de sa couleur catastrophique. Cet orange va briller dans le noir. Je prends note de le camoufler à la première heure demain matin.

Je soulève le rabat. Ce que je voudrais le plus, là, maintenant, c'est de l'eau. Haymitch nous a recommandé d'en trouver immédiatement, à juste titre. Je ne tiendrai pas longtemps sans eau. Je pourrais continuer quelques jours avec les symptômes pénibles de la déshydratation, mais ensuite je déclinerais rapidement et je mourrais en une semaine, grand maximum. Je déballe soigneusement le contenu. Un sac de couchage ultraléger qui conserve la chaleur corporelle. Un paquet de biscuits. Un paquet de lanières de bœuf séché. Un flacon de teinture d'iode. Une boîte d'allumettes. Une bobine de fil de fer. Une paire de lunettes de soleil. Et une gourde en plastique de deux litres, complètement vide.

Pas d'eau. Ça ne leur aurait pourtant pas coûté grand-chose, de remplir la gourde ! Je prends soudain conscience que j'ai la gorge et la bouche sèches, les lèvres gercées. J'ai marché toute la journée. Il faisait chaud, j'ai beaucoup transpiré. J'ai l'habitude, chez nous, mais je trouve toujours des torrents auxquels m'abreuver, ou au pire de la neige, que je peux faire fondre.

Je remets tout dans mon sac quand une pensée affreuse me traverse l'esprit. Le lac. Celui que j'ai vu pendant que j'attendais le gong. Et si c'était la seule source d'eau de toute l'arène ? Voilà qui garantirait de beaux combats. Il se trouve à une bonne journée de marche, désormais. Une sacrée trotte, sans rien à boire. Et quand bien même j'y parviendrais, je suis sûre qu'il sera étroitement surveillé par plusieurs tributs de carrière. Je commence à paniquer lorsque je me rappelle le lapin que j'ai surpris, plus tôt dans l'après-midi. Il doit forcément boire, lui aussi. Je n'ai plus qu'à trouver où.

Le soir tombe, et je me sens mal à l'aise. Les arbres sont trop clairsemés pour me dissimuler. Le tapis d'aiguilles de sapin qui assourdit le bruit de mes pas rend également les empreintes des animaux plus difficiles à voir. Pourtant, j'ai besoin de leurs pistes pour trouver l'eau. Sans compter que je continue à descendre, à m'enfoncer de plus en plus dans une vallée qui semble interminable.

J'ai faim également, mais je n'ose pas encore entamer mes précieuses réserves de biscuits et de bœuf séché. Je sors donc mon couteau, je m'approche d'un sapin, je découpe un pan d'écorce et me taille une grosse poignée d'écorce intérieure, plus tendre. Je la mâche lentement en reprenant mon chemin. Après une semaine à savourer ce qui se fait de mieux au monde, j'ai un peu de mal à avaler. Mais ce n'est pas la première fois que je mange du sapin dans ma vie. Je m'y referai vite.

Au bout d'une heure, je me décide à chercher un endroit pour la nuit. Les créatures nocturnes commencent à sortir. J'entends quelques hululements et hurlements, qui m'indiquent que je ne serai pas la seule à m'intéresser aux lapins. Quant à savoir si les autres prédateurs me considéreront comme un gibier, il est trop tôt pour le dire. Toutes sortes d'animaux sont peut-être en train de m'observer, en ce moment même.

Dans l'immédiat, pourtant, ce sont surtout mes concurrents qui m'inquiètent. Je suis sûre qu'ils seront nombreux à continuer la traque pendant la nuit. Ceux qui se seront battus à la Corne d'abondance auront de la nourriture, de l'eau du lac en abondance, des torches ou des lampes de poche et des armes qu'ils brûleront d'utiliser. J'espère m'être suffisamment éloignée pour être hors de leur portée.

Avant de m'installer, je sors mon fil de fer et tends deux collets dans les fourrés. J'ai bien conscience que c'est un risque, mais la nourriture va s'épuiser vite, par ici. Et je ne peux pas poser des pièges en fuyant. Néanmoins, je marche encore cinq minutes avant de dresser le camp.

Je choisis mon arbre avec soin. Un saule, pas trop haut mais enfoui parmi d'autres, et dont les longues tresses tombantes devraient me dissimuler. Je me hisse en restant dans les plus grosses branches, à proximité du tronc, et me déniche une fourche solide pour y installer mon lit. Ça demande un peu de travail, mais je parviens à disposer le sac de couchage de manière relativement confortable. J'enfonce mon sac à dos tout au fond et je me glisse à l'intérieur. Par mesure de précaution, je retire mon ceinturon, le passe autour de la branche et du sac, et le boucle au niveau de ma taille. Comme ça, si je me retourne dans mon sommeil, je n'aurai pas à craindre de m'écraser par terre. Je suis suffisamment petite pour rabattre le sommet du sac sur ma tête, mais j'enfile ma capuche également. La nuit tombe, et l'air se rafraîchit rapidement. Malgré les risques que j'ai encourus pour ce sac à dos, je sais à présent que j'ai fait le bon choix. Ce sac, qui conserve et me restitue ma chaleur corporelle, se révèle inestimable. Je suis certaine qu'il doit y avoir d'autres tributs, en ce moment même, dont la principale préoccupation consiste à se réchauffer, alors que je devrais pouvoir m'offrir quelques heures de sommeil. Si seulement je n'avais pas aussi soif...

La nuit est là quand j'entends l'hymne annonciateur de la récapitulation des morts. À travers les branches, j'aperçois le sceau du Capitole, qui semble flotter dans les airs. En réalité, je suis en train de regarder un écran géant transporté par l'un de ces hovercrafts qui apparaissent et disparaissent mystérieusement. L'hymne s'achève, et le ciel redevient noir. Chez nous, ils ont droit à la rediffusion complète de chaque mise à mort, mais dans l'arène on considère que cela donnerait trop d'indications aux tributs survivants. Par exemple, si j'avais pu m'emparer de l'arc et si j'avais abattu quelqu'un, mon secret serait dévoilé. Non, ici, nous n'avons droit qu'aux photos qui illustraient nos scores à l'entraînement. De simples portraits. Sauf qu'en guise de score elles s'accompagnent désormais d'un numéro de district. Je respire un grand coup quand les visages des onze victimes commencent à défiler. Je les compte un à un sur mes doigts.

Le premier à s'afficher est celui de la fille du district Trois. Ce qui veut dire que les tributs de carrière du Un et du Deux ont tous survécu. Sans surprise jusque-là. Puis c'est le tour du garçon du Quatre. Je ne m'y attendais pas ; d'ordinaire les tributs de carrière survivent tous à la première journée. Puis le garçon du district Cinq… On dirait que la fille au visage de renard s'en est sortie. Les deux tributs du Six et du Sept. Le garçon du Huit. Les deux du Neuf. Oui, je reconnais le garçon auquel j'ai disputé le sac à dos. Tous mes doigts sont tendus, il ne reste plus qu'une victime. Serait-ce Peeta ? Non, c'est la fille du district Dix. Et voilà. Le sceau du Capitole disparaît dans un dernier arpège. Les bruits de la forêt peuvent reprendre.

Je suis soulagée que Peeta soit encore en vie. Si je dois mourir, c'est sa victoire qui profitera le plus à ma mère et à Prim. C'est sans doute ce qui explique les émotions contradictoires qui m'agitent chaque fois que je pense à lui. La gratitude, pour m'avoir donné un avantage en affirmant m'aimer lors de son interview. La colère, pour la supériorité qu'il a manifestée sur la terrasse. La crainte, à l'idée de me trouver nez à nez avec lui dans cette arène.

Onze morts, mais aucun du district Douze. Je tente de faire le point sur ceux qui restent. Cinq tributs de carrière. La Renarde. Thresh et Rue. La petite Rue… elle a donc passé la première journée, en fin de compte. Je ne peux m'empêcher de m'en réjouir. Avec nous, ça fait dix. Je retrouverai les trois autres demain. Pour l'instant il fait noir, j'ai une longue marche dans les jambes et je suis perchée à l'abri dans cet arbre. Je dois me reposer.

J'ai à peine dormi, ces deux derniers jours, et puis, il y a eu ce long trajet jusqu'à l'arène. Lentement, je m'efforce de détendre mes muscles. Mes paupières se ferment. La dernière pensée qui me vient à l'esprit est que j'ai de la chance de ne pas ronfler...

Crac ! Je suis réveillée par un bruit de branche cassée. Combien de temps ai-je dormi ? Quatre heures ? Cinq ? J'ai le bout du nez tout froid. Crac ! Crac ! Que se passe-t-il ? Ce n'est pas le bruit d'une brindille qu'on écrase par mégarde, mais celui d'une branche qu'on arrache. Crac ! Crac ! Il provient d'une centaine de mètres sur ma droite. Lentement, silencieusement, je me tourne dans cette direction. Pendant quelques minutes, je ne vois pas grand-chose, sinon des frondaisons qui s'agitent dans le noir. Puis j'aperçois une étincelle, et un petit feu s'allume. Une paire de mains se réchauffe au-dessus des flammes, mais c'est tout ce que je distingue.

Je dois me mordre la lèvre pour ne pas crier une bordée d'insultes à l'auteur de ce feu. Qu'a-t-il donc dans la tête ? Il l'aurait allumé hier soir, à la tombée de la nuit, passe encore. Ceux qui étaient restés s'affronter à la Corne d'abondance, forts de leur supériorité physique et de leur équipement complet, se trouvaient trop loin pour repérer les flammes. Mais à présent, alors qu'ils doivent battre la forêt depuis des heures à la recherche de victimes, autant agiter un drapeau et crier : « Venez me chercher ! »

Et je suis là, à un jet de pierre du concurrent le plus bête des Jeux. Piégée dans un arbre. N'osant pas m'enfuir, puisque ma position vient d'être dévoilée à tous les tueurs éventuels du voisinage. D'accord, il fait froid, et tout le monde n'a pas de sac de couchage, mais cet imbécile aurait tout de même pu serrer les dents et tenir le coup jusqu'à l'aube !

Je reste à fulminer dans mon sac pendant deux bonnes heures, à me dire que, si je pouvais descendre de mon arbre, je n'aurais aucun scrupule à éliminer mon voisin. Mon instinct m'a poussée à fuir plutôt qu'à me battre, mais ce garçon constitue un risque énorme. Les imbéciles sont dangereux. Et celui-ci n'est probablement pas armé, alors que je possède un excellent couteau.

Il fait encore nuit, mais on sent que l'aube approche. Je commence à croire que nous – c'est-à-dire celui que j'envisage de tuer et moi – aurons peut-être la chance de passer inaperçus. Puis je les entends. Plusieurs paires de pieds qui s'élancent au pas de course. L'auteur du feu a dû s'assoupir. Ils sont sur elle avant qu'elle puisse s'échapper. Je sais que c'est une fille, à présent ; je l'entends à ses supplications, à son cri d'agonie. Ce sont alors des rires et des félicitations de plusieurs voix. Quelqu'un lance :

— Et de douze ! Plus que onze !

Proclamation saluée par des hurlements.

Ainsi donc, ils chassent en meute. Ça ne m'étonne pas vraiment. Des alliances se forment souvent dans les premières étapes des Jeux. Les forts s'unissent afin de traquer les faibles puis, quand la tension se fait trop grande, ils se retournent les uns contre les autres. Pas besoin de me casser la tête pour savoir qui figure dans cette alliance. À tous les coups, ce sont les tributs de carrière des districts Un, Deux et Quatre. Deux garçons et trois filles. Ceux qui prenaient leur déjeuner ensemble.

Je les entends fouiller le cadavre de la fille. Je devine à leurs commentaires qu'ils ne trouvent rien d'intéressant. Je me demande si la victime est Rue, mais j'écarte rapidement cette idée. Elle est beaucoup trop maligne pour allumer un feu comme ça.

— Mieux vaut se tirer, qu'ils puissent emporter le corps avant qu'il se mette à puer.

Je suis presque certaine que c'est le garçon au visage de brute du district Deux qui vient de dire ça. Des murmures approbateurs s'élèvent puis, à mon grand effroi, j'entends la meute se diriger vers moi. Ils ne savent pas que je suis là. Comment le pourraient-ils ? Et je suis bien dissimulée dans mon bosquet. Du moins, jusqu'au lever du soleil. Après, mon sac de couchage noir deviendra plus visible qu'autre chose. Mais s'ils continuent tout droit, ils passeront devant moi et seront partis dans une minute.

Hélas, les carrières font halte dans la clairière, à moins de dix mètres de mon arbre. Ils ont des lampes électriques, des torches. Je distingue un bras, une bottine, à travers les frondaisons. Je me change en statue. Je n'ose même plus respirer. M'auraient-ils repérée ? Non, pas encore. Leurs préoccupations montrent bien qu'ils ont l'esprit ailleurs.

— On aurait déjà dû entendre le canon, non ?

— Oui. Je ne vois pas ce qui les empêche de descendre la chercher.

— À moins qu'elle soit encore en vie.

— Elle est morte. Je l'ai plantée moi-même.

— Alors, qu'attendent-ils pour faire tirer le canon ?

— L'un de nous devrait retourner là-bas. S'assurer que le travail est bien fait.

— Oui, ce serait bête de devoir la pister une deuxième fois.

— Puisque je vous dis qu'elle est morte !

Une dispute éclate, jusqu'à ce qu'un tribut fasse taire les autres.

— On perd du temps ! Je vais retourner l'achever. Et ensuite, on bouge !

Je manque d'en tomber de mon arbre. C'est la voix de Peeta.

12

Heureusement que j'ai eu la bonne idée de m'attacher. Car j'ai roulé sur le côté et je me retrouve face au sol, maintenue par ma ceinture, une main et mes pieds en appui sur le tronc à travers le fond de mon sac de couchage. J'ai dû agiter un peu les branches en basculant, mais on dirait que les carrières sont trop absorbés par leur dispute pour l'avoir remarqué.

— Eh bien, vas-y, Joli Cœur, raille le garçon du district Deux. Va vérifier toi-même.

J'aperçois brièvement Peeta, éclairé par une torche, qui repart vers la fille auprès du feu. Il a le visage marqué, un bandage maculé de sang sur le bras et, d'après le bruit de ses pas, j'ai l'impression qu'il boite. Je le revois en train de secouer la tête, de me déconseiller de prendre part au combat pour l'équipement, alors que depuis le début, il prévoyait de se jeter tête baissée dans la mêlée.

Ça, je peux l'encaisser. Qu'il n'ait pas pu résister à la vue de tout ce matériel. Mais le reste… S'acoquiner comme ça avec la meute des carrières pour nous traquer les uns après les autres… Personne du district Douze n'a jamais fait une chose pareille ! Les tributs de carrière sont des salopards arrogants, bien nourris, uniquement parce qu'ils sont les laquais du Capitole. Unanimement et farouchement détestés par tous les membres des autres districts. J'imagine ce qu'on doit dire de lui, chez nous, en ce moment. Quand je pense que Peeta a eu le culot de me parler de fierté !

À l'évidence, le garçon pétri de principes à qui j'ai parlé sur le toit ne faisait que se moquer de moi. Mais ce sera la dernière fois. Je scruterai le ciel avec impatience, les prochains soirs, dans l'espoir de voir apparaître son visage. Si je ne le tue pas avant de mes propres mains.

Les tributs de carrière restent silencieux le temps qu'il s'éloigne, puis discutent à voix basse.

— Pourquoi ne pas nous débarrasser de lui tout de suite, et qu'on n'en parle plus ?

— Bah, gardons-le avec nous pour l'instant. Où est le mal ? Et puis, il se débrouille bien avec ce couteau.

Ah bon ? Voilà qui est nouveau. J'apprends toutes sortes de choses fascinantes sur mon ami Peeta, aujourd'hui.

— Sans compter qu'il représente notre meilleure chance de la trouver.

Je mets un moment à comprendre qu'ils parlent de moi.

— Pourquoi ? Tu ne crois quand même pas qu'elle a marché dans cette histoire à l'eau de rose ?

— C'est possible. Elle m'a paru assez bête pour ça. Chaque fois que je me la rappelle en train de tournoyer dans cette robe, j'ai envie de vomir.

— J'aimerais bien savoir d'où elle a pu sortir ce onze.

— Je te parie que Joli Cœur le sait, lui.

Le retour de Peeta les fait taire.

— Alors, elle était morte ? s'enquiert le garçon du district Deux.

— Non. Mais maintenant, oui, répond Peeta. (Au même instant, le canon retentit.) On y va ?

La meute des carrières repart au pas de course, tandis que l'aube pointe et que des chants d'oiseaux s'élèvent. Je garde encore un peu ma position inconfortable, les muscles tremblant de fatigue, avant de me hisser de nouveau sur ma branche. Il faudrait descendre, ficher le camp loin d'ici, mais j'ai besoin d'un moment pour digérer ce que je viens d'entendre. Non seulement Peeta est avec les carrières, mais il les aide à me traquer. Moi, la simplette qu'on prend au sérieux à cause de son onze. Parce qu'elle sait se servir d'un arc. Ce que Peeta sait mieux que personne.

Sauf qu'il ne leur a encore rien dit. Garde-t-il cette information pour lui, sachant que c'est ce qui le maintient en vie ? Fait-il toujours semblant de m'aimer, pour le public ? Qu'a-t-il donc dans la tête ?

Soudain, les oiseaux se taisent. Puis l'un d'eux lance un trille d'avertissement. Un simple cri. Comme celui que Gale et moi avons entendu lors de la capture de la Muette rousse. Au-dessus du feu de camp presque éteint, un hovercraft se matérialise. Une sorte de mâchoire métallique en descend. Lentement, précautionneusement, elle remonte le cadavre de la fille dans l'hovercraft. Ce dernier disparaît alors, et les oiseaux reprennent leur chant.

« Ne reste pas là », me dis-je. Je m'extirpe de mon sac de couchage, l'enroule et le fourre dans mon sac à dos. Je respire profondément. Tant que j'étais dissimulée par l'obscurité, le sac de couchage et les branches du saule, les caméras avaient probablement du mal à faire le point sur moi. Je sais qu'elles doivent me chercher en ce moment même. À l'instant où je toucherai le sol, je peux être sûre d'avoir droit à un gros plan.

Le public doit être aux anges de savoir que je me trouvais dans cet arbre, que j'ai surpris la conversation des carrières et que j'ai découvert que Peeta était avec eux. Jusqu'à ce que je sache exactement quoi faire, mieux vaut jouer la fille sûre d'elle. Et non pas perplexe. Certainement pas confuse ou apeurée.

Il faut que je voie plus loin dans la partie.

Donc, en émergeant du feuillage pour déboucher dans la lumière de l'aube, je m'arrête un instant, bien en vue des caméras. Puis j'incline la tête sur le côté et je fais un petit sourire. Là ! Qu'ils se demandent un peu ce que ça veut dire !

Je suis sur le point de m'en aller quand je me rappelle mes collets. Ce n'est pas très prudent de les vérifier, si tôt après le départ des autres. Mais c'est plus fort que moi. Trop d'années de chasse, je suppose. Et l'attrait de la viande. Je suis récompensée par un joli lapin. En un tournemain, je l'ai nettoyé et vidé. Je laisse la tête, les pattes, la queue, la peau et les entrailles sous une pile de feuilles. Je songe à faire du feu – manger du lapin cru peut donner la tularémie, je l'ai appris à mes dépens – lorsque je repense à celui de la fille morte. Je cours jusqu'à son campement. Oui, les braises de son feu sont encore chaudes. Je découpe le lapin, je bricole une broche et je l'installe dessus.

Je suis heureuse d'être filmée en cet instant. Que les sponsors constatent que je sais chasser et voient que je ne me laisserai pas piéger par la faim aussi facilement que les autres. Pendant la cuisson du lapin, j'émiette un tison refroidi et j'entreprends de camoufler mon sac à dos orange. Le noir aide un peu, mais c'est de la boue qu'il me faudrait. Bien sûr, pour avoir de la boue, il me faudrait de l'eau…

J'enfile mon sac à dos, j'attrape ma broche, je jette un peu de terre sur le feu et je pars dans la direction opposée à celle des carrières. Je dévore la moitié de mon lapin tout en marchant, puis j'enveloppe le reste dans mon bout de toile plastique, pour plus tard. La viande fait taire les grondements de mon estomac mais n'apaise pas ma soif. L'eau devient ma priorité, à présent.

Je progresse à travers bois, certaine de continuer à passer à l'écran au Capitole, de sorte que je m'applique à ne rien montrer de mes émotions. Oh, Claudius Templesmith doit bien s'amuser avec ses commentateurs vedettes, à disséquer le comportement de Peeta et ma réaction. Que penser de tout ça ? Peeta a-t-il montré son vrai visage ? En quoi cela modifie-t-il notre cote auprès des parieurs ? Allons-nous perdre des sponsors ? Avons-nous des sponsors ? Oui, je suis sûre que oui. Que nous en avions, tout au moins.

Notre belle image d'amants maudits est sans doute abîmée. Mais est-ce vraiment certain ? Peeta n'a pas dit grand-chose à mon sujet, après tout, et il nous reste peut-être encore une carte à jouer. Si je donne l'impression de m'amuser de la situation, les gens croiront peut-être à un plan convenu entre nous.

Le soleil se lève et, même à travers les frondaisons, il me paraît trop éclatant. Je me passe de la graisse de lapin sur les lèvres, j'évite de haleter, mais en vain. Au bout d'une journée à peine, je suis déjà en train de me déshydrater. Je m'efforce de me rappeler tout ce que je sais à propos de l'eau. Elle coule vers le bas, donc ce n'est pas une si mauvaise idée de m'enfoncer dans la vallée. Si je pouvais repérer des traces d'animaux ou une tache de végétation particulièrement verdoyante, ça m'aiderait. Mais le paysage demeure parfaitement uniforme. Il n'y a que la légère déclivité, les oiseaux, les mêmes arbres partout.

La journée avance, et je sens les ennuis approcher. Le peu d'urine que je parviens à éliminer est brun foncé, j'ai mal au crâne, et ma langue sèche refuse de s'humecter. Le soleil me brûle les yeux. Je sors mes lunettes de soleil, mais elles me brouillent la vue, et je les remets dans mon sac.

En fin d'après-midi, je crois entrevoir mon salut. J'aperçois un buisson de myrtilles et je cours en cueillir, impatiente de savourer leur jus sucré. Mais en les portant à mes lèvres, je les examine de plus près. Leur forme n'est pas tout à fait celle des myrtilles, et leur chair, quand on les écrase, a une couleur rouge sang. Je ne connais pas ces baies. Peut-être sont-elles comestibles, mais j'ai l'impression qu'il s'agit plutôt d'un sale tour des Juges. Notre instructrice en plantes, au centre d'Entraînement, nous a bien répété d'éviter les baies, à moins d'être sûrs à cent pour cent qu'elles ne sont pas toxiques. Je le savais déjà, mais j'ai si soif que seules ces recommandations me donnent la force de rejeter les fruits.

La fatigue commence à se faire sentir. Rien de commun, toutefois, avec la lassitude habituelle due à une longue marche. J'ai besoin de m'arrêter et de me reposer fréquemment, bien que je sache que le seul remède au mal qui me gagne consiste à continuer mes recherches. J'essaie une nouvelle tactique – grimper à un arbre, aussi haut que je peux étant donné mon état de faiblesse – pour repérer d'éventuelles traces d'eau. Hélas, la forêt implacable s'étend à perte de vue.

Résolue à poursuivre jusqu'à la tombée de la nuit, je continue jusqu'à ne plus pouvoir mettre un pied devant l'autre.

Éreintée, je me hisse dans un arbre et m'attache à une branche. Je suçote un os de lapin sans appétit, pour m'occuper la bouche. La nuit tombe, l'hymne retentit, et très haut dans le ciel j'aperçois le portrait de la fille, qui venait du district Huit. Celle que Peeta a achevée.

Ma peur des carrières est secondaire, comparée à la soif qui me tenaille. Et puis ils sont partis dans une autre direction et doivent avoir besoin de se reposer, eux aussi. Vu la rareté de l'eau, peut-être même ont-ils regagné le lac pour remplir leurs gourdes.

Sans doute est-ce la seule chose à faire pour moi également.

Le matin me plonge dans l'angoisse. La tête me lance à chaque battement de cœur. Mes articulations me font souffrir au moindre mouvement. Je tombe de l'arbre, plus que je n'en saute. Il me faut plusieurs minutes pour faire mon sac. Au fond de moi, je sais que je commets une erreur. Je devrais me montrer plus prudente, agir avec plus d'empressement. Mais il n'est pas facile de tirer des plans quand on a l'esprit embrumé. Je m'adosse à mon arbre, palpe du bout du doigt ma langue râpeuse et dresse la liste de mes options. Comment trouver de l'eau ?

En retournant au lac. Pas bon. Je n'y arriverai jamais.

En espérant qu'il va se mettre à pleuvoir. Il n'y a pas un nuage à l'horizon.

En continuant à chercher. Oui, c'est ma seule chance. Mais alors, une autre pensée me frappe, suivie d'une flambée de colère qui me rend mes esprits.

Haymitch ! Lui pourrait m'envoyer de l'eau ! Appuyer sur un bouton et m'en faire livrer en quelques minutes par un parachute argenté. J'ai forcément des sponsors, au moins un ou deux, capables de m'offrir une bouteille d'eau. D'accord, c'est cher, mais ces gens-là suent l'argent par tous les pores. Et ils en ont misé sur moi, qui plus est. Peut-être qu'Haymitch ne réalise pas à quel point j'en ai besoin.

— À boire, dis-je, aussi fort que je le peux.

J'attends, pleine d'espoir, de voir descendre un parachute. Mais rien ne vient.

Quelque chose ne va pas. Me ferais-je des illusions au sujet des sponsors ? Ou bien le comportement de Peeta les aurait-il fait fuir ? Non, je n'en crois rien. Il y a quelqu'un, là, dehors, qui veut m'acheter de l'eau, seulement Haymitch refuse de l'envoyer. Étant mon mentor, c'est lui qui contrôle la distribution des cadeaux de mes sponsors. Je sais qu'il me déteste. Il l'a manifesté clairement. Mais au point de me laisser mourir ? Comme ça ? Il ne ferait pas une chose pareille, quand même ? Un mentor qui tourne le dos à ses tributs serait tenu pour responsable par le public, par l'ensemble de la population du district Douze. Même Haymitch ne voudrait pas courir un tel risque. Pas vrai ? On peut dire ce qu'on veut de mes clients à la Plaque, je ne crois pas qu'ils l'accueilleraient à bras ouverts s'il me laissait crever de cette façon. Et où se procurerait-il son alcool, alors ? Non... Il y a autre chose. Me fait-il payer mon attitude de défi ? Détourne-t-il l'intérêt des sponsors au profit de Peeta ? Est-il trop soûl pour remarquer ce qui se joue en ce moment ? Je ne pense pas, et je ne crois pas non plus qu'il tente de me tuer par négligence. En fait, à sa manière désagréable, il a essayé de me préparer à ça. Que faut-il en déduire ?

Je m'enfouis le visage dans les mains. Pas de danger que je me mette à pleurer : je ne pourrais pas verser une larme, même si ma vie en dépendait. Que fabrique donc Haymitch ? Malgré ma colère, ma haine et mes soupçons, une petite voix me souffle la réponse.

« Peut-être qu'il t'adresse un message. » Un message. Pour dire quoi ? Et puis je comprends. Il n'y a qu'une seule raison qui puisse retenir Haymitch de m'envoyer de l'eau. Il sait que je suis sur le point d'en trouver.

Je serre les dents et me remets debout. Mon sac à dos semble avoir triplé de poids. Je prends une branche morte en guise de bâton et je repars. Le soleil tape dur, encore plus dur que les deux premiers jours. Je me sens comme un vieux morceau de cuir qui sèche et se craquelle sous la chaleur. Le moindre pas me coûte, mais je refuse de capituler. De m'asseoir. Si je m'assois, je ne suis pas sûre de pouvoir me relever, ni même de me rappeler ce que je fiche là.

Quelle proie facile je fais ! N'importe quel tribut pourrait m'éliminer en cet instant, y compris la petite Rue. Il lui suffirait de me bousculer pour me tuer avec mon propre couteau. Je n'aurais pas la force de résister. Mais si quelqu'un se trouve dans les parages, il ne se montre pas. À la vérité, on dirait qu'il n'y a pas âme qui vive à des millions de kilomètres.

Je ne suis pas seule, pourtant. J'ai sans doute une caméra braquée sur moi. Je pense à toutes ces années à regarder des tributs mourir de faim, de froid, de déshydratation, ou se vider de leur sang. À moins qu'il n'y ait un combat quelque part, je suis sûrement en train de passer à l'écran.

Je pense à Prim. Elle ne doit pas pouvoir suivre l'émission en direct, mais l'école diffuse toujours des extraits, à l'heure du déjeuner. Pour elle, je m'efforce de cacher mon désespoir.

Dans l'après-midi, pourtant, je sens que la fin est proche. J'ai les jambes flageolantes, le cœur qui bat trop vite. Je n'arrête pas d'oublier ce que je fais. Je trébuche, reprends mon équilibre, mais, quand mon bâton se dérobe sous moi, je finis par m'écrouler par terre, incapable de me relever. Je ferme les yeux.

Je me suis trompée sur Haymitch. Il n'avait aucune intention de m'aider, en fin de compte.

« Pas grave. On n'est pas si mal, ici. » L'air est moins chaud – sans doute l'approche du soir. Il y flotte comme une odeur douceâtre de nénuphars. Je caresse le sol lisse, sur lequel mes doigts glissent facilement. « Un bon coin pour mourir. »

Je trace de petits tourbillons dans la terre fraîche et humide. « J'aime la boue », me dis-je. Combien de fois ai-je trouvé du gibier grâce aux empreintes laissées sur sa couche molle ? Pratique pour les piqûres d'abeilles, également. La boue. La boue. De la boue ! J'ouvre les yeux tout grands et j'enfonce les doigts dans le sol. C'est de la boue ! Je lève le nez en l'air. Je ne m'étais pas trompée ! Ce sont bien des nénuphars que je flaire !

Je rampe dans la boue, je me traîne en direction du parfum. Cinq mètres plus loin, je traverse un enchevêtrement de hautes herbes et je débouche sur un étang. Mes nénuphars, avec leurs belles fleurs jaunes, flottent à la surface.

J'ai bien du mal à me retenir de plonger la tête dans l'eau et de boire jusqu'à plus soif. Il me reste pourtant assez de bon sens pour me contrôler. Les mains tremblantes, je sors ma gourde et je la remplis d'eau. J'y ajoute quelques gouttes de teinture d'iode pour la purifier. La demi-heure d'attente est une torture, mais je m'y tiens. Enfin, je crois que ça fait une demi-heure. Je ne pourrais pas patienter une seconde de plus.

« Vas-y doucement, maintenant », me dis-je. Je prends une gorgée, puis j'attends. Puis une autre gorgée. Au cours des deux heures qui suivent, je bois la gourde entière. Puis une deuxième. Je m'en prépare une autre avant de grimper dans un arbre, où je continue à boire, à manger du lapin et même à grignoter l'un de mes précieux biscuits. Quand l'hymne s'élève, je me sens beaucoup mieux. Aucun visage ne s'affiche dans le ciel : personne n'est mort, aujourd'hui. Demain je resterai là à me reposer, à camoufler mon sac à dos avec de la boue, et j'attraperai quelques-uns de ces petits poissons que j'ai aperçus en remplissant ma gourde. Avec des racines de nénuphars, ils feront un bon repas. Je me glisse au fond de mon sac de couchage, cramponnée à ma gourde comme à une bouée de sauvetage – ce qu'elle est, au fond.

Quelques heures plus tard, un battement de pattes frénétiques m'arrache au sommeil. Je regarde autour de moi, éberluée, les yeux larmoyants. L'aube n'est pas encore là, mais on y voit comme en plein jour.

Difficile de rater la muraille de feu qui fond sur moi.

13

Mon premier réflexe consiste à descendre de mon arbre à toute vitesse, sauf que je suis retenue par ma ceinture. Mes doigts fébriles parviennent à détacher la boucle, et je chute lourdement, dans mon sac de couchage. Pas le temps de remballer. Heureusement, mon sac à dos et ma gourde sont toujours dans le sac de couchage. J'y fourre aussi ma ceinture, puis je jette le sac de couchage par-dessus mon épaule et je prends mes jambes à mon cou.

Le monde n'est plus que flammes et fumée. Des branches enflammées se détachent en craquant et tombent à mes pieds dans une cascade d'étincelles. Je suis les lapins, les daims, et même une meute de chiens sauvages, que je vois filer entre les arbres. Je me fie à leur sens de l'orientation car leur instinct est plus sûr que le mien. Mais ils sont beaucoup plus rapides. Ils courent avec légèreté à travers les sous-bois, tandis que je me prends les pieds dans les racines et les branches mortes. Je me retrouve rapidement distancée.

La chaleur est épouvantable, mais le pire, c'est la fumée, qui menace de me faire suffoquer à tout moment. Je remonte le haut de ma chemise sur mon nez. Trempée de sueur, elle m'offre un semblant de protection. Et je cours en toussant, avec mon sac qui bat contre mon dos, le visage griffé par les branches qui se matérialisent dans la grisaille sans crier gare, parce que c'est ce qu'ils ont décidé.

Cet incendie n'a pas été déclenché par un feu de camp, il n'a rien d'accidentel. Les flammes ont une hauteur et une uniformité qui sentent la main de l'homme, l'intervention de la machine, l'œuvre des Juges. Les choses ont été trop calmes, aujourd'hui. Pas de morts, peut-être même aucun combat. Le public du Capitole doit commencer à trouver le temps long et à penser que ces Jeux deviennent ennuyeux. C'est la seule chose qu'on ne saurait tolérer.

Les intentions des Juges ne sont pas difficiles à deviner. Il y a la meute des carrières et le reste d'entre nous, probablement dispersés à travers toute l'arène. Cet incendie est destiné à nous regrouper, à nous pousser les uns vers les autres. Ce n'est peut-être pas un ressort dramatique bien original, mais il est bougrement efficace.

Je bondis au-dessus d'un rondin enflammé. Pas assez haut. Le bas de mon blouson s'embrase, je dois m'arrêter pour l'arracher et piétiner les flammes. Je n'ose pas l'abandonner, tout roussi et fumant soit-il. Je prends le risque de le fourrer dans mon sac de couchage en espérant que le manque d'air achèvera de l'éteindre. Je ne possède rien, hormis ce que je porte sur le dos, et cela ne sera pas de trop pour survivre.

En quelques minutes, j'ai la gorge et le nez en feu. Je commence à tousser, avec la sensation de me faire griller les poumons. C'est pénible, et très vite angoissant – chaque respiration déclenche une douleur fulgurante dans ma poitrine. Je me mets à couvert sous un éperon rocheux et renvoie mon maigre dîner, ainsi que le peu d'eau que j'avais dans l'estomac. À quatre pattes, je vomis jusqu'à ce qu'il ne me reste plus rien à rendre.

Je sais que je ne devrais pas rester là, mais je tremble, j'ai la tête qui tourne et je suffoque. Je m'accorde un peu d'eau pour me rincer la bouche et cracher, puis je bois quelques gorgées. « Tu as une minute, me dis-je. Une minute pour souffler. » Je réorganise rapidement mes affaires, je roule en boule mon sac de couchage et je le fourre dans mon sac à dos. Ma minute est écoulée. Il faudrait repartir, mais la fumée m'obscurcit les idées. Les animaux qui me servaient de boussole sont déjà loin. C'est la première fois que je passe par ici. Je le sais car je n'avais pas encore repéré de rochers de cette importance dans la forêt. Où donc les Juges cherchent-ils à m'entraîner ? Vers le lac ? Vers un nouveau terrain truffé de pièges ? Je venais tout juste de connaître quelques heures de répit au bord de l'étang quand l'incendie s'est déclenché. Y aurait-il moyen de progresser parallèlement aux flammes et de retourner là-bas, où j'avais au moins une source d'eau ? Ce mur de feu doit bien s'arrêter quelque part et ne brûlera pas indéfiniment. Non pas que les Juges soient dans l'incapacité de l'alimenter, mais parce que, là encore, ils risqueraient de lasser le public. Si seulement je pouvais me retrouver derrière cette ligne de feu, j'éviterais la confrontation avec les carrières. Je décide de la contourner, même si je dois pour cela marcher sur des kilomètres et décrire un large crochet, quand la première boule de feu explose contre la roche, à moins d'un mètre de ma tête. Je bondis à découvert, galvanisée par la terreur.

La tension monte d'un cran. L'incendie devait simplement nous pousser à bouger, mais là, le public va vraiment avoir du spectacle. Au sifflement suivant, je me plaque au sol, sans prendre le temps de regarder autour de moi. La boule de feu frappe un arbre sur ma gauche, et celui-ci s'embrase comme une torche. Rester sur place, c'est la mort assurée. À peine me suis-je remise debout qu'un troisième projectile atteint le sol, à l'endroit que je viens de quitter. Une colonne de feu s'élève dans mon dos. Le temps perd toute signification, tandis que je m'efforce frénétiquement d'esquiver les tirs. Je ne vois pas d'où ils proviennent, mais pas d'un hovercraft, en tout cas. Les trajectoires sont trop précises. Ce coin de forêt est probablement truffé de lanceurs de précision camouflés dans les arbres ou les rochers. Quelque part, dans une pièce fraîche et immaculée, un Juge est assis devant un panneau de commandes, les doigts sur des manettes qui pourraient m'annihiler dans la seconde. Il suffirait d'un seul coup.

Oublié, le vague plan que j'avais conçu de retourner à mon étang ! Je ne songe plus qu'à zigzaguer, à plonger, à bondir pour éviter les boules de feu. Elles ont la taille d'une pomme mais libèrent une puissance incroyable à l'impact. Tous les sens en alerte, je m'abandonne à mon instinct de survie. Je ne me demande plus si tel mouvement est le bon ou non. Dès que j'entends siffler, j'agis sans réfléchir.

Une pensée me pousse à continuer, cependant. Pour avoir suivi les Hunger Games toute ma vie, je sais que certaines parties de l'arène sont équipées pour lancer des attaques. Et que, si je tiens assez longtemps, j'arriverai tôt ou tard hors d'atteinte des lanceurs. Je peux aussi atterrir dans un nid de vipères, mais je m'en préoccuperai à ce moment-là.

Je ne saurais dire pendant combien de temps j'esquive les boules de feu, mais les tirs finissent par s'interrompre. Heureusement, car je suis de nouveau prise de haut-le-cœur. Cette fois-ci, une bile acide me brûle le gosier et me sort par le nez. Je dois m'arrêter, secouée de convulsions, pour m'efforcer désespérément de me débarrasser du poison respiré durant l'attaque. Je guette le prochain sifflement, qui ne devrait pas tarder. Il se fait attendre. Mes nausées me font larmoyer. Je suis trempée de sueur. À travers la fumée et le vomi, je sens une odeur de cheveux grillés. Je trouve ma natte à tâtons et m'aperçois qu'une boule de feu m'en a brûlé quinze centimètres. Des mèches noircies s'émiettent entre mes doigts. Fascinée par cette vision, je n'entends pas tout de suite le sifflement.

Mes muscles réagissent, mais trop tard. La boule de feu me rase le mollet gauche, avant de frapper le sol juste à côté de moi. En voyant ma jambe de pantalon s'enflammer, je cède à la panique. Je recule précipitamment sur les fesses, je hurle, je tâche d'échapper à cette horreur. Quand je retrouve enfin mes esprits, je roule ma jambe dans la poussière pour éteindre le gros des flammes. Ensuite, sans réfléchir, j'arrache le tissu avec mes mains nues.

Je m'assois par terre, à quelques mètres du foyer d'incendie allumé par la boule de feu. Mon mollet me fait souffrir le martyre, j'ai les mains couvertes de boursouflures rouges. Je tremble trop pour bouger. Si les Juges veulent m'achever, c'est le moment.

J'entends la voix de Cinna, associée à des images d'étoffe ondoyante et de gemmes. « Katniss, la fille du feu. » Les Juges doivent en faire des gorges chaudes. Peut-être est-ce d'ailleurs aux splendides costumes de Cinna que je dois cette torture. Il ne pouvait pas le prévoir, bien sûr, il s'en mord même sans doute les doigts, car je crois qu'il m'aime bien. Mais, en fin de compte, peut-être aurait-il mieux valu que je défile nue comme un ver sur ce chariot.

L'attaque est terminée, semble-t-il. Les Juges ne veulent pas ma mort. Pas tout de suite, en tout cas. Chacun sait qu'ils pourraient nous éliminer en quelques secondes, dès le coup de gong. Mais le véritable intérêt des Hunger Games consiste à regarder les tributs s'entre-tuer. De temps à autre, ils en font mourir un, pour rappeler aux joueurs qu'ils en ont le pouvoir. Cependant, en règle générale, ils préfèrent organiser des duels. Ce qui veut dire, puisqu'on ne me tire plus dessus, qu'il doit y avoir au moins un autre tribut à proximité.

Je grimperais bien me mettre à couvert dans un arbre, si je le pouvais, mais la fumée reste assez épaisse pour me tuer. Je me relève et m'éloigne en boitillant du mur de flammes qui illumine le ciel. On dirait qu'il a cessé de me poursuivre.

Une autre lumière, celle du jour, commence à se dessiner. Des tourbillons de fumée accrochent les premiers rayons du soleil. La visibilité est toujours médiocre. J'y vois environ à quinze mètres, dans toutes les directions. Un tribut pourrait facilement se dissimuler au-delà. Je devrais sortir mon couteau, par précaution, mais je crains de ne pas avoir la force de le tenir bien longtemps. Même si la douleur dans mes mains n'a rien de comparable avec celle de mon mollet. Je déteste les brûlures – j'ai toujours eu horreur de ça –, jusqu'aux petites que je pouvais me faire en retirant le pain du four. Ce sont les pires douleurs, pour moi. Mais je n'ai jamais rien subi de pareil.

Je me sens si lasse que je ne remarque pas la mare avant de m'y enfoncer jusqu'à la cheville. Alimentée par un ruisseau qui jaillit d'une faille entre les rochers, elle est merveilleusement fraîche. J'y plonge les mains et j'éprouve aussitôt un vif soulagement. N'est-ce pas ce que ma mère dit toujours ? Que l'eau froide doit être le premier traitement en cas de brûlure ? Qu'elle noie la chaleur ? Mais elle dit cela pour les petites brûlures. Sans doute le recommanderait-elle pour mes mains. Et pour mon mollet ? Je n'ai pas encore eu le courage de regarder, mais je parie qu'il s'agit d'une brûlure autrement plus grave.

Je reste allongée un moment sur le ventre, au bord de la mare, les mains dans l'eau, à examiner les minuscules flammes peintes sur mes ongles. Elles commencent à s'écailler. Tant mieux. J'ai vu assez de feu pour une vie entière.

Je lave le sang et la cendre que j'ai sur la figure. Je tente de me rappeler tout ce que je sais à propos des brûlures. Ce sont des blessures courantes dans la Veine, où la cuisine et le chauffage s'effectuent au charbon. Sans oublier les accidents à la mine… Un jour, des parents nous ont amené un jeune homme évanoui, en suppliant ma mère de le soigner. Le médecin du district l'avait déclaré perdu et remis à sa famille afin qu'il meure chez lui. Mais le père et la mère refusaient d'accepter le verdict. Ils l'ont étendu sur la table de la cuisine. Quand j'ai vu la plaie qu'il avait à la cuisse, béante, bordée de chairs calcinées, avec l'os visible au fond, je me suis enfuie de la maison. Je suis allée dans les bois et j'ai chassé toute la journée, hantée par cette vision épouvantable, qui me rappelait la mort de mon père. Le plus drôle, c'est que Prim, qui a peur de son ombre, est restée pour donner un coup de main. Ma mère dit qu'on ne devient pas guérisseur – on l'est, ou on ne l'est pas. Elles ont fait de leur mieux, mais le pauvre est mort quand même, comme l'avait prédit le médecin.

Ma jambe a salement besoin de soins, mais je ne parviens toujours pas à la regarder. Et si elle se trouvait dans le même état que celle du jeune homme avec l'os à nu ? Je me souviens de ma mère me racontant que, dans les brûlures les plus graves, la victime ne ressent même plus la douleur car les nerfs sont détruits. Encouragée par cette idée, je m'assois et ramène ma jambe devant moi.

Je manque de m'évanouir à la vue de mon mollet. La chair est écarlate, couverte de cloques. Je m'oblige à respirer profondément, lentement, convaincue d'avoir des caméras en train de zoomer sur mon visage. Je ne dois montrer aucune faiblesse. Pas si je veux de l'aide. Ce n'est pas la pitié qui m'en procurera, mais l'admiration devant mon refus de capituler. Je découpe la jambe de mon pantalon jusqu'au genou et j'examine la plaie de plus près. La zone brûlée a environ la taille de ma paume. La peau n'est pas noircie. Ç'aurait pu être pire. J'enfonce délicatement ma jambe dans l'eau, en appuyant le talon de ma bottine sur une pierre pour ne pas trop tremper le cuir, et je soupire car ça fait vraiment du bien. Je sais qu'il existe des herbes qui accélèrent la guérison, mais je ne parviens pas à me les rappeler. Il faudra sans doute me contenter d'eau froide et laisser faire le temps.

Devrais-je lever le camp ? La fumée se dissipe, mais demeure trop dense pour que je respire sans danger. M'éloigner de l'incendie, ne serait-ce pas risquer de me jeter dans la gueule des carrières ? Par ailleurs, chaque fois que je sors ma jambe de l'eau, la douleur revient, si vive que je la repose immédiatement. Mes mains sont un peu moins exigeantes. Elles acceptent de sortir de l'eau un bref instant. J'en profite pour mettre de l'ordre dans mes affaires. D'abord, je remplis ma gourde, je purifie l'eau et, après un laps de temps suffisant, j'entreprends de me réhydrater. Ensuite, je me force à grignoter un biscuit. Je roule mon sac de couchage. Hormis quelques traces de suie, il n'a pas trop souffert. Je n'en dirais pas autant de mon blouson. Puant, noirci, il a grillé sur près de trente centimètres dans le dos. Je découpe la partie abîmée, ce qui me laisse une sorte de gilet qui m'arrive sous les côtes. Bah, la capuche est toujours intacte, c'est le principal.

Malgré la douleur, je commence à dodeliner de la tête. Je voudrais bien me reposer dans un arbre, mais j'y serais trop repérable. Et puis je ne veux pas abandonner ma mare. Je range mes affaires avec soin, j'enfile même mon sac à dos sur mes épaules, sans pouvoir me résoudre à partir. Je repère quelques plantes aquatiques aux racines comestibles et j'en fais un petit repas avec les restes du lapin. Je bois un peu d'eau. Je regarde le soleil décrire une lente courbe au-dessus de l'horizon. Où aller, de toute façon ? Où serais-je plus en sécurité qu'ici ? Je m'adosse à mon sac, terrassée par la fatigue. « Si les carrières me veulent, qu'ils me trouvent, me dis-je avant de sombrer dans l'hébétude. Qu'ils me trouvent. »

Et c'est bien ce qui finit par se produire. Une chance que je sois prête à bouger parce que, au moment où je les entends, il me reste moins d'une minute d'avance. La nuit est en train de tomber. Je bondis aussitôt sur mes pieds et me mets à courir. Je traverse la mare, me rue dans les sous-bois. Ma jambe me ralentit, mais j'ai l'impression que mes poursuivants ne sont plus aussi fringants qu'avant l'incendie. Je les entends tousser, s'interpeller d'une voix rauque.

Ils se rapprochent quand même, pareils à une meute de chiens sauvages. Alors je fais ce que j'ai fait toute ma vie dans des circonstances similaires. Je me choisis un grand arbre et je grimpe. Si courir était pénible, grimper est une torture car, en plus de l'effort physique, ça réclame un contact direct des mains sur l'écorce. Je ne traîne pas, néanmoins, et le temps qu'ils arrivent au pied du tronc, je suis bien à six ou sept mètres de haut. Pendant un moment, nous restons là, à nous regarder en chiens de faïence. J'espère qu'ils n'entendent pas le martèlement de mon cœur.

« C'est cuit », me dis-je. Quelles chances ai-je contre eux ? Ils sont six : les cinq carrières et Peeta. Ma seule consolation est qu'ils ont l'air aussi mal en point que moi. Mais il faut voir leurs armes et leurs visages. Il faut voir comme ils me sourient en grimaçant, sûrs de m'avoir à leur merci. Ça semble sans espoir. Puis je remarque autre chose. Ils sont plus grands et plus forts que moi, sans aucun doute, mais également plus lourds. Voilà pourquoi c'est toujours moi, et pas Gale, qui monte cueillir les fruits les plus hauts ou piller les nids à la cime des arbres. Je pèse facilement vingt à vingt-cinq kilos de moins que le plus léger des carrières.

Ce qui me rend le sourire.

— Ça va, vous ? je leur lance gaiement.

Ils paraissent décontenancés, mais je sais que le public va adorer.

— Pas trop mal, répond le garçon du district Deux. Et toi ?

— J'ai eu un petit peu chaud, cette nuit. (Je peux presque entendre les rires depuis le Capitole.) Il fait meilleur, par ici. Vous ne voulez pas monter ?

— J'arrive, dit le garçon.

— Tiens, Cato, essaie ça, suggère la fille du district Un en lui tendant l'arc d'argent et le carquois de flèches.

Mon arc ! Mes flèches ! Rien qu'à les voir, j'enrage tellement que je pourrais hurler – contre moi, contre ce traître de Peeta qui m'a empêchée de les prendre. J'essaie de croiser son regard, mais on dirait qu'il m'évite. Il essuie son couteau sur un coin de sa chemise.

— Non, répond Cato en repoussant l'arc. J'aime mieux me servir de mon épée.

J'aperçois l'arme : une lame courte et massive pendue à sa ceinture.

Je lui donne le temps de se hisser dans les premières branches, avant de recommencer à m'élever à mon tour. Gale dit toujours que je lui fais penser à un écureuil, quand il me voit filer sur les branches les plus fines. C'est en partie grâce à mon poids, mais aussi une question de pratique. Il faut savoir où placer ses mains et ses pieds. J'ai gagné dix mètres de plus quand j'entends un grand craquement. Je baisse les yeux à temps pour voir Cato dégringoler en agitant les bras. Il atterrit brutalement, et je me prends à espérer qu'il s'est brisé le cou, mais il se relève en jurant comme un beau diable.

La fille aux flèches, Glimmer, comme j'entends un de ses compagnons l'appeler – ces prénoms qu'on leur donne, au district Un, je vous jure ! –, bref, Glimmer grimpe à son tour jusqu'à ce que les branches commencent à grincer sous son poids. Après quoi elle a la bonne idée de s'arrêter. Je me trouve à une trentaine de mètres du sol, maintenant. Elle essaie de m'atteindre, mais on voit tout de suite qu'elle ne sait pas se servir d'un arc. L'une de ses flèches se fiche dans l'arbre, pas trop loin de moi, et je l'attrape. Je l'agite au-dessus de sa tête d'un air moqueur, comme si je ne l'avais récupérée que pour ça, alors que j'ai bien l'intention de m'en servir à la première occasion. Je pourrais tous les tuer, si je mettais la main sur cet arc et ces flèches.

Les carrières se réunissent, et je les entends grommeler avec des mines de conspirateurs, furieux d'avoir eu l'air ridicules. Mais la nuit tombe, et ils ont de moins en moins de chances de pouvoir attaquer. En fin de compte, Peeta s'exclame :

— Oh, et puis, qu'elle passe la nuit là-haut ! Elle ne risque pas de se sauver. On s'occupera d'elle demain matin.

Il a raison sur un point. Je ne risque pas d'aller où que ce soit. Le soulagement apporté par la mare d'eau fraîche n'est plus qu'un souvenir, et mes brûlures me font un mal de chien. Je redescends jusqu'à une grosse fourche et m'installe tant bien que mal pour la nuit. J'enfile mon blouson. Je déroule mon sac de couchage. Je m'attache dedans avec ma ceinture, en m'efforçant de ne pas gémir. Il fait trop chaud pour ma jambe, à l'intérieur du sac. Je découpe un trou sur le côté et laisse pendre mon mollet à l'air libre. Je verse un filet d'eau sur la plaie, sur mes mains.

Les fanfaronnades sont loin, à présent. La douleur et la faim m'affaiblissent, mais je ne peux rien avaler. Même si je passe la nuit, qu'arrivera-t-il au matin ? J'essaie de compter les feuilles au-dessus de moi pour m'endormir, seulement mes brûlures me font trop mal. Les oiseaux se posent pour la nuit, chantent des berceuses à leurs petits. Les créatures nocturnes émergent. Une chouette pousse un hululement. Une légère odeur de mouffette me parvient à travers la fumée. Dans l'arbre voisin, des yeux – sans doute ceux d'un opossum – scintillent à la lueur des torches des carrières. Soudain, je me redresse sur un coude. Ce ne sont pas des yeux d'opossum, je connais trop bien leur reflet vitreux. En fait, ce ne sont pas les yeux d'un animal. Dans les derniers rayons du couchant, je la vois qui m'observe sans rien dire entre les branches.

Rue.

Depuis combien de temps est-elle là ? Probablement depuis le début. Elle a dû assister à toute la scène. Peut-être a-t-elle grimpé à son arbre juste avant moi, en entendant arriver la meute.

On se dévisage en silence un long moment. Puis, sans même agiter une feuille, sa petite main apparaît et désigne quelque chose au-dessus de ma tête.

14 ◉▶

Je suis la direction de son doigt. Au début, je ne remarque rien dans le feuillage et puis, cinq mètres au-dessus de moi environ, je repère une forme vague. De quoi peut-il s'agir ? D'un animal ? Ça paraît gros comme un raton laveur, mais c'est accroché sous une branche, et ça oscille à peine. Et il y a autre chose. Parmi les bruits familiers de la forêt, je perçois un bourdonnement sourd. Je sais : c'est un nid de guêpes.

Un frisson de peur me traverse, mais j'ai assez de bon sens pour ne pas bouger. Après tout, j'ignore quel genre de guêpes se trouvent là-haut. Peut-être de simples guêpes ordinaires, qui vous laissent tranquille quand vous leur fichez la paix. Mais ce sont les Hunger Games, et l'ordinaire n'est pas au programme. Il doit plutôt s'agir des guêpes tueuses du Capitole. À l'instar des geais moqueurs, elles ont été créées en laboratoire et disséminées à travers les districts pendant la guerre, comme des mines antipersonnel. Plus grosses que des guêpes normales, elles ont un corps doré caractéristique, et leur dard occasionne une cloque de la taille d'une prune. La plupart des gens ne tolèrent pas plus de quelques piqûres. Certains meurent sur le coup. Ceux qui survivent perdent parfois la raison, à cause des hallucinations engendrées par le venin. Dernier détail : ces guêpes attaquent quiconque s'en prend à leur nid et le poursuivent jusqu'à la mort. D'où leur nom.

Après la guerre, le Capitole a détruit la totalité des nids autour de la ville tout en laissant intacts ceux qui entouraient les districts. Un rappel supplémentaire de notre position de faiblesse, comme les Hunger Games. Une raison de plus de ne pas franchir le grillage du district Douze. Quand Gale et moi tombions sur l'un de ces nids, nous faisions demi-tour aussitôt.

Est-ce cela qui pend au-dessus de ma tête ? Je me retourne vers Rue pour l'interroger du regard, mais elle a disparu dans son arbre.

Vu les circonstances, je suppose que ça ne fait guère de différence qu'il s'agisse de guêpes tueuses ou non. Je suis blessée, prise au piège. La nuit m'accorde un peu de répit mais, au lever du soleil, les carrières auront élaboré un plan pour me tuer. Ils ne peuvent pas faire autrement après avoir eu l'air aussi stupides. Ce nid représente ma seule chance de m'en sortir. Si je réussis à le faire s'écraser à leurs pieds, j'aurai peut-être l'occasion de m'échapper. Sauf que je risque ma vie dans cette affaire.

Bien sûr, il ne faut pas que je m'approche trop près pour le détacher. Il va me falloir scier la branche au niveau du tronc. Avec la partie dentelée de mon couteau, ça devrait être possible. Seulement, mes mains tiendront-elles le coup ? Les vibrations de la branche ne risquent-elles pas d'exciter les guêpes ? Et si les carrières comprennent ce que je suis en train de faire et lèvent le camp ? Ça flanquerait tout mon plan par terre.

Je réalise que le meilleur moment pour scier la branche sera pendant l'hymne. Qui peut se déclencher d'un instant à l'autre. Je m'extirpe de mon sac, m'assure que mon couteau tient bien dans ma ceinture et commence à m'élever dans l'arbre. C'est dangereux car, à cette hauteur, les branches deviennent un peu trop minces, même pour moi, mais je persévère. Quand j'atteins la branche qui soutient le nid, le bourdonnement se fait plus net. Il reste tout de même bizarrement assourdi pour des guêpes tueuses. « C'est la fumée, me dis-je. Elle les a endormies. » C'était le seul moyen de défense qu'avaient trouvé les rebelles contre ces insectes.

Le sceau du Capitole s'illumine au-dessus de moi et l'hymne retentit. C'est maintenant ou jamais, et je m'attaque à la branche. Des ampoules se crèvent sur ma main droite, tandis que je fais aller la lame d'avant en arrière. Une fois que j'ai pris le rythme, scier devient plus facile ; par contre, je manque plusieurs fois de lâcher le couteau. Je serre les dents et je continue à scier, en notant du coin de l'œil qu'il n'y a eu aucun mort, aujourd'hui. Pas grave. Le public m'aura quand même vue blessée, coincée au sommet de mon arbre, avec la meute à mes pieds. Mais l'hymne tire à sa fin, et la branche n'est sciée qu'aux trois quarts quand il s'achève, que le ciel s'assombrit et que je suis forcée de m'interrompre.

Et à présent ? Je pourrais terminer dans le noir, mais ça ne me semble pas des plus judicieux. Si les guêpes sont trop engourdies, et que le nid se prend dans une branche avant de toucher le sol, ça pourrait bien compromettre ma fuite. Mieux vaut attendre l'aube, remonter discrètement jusqu'ici et balancer le nid en plein sur mes ennemis.

À la lueur des torches en contrebas, je regagne ma fourche et y découvre la meilleure surprise qu'on m'ait jamais faite. Un petit pot en plastique attaché à un parachute argenté sur mon sac de couchage. Mon premier cadeau d'un sponsor ! Haymitch a dû me l'envoyer pendant l'hymne. Le pot tient facilement dans le creux de ma main.

Que peut-il contenir ? Sûrement pas de la nourriture. Je dévisse le couvercle et renifle une odeur de médicament. Je touche la pommade du bout des doigts. La douleur s'estompe aussitôt.

— Oh, Haymitch, je murmure. Merci.

Il ne m'a donc pas abandonnée. Ne m'a pas laissée me débrouiller toute seule. Le coût de ce médicament est probablement astronomique. Les sponsors ont dû s'y mettre à plusieurs pour me l'offrir. Pour moi, il a une valeur inestimable.

Je plonge deux doigts dans la pommade et m'en tartine doucement le mollet. L'effet est quasiment magique. La douleur s'efface aussitôt, remplacée par une agréable sensation de fraîcheur. Il ne s'agit pas d'un onguent à base d'herbes médicinales comme en prépare ma mère, mais d'un médicament de haute technologie, issu des laboratoires du Capitole. Après mon mollet, je m'en passe un peu sur les mains. Ensuite, j'enveloppe le pot dans le parachute et je le range en sécurité dans mon sac. Après quoi, enfin libérée de la douleur, je me glisse de nouveau dans mon sac de couchage et sombre dans le sommeil.

Un oiseau perché à un mètre de moi me signale l'approche de l'aube. J'examine mes mains dans le petit jour. Le médicament a transformé les plaques rougeâtres en peau de bébé toute rose. Ma jambe me lance encore, mais la brûlure est beaucoup moins profonde. J'applique une nouvelle couche de pommade et je remballe mes affaires en silence. Quoi qu'il advienne, je vais devoir bouger, et bouger vite. Je me force à grignoter un biscuit et une lanière de bœuf, et à boire un peu d'eau. Je n'ai pratiquement rien gardé dans l'estomac, hier, et l'effet de la faim commence à se faire sentir.

Sous moi, j'aperçois les carrières et Peeta, qui dorment encore. J'ai l'impression, en observant la position de Glimmer, adossée au tronc, qu'elle était censée monter la garde mais qu'elle s'est endormie.

J'ai beau scruter l'arbre voisin en plissant les yeux, je n'arrive pas à repérer Rue. Vu qu'elle m'a renseignée, il me paraît juste de l'avertir. Par ailleurs, si je dois mourir aujourd'hui, je veux que ce soit elle qui gagne. Même si la victoire de Peeta devait profiter indirectement à ma famille, l'idée qu'il soit proclamé vainqueur m'est insupportable.

J'appelle Rue à voix basse, et ses yeux apparaissent aussitôt, vifs et alertes. Elle m'indique encore le nid. Je brandis mon couteau, j'esquisse le geste de scier. Elle hoche la tête avant de disparaître. J'entends un froissement de feuilles dans un arbre voisin. Puis le même bruit un peu plus loin. Je réalise qu'elle bondit d'arbre en arbre. J'ai bien du mal à me retenir d'éclater de rire. Est-ce cela qu'elle a montré aux Juges ? Je l'imagine en train de voler à travers le gymnase, sans jamais toucher le sol. On aurait dû lui donner au moins dix.

Une lumière rosée pointe à l'est. Je ne peux pas me permettre d'attendre plus longtemps. Comparée à ce que j'ai souffert la veille, l'escalade de ce matin est une promenade de santé. Devant la branche qui soutient le nid, je place le couteau dans l'encoche et me prépare à finir le travail quand je repère un mouvement. Là, sur le nid. L'abdomen doré d'une guêpe tueuse qui se traîne paresseusement sur la surface grisâtre. Certes, elle a l'air un peu amorphe, mais elle est réveillée, ce qui veut dire que d'autres ne tarderont pas à l'imiter. Des gouttes de sueur perlent au creux de mes paumes, à travers la couche de pommade, et je les essuie sur ma chemise. Si je ne tranche pas cette branche dans les secondes qui viennent, toutes les guêpes risquent de sortir pour m'attaquer.

Il n'y a plus à hésiter. Je respire un grand coup, j'affermis ma prise sur le couteau et je pèse dessus de tout mon poids. « Arrière, avant, arrière, avant ! » Les guêpes tueuses se mettent à bourdonner, et je les entends qui s'envolent. « Arrière, avant, arrière, avant ! » Je sens soudain une douleur fulgurante dans le genou. Je comprends que je viens de me faire piquer, et que d'autres attaques vont suivre. « Arrière, avant, arrière, avant. » Au moment où le couteau s'enfonce dans le vide, je repousse la branche le plus loin possible. Elle pénètre à travers le feuillage, bute contre des branches plus basses, mais bascule chaque fois et finit par s'écraser par terre avec un choc sourd. Le nid se brise comme un œuf en libérant toutes les guêpes enragées.

Je sens une deuxième piqûre sur ma joue, une troisième dans mon cou, et le venin commence déjà à me donner des vertiges. Je me cramponne à l'arbre en arrachant les dards plantés dans ma chair. Heureusement, seules trois guêpes m'ont identifiée comme leur ennemie avant la chute du nid. Le reste des insectes s'en prend à ceux qu'ils trouvent au sol.

En bas, c'est la folie. Les carrières sont tirés du sommeil par l'attaque des guêpes. Peeta et quelques autres ont la présence d'esprit de tout lâcher et de prendre leurs jambes à leur cou. Je les entends crier : « Au lac ! Au lac ! » Ils espèrent sans doute échapper aux guêpes en se jetant à l'eau. Le lac ne doit pas être loin, dans ce cas. Glimmer et une autre fille, celle du district Quatre, n'ont pas autant de chance. Elles se font piquer à plusieurs reprises sous mes yeux. Glimmer devient complètement folle, hurle et tente de repousser les guêpes en faisant de grands moulinets avec son arc. Elle crie aux autres de venir l'aider mais, bien sûr, personne ne l'écoute. La fille du district Quatre s'éloigne en titubant. Je doute qu'elle atteigne le lac. Je vois Glimmer s'effondrer, se rouler par terre de manière hystérique pendant quelques minutes, puis cesser de bouger.

Le nid n'est plus qu'une coquille vide. Les guêpes se sont lancées à la poursuite des autres. Je ne pense pas qu'elles reviennent, mais je ne veux pas courir le risque. Je dégringole de mon arbre et détale au pas de course dans la direction opposée au lac. L'effet du venin me donne le tournis. Je parviens tout de même à retrouver ma mare et m'allonge dans l'eau, au cas où quelques guêpes m'auraient suivie. Au bout de cinq minutes, je me hisse sur les rochers. Ce qu'on raconte sur l'effet de ces dards n'est pas exagéré. En fait, la bosse que j'ai au genou serait plutôt de la taille d'une orange. Un liquide verdâtre et nauséabond suinte des endroits où j'ai retiré les dards.

Les œdèmes. La douleur. Le suintement. Avoir vu Glimmer s'écrouler au sol dans les derniers sursauts de l'agonie. Ça fait beaucoup de choses à encaisser d'un seul coup. Et dire que le soleil n'est même pas encore levé. Je préfère ne pas imaginer à quoi Glimmer doit ressembler désormais. Le visage défiguré, les doigts enflés, crispés sur son arc...

L'arc ! Malgré ma confusion, le déclic se fait dans mon esprit, et je bondis pour repartir en titubant entre les arbres. L'arc. Les flèches. Il faut absolument que je les récupère. Je n'ai pas encore entendu tonner le canon, ce qui veut dire que Glimmer est peut-être dans une sorte de coma, que son cœur lutte toujours contre le venin. Mais, dès qu'il aura cessé de battre et que le canon signalera sa mort, un hovercraft viendra ramasser son corps, emportant du même coup le seul arc que j'aie aperçu dans ces Jeux. Pas question de le voir m'échapper encore une fois !

Je rejoins Glimmer au premier coup de canon. Toujours pas de guêpes dans les parages. Cette fille, qui était à couper le souffle dans sa robe dorée, la nuit des interviews, est méconnaissable. On ne distingue plus ses traits, et ses membres font trois fois leur taille normale. Certaines cloques de venin ont déjà éclaté, et une flaque verdâtre et putride se forme autour d'elle. Je dois lui briser plusieurs doigts à coups de pierre pour lui faire lâcher l'arc. Le carquois est coincé sous elle. Je l'attrape par un bras afin de la faire rouler sur le côté, mais la chair se désintègre entre mes mains, et je me retrouve les fesses par terre.

Est-ce réel ? Ou les hallucinations ont-elles commencé ? Je ferme les yeux très fort et m'applique à respirer par la bouche, en refoulant un début de nausée. Je dois absolument garder mon petit déjeuner, il s'écoulera peut-être des jours avant que je puisse recommencer à chasser. Un coup de canon retentit. Je suppose que la fille du district Quatre vient de mourir. Les oiseaux se taisent, puis l'un d'eux pousse un cri d'alarme, pour signaler l'approche d'un hovercraft. Confuse, je m'imagine qu'il vient chercher Glimmer, mais ça n'a aucun sens puisque je suis encore sur place, en train de me battre pour récupérer les flèches. Je me redresse sur les genoux, et les arbres tourbillonnent autour de moi. Je repère l'hovercraft en plein ciel. Je me jette en travers du corps de Glimmer comme pour le protéger, mais je vois alors le corps de la fille du district Quatre s'élever dans les airs et disparaître.

« Fais-le ! » je m'ordonne. Mâchoires serrées, je glisse les mains sous le corps de Glimmer, j'attrape ce qui doit être sa cage thoracique et je la retourne sur le ventre. C'est plus fort que moi, je suis en hyperventilation, la scène est trop épouvantable, et je me sens perdre pied. Je tire sur le carquois, mais quelque chose le retient, l'omoplate de la fille ou je ne sais quoi. Il finit par venir. Je l'ai coincé sous mon bras quand j'entends des bruits de pas, ceux de plusieurs personnes, dans les fourrés. Je réalise que les carrières sont de retour. Ils sont revenus me tuer, ou récupérer leurs armes, ou les deux.

Il est trop tard pour m'enfuir. Je sors une flèche visqueuse du carquois et m'efforce de l'encocher, mais, au lieu d'une corde, j'en vois trois, et la puanteur du venin est si répugnante que je n'y arrive pas. Je n'y arrive pas. Je n'y arrive pas.

Impuissante, je vois surgir le premier chasseur entre les arbres, un épieu à la main, prêt à le lancer. Je ne comprends pas pourquoi Peeta semble tellement choqué. Je me prépare au coup. Au lieu de quoi il laisse retomber son bras le long du corps.

— Qu'est-ce que tu fiches encore ici ? me siffle-t-il. (Je le dévisage sans comprendre, je fixe la goutte d'eau qui perle au bout d'un dard sous son oreille. Son corps entier scintille, comme s'il était couvert de rosée.) Tu es folle ? (Il m'enfonce le manche de son épieu dans les côtes, à présent.) Lève-toi. Lève-toi ! (Je me lève, mais il continue à me repousser. Quoi ? Qu'est-il en train de faire ? Il me rejette loin de lui avec violence.) Allez, cours ! me hurle-t-il. Sauve-toi !

Derrière lui, Cato se fraie un chemin dans les buissons. Lui aussi ruisselle, et on dirait qu'il a une vilaine piqûre sous l'œil. Je vois le soleil étinceler sur son épée et j'obéis à Peeta. Je m'accroche à mon arc et à mes flèches, je me cogne à des arbres qui jaillissent de nulle part, je titube, je tombe, je me relève. Je passe devant ma mare et m'enfonce en terrain inconnu. Le monde vacille de manière inquiétante. Un papillon grossit comme une maison avant d'exploser en un million d'étoiles. Les arbres se mettent à saigner et éclaboussent mes bottines. Des fourmis sortent des cloques que j'ai aux mains, et j'ai beau les secouer, je n'arrive pas à les décrocher. Elles me grimpent sur les bras, dans le cou. Quelqu'un se met à hurler longuement, sans jamais reprendre son souffle. J'ai l'impression qu'il pourrait s'agir de moi. Je trébuche et m'écroule dans un fossé jonché de minuscules bulles orange qui font le même bruit que les guêpes tueuses. Je ramène les genoux contre ma poitrine et j'attends la mort.

Malade, désorientée, je parviens quand même à formuler une pensée : « Peeta Mellark vient de me sauver la vie. »

Puis les fourmis me rongent les paupières, et je tourne de l'œil.

15

Je m'enfonce dans un long cauchemar, d'où j'émerge à plusieurs reprises pour être confrontée à une terreur pis encore. Toutes les choses que je redoute, pour moi et pour les autres, me reviennent avec tant de précision que je ne peux m'empêcher de les croire vraies. Chaque fois que je me réveille, je me dis : « Au moins, c'est fini. » Mais je me trompe. Ce n'est que le début d'un nouveau chapitre de tortures. Je ne sais combien de fois j'assiste à la mort de Prim, ou je revis la mort de mon père, ou je vois mon propre corps se faire démembrer. Telle est la nature du venin des guêpes tueuses, conçu pour cibler dans le cerveau le siège des peurs les plus profondes.

Quand je retrouve enfin mes esprits, je reste allongée sans bouger, prête à subir le prochain déferlement d'images. Mais je finis par comprendre que le venin s'est éliminé de mon organisme. Je suis à bout de forces, couchée sur le flanc en position fœtale. J'effleure mes yeux avec la main et je les trouve intacts, épargnés par des fourmis qui n'ont jamais existé. Le simple fait de remuer un membre me demande un effort énorme. J'ai mal en tellement de points qu'il me paraît inutile d'en dresser l'inventaire. Lentement, très lentement, je parviens à m'asseoir. Je me trouve au fond d'un creux, non pas rempli de bulles orange bourdonnantes, comme dans mon hallucination, mais de feuilles mortes. Mes vêtements sont trempés – d'eau croupie, de rosée, de pluie ou de sueur, allez savoir. Pendant un long moment, je ne fais rien d'autre que prendre de petites gorgées à ma gourde et regarder un scarabée ramper sur un buisson de chèvrefeuille.

Combien de temps ai-je perdu à divaguer ? C'était le matin quand j'ai perdu la raison. Nous sommes maintenant l'après-midi. Mais d'après la raideur de mes articulations, il a dû s'écouler au moins une journée, voire deux. Si c'est le cas, je n'ai aucun moyen de savoir combien de tributs ont survécu à l'attaque de mes guêpes. Pas Glimmer ni la fille du district Quatre. Mais il y avait aussi le garçon du district Un, les deux tributs du district Deux et Peeta. Ont-ils péri sous les piqûres ? S'ils sont toujours en vie, leurs derniers jours n'ont pas dû être beaucoup plus agréables que les miens. Et qu'en est-il de Rue ? Elle est si petite qu'il suffirait sans doute d'une seule piqûre pour l'éliminer. D'un autre côté, les guêpes n'avaient aucune raison de s'en prendre à elle. Et puis elle avait une bonne avance.

J'ai dans la bouche un goût infect, que l'eau ne suffit pas à faire passer. Je rampe jusqu'au buisson de chèvrefeuille. J'en détache une fleur, j'arrache délicatement l'étamine et je dépose la goutte de nectar sur ma langue. Le goût sucré se répand dans toute ma bouche, au fond de ma gorge, me réchauffant avec des souvenirs d'été : je revois la forêt par chez nous, et Gale à côté de moi. Sans que je comprenne pourquoi, notre discussion de ce dernier matin me revient en mémoire.

— On pourrait le faire, tu sais
— Quoi donc ?
— Quitter le district. Nous enfuir. Vivre dans les bois. Ensemble, on pourrait réussir.

Et soudain, ce n'est plus à Gale que je pense mais à Peeta... Peeta ! « Il m'a sauvé la vie ! » me dis-je. Lorsque je l'ai vu surgir des fourrés, je ne distinguais plus très bien la réalité des hallucinations causées par le venin des guêpes. Mais, s'il a bel et bien fait ça – et mon instinct me souffle que oui –, que faut-il en conclure ? Est-ce simplement la continuation de ce rôle d'amoureux transi qu'il a endossé lors de l'interview ? Dans ce cas, que fabriquait-il avec les carrières ? Tout cela n'a aucun sens.

Je me demande brièvement ce que Gale en aura pensé, puis je refoule toute l'histoire le plus loin possible car je ne sais pas pourquoi, mais Gale et Peeta ne coexistent pas très bien dans mon esprit.

Je préfère me concentrer sur la seule vraie bonne nouvelle depuis mon arrivée dans cette arène. J'ai un arc et des flèches ! Douze flèches, si on compte celle que j'ai récupérée dans l'arbre. Elles ne montrent aucune trace du liquide vert nauséabond qui s'échappait du corps de Glimmer – ce qui m'amène à m'interroger sur la réalité de la scène –, mais on y voit une bonne dose de sang séché. Je les nettoierai plus tard. Je prends quand même une minute pour en décocher quelques-unes contre un arbre voisin. Elles ressemblent plus à celles du centre d'Entraînement qu'à celles dont j'ai l'habitude, mais quelle importance ? Elles feront très bien l'affaire.

Ces armes me font considérer les Jeux sous un jour nouveau. Certes, il me reste des adversaires coriaces. Mais je ne suis plus une proie condamnée à courir, à se cacher ou à prendre des mesures désespérées. Si Cato surgissait des arbres à cet instant, je ne m'enfuirais pas, je lui lancerais une flèche. En fait, j'anticipe ce moment avec plaisir.

Mais, d'abord, je dois reconstituer mes forces. Je suis de nouveau déshydratée, avec une réserve d'eau dangereusement basse. Le petit rembourrage que je m'étais offert en m'empiffrant durant la période de préparation au Capitole n'est plus qu'un souvenir. J'ai même perdu quelques kilos supplémentaires. J'ai les os des hanches et les côtes encore plus saillants qu'au cours de ces mois terribles qui ont suivi la mort de mon père. Et puis je dois m'occuper de mes plaies : mes brûlures, mes coupures, les bleus que je me suis faits en me cognant dans les arbres, sans oublier trois piqûres de guêpes tueuses plus douloureuses et enflées que jamais. Je soigne mes brûlures avec la pommade, puis j'essaie d'en appliquer un peu sur mes piqûres, mais cela n'a aucun effet. Ma mère connaissait un remède contre les piqûres de ces guêpes, une plante capable de drainer le venin, mais elle avait rarement l'occasion de s'en servir, et je ne me souviens ni de son nom ni même de son aspect.

« D'abord, l'eau, me dis-je. Tu vas pouvoir chasser en chemin, maintenant. » Il est facile de voir par quelle direction je suis venue, d'après les traces que j'ai laissées en fonçant comme une folle à travers les fourrés. Je m'éloigne donc en sens inverse, en espérant que mes ennemis sont toujours piégés dans le monde invraisemblable du venin de guêpe.

Je ne progresse pas très vite ; mes articulations se refusent à tout mouvement brusque. J'adopte donc le pas lent et régulier du chasseur aux aguets. Quelques minutes plus tard, je débusque un lapin et j'abats mon premier gibier. Pas aussi proprement que d'habitude, d'une flèche en plein dans l'œil, mais tant pis. Au bout d'une heure environ, je tombe sur un ruisseau peu profond mais assez large, et plus que suffisant pour mes besoins. Le soleil tape dur. Alors, en attendant que mon eau se purifie, je me mets en sous-vêtements et je patauge au milieu du courant. Je suis noire de crasse de la tête aux pieds. J'essaie de me débarbouiller mais, pour finir, je me contente de rester couchée quelques minutes dans le ruisseau en laissant l'eau laver la suie, le sang et la peau morte qui commence à se détacher de mes brûlures. Après avoir rincé mes vêtements et les avoir mis à sécher sur un buisson, je m'assois un moment sur la berge, au soleil, et démêle mes cheveux avec les doigts. Je retrouve l'appétit ; je mange un biscuit et une lanière de bœuf séché. Avec une poignée de mousse, j'essuie le sang sur mes armes.

Rafraîchie, je soigne mes brûlures une nouvelle fois, je me tresse les cheveux et j'enfile mes vêtements encore humides, sachant que le soleil les séchera vite. La meilleure chose à faire me semble-t-il est de remonter le ruisseau à contre-courant. Je suis désormais assez haut, ce que je préfère, avec une source d'eau fraîche non seulement pour moi mais aussi pour le gibier. J'abats sans difficulté un oiseau étrange, une sorte de dindon sauvage. Il m'a l'air parfaitement comestible, en tout cas. En fin d'après-midi, je décide d'allumer un petit feu pour cuire ma viande, en me disant que le crépuscule masquera la fumée et que je n'aurai qu'à l'éteindre à la nuit tombée. Je vide mes proies, avec un soin particulier en ce qui concerne l'oiseau, quoique sans rien lui trouver d'alarmant. Une fois plumé, il n'est pas plus gros qu'un poulet, ferme et dodu. Je viens juste de le placer au-dessus des braises quand j'entends craquer une brindille.

D'un seul mouvement, je me tourne vers le bruit et j'arme mon arc. Il n'y a personne. Personne de visible, du moins. Puis je repère la pointe d'une bottine d'enfant qui dépasse d'un tronc. Je baisse les épaules avec un grand sourire. Elle se déplace à travers bois comme une ombre, il faut lui reconnaître ça. Comment aurait-elle réussi à me suivre, autrement ? Les mots s'échappent de ma bouche malgré moi :

— Tu sais, ils ne sont pas les seuls à pouvoir former une alliance.

Pendant un moment, pas de réaction. Puis Rue sort la tête de derrière le tronc.

— Tu voudrais t'allier avec moi ? me demande-t-elle.

— Pourquoi pas ? Tu m'as sauvée, grâce à ces guêpes. Tu es suffisamment futée pour être encore en vie. Et on dirait que tu me colles aux basques, de toute façon. (Elle cligne des paupières, hésite, visiblement.) Tu as faim ? (Je la vois avaler sa salive, jeter un coup d'œil en direction de la viande.) Viens donc là, j'ai bien chassé, aujourd'hui.

Rue s'avance à découvert avec prudence.

— Je peux soigner tes piqûres, dit-elle.

— C'est vrai ? Comment ?

Elle fouille dans son sac à dos et en sort une poignée de feuilles. Je suis presque certaine que ce sont celles qu'utilise ma mère.

— Où les as-tu ramassées ?

— Dans le coin. On en a toujours sur nous quand on doit travailler dans les vergers. Ils ont laissé beaucoup de nids, là-bas, explique Rue. Ici aussi, d'ailleurs.

— Oh, c'est vrai, tu viens du district Onze. L'agriculture. Les vergers, hein ? J'imagine que c'est là que tu as appris à voler de branche en branche comme un écureuil. (Rue sourit. J'ai mis le doigt sur l'un de ses rares motifs de fierté.) D'accord, approche. Soigne-moi.

Je me laisse tomber près du feu et je retrousse ma jambe de pantalon au-dessus du genou. À ma grande surprise, Rue enfourne la poignée de feuilles dans sa bouche et se met à mâcher. Ma mère emploie d'autres méthodes, mais il est vrai qu'ici les options sont limitées. Au bout d'une minute environ, Rue m'applique sur le genou une bouillie verte de feuilles et de salive.

— Oooh, je soupire malgré moi.

C'est comme si les feuilles aspiraient la douleur hors de la plaie. Rue lâche un petit gloussement.

— Une chance que tu aies pensé à retirer les dards, sinon ç'aurait été bien pire.

— Occupe-toi de mon cou ! Et de ma joue ! je supplie presque.

Rue mâche une autre bouchée de feuilles, et bientôt je suis en train de rire tant le soulagement est palpable. Je remarque une longue brûlure sur l'avant-bras de Rue.

— J'ai un truc contre ça.

Je pose mon arc et lui applique un peu de pommade sur le bras.

— Tu as de bons sponsors, murmure-t-elle avec envie.

— Tu n'as encore rien reçu, toi ? (Elle fait non de la tête.) Ça viendra. Un peu de patience. Plus nous approcherons de la fin des Jeux, plus les gens verront à quel point tu es maligne.

Je retourne la viande.

— C'était sérieux, l'idée d'alliance ? me demande Rue.

— Oui, absolument.

J'imagine Haymitch en train de s'arracher les cheveux en me voyant faire équipe avec cette gamine. Mais je le veux. C'est une survivante, j'ai confiance en elle, et – pourquoi ne pas l'admettre ? – elle me fait penser à Prim.

— D'accord, dit-elle en tendant le bras. (On se serre la main.) Marché conclu.

Bien sûr, ce genre de marché ne peut être que temporaire, mais aucune de nous deux ne croit utile de le mentionner.

Rue apporte sa contribution au dîner sous la forme d'une grosse poignée de racines farineuses. Une fois grillées, elles ont un goût doucereux qui rappelle le panais. Elle reconnaît l'oiseau également, une espèce sauvage qu'on appelle un

« groosling », dans son district. Elle raconte qu'ils en attrapent parfois dans leurs vergers et que c'est l'occasion de manger à leur faim. Le silence s'installe pendant qu'on se remplit l'estomac. La chair du groosling est délicieuse, si grasse que le jus vous éclabousse le menton quand vous mordez dedans.

— Oh, soupire Rue. C'est la première fois que j'ai une cuisse entière pour moi toute seule.

Je veux bien le croire. Je n'ai pas l'impression qu'elle ait souvent mangé de la viande.

— Prends l'autre, je lui propose.

— Vraiment ?

— Mange autant que tu veux. Maintenant que j'ai un arc et des flèches, je peux en tuer d'autres. Et puis il y a toujours les collets. Je te montrerai comment les tendre. (Rue contemple le pilon d'un air hésitant.) Oh, vas-y, dis-je en lui mettant le morceau dans la main. Ça ne se gardera pas plus de quelques jours, de toute façon, et il nous reste encore la carcasse et le lapin.

Une fois qu'elle a le morceau en main, son appétit prend le dessus, et elle le dévore à belles dents.

— J'aurais cru que vous mangiez mieux que ça, au district Onze. Vu que c'est vous qui produisez la nourriture et tout ça, dis-je.

Rue écarquille les yeux.

— Oh non, nous n'avons pas le droit de manger les récoltes.

— Quoi, sinon on vous arrête ou quelque chose dans ce goût-là ?

— On nous fouette en public et on oblige tout le monde à regarder, répond Rue. Le maire est très strict là-dessus.

Je vois à son expression que ce châtiment n'a rien d'exceptionnel. Les flagellations publiques sont plutôt rares, au district Douze, même s'il y en a de temps en temps. Gale et moi pourrions être fouettés tous les jours pour braconnage – à vrai dire, nous encourons bien pire –, sauf que les autorités sont nos meilleurs clients. Par ailleurs, notre maire, le père de Madge, ne semble pas beaucoup apprécier ce genre de démonstration. Peut-être y a-t-il certains avantages à vivre dans le district le moins prestigieux, le plus misérable et le plus décrié du pays. Comme d'être largement ignorés par le Capitole aussi longtemps que nous produisons notre quota de charbon.

— Est-ce que vous avez tout le charbon que vous voulez ? me demande Rue.

— Non. Seulement celui qu'on achète ou bien qu'on rapporte sous nos semelles.

— Nous, ajoute Rue, on nous donne un peu plus à manger en période de récoltes, histoire que les gens puissent travailler plus longtemps.

— Est-ce que l'école est obligatoire, chez vous ?

— Pas pendant les récoltes. Tout le monde travaille, à ce moment-là, dit Rue.

C'est intéressant d'apprendre des choses sur sa vie. Nous avons si peu de rapports avec les autres districts. En fait, je me demande si les Juges retransmettent notre conversation parce que, même si ces informations paraissent inoffensives, ils ne tiennent pas à encourager la communication entre les districts.

Rue propose que nous déballions toute la nourriture dont nous disposons afin d'en dresser l'inventaire. Elle a déjà vu mon gibier, mais j'y ajoute mes derniers biscuits et ce qui me reste de bœuf séché. De son côté, elle a ramassé une sacrée quantité de racines, de noisettes, de végétaux et même de baies.

Je fais rouler entre mes doigts une baie que je ne connais pas.

— Tu es sûre que c'est comestible ?

— Oh oui, on en trouve plein dans notre district. Je peux en manger pendant des jours, dit-elle.

Elle en met une pleine poignée dans sa bouche. J'en mords une avec prudence, et je la trouve aussi bonne que les mûres de chez nous. Cette alliance avec Rue m'apparaît de plus en plus judicieuse. Nous partageons nos provisions de manière équitable. Si nous devions être séparées, nous aurions de quoi tenir quelques jours toutes les deux. En plus de la nourriture, Rue possède une petite outre, une fronde de sa confection et une paire de chaussettes de rechange. Ainsi qu'un bout de silex tranchant en guise de couteau.

— Je sais que ce n'est pas grand-chose, dit-elle avec embarras, mais je voulais m'éloigner de la Corne d'abondance au plus vite.

— Tu as bien fait.

Quand vient mon tour d'étaler mon équipement, elle pousse un petit cri devant les lunettes de soleil.

— Où as-tu trouvé ça ? demande-t-elle.

— Dans mon sac. On ne peut pas dire qu'elles m'aient beaucoup servi. Elles ne filtrent pas le soleil, et on voit flou à travers, dis-je en haussant les épaules.

— Ce ne sont pas des lunettes de soleil, ce sont des lunettes de nuit ! s'exclame Rue. Parfois, quand la cueillette se prolonge tard le soir, on en passe quelques paires à ceux d'entre nous qui vont dans les hautes branches. Là où les projecteurs n'éclairent pas. Un garçon qui s'appelait Martin a essayé d'en garder une paire, un jour. Il l'a cachée dans son pantalon. On l'a exécuté sur place.

— Quoi, pour avoir volé des lunettes comme celles-ci ?

— Oui, dit Rue. Pourtant, tout le monde savait qu'il n'était pas méchant. Juste un peu dérangé. Je veux dire, il continuait à se comporter comme un gamin de trois ans. Il voulait jouer avec, c'est tout.

Quand j'entends ça, j'ai l'impression que le district Douze est un havre de paix. Bien sûr, on y meurt de faim tous les jours, mais je n'imagine pas les Pacificateurs y assassiner un enfant attardé. Je connais une gamine, une petite-fille de Sae Boui-boui, qui traîne toujours à la Plaque. Elle n'est pas tout à fait normale, mais les gens la traitent comme une sorte de mascotte. On lui jette les restes, des petits trucs comme ça.

— Mais à quoi servent-elles? je demande à Rue en ramassant les lunettes.

— À voir dans le noir complet, répond Rue. Essaie-les ce soir, quand le soleil sera couché.

Je donne quelques allumettes à Rue, elle me passe une réserve de feuilles, au cas où mes piqûres de guêpes recommenceraient à me faire souffrir. Nous éteignons notre feu et marchons le long du ruisseau jusqu'à la tombée de la nuit. Puis je questionne Rue.

— Où dors-tu? Dans les arbres? (Elle fait oui de la tête.) Rien qu'avec ton blouson?

Elle me montre sa paire de chaussettes supplémentaire.

— J'ai ça, pour mes mains.

Je sais à quel point les nuits ont été froides.

— Tu pourras dormir avec moi dans mon sac de couchage, si tu veux. Tu ne prends pas beaucoup de place.

Son visage s'illumine. Elle n'osait pas en espérer tant.

Nous choisissons une fourche en hauteur dans un arbre et nous nous installons pour la nuit au moment où l'hymne retentit. Il n'y a pas eu de morts, aujourd'hui.

— Rue, je me suis réveillée tout à l'heure seulement. Combien de nuits j'ai ratées ?

L'hymne devrait suffire à couvrir ma voix, mais je chuchote néanmoins. Je prends même la précaution de masquer mes lèvres avec ma main. Je ne veux pas que le public sache ce que j'ai l'intention de lui dire à propos de Peeta. Elle prend exemple sur moi et me répond sur le même ton.

— Deux, dit-elle. Les filles des districts Un et Quatre sont mortes. On n'est plus que dix.

— Il s'est passé un truc bizarre. Enfin, je crois. À moins que ce soit le venin des guêpes qui m'ait fait imaginer des choses. Tu sais, le garçon de mon district ? Peeta ? J'ai l'impression qu'il m'a sauvé la vie. Sauf qu'il était avec les carrières.

— Il n'est plus avec eux, m'apprend-elle. J'ai espionné leur campement au bord du lac. Ils sont retournés là-bas avant de s'écrouler sous l'effet du venin. Mais lui n'y était pas. Peut-être qu'il a dû s'enfuir après t'avoir aidée.

Je ne réponds rien. Si Peeta m'a vraiment sauvé la vie, j'ai de nouveau une dette envers lui. Et, cette fois-ci, je ne pourrai pas le rembourser.

— S'il l'a fait, c'était sans doute pour continuer sa petite comédie. Tu sais, faire croire à tout le monde qu'il est amoureux de moi.

— Oh, dit Rue. Je ne savais pas qu'il jouait la comédie.

— Bien sûr que si. Il a mis ça au point avec notre mentor. (L'hymne s'achève, et le ciel s'assombrit.) Essayons ces lunettes.

Je sors mes lunettes et les glisse sur mon nez. Rue n'a pas menti : j'y vois comme en plein jour ! Je peux distinguer chaque feuille, je vois même une mouffette qui se dandine à travers les buissons, à une bonne vingtaine de mètres. Je pourrais la tuer d'ici, si j'en avais envie. Je pourrais tuer n'importe qui.

— Je me demande s'il y en a d'autres, dans ces Jeux, dis-je.

— Les carrières en ont deux paires. Ils ont tout, au bord du lac. Et ils sont tellement forts.

— On est fortes, nous aussi. Pas tout à fait comme eux, c'est tout.

— Toi, oui. Tu sais tirer à l'arc, répond-elle. Mais moi, je ne sais rien faire.

— Tu sais te nourrir. Et eux, est-ce qu'ils en sont capables ?

— Pas besoin, avec toutes les provisions qu'ils ont, déplore Rue.

— Imagine qu'ils n'aient plus rien. Qu'ils perdent toutes leurs provisions. Combien de temps tiendraient-ils, à ton avis ? Je veux dire, on est dans les Jeux de la faim, oui ou non ?

— Mais, Katniss, ils n'ont pas faim...

— Non, c'est vrai. C'est bien le problème, d'ailleurs. (Et, pour la première fois, j'ai un plan. Un plan qui n'est pas motivé par l'urgence ou la nécessité de fuir. Un plan offensif.) Il va falloir qu'on fasse quelque chose contre ça, Rue.

Rue a décidé de me faire totalement confiance. Je le sais car, tout de suite après l'hymne, elle vient se blottir contre moi et s'endort. Je lui fais confiance, moi aussi ; je ne prends aucune précaution particulière. Si elle avait voulu ma mort, il lui aurait suffi de disparaître dans son arbre sans m'indiquer le nid de guêpes tueuses. Au fond de moi, une petite voix me rappelle pourtant que nous ne pourrons pas gagner toutes les deux. Mais il y a si peu de chances que nous survivions aux Jeux l'une ou l'autre que je préfère l'ignorer.

Par ailleurs, je ne cesse de retourner dans ma tête cette histoire de carrières et de leurs provisions. Il faut que Rue et moi trouvions un moyen de détruire leurs réserves. Je suis sûre qu'ils auraient toutes les peines du monde à se nourrir. D'habitude, la stratégie des carrières consiste à faire main basse sur la nourriture dès le début, puis à improviser. Les années où ce plan a raté – une fois, une meute de reptiles épouvantables avait dévasté leurs provisions ; une autre, une crue artificielle les avait emportées – sont souvent celles qui ont vu triompher des tributs issus d'autres districts. Le fait que les carrières soient mieux nourris tourne alors à leur désavantage, car ils ne savent pas endurer la faim. Pas comme Rue ou moi.

Mais je suis trop fatiguée pour élaborer un plan, ce soir. Mes plaies en bonne voie de guérison, l'esprit encore embrumé par le venin, la chaleur de Rue qui s'est endormie contre moi, la tête sur mon épaule, tout cela me donne une sensation de sécurité. Je réalise pour la première fois à quel point je me suis sentie seule dans l'arène. Ce qu'une présence humaine peut avoir de réconfortant. Je m'abandonne à la somnolence, en décidant que demain ce sera aux carrières de surveiller leurs arrières.

Un coup de canon me réveille en sursaut. Le ciel commence à s'éclaircir, les oiseaux sont déjà en train de chanter. Rue est perchée sur une branche en face de moi, les mains en coupe. Nous tendons l'oreille, guettons d'autres coups de canon – en vain.

— Qui c'était, à ton avis ?

Je ne peux m'empêcher de songer à Peeta.

— Je n'en sais rien. N'importe lequel, répond Rue. On le saura ce soir.

— Qui reste-t-il, au juste ?

— Le garçon du district Un. Les deux tributs du Deux. Le garçon du Trois. Thresh et moi. Peeta et toi, énumère Rue. Ça fait huit. Attends, il y a aussi le garçon du Dix, celui avec la patte folle. Ça fait neuf.

Il en manque un, mais aucune de nous deux ne parvient à se rappeler qui.

— Je me demande comment est mort le dernier, dit Rue.

— Va savoir. En tout cas, c'est bon pour nous. Ça devrait satisfaire le public un moment. De quoi attendre et voir venir avant que les Juges recommencent à brusquer les choses. Qu'est-ce que tu as là ?

— Le petit déjeuner, me répond Rue.

Elle me montre deux gros œufs, qu'elle tient au creux de ses mains.

— Ce sont des œufs de quoi ?

— Je ne sais pas exactement. Il y a une sorte de maré-
cage, par là. Un oiseau aquatique quelconque, dit-elle.

Ce serait mieux de les cuire, mais ni l'une ni l'autre ne
veut courir le risque de faire un feu. Je suis prête à parier
que la victime du jour a été tuée par les carrières, ce qui veut
dire qu'ils sont de retour dans la partie. Nous gobons donc
nos œufs crus, avec une patte de lapin et quelques baies pour
compléter. Ce n'est pas un mauvais petit déjeuner.

— Prête ? dis-je en jetant mon sac à dos sur mes épaules.

— À faire quoi ? demande Rue.

Mais, à sa manière de frétiller, on voit bien qu'elle dira
oui à tout ce que je pourrai proposer.

— Aujourd'hui, on s'attaque aux provisions des carrières.

— D'accord, mais comment ?

Une lueur d'excitation brille dans ses prunelles. Sur ce
plan-là, elle est tout le contraire de Prim, pour qui les
aventures sont toujours une épreuve.

— Aucune idée. Viens, on trouvera un plan tout en
chassant.

La chasse ne donne pas grand-chose, cela dit, parce que
je suis trop occupée à bombarder Rue de questions à propos
du campement des carrières. Elle ne les a pas espionnés
longtemps, mais elle est très observatrice. Ils se sont installés
au bord du lac. Leurs provisions se trouvent empilées à une
dizaine de mètres du camp proprement dit. Pendant la
journée, ils les confient à la surveillance du garçon du
district Trois.

— Le garçon du district Trois ? je m'étonne. Il est avec
eux ?

— Oui, il reste au camp en permanence. Il s'est fait
piquer lui aussi, quand ils ont ramené les guêpes au lac. Je

crois qu'ils sont convenus de le laisser vivre, s'il acceptait de jouer les sentinelles. Mais il n'est pas très costaud.

— Qu'est-ce qu'il a comme arme ?

— Pas grand-chose, dit Rue. Un épieu. Ça lui suffirait peut-être pour nous tenir en respect, mais Thresh le casserait en deux sans aucun mal.

— Et ils laissent la nourriture comme ça, à découvert ? (Elle acquiesce.) Il y a un truc louche, là-dedans.

— Je sais. Mais je n'ai pas réussi à voir quoi. Katniss, même si on réussit à leur voler leurs provisions, comment fera-t-on pour s'en débarrasser ?

— On les brûlera. On les jettera dans le lac. On les arrosera d'essence. (Je lui plante un doigt dans le ventre, comme je le ferais avec Prim.) On les mangera ! (Elle glousse.) Ne t'en fais pas, on trouvera un moyen. C'est toujours beaucoup plus simple de détruire que de produire.

Nous passons la matinée à déterrer des racines, à cueillir des baies et des végétaux, à élaborer une stratégie à voix basse. J'apprends à connaître Rue, l'aînée de six enfants, qui veille farouchement sur ses frères et sœurs, donne ses rations aux plus petits et n'hésite pas à voler dans les champs d'un district dont les Pacificateurs sont beaucoup moins tolérants que les nôtres. Rue qui, quand je lui demande ce qu'elle aime le plus au monde, répond contre toute attente :

— La musique.

— La musique ? (En termes d'utilité, je classe la musique quelque part entre les rubans pour les cheveux et les arcs-en-ciel. Et encore. L'arc-en-ciel donne au moins une indication sur la météo.) Tu as beaucoup de temps pour ça ?

— On chante beaucoup, à la maison. Et au travail aussi. C'est pour ça que j'adore ta broche, répond-elle en indiquant le geai moqueur que j'avais encore oublié.

— Vous avez des geais moqueurs ?

— Oh oui. J'en ai même apprivoisé quelques-uns. On peut chanter ensemble pendant des heures. Ils transmettent des messages pour moi, affirme-t-elle.

— Comment ça ?

— C'est souvent moi qui grimpe le plus haut, alors je suis la première à apercevoir le drapeau qui signale la fin de la journée. J'ai inventé un air spécial, m'explique Rue. (Elle ouvre la bouche et, d'une voix claire et suave, me chante un petit enchaînement de quatre notes.) Et les geais moqueurs le répètent à travers tout le verger. Comme ça, tout le monde sait qu'il est l'heure de s'arrêter. Par contre, ils peuvent devenir dangereux si on s'approche trop près de leurs nids. Mais on ne peut pas leur en vouloir.

Je détache ma broche et la lui tends.

— Tiens, prends-la. Elle a plus de signification pour toi que pour moi.

— Oh non, dit Rue en me refermant les doigts sur le bijou. J'aime bien la voir sur toi. C'est pour ça que j'ai décidé de te faire confiance. Et puis, j'ai ça. (Elle sort de son chemisier un collier tissé avec de l'herbe, au bout duquel pend une étoile en bois grossièrement sculptée. À moins que ce ne soit une fleur.) C'est mon porte-bonheur.

— Eh bien, on dirait que ça marche, pour l'instant, dis-je en épinglant de nouveau le geai moqueur à mon revers. Tu as peut-être raison de t'en tenir à ça.

Avant l'heure du déjeuner, nous avons élaboré un plan. En début d'après-midi, nous sommes prêtes à le mettre à exécution. J'aide Rue à ramasser le bois et à préparer les deux premiers feux de camp. Pour le troisième, elle aura le temps de se débrouiller sans moi. Nous décidons de nous retrouver après coup à l'endroit où nous avons pris notre premier repas ensemble. Le ruisseau devrait m'aider à le

retrouver. Avant de la laisser, je m'assure que Rue ne manque ni de nourriture ni d'allumettes. J'insiste même pour
qu'elle emporte mon sac de couchage, au cas où il nous
serait impossible de nous rendre au lieu de rendez-vous
avant la nuit.

— Et toi ? Tu ne risques pas d'avoir froid ? demande-
t-elle.

— Pas si je trouve un autre sac près du lac. Tu sais, le
vol n'est pas illégal par ici, lui dis-je avec un sourire.

À la dernière minute, Rue décide de m'apprendre son
signal pour les geais moqueurs, celui qu'elle emploie pour
indiquer la fin de la journée.

— Ça ne marchera peut-être pas. Mais, si tu entends
les geais moqueurs le chanter, tu sauras que je vais bien,
même si je ne peux pas venir tout de suite.

— Il y a des geais moqueurs par ici ? je m'étonne.

— Tu ne les as pas vus ? Ils ont des nids partout.

Je dois admettre que je n'avais rien remarqué.

— Bon, très bien. Si tout se passe comme prévu, on se
revoit au dîner, dis-je.

De façon totalement inattendue, Rue me serre dans ses
bras. J'hésite à peine avant de lui rendre son étreinte.

— Sois prudente, me dit-elle.

— Toi aussi.

Je tourne les talons et m'éloigne en direction du ruisseau,
passablement soucieuse. À l'idée que Rue se fasse tuer, ou
qu'elle survive et qu'il ne reste plus que nous deux. À l'idée
de la laisser seule ou d'avoir laissé Prim toute seule à la
maison. Mais non, Prim peut compter sur ma mère, sur
Gale, et puis le boulanger m'a promis qu'elle n'aurait jamais
faim. Rue n'a que moi.

Une fois parvenue au ruisseau, je n'ai plus qu'à le suivre
pour retourner à l'endroit où je l'ai croisée, après l'attaque

des guêpes tueuses. Je dois faire attention en longeant la berge, car mes pensées tournent surtout autour de questions sans réponses, dont la plupart concernent Peeta. Le canon qui a retenti tôt ce matin, était-ce pour signaler sa mort ? Si oui, comment a-t-il fini ? Sous les coups d'un carrière ? Par vengeance, pour m'avoir laissée vivre ? Je m'efforce de me rappeler la scène au-dessus du corps de Glimmer, quand il a surgi des arbres. Mais le simple fait qu'il étincelait m'amène à douter que tout ça soit vraiment arrivé.

J'ai dû me traîner comme une tortue, la veille, parce qu'il me suffit de quelques heures pour regagner l'endroit où je me suis baignée. Je m'arrête le temps de remplir ma gourde et d'ajouter une couche de boue sur mon sac à dos. J'ai beau m'appliquer à le salir, il retrouve sans cesse sa belle couleur orange.

La proximité du campement des carrières me met tous les sens en alerte. Plus je m'en rapproche, plus je suis sur mes gardes. Je me fige au moindre bruit suspect, l'arc bandé. Je n'aperçois personne, mais repère plusieurs des choses que m'a signalées Rue. Des branches de baies sucrées. Un buisson de ces feuilles qui apaisent les piqûres. D'autres nids de guêpes tueuses aux alentours de l'arbre où je m'étais fait piéger. Et çà et là, l'éclair noir et blanc d'une aile de geai moqueur dans les frondaisons.

Quand je retrouve l'arbre en question, avec le nid abandonné à son pied, je marque une pause, le temps de rassembler mon courage. À partir de là, Rue m'a donné des indications précises pour rallier le meilleur point d'observation au bord du lac. « Souviens-toi, me dis-je. C'est toi la chasseuse, à présent. » Je resserre la main sur mon arc, et je repars. J'atteins bientôt le taillis dont elle m'a parlé et je ne peux m'empêcher d'admirer son astuce, une fois de plus. Il se trouve pile à la lisière de la forêt, mais son feuillage est si épais qu'on peut facilement y observer le campement des carrières sans se faire voir. Devant moi s'étend le terrain découvert où les Jeux ont commencé.

Les tributs sont quatre. Il y a le garçon du district Un, Cato et la fille du district Deux, ainsi qu'un maigrichon au teint cadavérique, qui doit être le garçon du district Trois. Il n'a pas fait forte impression sur moi pendant notre séjour au Capitole. Je ne me rappelle quasiment rien de lui, ni son costume, ni son score à l'entraînement, ni son interview. En ce moment même, assis à tripoter une sorte de boîte en plastique, il passerait facilement inaperçu en présence de ses compagnons plus intimidants. Mais il doit bien avoir un intérêt pour que les autres l'aient épargné. Quand même, je ne peux m'empêcher d'éprouver un certain malaise en me demandant pourquoi ils l'ont gardé comme sentinelle, pourquoi ils l'ont laissé vivre.

Les quatre tributs ne semblent pas remis de l'attaque des guêpes. Je peux voir d'ici leurs boursouflures. Ils n'ont pas dû penser à retirer les dards ou, s'ils l'ont fait, ne connaissent sans doute pas les feuilles qui guérissent. Apparemment, les médicaments qu'ils ont trouvés à la Corne d'abondance n'ont pas été efficaces.

La Corne d'abondance n'a pas changé de place, mais on l'a entièrement vidée. Le gros des provisions et du matériel, dans des caisses, des sacs de toile épaisse ou des récipients en plastique, se trouve empilé en pyramide à une distance étonnante du camp. Le reste est éparpillé autour. Cette disposition rappelle beaucoup celle du début des Jeux, autour de la Corne d'abondance. Un filet de protection à l'utilité peu évidente, à moins qu'il ne s'agisse d'éloigner les oiseaux, recouvre la pyramide elle-même.

Tout ça me laisse profondément perplexe. La distance, le filet et la présence du garçon du district Trois. Une chose est sûre : détruire ces provisions ne sera pas aussi simple qu'on pourrait le croire. Je flaire un coup fourré là-dessous, et j'ai intérêt à le tirer au clair avant de tenter quoi que ce soit. La pyramide est sans doute piégée. J'imagine des fosses hérissées de pieux, des filets qui tombent du ciel, un fil tendu au ras du sol qui déclenche le tir d'une fléchette empoisonnée. Les possibilités sont infinies.

Je suis en train de passer mes options en revue quand j'entends Cato crier. Il tend le bras en direction de la forêt, loin derrière moi, et je n'ai pas besoin de me retourner pour deviner que Rue a dû allumer le premier feu. Nous avons pris soin de mettre assez de bois vert pour que la fumée se repère de loin. Les carrières ramassent leurs armes.

Une dispute éclate. Assez forte pour que je puisse entendre qu'il s'agit de décider si le garçon du district Trois doit les accompagner ou non.

— Il vient avec nous. On aura besoin de lui dans les bois, et il n'a plus rien à faire ici, de toute façon, déclare Cato. Personne ne risque de toucher aux provisions.

— Et Joli Cœur ? demande le garçon du district Un.

— Laisse tomber, je te dis. Je sais où je l'ai touché. Il doit être en train de saigner comme un porc. Et, crois-moi, il n'est pas en état de venir jouer les trouble-fêtes, réplique Cato.

Peeta se trouve donc quelque part dans les bois, gravement blessé. Je ne suis toujours pas plus avancée concernant les raisons qui l'ont conduit à trahir les carrières.

— Amenez-vous, gronde Cato.

Il fourre un épieu dans les mains du garçon du district Trois, et ils partent en direction du feu. La dernière chose que j'entends alors qu'ils s'enfoncent sous les arbres, c'est Cato qui déclare :

— Quand on aura mis la main dessus, laissez-la-moi. Je
tiens à lui régler son compte personnellement.

Je ne crois pas qu'il parle de Rue. Ce n'est pas elle qui
a jeté un nid de guêpes tueuses à ses pieds.

Je reste là sans bouger pendant une bonne demi-heure, à
me demander quoi faire pour ces provisions. Le seul avantage que me procure mon arc, c'est la distance. Je pourrais
envoyer une flèche enflammée dans la pyramide – je suis
assez bonne pour mettre dans le mille à travers les mailles
du filet –, mais il n'y a aucune garantie que le feu prenne.
La flamme risque plutôt de s'éteindre, et qu'aurais-je gagné ?
Rien du tout, sinon que j'aurais donné beaucoup trop
d'informations sur moi. Que j'étais là, que j'ai un complice,
que je sais tirer à l'arc avec une précision redoutable.

Je n'ai pas le choix. Il va falloir m'approcher et tâcher
de découvrir ce qui protège ces provisions. En fait, je suis
sur le point de sortir de ma cachette quand je repère un
mouvement du coin de l'œil. À environ sept cents mètres
sur ma droite, une silhouette émerge de la forêt. Pendant
une seconde, je crois que c'est Rue, puis je reconnais la
Renarde – voilà celle dont je n'arrivais pas à me souvenir,
ce matin – qui s'aventure à découvert. Après un coup d'œil
à gauche et à droite, elle fonce vers la pyramide. Parvenue
à hauteur des premiers objets disséminés par terre, elle
s'arrête, scrute le sol et tâte le terrain du bout du pied. Elle
s'avance ensuite de manière étrange, par petits sauts, en se
réceptionnant parfois en équilibre sur un seul pied, et en
enchaînant d'autres fois plusieurs pas. À un moment, elle
bondit par-dessus un gros bidon et atterrit sur la pointe
des pieds. Mais son élan la fait basculer en avant. Je
l'entends pousser un petit cri en tombant à quatre pattes.
Pourtant, il ne se passe rien. Elle se relève aussitôt et continue jusqu'au tas de provisions.

J'avais donc raison concernant le piège, même s'il est manifestement plus complexe que je ne me le figurais. J'avais raison aussi au sujet de la fille. Il faut qu'elle soit très maligne pour avoir découvert et mémorisé ce chemin jusqu'à la nourriture. Elle remplit son sac de provisions, un paquet de biscuits pris dans une caisse, quelques pommes prélevées dans un sac de toile accroché sur le flanc d'un bidon. Mais seulement en petites quantités, chaque fois, afin que ça ne se voie pas. De manière à ne pas éveiller les soupçons. Puis elle repart en reproduisant son étrange ballet et disparaît de nouveau dans la forêt, saine et sauve.

La frustration me fait grincer des dents. La Renarde vient de confirmer ce que j'avais deviné depuis le début. Mais quel genre de piège peut réclamer autant de dextérité ? Avoir autant de points de déclenchement ? Pourquoi a-t-elle eu si peur quand elle s'est étalée par terre ? On aurait cru... et c'est là que je commence à saisir... On aurait cru que le sol allait lui exploser à la figure.

— Des mines, je murmure.

Ça explique tout. Le fait que les carrières laissent leurs provisions sans surveillance, les précautions de la Renarde, le rôle du garçon du district Trois – le district industriel, où l'on produit les téléviseurs, les voitures et les explosifs. Mais d'où les a-t-il sorties, ces mines ? De la Corne d'abondance ? Ce n'est pas le genre d'armes que fournissent les Juges, qui préfèrent voir les tributs s'entre-tuer d'une façon plus artisanale. Je me glisse hors des fourrés et je m'approche de l'une des plaques métalliques sur lesquelles on nous a soulevés jusqu'à l'arène. La terre est creusée et retournée tout autour. En principe, les mines deviennent inopérantes au bout de soixante secondes, mais le garçon du district Trois a dû trouver un moyen de les réactiver. C'est la première fois que je vois ça dans les Jeux. Je parie que les Juges eux-mêmes en sont restés pantois.

Eh bien, bravo pour le district Trois, bien joué, mais que suis-je censée faire, à présent ? Si je m'avance là-dedans à l'aveuglette, je suis sûre de me volatiliser. Quant à mon idée de flèche enflammée, elle devient carrément risible. Ces mines se déclenchent par une simple pression. Pas besoin d'une pression énorme, d'ailleurs. Une année, une fille avait lâché son objet personnel, une petite balle en bois, alors qu'elle se tenait sur la plaque. On l'a ramassée à la petite cuillère.

J'ai un bon bras, je pourrais peut-être jeter quelques pierres au hasard et, je ne sais pas, faire sauter une mine ? Ça pourrait déclencher une réaction en chaîne. Ou peut-être pas. Peut-être que le garçon du district Trois les a disposées de manière à éviter ça, justement. Pour éliminer d'éventuels intrus, sans menacer les provisions. Même si j'en faisais exploser une, les carrières reviendraient ventre à terre. De toute façon, où ai-je la tête ? Il y aurait toujours le filet, clairement prévu pour dévier ce genre d'attaque. Ce qu'il faudrait, c'est arriver à jeter trente pierres d'un coup pour déclencher une grosse réaction en chaîne et faire exploser toute la zone.

Je jette un coup d'œil en direction de la forêt. La fumée du deuxième feu allumé par Rue s'élève dans le ciel. Les carrières doivent commencer à se douter de quelque chose. Il ne me reste plus beaucoup de temps.

Il y a forcément une solution, je le sais, il me suffit de la trouver. Je fixe la pyramide, les caisses, les bidons, trop lourds pour les faire basculer avec une flèche. L'un d'eux contient peut-être de l'huile, et j'en reviens à mon idée de flèche enflammée ; et puis, je réalise que je risque surtout de perdre mes douze flèches pour rien, vu que je n'ai aucun moyen de savoir ce qu'il y a dans ces bidons. J'envisage sérieusement de reproduire le parcours de la Renarde jusqu'à la pyramide, dans l'espoir d'y trouver d'autres moyens de destruction, quand mon regard se pose sur le sac de pommes. Je pourrais trancher d'une flèche la ficelle qui le retient ; je l'ai bien fait, au centre d'Entraînement. C'est un gros sac, mais j'ai peur qu'il ne fasse exploser qu'une seule mine. Si je pouvais libérer les pommes elles-mêmes…

Je sais quoi faire. Je m'avance à portée de tir et je me donne trois flèches pour réussir. Je me cale sur mes jambes, je fais le vide en moi et je vise soigneusement. Ma première flèche érafle le haut du sac, en traçant une longue déchirure dans la toile. La deuxième élargit le trou ; je vois une pomme osciller au bord. La troisième accroche le coin déchiré et l'arrache complètement.

Le temps se fige un instant. Puis les pommes dégringolent, et je suis projetée dans les airs.

17

Ma réception brutale sur le dos chasse l'air de mes poumons. Mon sac n'amortit pas grand-chose. Heureusement, mon carquois s'est pris au creux de mon coude, ce qui épargne aussi bien mes flèches que mon épaule, et je n'ai pas lâché mon arc. Le sol tremble encore sous les explosions. Je ne les entends pas. Je n'entends plus rien du tout. Mais les pommes ont dû déclencher suffisamment de mines pour que les éclats fassent sauter les autres. Je me protège le visage avec les bras, tandis qu'une pluie de terre et de fragments incandescents s'abat autour de moi. Une fumée âcre se répand – pas le plus indiqué pour une fille qui essaie de respirer de nouveau.

Au bout d'une minute, la terre cesse de vibrer. Je roule sur le flanc et m'autorise un moment de satisfaction à la vue des débris fumants de la pyramide. Les carrières ne pourront rien récupérer là-dedans.

« Je ferais mieux de décamper, me dis-je. Ils vont rappliquer dare-dare. » Mais une fois debout, je réalise que ce ne sera peut-être pas aussi simple. J'ai le vertige. Pas un léger tournis, mais le genre de vertige à faire tournoyer les arbres autour de vous et tanguer le sol. Je me hasarde à faire un ou deux pas et me retrouve à quatre pattes. Je laisse passer quelques minutes, le temps que ça s'arrange. Sauf que ça ne s'arrange pas.

La panique me gagne. Je ne peux pas rester ici. Je dois m'enfuir coûte que coûte. Seul problème : je suis incapable de tenir debout et je n'entends plus rien. Je porte la main à mon oreille gauche, celle qui était tournée vers l'explosion, et je la ramène couverte de sang. La détonation m'aurait-elle rendue sourde ? L'idée me terrifie. À la chasse, je me sers autant de mes oreilles que de mes yeux, parfois plus. Mais pas question de laisser voir que j'ai peur. Ma tête à couper que je passe en direct sur tous les écrans de Panem en ce moment.

« Ne laisse pas de traces de sang », me dis-je. Je réussis à relever ma capuche sur ma tête, à nouer le cordon malgré le manque de coopération de mes doigts. Cela devrait aider à étancher le sang. Je ne peux pas marcher, mais puis-je ramper ? J'essaie avec prudence. Oui, si je procède très lentement, j'arrive à ramper. Le couvert des arbres ne sera pas suffisant. Mon seul espoir consiste à regagner le taillis de Rue et à me dissimuler sous les feuilles. Il ne faut pas qu'on me surprenne comme ça, à quatre pattes dans la plaine. Non seulement je suis sûre de mourir, mais surtout de connaître une longue agonie douloureuse entre les mains de Cato. L'idée que Prim soit forcée d'assister à ça me donne la force de me traîner vers ma cachette.

Une autre explosion me colle le nez dans la poussière. Une mine isolée, déclenchée par la chute d'un débris. Ça se reproduit à deux reprises encore. Je repense à ces derniers grains de maïs qui éclatent après les autres quand Prim et moi préparons du pop-corn sur le feu.

Dire que je m'en tire d'extrême justesse serait en dessous de la vérité. Je me suis à peine faufilée sous les fourrés, au pied des arbres, que je vois Cato émerger sur la plaine, bientôt suivi de ses compagnons. Sa fureur est telle qu'elle en deviendrait comique – il y a donc vraiment des gens qui s'arrachent les cheveux et frappent le sol avec le poing – si je ne savais pas qu'elle est dirigée contre moi, contre ce que je viens de lui faire. Ajoutez à cela ma proximité, mon incapacité à m'enfuir ou à me défendre, et en fait la scène me glace le sang. Heureusement que les caméras ne peuvent pas me prendre en gros plan dans ma cachette, parce que je me mords les ongles comme si tout était perdu. Je ronge les dernières traces de vernis en m'efforçant d'empêcher mes dents de claquer.

Le garçon du district Trois teste le terrain en lançant des pierres. Il doit estimer que toutes les mines ont explosé car les carrières s'approchent des cratères fumants.

Cato a terminé la première phase de sa crise. Il passe désormais sa colère sur les débris, en retournant à coups de pied les récipients éventrés. Les autres tributs fouillent tout autour, cherchent des choses à récupérer, mais il ne reste plus rien. Le garçon du Trois a trop bien fait son travail. Cette idée doit effleurer Cato également, car il se met à l'agonir d'injures. Le pauvre n'a pas le temps de prendre ses jambes à son cou et de faire trois foulées que Cato l'attrape en étranglement par-derrière. Je vois Cato gonfler ses muscles et lui tordre la tête d'un coup sec.

C'est aussi simple que ça. Fin du garçon du district Trois.

Les deux autres carrières s'efforcent de calmer Cato. Je vois bien qu'il voudrait retourner fouiller la forêt, mais ils n'arrêtent pas d'indiquer le ciel, ce qui me laisse perplexe jusqu'à ce que je comprenne. « Bien sûr. Ils s'imaginent que celui qui a déclenché les mines est mort. » Ils ne peuvent pas savoir, pour les flèches et les pommes. Même si le piège a trop bien fonctionné, ils doivent penser que le tribut qui s'est attaqué aux provisions s'est volatilisé dans l'affaire. Un coup de canon est peut-être passé inaperçu au milieu des dernières explosions. Les restes du voleur ont pu être enlevés par un hovercraft. Ils se retirent de l'autre côté du lac afin de permettre aux Juges de venir récupérer le corps du garçon du district Trois. Et ils attendent.

Je suppose que le canon retentit. Un hovercraft apparaît et emporte le cadavre. Le soleil s'enfonce derrière l'horizon. La nuit tombe. Je vois le sceau s'afficher dans le ciel, sans doute accompagné par l'hymne. Le noir revient. On affiche le garçon du district Trois. On affiche le garçon du district Dix, qui a dû mourir ce matin. Puis le sceau réapparaît. Maintenant, ils savent. Leur saboteur a survécu. À la lueur du sceau, je vois Cato et la fille du district Deux mettre leurs lunettes de nuit. Le garçon du district Un allume une branche en guise de torche, illuminant la détermination farouche qui se lit sur leurs visages. Et les carrières s'enfoncent à ma recherche dans la forêt.

Mon vertige s'est un peu atténué et, bien que je sois toujours sourde de l'oreille gauche, j'entends un bourdonnement dans la droite, ce qui semble plutôt bon signe. Je ne vois aucune raison d'abandonner ma cachette. Je suis aussi en sécurité que possible ici, sur le lieu de mon crime. Ils doivent penser que leur saboteur a pris deux ou trois heures d'avance sur eux. De toute façon, je préfère ne pas courir le risque de bouger avant un bon moment.

Avant toute chose, je commence par sortir mes lunettes de nuit et par les glisser sur mon nez. Cela me rassure un peu d'avoir au moins l'un de mes sens de chasseuse en état de marche. Je bois quelques gorgées d'eau et lave le sang sur mon oreille. De peur que l'odeur de la viande n'attire les prédateurs – celle du sang frais est déjà assez préoccupante –, je m'offre un bon repas avec les plantes, les racines et les baies que Rue et moi avons ramassées aujourd'hui.

Où peut bien être ma petite alliée ? A-t-elle regagné le point de rendez-vous ? Se fait-elle du souci pour moi ? Au moins, le ciel a montré que nous étions en vie toutes les deux.

Je compte les survivants sur mes doigts. Le garçon du Un, les deux tributs du Deux, la Renarde, les quatre tributs du Onze et du Douze. Nous ne sommes plus que huit. Les paris doivent s'emballer, là-bas, au Capitole. Ils doivent consacrer des reportages entiers à chacun d'entre nous. Pro-bablement interviewer nos amis, nos familles. Il y avait bien longtemps qu'un tribut du district Douze n'était plus entré dans le top huit. Et voilà qu'il y en a deux, aujourd'hui. Même si, à en croire Cato, Peeta devrait bientôt mourir. Cela dit, Cato n'a pas la science infuse. Ne vient-il pas de perdre la totalité de ses provisions ?

« Que les soixante-quatorzième Jeux de la faim commen-cent, Cato, me dis-je. Qu'ils commencent pour de bon ! »

Un vent glacial se lève. Je tends la main vers mon sac de couchage, puis je me rappelle que je l'ai laissé à Rue. J'étais censée en voler un autre, mais, avec les mines et tout le reste, j'ai oublié. Je me mets à grelotter. Comme il ne paraît pas très malin d'aller me nicher dans un arbre pour la nuit, je me creuse un trou sous les buissons et me recou-vre de feuilles et d'aiguilles de sapin. J'ai toujours aussi froid. Je commence à éprouver davantage de sympathie pour cette fille du district Huit qui s'était allumé un feu, la première nuit. À présent, c'est moi qui dois serrer les dents et tenir jusqu'au matin. Encore plus de feuilles, plus d'aiguilles de sapin. J'enfonce les bras à l'intérieur de mon blouson, je ramène les genoux contre ma poitrine. Je finis par m'endormir.

À mon réveil, le monde m'apparaît légèrement trouble. Je mets une bonne minute à comprendre que le soleil s'est levé et que mes lunettes me font voir flou. Alors que je m'assois en les retirant, j'entends un rire près du lac et je me fige. Le rire me parvient déformé, mais le fait que je l'entende prouve que je suis en train de récupérer mon ouïe. Oui, j'entends de nouveau de l'oreille droite, même si elle bourdonne encore. Quant à la gauche, bah, au moins elle ne saigne plus.

Je jette un coup d'œil à travers le buisson, craignant de découvrir les carrières de retour et de me voir coincée ici pour une période indéterminée. Mais ce n'est que la Renarde, qui arpente les débris de la pyramide en s'esclaffant toute seule. Plus maligne que les carrières, elle retrouve quelques objets utiles dans les cendres. Un pot en métal. Une lame de couteau. Sa gaieté me laisse perplexe, jusqu'à ce que je réalise qu'avec la disparition des réserves des carrières elle a désormais une vraie chance. Comme le reste d'entre nous. J'envisage brièvement de me montrer et de l'enrôler comme deuxième alliée contre la meute. Mais j'y renonce. Quelque chose dans ce sourire malin me donne à penser qu'une entente avec la Renarde me vaudrait tôt ou tard un coup de poignard dans le dos. Tout bien considéré, le moment serait plutôt idéal pour l'abattre. Hélas, elle entend quelque chose – pas moi, car elle tourne la tête de l'autre côté, vers la pente – et pique un sprint vers la forêt. J'attends. Personne ne se montre. Malgré tout, si la Renarde s'est sentie menacée, il est peut-être temps de filer à mon tour. Par ailleurs, je suis impatiente de mettre Rue au courant de notre succès.

Puisque j'ignore où peuvent se trouver les carrières, je prends le chemin le plus direct pour retourner au ruisseau. J'allonge le pas, l'arc prêt dans une main, un morceau de groosling froid dans l'autre – car je suis morte de faim, à présent ; il me faut de la graisse et des protéines, et pas uniquement des feuilles et des baies. Le retour au ruisseau se déroule sans histoire. Une fois là, je remplis ma gourde et me décrasse, en apportant un soin particulier à mon oreille blessée. Puis je repars en amont le long du cours d'eau. À un endroit, je tombe sur des empreintes de semelles dans la boue. Les carrières sont passés par ici, voilà un moment déjà : les empreintes ont beau être profondes, le soleil a presque achevé de les sécher. Par contre, je n'ai pas fait assez attention à mes propres traces. Je comptais sur ma légèreté et les aiguilles de sapin pour les dissimuler. Là, j'ôte mes bottines et mes chaussettes, et je continue pieds nus dans le lit du ruisseau.

L'eau fraîche a un effet revigorant sur mon organisme comme sur mon humeur. Je tire sur deux poissons – proies faciles dans ce cours d'eau tranquille –, et j'en dévore un tout cru, sans attendre. Je garde le second pour Rue.

Peu à peu, de manière subtile, le bourdonnement s'atténue dans mon oreille droite et finit même par disparaître. Je me surprends plusieurs fois à me gratter l'oreille gauche, comme pour la déboucher. Je ne ressens aucune amélioration de ce côté-là. Je ne parviens pas à m'accommoder de cette surdité partielle. Elle me donne l'impression d'être déséquilibrée, sans défense sur ma gauche. Aveugle, même. Je n'arrête pas de tourner la tête du côté qui n'entend rien – mon autre oreille cherche à compenser l'absence de ces informations qui m'arrivaient hier encore en flot continu. Plus le temps passe, moins je suis optimiste concernant mes chances de guérison.

Parvenue au lieu de rendez-vous, je vois tout de suite que personne n'a touché à rien depuis notre passage. Aucune trace de Rue, ni par terre ni dans les arbres. C'est curieux. Elle devrait être revenue depuis longtemps, il est quand même midi. Elle a sans doute passé la nuit dans un arbre quelque part. Qu'aurait-elle pu faire d'autre, sans lumière et avec les carrières qui passaient la forêt au crible de leurs lunettes de nuit ? Le troisième feu qu'elle était censée allumer – et que je n'ai pas pensé à chercher du regard, hier soir – était le plus éloigné. Sans doute prend-elle des précautions pour revenir. J'aimerais bien qu'elle se dépêche, car je n'ai pas l'intention de m'attarder dans les parages. Je voudrais passer l'après-midi à gagner les hauteurs, en chassant sur le chemin. Mais je suis obligée d'attendre.

Je lave le sang sur mon blouson, sur mes cheveux, je nettoie mes blessures, dont la liste continue de s'allonger. Mes brûlures vont beaucoup mieux, mais j'applique quand même de la pommade dessus. Le principal danger, maintenant, c'est l'infection. J'engloutis le deuxième poisson. Il n'aurait pas duré longtemps sous un soleil pareil, et puis je ne devrais pas avoir trop de mal à en attraper d'autres pour Rue. Si seulement elle veut bien se montrer.

Comme je me sens trop vulnérable au sol, avec mon ouïe réduite de moitié, je grimpe dans un arbre. Si les carrières se montrent, je pourrai les tirer comme des lapins. Le soleil se déplace lentement. Je passe le temps comme je peux. Je mâche des feuilles, je les applique sur mes piqûres, qui ont désenflé mais restent douloureuses. Je démêle mes cheveux humides avec mes doigts et je me fais des tresses. Je relace mes bottines. J'examine mon arc et mes neuf flèches. Je teste d'éventuels progrès de mon oreille gauche en froissant une feuille juste à côté, sans résultat.

Malgré le groosling et les poissons, mon estomac continue à gronder, et je comprends que je suis en train de vivre ce qu'on appelle un jour creux, chez moi, au district Douze. Ces jours-là, on a beau dévorer comme un ogre, on n'est jamais rassasié. Et devoir rester assise sans rien faire dans un arbre n'arrange rien. Je décide d'écouter mon ventre. Après tout, j'ai perdu pas mal de poids dans l'arène, j'ai besoin de reprendre des calories. Et le fait de posséder un arc et des flèches me rend beaucoup plus confiante dans l'avenir.

Je casse et je grignote lentement une poignée de noisettes. Mon dernier biscuit. Le cou du groosling. Que je mets longtemps à nettoyer jusqu'à l'os, ce qui est bien. Mais c'est décidément un jour creux et, malgré cette orgie, je me prends à rêver de nourriture. En particulier de ces plats extraordinaires qu'on nous servait au Capitole. Le poulet dans sa sauce à l'orange. Les gâteaux, le pudding. Le pain beurré. Les pâtes à la sauce verte. Le ragoût d'agneau aux pruneaux. Je suce quelques feuilles de menthe en essayant d'oublier. Ça m'aide un peu, car nous buvions souvent du thé à la menthe, à la fin des repas, et ce goût contribue à convaincre mon estomac qu'il a fait le plein. Plus ou moins.

Assise là dans cet arbre, avec le soleil qui me réchauffe, la bouche pleine de menthe, et un arc et des flèches à portée de la main, je me sens plus détendue que jamais depuis mon entrée dans l'arène. Si seulement Rue pouvait arriver, que nous filions loin d'ici. À mesure que les ombres s'allongent, mon impatience grandit. En fin d'après-midi, je décide de partir à sa recherche. Je pourrais commencer par l'endroit où elle devait allumer le troisième feu et voir si elle m'a laissé des indices.

Avant de m'en aller, j'éparpille quelques feuilles de menthe autour de notre ancien feu de camp. Sachant que nous les avons cueillies un peu plus loin, Rue devinera que je suis passée, alors que les carrières n'y verront rien de suspect.

En moins d'une heure, j'atteins l'endroit convenu pour le troisième feu et je comprends tout de suite que quelque chose a mal tourné. Les branchages sont empilés d'une main experte, entremêlés d'amadou, mais ils n'ont pas brûlé. Rue avait bien préparé le feu, mais elle n'a pas pu l'allumer. Quelque part entre la deuxième colonne de fumée que j'ai aperçue avant de faire sauter les provisions et ce point-ci, elle a eu un problème.

Je dois me rappeler qu'elle est toujours vivante. Ou bien... se peut-il que le canon ait résonné à l'aube, alors que ma bonne oreille était encore trop faible pour l'entendre ? Apparaîtra-t-elle dans le ciel, ce soir ? Non, je refuse de le croire. Il peut y avoir une centaine d'autres explications. Elle a pu se perdre. Tomber sur des bêtes sauvages ou sur un autre tribut, comme Thresh, et se cacher. Quoi qu'il y ait eu, je suis quasiment certaine qu'elle est coincée sur place, quelque part entre le deuxième feu et ce bûcher intact. Réfugiée au sommet d'un arbre.

Je crois qu'il est temps de me mettre en chasse.

C'est un soulagement d'agir enfin, après avoir passé l'après-midi assise dans un arbre. Je me faufile sans bruit à travers les ombres. Mais je ne vois rien de suspect. Pas de trace de lutte, et le tapis d'aiguilles qui recouvre le sol est intact. Je viens de m'arrêter un instant quand je l'entends. Je dois incliner la tête sur le côté pour être sûre, mais pas d'erreur : ce sont bien les quatre notes de Rue sifflées par un geai moqueur. Le petit air qui signifie qu'elle va bien.

Je souris et me dirige en direction de l'oiseau. Un deuxième reprend la mélodie, un peu plus loin. Rue a chanté pour eux, et récemment. Sinon, ils auraient déjà repris un autre air. Je lève les yeux vers les frondaisons à la recherche de mon alliée. Je m'éclaircis la gorge et je chante à mon tour, doucement, pour qu'elle sache qu'elle peut se montrer. Un geai moqueur me répond. Et j'entends le hurlement.

C'est un hurlement d'enfant, de petite fille, comme une seule personne dans toute l'arène peut en produire : Rue.

Je pique un sprint, sachant qu'il s'agit sans doute d'un piège, que les trois carrières m'attendent peut-être derrière un arbre, mais sans pouvoir m'en empêcher. J'entends un nouveau cri strident – mon prénom, cette fois.

— Katniss ! Katniss !

— Rue ! je crie, afin qu'elle sache que je suis tout près. (Qu'*ils* sachent que je suis tout près, dans l'espoir que la fille qui leur a envoyé ces guêpes tueuses, qui a obtenu à l'entraînement un onze qu'ils ne s'expliquent toujours pas, détourne suffisamment leur attention.) Rue ! J'arrive !

Quand je débouche dans la clairière, elle est par terre, inextricablement roulée dans un filet. Elle a tout juste le temps de me tendre la main à travers les mailles et de prononcer mon prénom que l'épieu s'enfonce dans sa chair.

18

Le garçon du district Un meurt avant de pouvoir récupérer son arme. Ma flèche lui transperce le cou. Il tombe à genoux et l'arrache, ce qui réduit de moitié le peu de temps qui lui reste. Il se noie dans son propre sang. J'ai déjà encoché une nouvelle flèche et je braque mon arc à droite, à gauche, tout en criant à Rue :

— Il y en a d'autres ? Il y en a d'autres ?

Elle doit me répéter « Non » plusieurs fois pour que je l'entende.

Elle s'est roulée sur le flanc, recroquevillée sur l'épieu. Je repousse le corps du garçon loin d'elle et sors mon couteau afin de la libérer. Un seul regard me suffit pour comprendre que sa blessure dépasse largement mes pauvres connaissances en médecine. Celles de n'importe qui, probablement. La pointe disparaît dans son ventre jusqu'à la hampe. Je m'accroupis devant elle en fixant l'arme avec impuissance. Inutile de chercher des paroles de réconfort, de lui raconter qu'elle va s'en sortir. Elle n'est pas stupide. Elle me tend la main, et je m'y crampone comme à une bouée de sauvetage. Comme si c'était moi qui étais en train de mourir, et non pas Rue.

— Tu as détruit les provisions ? me demande-t-elle dans un souffle.

— Il n'en reste pas une miette, je réponds.

— Il faut que tu gagnes.

— Compte sur moi. Je vais gagner pour nous deux.

Un coup de canon me fait lever la tête. Il est sans doute pour le garçon du district Un.

— Ne me laisse pas.

Rue me serre la main de toutes ses forces.

— Bien sûr que non. Je reste là, dis-je.

Je me rapproche encore, je pose sa tête sur mes genoux. Je ramène délicatement ses mèches noires et épaisses derrière son oreille.

— Chante-moi quelque chose, me demande-t-elle d'une voix presque inaudible.

« Chanter ? me dis-je. Chanter quoi ? » Je connais bien quelques chansons. Croyez-le ou non, on chantait chez nous, autrefois. Et je n'étais pas la dernière. Mon père m'entraînait, avec sa voix splendide – mais je ne chante pratiquement plus depuis qu'il est mort. Sauf quand Prim est très malade. Dans ces cas-là, je lui fredonne les airs qu'elle aimait étant bébé.

Chanter. J'ai les larmes aux yeux, la gorge nouée, la voix enrouée par la fumée et la fatigue. Mais, puisque c'est la dernière volonté de Prim, je veux dire de Rue, je peux au moins essayer. L'air qui me revient est une berceuse toute simple, de celles qu'on chante aux bébés affamés qui n'arrivent pas à s'endormir. Elle est ancienne, très ancienne. Je crois qu'elle a été composée il y a très longtemps, dans nos collines. C'est ce que mon professeur de musique appelle un air de montagne. Mais les paroles sont apaisantes, faciles à retenir, et promettent des lendemains meilleurs.

Je toussote, j'avale ma salive et je me lance :

Sous le vieux saule, au fond de la prairie,
L'herbe tendre te fait comme un grand lit

Allonge-toi, ferme tes yeux fatigués
Quand tu les rouvriras, le soleil sera l'vé

Il fait doux par ici, ne crains rien
Les pâquerettes éloignent les soucis
Tes jolis rêves s'accompliront demain
Dors, mon amour, oh, dors, mon tout petit.

Rue a battu des cils et fermé les yeux. Sa poitrine se soulève encore, mais tout juste. Mes larmes coulent le long de mes joues. Mais je dois terminer ma chanson.

Tout au fond de la prairie, à la brune,
Viens déposer tes peines et ton chagrin
Sous un manteau de feuilles au clair de lune,
Tout ça s'oubliera au petit matin

Il fait doux par ici, ne crains rien
Les pâquerettes éloignent les soucis.

Le dernier couplet est presque inaudible.

Tes jolis rêves s'accompliront demain.
Dors, mon amour, oh, dors, mon tout petit.

La forêt est tranquille et silencieuse. Et puis, de manière presque irréelle, les geais moqueurs reprennent ma chanson.

Je reste assise là, les joues mouillées de larmes. Le canon retentit pour Rue. Je me penche sur elle et dépose un baiser sur sa tempe. Lentement, comme si je ne voulais pas la réveiller, je lui repose la tête par terre et retire ma main.

Il va falloir m'en aller maintenant. Afin qu'ils puissent enlever les corps. Je n'ai pas de raisons de m'attarder plus longtemps. Je fais rouler le garçon du district Un sur le ventre et je récupère son sac à dos ainsi que la flèche qui a mis fin à ses jours. Je tranche les bretelles du sac à dos de Rue, sachant qu'elle aurait voulu me le donner. Par contre, je laisse l'épieu en place. L'hovercraft l'emportera avec le corps. Comme je n'en ai pas l'usage, je préfère le savoir le plus loin possible de l'arène.

Je n'arrive pas à détacher mes yeux de Rue, qui, recroquevillée dans son filet comme un petit animal, a l'air plus fragile que jamais. Je ne peux me résoudre à l'abandonner comme ça. Totalement sans défense, même si elle ne risque plus rien. Haïr le garçon du district Un, qui apparaît lui aussi tellement vulnérable dans la mort, serait absurde. C'est le Capitole que je hais de nous infliger ça.

La voix de Gale résonne à mes oreilles. Ses propos contre le Capitole prennent tout leur sens, à présent. La mort de Rue m'oblige à reconnaître ma propre colère devant la cruauté, l'injustice dont nous sommes les victimes. Mais ici, plus encore que chez nous, je ressens mon impuissance. Je n'ai aucun moyen de me venger du Capitole. Pas vrai ?

Je me rappelle alors les paroles de Peeta sur le toit : « Je voudrais seulement trouver un moyen de… de montrer au Capitole que je ne lui appartiens pas. Que je suis davantage qu'un simple pion dans ses Jeux. » Et, pour la première fois, je comprends ce qu'il voulait dire.

Je voudrais trouver quelque chose ici même, maintenant, pour défier le Capitole, le faire se sentir coupable, lui montrer que, quoi qu'il nous fasse ou nous oblige à faire, il reste en chacun de nous une part qui lui échappe. Que Rue était davantage qu'un simple pion dans ces Jeux. Et moi aussi.

À quelques pas dans les sous-bois pousse un parterre de fleurs sauvages. Ce sont peut-être des mauvaises herbes, mais elles ont des corolles magnifiques, violettes, jaunes et blanches. J'en ramasse une brassée, que je rapporte auprès de Rue. Lentement, tige par tige, je recouvre son corps de fleurs. Je dissimule son horrible blessure. J'encadre son visage. Je pare ses cheveux de couleurs vives.

Ils seront bien obligés de le montrer. Même s'ils choisissent de braquer leurs caméras ailleurs pour l'instant, il faudra bien qu'ils montrent l'enlèvement des corps. Et, à ce moment-là, tout le monde verra Rue et saura que c'est moi qui ai fait ça. Je me recule d'un pas et je la contemple une dernière fois. On dirait vraiment qu'elle s'est endormie au fond de cette prairie.

— Au revoir, Rue, je murmure.

Je presse trois doigts de ma main gauche contre mes lèvres et les tends dans sa direction. Après quoi je m'éloigne sans un regard en arrière.

Les oiseaux font silence. Quelque part, un geai moqueur pousse le trille d'avertissement qui précède l'arrivée de l'hovercraft. J'ignore comment il est au courant. Ils doivent avoir une ouïe plus fine que la nôtre. Je m'arrête en regardant droit devant moi, surtout pas derrière. Cela ne dure pas longtemps. Le concert des oiseaux reprend bientôt, et je sais qu'elle a disparu.

Un autre geai moqueur, un jeune visiblement, se pose devant moi sur une branche et me chante la mélodie de Rue. Trop novice pour avoir retenu mon propre chant ou le signal de l'hovercraft, il a tout de même mémorisé ses quatre notes. Celles qui signifient qu'elle est en sécurité.

— Saine et sauve, dis-je en passant sous la branche. Plus la peine de s'en faire pour elle, à présent.

Saine et sauve.

J'ignore complètement où je vais. Ce bref sentiment d'apaisement que j'ai pu connaître avec Rue s'est envolé.

Je marche au hasard jusqu'au crépuscule. Je n'ai pas peur, je ne prends même pas de précautions. Ce qui fait de moi une proie facile. Sauf que je tuerais sans hésiter le premier qui se présenterait devant moi. Sans la moindre émotion, sans le plus petit tremblement des mains. Ma haine du Capitole n'atténue en rien celle que j'éprouve à l'égard de mes concurrents. En particulier des carrières. À eux, au moins, je pourrai faire payer la mort de Rue.

Mais je ne croise personne. Nous ne sommes plus très nombreux, et l'arène est vaste. Les Juges imagineront bientôt un sale tour pour nous regrouper malgré nous. Mais il y a eu assez de morts, aujourd'hui. Peut-être même aurons-nous le droit de dormir.

Je suis sur le point de hisser mes sacs dans un arbre pour la nuit quand un parachute argenté tombe du ciel et se pose devant moi. Un cadeau d'un sponsor. Pourquoi maintenant ? Je ne manque de rien. Peut-être qu'Haymitch a remarqué mon abattement et tente de me remonter le moral. À moins qu'il ne s'agisse d'un remède pour mon oreille ?

J'ouvre le parachute et je trouve une petite miche de pain. Pas le beau pain blanc du Capitole, non, un pain noir, en forme de croissant. Saupoudré de sésame. Le petit cours de Peeta sur les pains des différents districts me revient en mémoire. Ce pain-ci vient du district Onze. Je soulève respectueusement la miche encore tiède. Qu'en a-t-il coûté à ces malheureux du district Onze, qui n'ont pas les moyens de se nourrir eux-mêmes ? Combien d'entre eux ont dû se serrer la ceinture pour participer à l'achat de cette miche ? Ils la destinaient à Rue, certainement. Mais, au lieu de retirer leur cadeau après sa mort, ils ont autorisé Haymitch à me l'envoyer. En guise de remerciement ? Ou parce que, comme moi, ils n'aiment pas se sentir redevables ? Quelle que soit leur raison, il s'agit d'une première. Un cadeau d'un district à un tribut qui n'est pas le sien.

Je lève la tête vers le ciel et m'avance dans les derniers rayons du couchant.

— Un grand merci au district Onze, dis-je.

Je veux qu'ils sachent que je sais d'où ça vient. Que la valeur de leur cadeau est appréciée.

Je grimpe dangereusement haut dans mon arbre, non pas par souci de sécurité mais pour m'élever le plus possible au-dessus de cette journée. Je retrouve mon sac de couchage roulé avec soin au fond du sac de Rue. Je ferai l'inventaire de mes provisions demain. J'élaborerai un nouveau plan. Pour ce soir, je me contente de m'attacher à ma branche et de grignoter de petites bouchées de pain. Il est bon. Il me rappelle la maison.

C'est bientôt le sceau dans le ciel, l'hymne qui retentit dans mon oreille droite. Je vois le garçon du district Un, puis Rue. C'est tout pour aujourd'hui. « Nous ne sommes plus que six, me dis-je. Plus que six en tout. » Je m'endors comme une souche, la miche entre les mains.

Parfois, quand la situation est particulièrement grave, mon cerveau rêve de choses agréables. Une promenade dans les bois en compagnie de mon père. Une heure de beau temps à manger un gâteau avec Prim. Ce soir, je rêve qu'une Rue couverte de fleurs et perchée au sommet d'un océan d'arbres essaie de m'enseigner le langage des geais moqueurs. On ne voit aucune trace de sa blessure, pas de sang – rien qu'une petite fille joyeuse et pleine de vie. Elle me chante des airs inconnus d'une voix claire et mélodieuse. Encore et encore. Toute la nuit. Je traverse une période de demi-sommeil où j'entends les derniers échos de son chant, bien qu'elle ait disparu dans les feuilles. Une fois réveillée pour de bon, j'éprouve un bref sentiment d'apaisement. Je tâche de m'y accrocher, mais il passe vite et me laisse plus triste et plus solitaire que jamais.

Je me sens aussi lourde que si j'avais du plomb liquide dans les veines. J'ai perdu toute volonté de faire quoi que ce soit, hormis rester allongée dans mon sac, à regarder fixement la cime des arbres. Je reste ainsi sans bouger pendant des heures. Comme d'habitude, c'est l'idée du visage anxieux de Prim devant la télévision, chez nous, qui m'arrache à ma léthargie.

Je me donne une succession d'instructions simples, telles que : « Maintenant, il va falloir s'asseoir, Katniss. » Ou encore : « Maintenant, il va falloir boire un peu, Katniss. » Je m'exécute mécaniquement. « Maintenant, il va falloir fouiller dans les sacs, Katniss. »

Le sac de Rue contient son outre presque vide, une poignée de noisettes et de racines, un morceau de lapin, ses chaussettes de rechange et sa fronde. Le garçon du district Un avait plusieurs couteaux, deux pointes supplémentaires pour son épieu, une lampe torche, une bourse en cuir, une trousse de premiers secours, un bidon d'eau plein et un sachet de fruits séchés. Des fruits séchés ! Alors qu'il avait toutes ces provisions dans lesquelles faire son choix ! J'y vois un signe d'arrogance extrême. À quoi bon se charger de nourriture alors qu'on a tout ce qu'il faut au camp ? Et qu'on élimine les adversaires avec une telle facilité qu'on est rentré avant d'avoir faim ? J'espère seulement que les autres carrières auront montré la même légèreté et qu'ils se retrouvent sans rien, à présent.

D'ailleurs, je vais bientôt devoir songer à reconstituer mes propres réserves. Je termine ma miche de pain avec le dernier morceau de lapin. La nourriture disparaît à une telle vitesse... Il ne me reste plus que les noisettes et les racines de Rue, les fruits séchés du garçon et une lanière de bœuf. « Maintenant, il va falloir chasser, Katniss », me dis-je.

Je range tout ce que je désire conserver dans mon sac à dos. Puis je descends de l'arbre et dissimule les couteaux et les pointes d'épieu du garçon sous un tas de pierres, afin que personne d'autre ne puisse s'en servir. J'ai un peu perdu le sens de l'orientation après mes déambulations de la veille, mais j'essaie de me diriger vers le ruisseau. Je sais que je suis sur le bon chemin quand je tombe sur le troisième feu de Rue, toujours intact. Peu après, je surprends un groupe de grooslings perchés dans les arbres. J'en abats trois avant qu'ils aient compris ce qui leur arrivait. Je retourne sur mes pas et j'allume le feu de Rue. Je me moque bien de la fumée. « Où te caches-tu, Cato ? me dis-je en faisant rôtir mes oiseaux et les racines. Viens, je t'attends. »

Qui sait où sont les carrières, en ce moment ? Sûrement trop loin pour venir. Ou sans doute sont-ils convaincus qu'il s'agit encore d'un piège, à moins que... non ? Se pourrait-il qu'ils aient peur de moi ? Ils savent que j'ai l'arc et les flèches, bien sûr : Cato m'a vue les prendre sur le corps de Glimmer. Mais ont-ils additionné deux et deux ? Compris que c'était moi qui avais fait sauter les provisions et tué leur compagnon ? Ils s'imaginent peut-être que c'était Thresh. Il semble plus vraisemblable que ce soit lui qui ait voulu venger la mort de Rue. Vu qu'ils étaient du même district. Même s'il ne s'est jamais intéressé à elle.

Et qu'en est-il de la Renarde ? A-t-elle assisté à l'explosion des provisions ? Non. Quand je l'ai surprise en train de jubiler au milieu des cendres, le lendemain matin, on aurait dit qu'on venait de lui faire une divine surprise.

Je doute qu'ils attribuent ce feu à Peeta. Cato le croit à l'article de la mort. Je me prends à souhaiter pouvoir parler à Peeta des fleurs que j'ai répandues sur Rue, lui dire que j'ai enfin compris ce qu'il essayait de m'expliquer sur la terrasse. Peut-être que, s'il remporte les Jeux, il me verra lors de la nuit de la victoire, quand on projette les meilleurs moments sur un écran géant, au-dessus de la scène des interviews. Le vainqueur occupe la place d'honneur, sur la scène, entouré de ses conseillers.

Mais j'ai dit à Rue que j'y serais. Pour nous deux. En un sens, ça me paraît encore plus important que la promesse que j'ai faite à Prim.

Je pense sincèrement avoir ma chance, désormais. De l'emporter. Pas seulement grâce aux flèches ou parce que je me suis montrée plus maligne que les carrières une ou deux fois – même si ça aide. Mais il s'est passé quelque chose pendant que je tenais la main de Rue, en regardant la vie la quitter. Je suis maintenant résolue à la venger, à rendre sa disparition inoubliable, et pour ça il me faut gagner, entrer dans la légende.

Je fais trop cuire les oiseaux en espérant attirer quelqu'un, mais personne ne se montre. Les autres tributs sont peut-être en train de s'étriper. Ce qui me conviendrait très bien. Depuis le bain de sang, j'ai dû passer à l'écran bien assez souvent.

Je finis par envelopper ma nourriture et retourner au ruisseau remplir ma gourde. Je voudrais continuer un peu, mais la fatigue de ce matin me rattrape et, bien qu'il soit encore tôt dans la soirée, je grimpe dans un arbre et m'installe pour la nuit. Je me repasse mentalement les événements de la veille. Je n'arrête pas de revoir Rue se faire transpercer, ma flèche qui s'enfonce dans le cou du garçon. J'ignore pourquoi je repense à lui comme ça.

Et puis je réalise… C'était ma première victime.

Parmi les statistiques comptabilisées afin d'orienter les spectateurs dans leurs paris, chaque tribut a sa liste de victimes. Je suppose qu'on a dû inscrire Glimmer et la fille du district Quatre à mon crédit, puisque c'est moi qui ai lâché ce nid de guêpes sur elles. Mais le garçon du Un est le premier que j'aie tué de ma main. J'avais souvent tiré sur des animaux, jamais sur un être humain. Je revois Gale en train de me demander : « Quelle différence ça peut bien faire ? »

Dans l'exécution, c'est étonnamment similaire. On tend la corde, on lâche la flèche... Dans les conséquences, ça n'a rien à voir. J'ai tué un garçon dont je ne connaissais même pas le nom. Sa famille doit être en train de le pleurer quelque part. Ses amis doivent réclamer ma tête. Il avait peut-être une petite amie, qui espérait le revoir...

Mais là, je repense au corps sans vie de Rue et je parviens à chasser le garçon de mes pensées. Pour l'instant, du moins.

La journée s'est déroulée sans incident, si l'on en croit le ciel. Pas de morts. Je me demande combien de temps nous avons avant qu'une nouvelle catastrophe nous jette dans les pattes les uns des autres. Si ça doit se produire ce soir, je veux dormir un peu avant. Je couvre ma bonne oreille pour ne pas entendre l'hymne, mais une sonnerie de trompettes éclate, et je me redresse avec excitation.

En règle générale, l'énumération quotidienne des victimes est le seul moment où les tributs ont un contact avec l'extérieur de l'arène. Mais il arrive qu'une sonnerie de trompettes précède une annonce. Il s'agit le plus souvent d'une invitation à un banquet. Quand la nourriture vient à manquer, les Juges proposent aux joueurs de festoyer dans un endroit connu de tous, comme la Corne d'abondance. C'est l'occasion de se retrouver et de s'affronter. Parfois, un vrai banquet est préparé sur place ; d'autres fois, il n'y a qu'un croûton de pain rassis pour lequel les tributs doivent s'entre-tuer. La nourriture ne m'intéresse pas, mais ce serait parfait pour éliminer quelques concurrents.

La voix de Claudius Templesmith résonne au-dessus de ma tête, félicitant les six d'entre nous qui restent. Mais ce n'est pas pour nous inviter à un banquet. Sa déclaration me plonge dans la perplexité. Il y a un changement dans les règles des Jeux. Un changement dans les règles ! Je ne savais même pas qu'il existait des règles, en dehors des soixante secondes d'attente dans le cercle au début et de l'interdiction tacite de manger nos adversaires. D'après le nouveau règlement, les deux tributs d'un même district seront déclarés vainqueurs s'ils sont les deux derniers en vie. Claudius marque une pause, comme s'il devinait que nous n'en croyons pas nos oreilles, et répète son annonce.

L'information finit par atteindre mon cerveau. Cette année, il peut y avoir deux vainqueurs. À condition qu'ils soient du même district. Les deux peuvent s'en sortir. Nous pouvons tous les deux nous en sortir.

Sans réfléchir, je crie le nom de Peeta.

TROISIÈME PARTIE
LE VAINQUEUR

19

Je plaque une main contre ma bouche, mais trop tard – le cri m'a échappé. Le ciel s'assombrit, et un chœur de grenouilles commence à chanter. « Espèce d'idiote ! me dis-je. C'est malin ! » J'attends, pétrifiée, que les bois se mettent à grouiller d'ennemis. Puis je me rappelle qu'il ne reste plus grand monde.

Peeta, qui a été blessé, est désormais mon allié. Les doutes que j'ai pu avoir à son sujet s'évaporent parce que, si l'un de nous tuait l'autre maintenant, il serait un paria lors de son retour au district Douze. En fait, je suis sûre que, si je suivais les Jeux moi aussi, je détesterais qu'un tribut ne s'allie pas immédiatement à son partenaire de district. Et puis, ça semble logique de se protéger l'un l'autre. Et dans notre cas – à nous, les amants maudits du district Douze –, c'est une nécessité absolue si je veux continuer à inspirer de la sympathie aux sponsors.

Les amants maudits… Peeta a dû jouer cette carte-là depuis le début. Quelle autre raison aurait poussé les Juges à procéder à ce changement sans précédent ? Pour qu'ils accordent une chance à deux tributs, notre « idylle » doit être si appréciée du public que la condamner pourrait compromettre le succès des Jeux. Ce n'est pas grâce à moi. La seule chose que j'aie accomplie aura été de ne pas tuer Peeta. Alors que lui a dû convaincre le public qu'il faisait

tout pour me protéger. En secouant la tête pour me dissuader de courir à la Corne d'abondance. En combattant
Cato pour me permettre de m'enfuir. Ou même en feignant
de s'allier avec les carrières. Finalement, Peeta n'a jamais
constitué un danger pour moi.

Cette idée me rend le sourire. Je baisse la main et lève
la tête dans le clair de lune, afin que les caméras n'en
perdent pas une miette.

Très bien, alors qui faut-il craindre ? La Renarde ? Son
partenaire de district est mort. Elle opère seule, de nuit. Et
jusqu'ici sa stratégie a toujours été de fuir, pas de se battre.
Quand bien même elle m'aurait entendue crier, je ne crois
pas qu'elle ferait grand-chose, sinon prier pour qu'un autre
s'occupe de moi.

Il y a aussi Thresh. D'accord. Lui, c'est une vraie menace.
Mais je ne l'ai pas aperçu une seule fois depuis le com-
mencement des Jeux. Je repense à la Renarde, alertée par
un bruit sur le lieu de l'explosion. Elle ne s'est pas tournée
vers la forêt, mais vers la plaine. Vers cette partie de l'arène
qui s'enfonce je ne sais où. Je suis quasiment certaine que
c'est le domaine de Thresh et que c'est de lui qu'elle avait
peur. Il n'a pas pu m'entendre de là-bas, et quand bien
même, il est trop lourd pour espérer m'atteindre aussi haut.

Ce qui ne laisse que Cato et la fille du district Deux,
lesquels doivent être en train de célébrer le nouveau règlement. Ils sont les seuls à pouvoir en bénéficier en dehors
de Peeta et moi. Dois-je m'enfuir sans attendre, de peur
qu'ils ne m'aient entendue crier le nom de Peeta ? « Non,
me dis-je. Qu'ils viennent. » Qu'ils viennent, avec leurs
lunettes de nuit et leurs gros sabots. À portée de mes
flèches. Mais je sais qu'ils n'en feront rien. S'ils n'ont pas
réagi à mon feu en plein jour, ce n'est pas pour courir le
risque de se jeter dans un piège à la nuit tombée. Ils vien-

dront me chercher à leur heure, et non parce que je leur aurai indiqué où me trouver.

« Repose-toi un peu, Katniss », me dis-je, même si je voudrais bien me lancer sur les traces de Peeta sans perdre une seconde. « Tu le chercheras demain. »

Je m'endors, mais au matin je me montre particulièrement prudente car, si les carrières ont pu hésiter à m'attaquer dans un arbre, ils sont tout à fait capables de m'avoir tendu une embuscade. Je m'assure d'être bien préparée pour la journée – je m'offre un solide petit déjeuner, je vérifie les sangles de mon sac à dos, j'apprête mes armes –, avant de descendre. Une fois au sol, cependant, tout me semble calme et tranquille.

Il va falloir rester sur le qui-vive, aujourd'hui. Les carrières savent que je vais vouloir localiser Peeta. Peut-être attendent-ils que je l'aie retrouvé pour passer à l'action. S'il est si gravement blessé que ça, je devrai nous défendre tous les deux, sans son aide. Mais, dans ce cas, comment s'est-il débrouillé pour rester en vie ? Et, surtout, comment diable mettre la main sur lui ?

J'essaie de trouver un indice dans tout ce que Peeta a pu me dire, sans résultat. Je me remémore la dernière fois que je l'ai vu, scintillant au soleil, me criant de m'enfuir. Et puis Cato a surgi, l'épée au poing. Et, après mon départ, il a blessé Peeta. Par quel miracle Peeta s'est-il échappé ? Peut-être a-t-il mieux réagi au venin des guêpes tueuses. C'est peut-être ce qui l'a sauvé. Pourtant il a été piqué, lui aussi. Il n'a pas pu aller bien loin avec sa blessure et les piqûres de guêpes. Et comment a-t-il survécu, ces derniers jours ? Si l'hémorragie et le venin ne l'ont pas tué, la soif aurait dû s'en charger depuis longtemps.

Enfin un indice sérieux. Il n'aurait pas survécu sans eau. Je l'ai appris lors de mes premiers jours ici. Il a dû se cacher à proximité d'une source. Il y a le lac, mais cela me paraît peu probable – trop près du camp de base des carrières. Il y a quelques mares alimentées par des sources souterraines, mais il y ferait une proie trop facile. Reste le ruisseau. Celui qui part de notre campement, à Rue et à moi, et qui descend vers le lac et au-delà. Si Peeta l'a suivi, il a pu changer d'emplacement sans avoir besoin de s'éloigner. Il a pu marcher dans le courant pour ne pas laisser de traces. Peut-être même a-t-il réussi à attraper un poisson ou deux.

C'est un point de départ, en tout cas.

Pour occuper mes ennemis, j'allume un feu avec du bois vert. Même s'ils redoutent un piège, j'espère qu'ils croiront que je me dissimule à proximité. Alors qu'en réalité je serai en train de chercher Peeta.

Le soleil a tôt fait de dissiper la brume matinale, et on peut déjà dire que la journée sera chaude. Je descends le ruisseau en savourant la caresse de l'eau fraîche sur mes pieds nus. Je suis tentée d'appeler Peeta à voix haute, mais j'y renonce. Je le trouverai avec mes yeux et mon oreille valide, ou bien lui me trouvera. Il doit savoir que je suis à sa recherche, quand même ? Il n'a pas assez mauvaise opinion de moi pour se figurer que je vais faire fi du nouveau règlement. Si ? Il est tellement imprévisible. Ce serait plutôt un atout dans d'autres circonstances, mais, dans l'immédiat, c'est surtout un inconvénient.

J'arrive bientôt à l'endroit où j'avais obliqué vers le camp des carrières. Aucun signe de Peeta, mais cela ne m'étonne pas. C'est la troisième fois que je passe par ici depuis le coup des guêpes tueuses. S'il se cachait dans les parages, j'aurais sûrement relevé des traces. Le ruisseau s'incurve vers la gauche, dans une partie de la forêt que je n'ai pas encore explorée. Ses berges boueuses, couvertes de plantes aquatiques, s'élèvent vers des rochers de plus en plus imposants, au point que je commence à me sentir cernée. Ce ne serait pas une mince affaire de m'échapper d'ici, de repousser Cato ou Thresh en escaladant ce terrain rocailleux. En fait, je suis en train de me dire que j'ai fait fausse route, qu'un garçon blessé n'aurait pas pu se réfugier par là, quand je repère du sang sur un rocher. Il a séché depuis longtemps, mais les traînées parallèles donnent à penser que quelqu'un, qui ne jouissait pas forcément de toute sa lucidité, a tenté de les effacer.

Je grimpe sur les rochers, je m'avance avec prudence en regardant bien partout. J'aperçois d'autres traces de sang, certaines avec des fibres synthétiques prises dedans, mais aucun signe de vie. Je m'accroupis et lance à voix basse :

— Peeta ! Peeta ?

Un geai moqueur perché sur un arbuste reprend mon appel. Je n'insiste pas et redescends dans le ruisseau en me disant : « Il a dû bouger. Il est sûrement un peu plus loin. »

À peine mon pied a-t-il crevé la surface de l'eau qu'une voix s'élève :

— Tu viens pour m'achever, chérie ?

Je fais volte-face. La voix venant de la gauche, il m'est difficile de la situer avec précision. Et elle était rauque, faible. Mais c'est forcément celle de Peeta. Qui d'autre m'appellerait « chérie », dans cette arène ? Je fouille la berge du regard, en vain. Je ne vois que de la boue, des plantes, le pied des rochers.

— Peeta ? je murmure. Où es-tu ? (Pas de réponse. Aurais-je imaginé la voix ? Non, je suis sûre qu'elle était bien réelle – et toute proche.) Peeta ?

Je m'avance le long de la berge.

— Attention, tu vas me marcher dessus.

Je fais un bond en arrière. Sa voix a jailli juste sous mon pied. Je ne vois toujours rien. Puis ses yeux s'ouvrent, d'un bleu éclatant au milieu de la boue brune et des feuilles vertes. Je lâche une exclamation de surprise. Il dévoile une rangée de dents blanches en s'esclaffant.

C'est vraiment un chef-d'œuvre de camouflage. Jeter des poids le plus loin possible, tu parles ! Peeta aurait dû consacrer sa démonstration devant les Juges à se peindre en arbre. Ou en rocher. Ou en berge boueuse couverte de végétaux.

— Referme les yeux, j'ordonne.

Il obéit, referme aussi la bouche et disparaît complètement. Je crois distinguer vaguement son corps sous une épaisse couche de boue et de plantes. Son visage et ses bras sont camouflés si habilement qu'ils en deviennent invisibles. Je m'agenouille auprès de lui.

— J'ai l'impression que toutes ces heures à décorer des gâteaux ont fini par payer.

Peeta sourit.

— Eh oui, le glaçage. L'ultime défense des mourants.

— Tu ne vas pas mourir.

— Ah non ?

Sa voix est si faible.

— Non. Nous sommes dans la même équipe, maintenant, tu sais, lui dis-je.

Il rouvre les yeux.

— Oui, je suis au courant. C'est gentil d'être passée voir ce qui restait de moi.

Je sors ma gourde et je lui en fais boire une gorgée.

— Où t'a blessé Cato ?

— À la jambe gauche. Assez haut, répond-il.

— Je vais t'aider à te mettre dans le ruisseau et te nettoyer tout ça, qu'on puisse examiner tes plaies.

— Penche-toi d'abord, dit-il. Il faut que je te dise un truc. (J'approche ma bonne oreille de ses lèvres, qui me chatouillent en murmurant :) N'oublie pas que c'est l'amour fou entre nous, alors si tu as envie de m'embrasser, il ne faut pas te gêner.

Je rejette la tête en arrière avec un petit rire.

— Merci, je m'en souviendrai.

Au moins est-il en état de plaisanter. Mais, quand je m'apprête à l'aider à se relever, sa légèreté s'envole. Le ruisseau est à moins d'un mètre, ça ne devrait pas être bien difficile ? En fait, c'est un calvaire, car il a tout juste la force de remuer. Il est si faible que la seule chose qu'il puisse faire pour m'aider, c'est de ne pas résister. J'essaie de le traîner mais, malgré la meilleure volonté du monde, il ne peut s'empêcher de lâcher des cris de douleur. La boue et les plantes semblent vouloir le retenir, et il me faut faire un effort gigantesque pour l'en arracher. Après quoi il reste allongé sur la berge, dents serrées, avec des larmes qui tracent des sillons sur son visage plein de boue.

— Écoute, Peeta, je vais devoir te rouler jusqu'au ruisseau. Il n'y a presque pas de fond, ici, d'accord ?

— Super, dit-il.

Je m'accroupis près de lui. « Peu importe ce qui se passe, me dis-je, ne t'arrête pas jusqu'à ce qu'il soit dans l'eau. »

— À trois, dis-je. Une, deux, trois !

Je ne peux le retourner qu'une fois avant d'être obligée de renoncer. Ses gémissements sont trop horribles. Il est juste au bord de l'eau, à présent. C'est peut-être mieux comme ça, de toute façon.

— Bon, changement de plan. Je vais te laver ici.

Même si j'avais pu le faire rouler dans l'eau, qui sait si j'aurais réussi à l'en sortir ?

— Plus de roulades ? demande-t-il.

— Non, c'est fini. Garde un œil sur la forêt pendant que je te décrasse, d'accord ?

Je ne sais par où commencer. Il est tellement enrobé de boue et de feuilles qu'on ne distingue même pas ses vêtements. S'il en porte. L'idée me fait hésiter brièvement, puis je passe outre. On ne va pas s'arrêter à ce genre de détail dans l'arène, pas vrai ?

J'ai deux gourdes plus l'outre de Rue. Je les bloque dans le courant, derrière des pierres, de manière à toujours en avoir deux qui se remplissent pendant que je vide la troisième sur le corps de Peeta. Cela me prend un moment, mais je finis par enlever suffisamment de boue pour atteindre ses habits. J'ouvre la fermeture Éclair de son blouson, je déboutonne sa chemise et je les lui retire avec précaution. Son maillot de corps est collé à ses plaies, au point que je dois le découper au couteau et le tremper d'eau pour parvenir à le détacher. Il a des bleus partout, une vilaine brûlure en travers du torse, ainsi que quatre piqûres de guêpes, en comptant celle qu'il a sous l'oreille. Mais je me sens quand même mieux. Je connais tout ça. Je décide de m'occuper d'abord du haut de son corps, d'atténuer un peu ses douleurs, avant de m'attaquer à sa jambe.

Comme je ne vois pas l'utilité de soigner ses blessures alors qu'il est allongé dans une flaque de boue, je le redresse tant bien que mal en position assise contre un rocher. Il se laisse faire, sans se plaindre, pendant que je lave quelques dernières traces de boue dans ses cheveux ou sur lui. Il apparaît très pâle en plein soleil, et ses muscles ont fondu. Il grimace un peu quand je lui arrache les dards, mais les feuilles que j'applique sur ses cloques lui font pousser un soupir de soulagement. Pendant qu'il sèche au soleil, je nettoie sa chemise et son blouson, avant de les étendre sur des rochers. Ensuite, j'applique ma pommade antibrûlures sur son torse. C'est là que je m'aperçois qu'il est brûlant. La couche de boue et les gourdes d'eau fraîche me l'avaient masqué jusqu'ici, mais il est dévoré par la fièvre. Je fouille dans la trousse de premiers secours que j'ai prise sur le garçon du district Un. Je trouve des comprimés qui font baisser la température. Ma mère en achète parfois, quand ses remèdes maison ne font pas suffisamment effet.

— Avale ça, dis-je.

Il prend docilement ses comprimés.

— Tu dois mourir de faim.

— Pas vraiment. C'est drôle, je n'ai pas faim depuis plusieurs jours, répond Peeta.

En fait, quand je lui propose du groosling, il fronce le nez et tourne la tête. C'est là que je comprends à quel point son état est sérieux.

— Peeta, il faut que tu manges quelque chose.

— Ça ressortirait direct. (Je parviens tout juste à lui faire grignoter quelques quartiers de pomme séchée.) Merci, Katniss. Je me sens mieux, vraiment. Tu crois que je pourrais dormir, maintenant ?

— Bientôt. Il faut d'abord qu'on jette un coup d'œil à ta jambe.

Le plus doucement possible, je lui retire ses bottines, ses chaussettes et, centimètre par centimètre, son pantalon. Je vois l'entaille que l'épée de Cato a faite dans le tissu, mais c'est loin de me préparer à ce que je découvre dessous. La plaie profonde, enflammée, d'où suinte un mélange de sang et de pus. L'œdème de la jambe. Et, pire que tout, la puanteur de l'infection.

Je voudrais prendre mes jambes à mon cou. M'enfuir dans la forêt, comme le jour où l'on nous a ramené ce grand blessé à la maison. Partir chasser, pendant que ma mère et Prim gèrent une situation que je n'ai pas le courage d'affronter. Mais il n'y a personne d'autre que moi, ici.

J'essaie donc d'adopter le calme de ma mère quand elle doit faire face à un cas particulièrement affreux.

— Pas joli à voir, hein ? demande Peeta.

Il m'observe avec attention.

— Bah. (Je hausse les épaules, comme si j'avais connu pire.) Tu devrais voir les blessés qui reviennent de la mine. (Je me retiens de lui raconter que j'ai pour habitude de partir en courant dès que l'affaire est plus sérieuse qu'un rhume. D'ailleurs, je n'aime pas beaucoup entendre tousser non plus.) Avant toute chose, il faut bien nettoyer la plaie.

J'ai laissé son caleçon à Peeta parce qu'il n'est pas en trop mauvais état et que je préfère ne pas le lui retirer par-dessus sa cuisse enflammée. Et aussi parce que l'idée de le voir nu me met mal à l'aise. Encore une faiblesse par rapport à ma mère et à Prim. La nudité les laisse indifférentes, elles n'y voient aucune raison de se sentir gênées. Ironie du sort, à ce stade des Jeux, ma petite sœur serait beaucoup plus précieuse que moi pour venir en aide à Peeta. Je glisse mon carré de plastique sous ses jambes afin de finir de le laver. À chaque gourde supplémentaire que je vide sur lui, la plaie me paraît plus affreuse. Le reste de ses jambes ne va pas trop mal, à l'exception d'une piqûre de guêpe et de quelques brûlures mineures que je soigne rapidement. Mais cette entaille à la cuisse... que suis-je censée faire pour ça ?

— On va la laisser un peu à l'air libre, et puis...

Je laisse ma phrase en suspens.

— Et puis faire un bandage ? suggère Peeta.

Il semble presque désolé pour moi, comme s'il voyait à quel point je suis dépassée.

— Exactement, dis-je. En attendant, mange ça.

Je dépose quelques moitiés de pêches séchées dans sa main et retourne au ruisseau laver le reste de ses vêtements. Une fois que je les ai tous étalés pour les faire sécher, je passe en revue le contenu de ma trousse de premiers secours. Je n'y trouve rien de mirobolant. Des bandages, des comprimés pour la fièvre, des comprimés pour les maux d'estomac. Rien qui puisse vraiment m'aider.

— Nous allons devoir expérimenter un peu, dis-je.

Sachant que les plantes contre le venin des guêpes drainent l'infection, je commence par essayer ça. J'applique un emplâtre de feuilles mâchées sur la plaie et, quelques minutes après, le pus se met à couler le long de sa jambe. Je me dis que c'est bon signe et je me mords la lèvre pour ne pas rendre mon petit déjeuner.

— Katniss ? dit Peeta.

Je croise son regard, consciente que je dois être un peu livide. Ses lèvres forment les mots : « Et ce baiser ? »

J'éclate de rire car la plaie est si répugnante que je n'y tiens plus.

— Quoi ? me demande-t-il en feignant l'innocence.

— Je… je ne suis pas très forte pour ça. C'est surtout ma mère. Je n'ai aucune idée de ce que je fais, et j'ai horreur du pus. (Je m'autorise une grimace en rinçant le premier emplâtre pour en appliquer un deuxième.) Berk !

— Comment fais-tu pour chasser ?

— Crois-moi, il est beaucoup plus facile de tuer que de soigner. Remarque, je suis peut-être en train de te tuer, pour ce que j'en sais.

— Tu ne pourrais pas trouver un moyen plus rapide ?

— Non. Tais-toi et mange tes pêches.

Au bout du troisième emplâtre, et après l'écoulement d'un seau entier de pus, la plaie semble un peu moins vilaine. Maintenant que l'œdème a diminué, je peux voir jusqu'où l'épée de Cato a pénétré. Jusqu'à l'os.

— Et maintenant, docteur Everdeen ? me demande-t-il.

— Je vais peut-être t'appliquer un peu de pommade antibrûlures. Ça ne peut pas faire de mal à ton infection. Et peut-être qu'un petit bandage… ?

Aussitôt dit, aussitôt fait. La blessure est tout de suite moins inquiétante, une fois enveloppée dans du coton blanc. Mais, à côté du bandage stérile, son caleçon paraît crasseux et rempli de germes. Je sors le sac à dos de Rue.

— Tiens, dis-je en le lui tendant, couvre-toi avec ça, le temps que je lave ton caleçon.

— Oh, ça m'est égal que tu me voies, répond Peeta.

— Tu es bien comme ma mère. Moi, ça m'ennuie, d'accord ?

Je lui tourne le dos et je fixe le ruisseau jusqu'à ce que le caleçon vole dans le courant. Il doit se sentir mieux, s'il a eu la force de le lancer.

— Tu sais, tu fais bien des manières pour une concurrente aussi redoutable, plaisante Peeta pendant que je bats son caleçon entre deux pierres. J'aurais mieux fait de te laisser donner sa douche à Haymitch, après tout.

Je fronce le nez à ce souvenir.

— Que t'a-t-il envoyé jusqu'ici ?

— Rien du tout, répond Peeta. (Il tique.) Pourquoi, tu as reçu quelque chose ?

— La pommade antibrûlures, dis-je sur un ton presque penaud. Oh, et un pain.

— J'ai toujours su que tu étais sa préférée.

— Tu plaisantes ! Il ne peut pas me voir en peinture.

— Parce que vous êtes pareils, tous les deux, marmonne Peeta.

Je fais celle qui n'a rien entendu. Le moment me paraît mal choisi pour insulter Haymitch, comme le voudrait ma première impulsion.

Je laisse Peeta somnoler le temps que ses vêtements soient secs, mais, en fin d'après-midi, je n'ose plus attendre davantage. Je le secoue gentiment par l'épaule.

— Peeta ? On va devoir y aller, maintenant.

— Y aller ? (Il a l'air perplexe.) Aller où ?

— Loin d'ici. En aval, peut-être. Pour nous cacher en attendant que tu reprennes des forces.

Je l'aide à s'habiller, sans lui remettre ses bottines car je compte marcher dans le ruisseau, et je le redresse sur ses pieds. Il blêmit à l'instant où il prend appui sur sa jambe.

— Allez, tu vas tenir le coup.

Mais il ne le tient pas. Pas longtemps, en tout cas. Il a beau s'appuyer sur mon épaule, au bout d'une cinquantaine de mètres, je le sens qui tourne de l'œil. Je le fais asseoir sur la berge, la tête entre les genoux, et je lui tapote le dos avec maladresse, en surveillant les environs. Bien sûr, j'adorerais le hisser dans un arbre, mais ce n'est même pas la peine d'y songer. Ça pourrait être pire, cela dit. Certains rochers forment des sortes de petites grottes. J'en repère une à une vingtaine de mètres au-dessus du ruisseau. Quand Peeta se sent de nouveau capable de tenir debout, je l'entraîne en le portant à moitié jusqu'à la grotte. J'aimerais bien pouvoir chercher un meilleur refuge, mais celui-ci devra faire l'affaire, car mon allié est à bout de forces. Livide, haletant et, bien que la température commence à peine à se rafraîchir, secoué de frissons.

Je recouvre le sol de la grotte avec une couche d'aiguilles de sapin, je déroule mon sac de couchage et j'aide Peeta à se mettre dedans. Je lui fais avaler deux comprimés avec un peu d'eau, l'air de rien, mais pour le reste il refuse même mes fruits séchés. Il reste allongé là, à me suivre des yeux pendant que je tisse un écran de fortune avec des plantes grimpantes, dans l'espoir de dissimuler l'ouverture de la

grotte. Le résultat est médiocre. Ça pourrait peut-être tromper un animal, mais certainement pas des humains. Je jette
mon travail par terre avec colère.

— Katniss, dit-il. (Je m'approche de lui et repousse
quelques mèches qui lui tombent dans les yeux.) Merci de
m'avoir trouvé.

— Tu m'aurais trouvée toi aussi, si tu avais pu.

Son front est brûlant. Comme si les comprimés n'avaient
aucun effet. Soudain, j'éprouve une peur panique à l'idée
qu'il puisse mourir.

— Oui. Écoute, si je ne m'en sors pas… commence-t-il.

— Ne dis pas ça. Je n'ai pas drainé tout ce pus pour
rien.

— Je sais. Mais juste au cas où…

— Non, Peeta, je ne veux même pas en discuter, dis-je
en posant mes doigts sur ses lèvres.

— Mais je… insiste-t-il.

Sans réfléchir, je me penche vers lui et je lui ferme la
bouche par un baiser. Il était grand temps, de toute façon,
parce qu'il a raison : nous sommes censés être follement
amoureux. C'est la première fois que j'embrasse un garçon.
Ça devrait me faire quelque chose, mais tout ce que je
remarque c'est à quel point ses lèvres sont brûlantes de
fièvre. Je me redresse et je lui remonte le sac de couchage
jusqu'au menton.

— Tu ne vas pas mourir. Je te l'interdis. D'accord ?

— D'accord, murmure-t-il.

Je sors dans la fraîcheur du soir au moment où le parachute me tombe du ciel. Je m'empresse de défaire le paquet,
espérant un vrai médicament pour la jambe de Peeta. Au
lieu de quoi je découvre un pot de bouillon bien chaud.

Haymitch ne pouvait pas m'adresser de message plus
clair. Un baiser égale un pot de bouillon. Je peux presque

l'entendre grommeler : « Les gens doivent croire à votre amour, chérie. Ce garçon est en train d'y passer. Donne-moi quelque chose sur quoi je puisse travailler ! »

Il n'a pas tort. Si je veux garder Peeta en vie, je dois offrir davantage au public. Les amants maudits qui luttent désespérément pour s'en sortir ensemble. Deux cœurs qui battent à l'unisson.

N'ayant jamais été amoureuse, je vais avoir du mal à faire semblant. Je pense à mes parents. À ces petits cadeaux que mon père ne manquait jamais de rapporter de la forêt pour ma mère. À la manière dont son visage s'illuminait quand elle entendait ses pas derrière la porte. À son désespoir lorsqu'il est mort.

— Peeta ! je m'exclame, en tâchant de reproduire ce ton spécial que ma mère ne prenait qu'avec mon père.

Il s'est encore assoupi, mais je le réveille par un baiser, ce qui paraît d'abord le surprendre. Puis il me sourit, comme s'il était simplement heureux d'être là, avec moi. Il fait ça très bien.

Je lui montre le pot.

— Regarde un peu ce qu'Haymitch t'a envoyé !

20 ◎ ▶

Faire avaler le bouillon à Peeta me demande une bonne heure d'encouragements, de supplications, de menaces et, oui, d'embrassades, mais finalement, gorgée après gorgée, il boit tout. Je le laisse alors s'enfoncer dans le sommeil et je mange à mon tour. Je m'empiffre de groosling et de racines en regardant le rapport quotidien dans le ciel. Pas de nouveaux morts, aujourd'hui. Peeta et moi avons quand même dû offrir au public une journée assez intéressante. J'espère que les Juges nous accorderont une bonne nuit de repos.

Je cherche machinalement un arbre où me réfugier pour la nuit avant de réaliser que ça, c'est terminé. Pour l'instant du moins. Je ne peux pas abandonner Peeta, seul dans cette grotte. J'ai laissé une foule de traces sur la berge, à l'emplacement de sa dernière cachette – comment aurais-je pu les effacer ? –, et nous n'en sommes qu'à une cinquantaine de mètres. J'enfile mes lunettes de nuit, je prépare mon arc et une flèche, et je m'installe pour monter la garde.

La température chute rapidement. Je suis bientôt transie. Je finis par renoncer et par me glisser dans le sac de couchage auprès de Peeta. Il y fait chaud, et je me love contre lui avec reconnaissance, jusqu'à ce que je réalise que, s'il fait si chaud, c'est que le sac conserve la chaleur de sa fièvre. Je lui touche le front. Je le trouve sec et brûlant. Je ne sais pas quoi faire. Le laisser dans le sac en espérant que la chaleur excessive fera tomber la fièvre ? Le sortir, au contraire, afin de le rafraîchir ? Je finis par mouiller un morceau de bandage, que je lui pose sur le front. Ce n'est pas grand-chose, mais je n'ose pas prendre de mesures plus radicales.

Je passe la nuit, tantôt allongée, tantôt assise à côté de Peeta, à mouiller régulièrement son bandage en m'efforçant de ne pas penser qu'en m'alliant avec lui, je me suis rendue beaucoup plus vulnérable. Clouée au sol, astreinte à monter la garde, à veiller sur un impotent. Mais je savais qu'il était blessé. Et je me suis lancée à sa recherche malgré tout. Je n'ai plus qu'à espérer que l'instinct qui m'a poussée à le faire était le bon.

Quand le ciel vire au rose, je remarque une pellicule de sueur sur les lèvres de Peeta et je constate que sa fièvre a baissé. Pas complètement, mais tout de même. Hier soir, en ramassant des plantes grimpantes, je suis tombée sur un buisson de baies, comme celles que Rue m'a montrées. Je sors en cueillir et les écrase dans le pot de bouillon, avec un peu d'eau froide.

À mon retour à la grotte, je trouve Peeta en train d'essayer de se lever.

— Je me suis réveillé, et tu n'étais plus là, m'explique-t-il. Je me suis fait du souci pour toi.

Je ris en l'aidant à se rallonger.

— Toi, tu te faisais du souci pour moi ? Tu t'es regardé, récemment ?

— J'ai eu peur que Cato et Clove ne t'aient trouvée. Ils aiment bien chasser de nuit, dit-il sans se départir de son sérieux.

— Clove ? Qui c'est ?

— La fille du district Deux. Elle est toujours en vie, exact ?

— Oui. Il ne reste plus qu'eux, nous, Thresh et la Renarde – c'est comme ça que j'ai surnommé la fille du Cinq. Comment te sens-tu ?

— Mieux qu'hier. Je suis bien mieux ici que dans la boue. J'ai des habits propres, des médicaments, un sac de couchage… et toi.

Oh, c'est vrai, notre belle histoire d'amour. Je lui caresse la joue. Il me prend la main pour la porter à ses lèvres. Je me souviens d'avoir vu mon père faire exactement le même geste avec ma mère, et je me demande où Peeta a pris ça. Sûrement pas auprès de son père et de sa mégère d'épouse.

— Plus de baisers pour toi tant que tu n'as rien mangé, dis-je.

Je le redresse contre la paroi de la grotte, et il avale docilement la bouillie de baies que je lui glisse dans la bouche. Mais il refuse toujours de goûter le groosling.

— Tu n'as pas dormi, dit Peeta.

— Je vais bien.

À la vérité, je suis épuisée.

— Dors, maintenant, ajoute-t-il. Je monterai la garde. Je te réveillerai s'il y a quoi que ce soit. (J'hésite.) Katniss, tu ne vas pas tenir comme ça indéfiniment.

Il marque un point, là. Tôt ou tard, il faudra bien que je dorme. Et mieux vaut sans doute le faire maintenant, alors que Peeta semble relativement alerte et qu'il fait jour.

— D'accord, dis-je. Mais juste quelques heures. Après, tu me réveilles.

Il fait trop chaud à présent pour que je me glisse dans le sac de couchage. Je l'étends sur le sol de la grotte et m'allonge dessus, la main sur mon arc, au cas où. Peeta est assis près de moi, sa jambe blessée tendue devant lui, le regard braqué sur le monde extérieur.

— Dors, me dit-il d'une voix douce.

Il écarte quelques mèches sur mon front. Contrairement à nos baisers et à nos caresses factices, ce geste paraît naturel, réconfortant. Je n'ai pas envie qu'il s'arrête, et il ne le fait pas. Il continue à me caresser les cheveux quand le sommeil me rattrape.

Trop longtemps. J'ai dormi trop longtemps. Je sais, à l'instant où j'ouvre les yeux, que nous sommes l'après-midi. Peeta est toujours assis à côté de moi, dans la même position. Je me redresse, un peu sur la défensive mais reposée comme je ne l'ai pas été depuis des jours.

— Peeta, tu devais me réveiller après quelques heures, je lui reproche.

— Pour quoi faire ? Rien n'a bougé, dehors. Et puis j'aime bien te regarder dormir. Tu ne fronces pas les sourcils. Ça te rend beaucoup plus jolie.

Naturellement, cette remarque entraîne un froncement de sourcils, qui le fait sourire. C'est là que je note à quel point ses lèvres sont sèches. Je lui touche la joue – brûlante. Il affirme avoir bu, mais les gourdes m'ont l'air toujours aussi pleines. Je lui redonne deux comprimés et le force à boire un litre d'eau, puis un deuxième. Je m'occupe ensuite de ses blessures mineures, les brûlures, les piqûres, qui montrent des signes d'amélioration. Enfin, je m'arme de courage et défais son bandage.

Mon cœur se serre douloureusement. C'est pire, bien pire. On ne voit plus de pus, mais l'œdème a encore grossi, et la peau, tendue, brillante, est enflammée. Je vois de petites ramifications rougeâtres remonter le long de sa cuisse. Un empoisonnement du sang. Si on ne fait rien, il est sûr d'y rester. Ce ne sont pas mes emplâtres de feuilles mâchées et ma pommade qui le sauveront. Il nous faut des médicaments du Capitole pour lutter contre l'infection. Je n'imagine même pas le coût astronomique d'un tel remède. Si Haymitch regroupait les donations de tous nos sponsors, y aurait-il assez ? J'en doute. Le prix des cadeaux augmente au fur et à mesure des Jeux. Ce qui vous payait un repas le premier jour ne vous assure plus qu'un biscuit au douzième. Et les médicaments dont Peeta a besoin auraient coûté une fortune depuis le début.

— Eh bien, la plaie a encore enflé, mais au moins le pus est parti, dis-je d'une voix mal assurée.

— Je sais ce qu'est un empoisonnement du sang, Katniss, rétorque Peeta. Même si ma mère n'est pas guérisseuse.

— Il suffit que tu tiennes plus longtemps que les autres, Peeta. On te soignera au Capitole après notre victoire.

— Oui, c'est un bon plan, reconnaît-il.

Mais je vois bien qu'il n'y croit pas.

— Il faut que tu manges. Que tu reprennes des forces. Je vais te préparer une soupe.

— N'allume pas de feu, dit-il. Ça n'en vaut pas la peine.

— On verra.

En emportant le pot jusqu'au ruisseau, je suis frappée de voir à quel point le soleil tape dur. Je soupçonne les Juges d'augmenter progressivement la température dans la journée pour mieux la diminuer pendant la nuit. La chaleur des pierres cuites au soleil, à côté du ruisseau, me donne une idée, pourtant. Je vais peut-être pouvoir me passer de feu.

Je remplis le pot à moitié et m'installe sur une grande roche plate, à mi-chemin entre le ruisseau et la grotte. Après avoir purifié l'eau, je la laisse en plein soleil en plaçant sous le pot plusieurs cailloux brûlants, gros comme des œufs. Je ne suis pas une excellente cuisinière – je suis la première à l'admettre. Mais, puisque préparer une soupe se résume plus ou moins à jeter les ingrédients dans l'eau et à attendre, c'est l'un des plats que je réussis le mieux. Je coupe des lanières de groosling jusqu'à en faire de la charpie, j'écrase quelques-unes des racines de Rue. Heureusement, tout est déjà rôti, et il ne me reste plus qu'à le réchauffer. Entre la chaleur du soleil et celle des pierres, l'eau est presque tiède. Je verse la viande et les racines, je change les pierres et je pars cueillir quelques herbes pour donner du goût. Je déniche bientôt une touffe de ciboulette au pied d'un gros rocher. Parfait. Je hache les brins, très fin, les mets dans le pot, change les pierres une dernière fois, puis je referme le couvercle et laisse mijoter le tout.

J'ai vu peu de traces de gibier dans les parages, mais, comme je ne veux pas abandonner Peeta pour aller chasser, je tends une demi-douzaine de collets en priant pour avoir un coup de chance. Je me demande où en sont les autres tributs, comment ils s'en sortent à présent que leur principale source d'approvisionnement s'est volatilisée. Au moins trois d'entre eux – Cato, Clove et la Renarde – en dépendaient. Mais sans doute pas Thresh. J'ai le sentiment qu'il doit partager une partie des connaissances de Rue en matière de plantes comestibles. Sont-ils en train de s'affronter ? De nous chercher ? Peut-être que l'un d'eux a retrouvé notre trace et n'attend plus que le moment idéal pour passer à l'attaque. Cette idée me fait regagner la grotte.

Peeta s'est étendu sur le sac de couchage, à l'ombre des rochers. Son visage a beau s'éclairer en me voyant, je devine qu'il ne se sent pas bien. Je pose des bandes humides sur son front, mais elles se réchauffent immédiatement au contact de sa peau.

— Tu veux quelque chose ? je lui demande.

— Non. Merci. Attends, si. Raconte-moi une histoire.

— Une histoire ? Quel genre d'histoire ?

Je ne suis pas très douée pour les histoires. Pas plus que pour le chant. Même si, de temps à autre, Prim réussit à m'en arracher une.

— Quelque chose de beau. Parle-moi de la meilleure journée dont tu te souviennes, répond Peeta.

Je lâche un soupir d'exaspération. Une belle histoire ? Voilà qui va me demander beaucoup plus d'efforts que la soupe. Je fouille dans ma mémoire, à la recherche de bons souvenirs. La plupart d'entre eux ont trait à Gale et à nos parties de chasse, et je ne crois pas qu'ils plairaient à Peeta et au public. Ce qui me laisse Prim.

— Je t'ai raconté comment je me suis procuré la chèvre de Prim ?

Peeta fait non de la tête et me regarde avec impatience. Alors, je me lance. Mais prudemment. Parce que mes paroles sont retransmises à travers tout Panem. Et, même si l'on a sans doute compris que je m'adonnais au braconnage, je ne veux pas attirer d'ennuis à Gale, à Sae Boui-boui, à la bouchère, ni même aux Pacificateurs que j'ai comme clients, en proclamant publiquement qu'ils enfreignent la loi, eux aussi.

Voici comment j'ai vraiment obtenu l'argent pour Lady, la chèvre de Prim. C'était un vendredi soir, fin mai, la veille de l'anniversaire de Prim. Dès la fin de l'école, Gale et moi avons filé dans la forêt, parce que je voulais rapporter suffisamment de gibier pour acheter un cadeau à ma petite sœur. Peut-être une pièce de tissu pour une robe neuve, ou une brosse à cheveux. Nos collets avaient bien fonctionné, et nous avons ramassé pas mal de plantes, mais rien de plus que notre récolte habituelle du vendredi soir. J'étais déçue en reprenant le chemin du retour, même si Gale me disait que nous aurions plus de chance le lendemain. On se reposait au bord d'un torrent quand on l'a vu. Un jeune daim, probablement de l'année, d'après sa taille. Ses bois sortaient à peine, tout petits et recouverts de velours. Peu habitué aux hommes, il s'est figé sur place, hésitant à détaler. Il était magnifique.

Il l'a été un peu moins quand nos deux flèches l'ont touché, l'une dans le cou et l'autre au niveau du poitrail. Gale et moi avions tiré au même moment. Le daim s'est élancé, mais il a trébuché, et Gale lui a tranché la gorge avant qu'il comprenne ce qui lui arrivait. J'ai ressenti une pointe de culpabilité en voyant cette créature si tendre, si innocente. Et puis mon estomac s'est mis à gronder à l'idée de toute cette viande.

Un daim ! Gale et moi n'en avons abattu que trois en tout, au cours de nos expéditions. Le premier, une femelle qui s'était blessée à la patte, ne nous a pas rapporté grand-chose. Au moins l'expérience nous a-t-elle appris à ne pas rapporter la carcasse directement à la Plaque. Ça a fait un sacré raffut : tout le monde en voulait un morceau, et certains ont même commencé à s'en découper des quartiers. Sae Boui-boui est intervenue et nous a envoyés chez la bouchère avec notre daim, mais l'animal était en triste état, taillladé par endroits, le cuir lardé de trous. Même si tout le monde nous a payés, sa valeur avait singulièrement diminué.

Cette fois-ci, nous avons attendu qu'il fasse nuit pour nous glisser sous le grillage, à proximité de la maison de la bouchère. On a beau être des braconniers notoires, ça n'aurait pas été très malin de se promener en plein jour dans les rues du district Douze, avec un daim de soixante-dix kilos sur les épaules.

La bouchère, une petite femme trapue prénommée Rooba, est venue nous ouvrir la porte de derrière. On ne marchande pas avec Rooba. Elle fixe son prix, toujours raisonnable, et c'est à prendre ou à laisser. Nous avons accepté son offre, et elle nous a promis deux steaks de venaison en plus quand elle aurait débité la carcasse. Même après le partage, Gale et moi n'avions jamais eu autant d'argent entre les mains. Nous avons décidé de garder le secret jusqu'au lendemain soir pour faire une surprise à nos familles.

Voilà comment je me suis procuré l'argent de la chèvre, mais je raconte à Peeta que j'ai revendu un vieux bijou en argent qui appartenait à ma mère. Ça ne peut nuire à personne. Et je reprends le récit à partir de l'après-midi du lendemain, le jour de l'anniversaire de Prim.

Gale et moi étions allés au marché, sur la place, où je pensais acheter à ma petite sœur de quoi se faire une robe. Je palpais une étoffe épaisse en coton bleu quand quelque chose a attiré mon regard. Il y a un vieil homme qui possède un petit troupeau de chèvres, de l'autre côté de la Veine. Je ne connais pas son vrai nom, on l'appelle simplement l'Homme-chèvre. Il a les doigts gonflés, horriblement tordus, avec la vilaine toux de ceux qui ont passé des années dans les mines. Mais il a de la chance. Il a réussi à économiser de quoi s'acheter ses chèvres et, maintenant, ça lui permet d'occuper ses vieux jours, au lieu de mourir de faim à petit feu. Il est crasseux, bougon, mais ses chèvres sont saines et produisent un lait délicieux, si on a les moyens de se l'offrir.

L'une d'entre elles, blanche avec des taches noires, était couchée dans une charrette. Il n'était pas difficile de voir pourquoi. Elle avait l'épaule lacérée, probablement par une morsure de chien, et infectée. Ce n'était pas joli à voir.

L'Homme-chèvre devait l'immobiliser pour la traire. Mais je connaissais quelqu'un qui pourrait peut-être la soigner.

— Gale, ai-je dit. Je veux cette chèvre pour Prim.

Posséder une chèvre laitière peut vous changer la vie, dans le district Douze. Ces bêtes se nourrissent pratiquement toutes seules ; il leur suffit de brouter dans le Pré, et elles fournissent jusqu'à quatre litres de lait par jour. Du lait qu'on peut boire, transformer en fromage, revendre. Ce n'est même pas illégal.

— Elle a l'air mal en point, a répondu Gale. On ferait mieux de l'examiner de plus près.

Nous nous sommes acheté un bol de lait pour nous deux et nous avons contemplé la chèvre, d'un air vaguement curieux.

— Fichez-lui la paix, a dit l'homme.

— On ne fait que regarder, a protesté Gale.

— Eh bien, faites vite. La bouchère doit passer l'emporter. Personne ne veut plus m'acheter son lait, ou alors on m'en donne la moitié du prix, seulement.

— Combien vous en offre la bouchère ? ai-je demandé.

L'autre a haussé les épaules.

— Vous allez le savoir tout de suite. (Je me suis retournée et j'ai vu Rooba traverser la place dans notre direction.) Une chance que vous arriviez, lui a lancé l'Homme-chèvre. Cette jeune fille lorgne sur votre chèvre.

— Pas si elle est déjà vendue, ai-je dit sur un ton désinvolte.

Rooba m'a regardée de haut en bas, avant de froncer les sourcils devant la chèvre.

— Vendue ? Sûrement pas. Regardez-moi cette épaule. Je parie que la moitié de la carcasse sera trop abîmée pour en faire de la chair à saucisse.

— Quoi ? s'est écrié l'Homme-chèvre. On s'était mis d'accord !

— D'accord pour une bête avec quelques traces de crocs. Pas pour cette... chose. Vous n'avez qu'à la vendre à cette jeune fille, si elle est assez bête pour en vouloir, a dit Rooba.

En s'éloignant à grands pas, elle m'a glissé un coup d'œil. L'Homme-chèvre était furieux, mais il voulait toujours se débarrasser de sa chèvre. Il nous a fallu une demi-heure pour tomber d'accord sur un prix. Un petit attroupement s'est formé autour de nous, pour nous faire part de son opinion. C'était une excellente affaire si la bête s'en sortait ; je me faisais voler si elle mourait. Les avis étaient partagés. J'ai fini par repartir avec la chèvre.

Gale m'a proposé de la porter. Je crois qu'il tenait à voir l'expression de Prim quand elle la découvrirait. Par pure frivolité, j'ai acheté un ruban rose, que j'ai noué autour du cou de la chèvre. Et puis on s'est dépêchés de rentrer.

La réaction de Prim, quand nous avons débarqué avec cette chèvre ! Elle qui avait déjà pleuré pour sauver ce vieux matou affreux, Buttercup. Elle était si excitée qu'elle en pleurait et riait à la fois. Ma mère était moins enthousiaste, à cause de sa blessure ; mais elles se sont mises à l'ouvrage toutes les deux, en préparant des herbes et des breuvages qui guérissent.

— Comme toi avec moi, en somme, dit Peeta.

J'avais presque oublié sa présence.

— Oh non, Peeta. Elles, elles font des miracles. Cette pauvre bête n'aurait pas pu crever, même si elle l'avait voulu.

Je me mords la langue en réalisant ce que je suis en train de dire à Peeta, qui agonise entre mes mains incompétentes.

— Ne t'en fais pas, je n'en ai aucune envie, plaisante-t-il. Finis ton histoire.

— Eh bien, c'est à peu près tout. Je me souviens seulement que, cette nuit-là, Prim a insisté pour dormir avec Lady sur une couverture, près du feu. Et que, juste avant qu'elles s'endorment, la chèvre lui a léché la joue, comme pour lui souhaiter bonne nuit. Elles s'adoraient déjà toutes les deux.

— Avait-elle encore son ruban rose ? demande-t-il.

— Je crois. Pourquoi ?

— Pour me représenter la scène, dit-il d'un air rêveur. Je vois ce qui t'a plu dans cette journée.

— Bah, j'ai tout de suite su que cette chèvre serait une mine d'or.

— Oui, bien sûr, c'est à ça que je faisais allusion, répond-il sèchement. Et pas à l'immense joie que tu as faite à ta petite sœur, celle que tu aimes au point de la remplacer dans la Moisson.

— La chèvre nous a rapporté plus que ce qu'elle m'a coûté. Et largement, dis-je sur un ton supérieur.

— Oh, c'était la moindre des choses : tu lui as sauvé la vie. J'ai l'intention de faire pareil.

— Vraiment ? Rappelle-moi ce que tu m'as coûté, déjà ?

— Un tas d'embêtements. Ne t'en fais pas. Je te revaudrai ça au centuple.

— Tu dis n'importe quoi. (Je teste son front. La fièvre continue de grimper.) On dirait que ça va un peu mieux, quand même.

La sonnerie de trompettes me fait sursauter. Je rampe sur le seuil de la grotte pour ne pas rater une seule syllabe. C'est mon nouveau meilleur ami, Claudius Templesmith. Comme je m'y attendais, il nous invite à un festin. Bon, nous ne sommes pas affamés à ce point-là, et je balaie déjà sa proposition d'un revers de main quand il déclare :

— Maintenant, écoutez-moi attentivement. Certains sont peut-être déjà en train de décliner mon invitation.

Mais il ne s'agit pas d'un festin ordinaire. Chacun d'entre vous a désespérément besoin de quelque chose.

J'ai désespérément besoin de quelque chose. D'un truc pour soigner la jambe de Peeta.

— Chacun de vous trouvera cette chose dans un sac à dos frappé au numéro de son district, à la Corne d'abondance, à l'aube. Réfléchissez bien avant de refuser. Pour certains, cela pourrait représenter votre dernière chance, dit Claudius.

Puis il se tait. Ses mots résonnent encore à mon oreille. Je m'apprête à me lever quand Peeta me retient par l'épaule.

— Non, dit-il. Pas question que tu risques ta vie pour moi.

— Qui a dit que c'était mon intention ?

— Donc, tu ne vas pas y aller ?

— Bien sûr, que je ne vais pas y aller. Fais-moi un peu confiance. Tu crois que j'irais me jeter tête baissée dans la mêlée, au milieu de Cato, de Clove et de Thresh ? Ne sois pas ridicule, dis-je en l'aidant à se rallonger. Je vais les laisser s'entre-tuer, on verra demain soir qui est mort et on improvisera à partir de là.

— Quelle foutue menteuse tu fais, Katniss. Je me demande comment tu as survécu aussi longtemps. (Il se met à m'imiter.) « J'ai tout de suite su que cette chèvre serait une mine d'or. On dirait que ça va un peu mieux, quand même. Bien sûr, que je ne vais pas y aller. » (Il secoue la tête.) N'essaie jamais de jouer aux cartes. Tu y laisserais ta chemise.

Je rougis de colère.

— Oui, je vais aller à ce festin. Essaie de m'en empêcher, pour voir.

— Je peux toujours te suivre. Au moins jusqu'à mi-chemin. Je n'atteindrai peut-être pas la Corne d'abondance, mais, si je crie ton nom assez fort, quelqu'un finira bien par me trouver. Et à ce moment-là je cesserai d'être un fardeau.

— Tu ne feras pas cent mètres sur cette jambe.

— Je ramperai, insiste Peeta. Si tu y vas, je viens aussi.

Il est assez têtu pour ça. Et peut-être assez solide, également. Pour me suivre à travers bois en beuglant. Quand bien même aucun tribut ne l'entendrait, il risquerait d'attirer d'autres prédateurs. Il n'est pas en état de se défendre. Je serais probablement obligée de l'emmurer dans cette grotte. Et il s'épuiserait à tenter d'en sortir.

— Que veux-tu que je fasse ? Que je reste là, tranquillement, à te regarder mourir ?

Il sait que ça m'est impossible. Que le public me haïrait. Franchement, je me haïrais moi-même si je faisais ça.

— Je ne mourrai pas. Je te le promets. À condition que tu promettes de ne pas y aller, dit-il.

Et je sais que le public l'aurait haï, s'il n'avait pas dit cela. Nous sommes dans une impasse. Sachant qu'aucun argument ne le fera changer d'avis, je baisse les armes. Je feins de capituler, à contrecœur.

— Dans ce cas, il va falloir m'obéir au doigt et à l'œil. Boire ton eau, me réveiller quand je te le dis et avaler toute ta soupe jusqu'à la dernière goutte !

— D'accord. Elle est prête ? demande-t-il.

— Je vais voir.

L'air s'est rafraîchi avant même la tombée de la nuit. J'avais raison à propos des Juges et de la température. Je me demande si ces choses dont les autres ont désespérément besoin ne comprendraient pas une bonne couverture. La soupe est encore chaude dans son pot. Et pas si mauvaise.

Peeta la mange sans rechigner, et va jusqu'à racler le pot pour témoigner son enthousiasme. Il me répète plusieurs fois qu'elle est délicieuse, ce qui serait flatteur si je ne savais pas l'effet que la fièvre peut avoir. J'ai l'impression d'entendre Haymitch quand il a trop bu. J'administre à Peeta une nouvelle dose de comprimés avant qu'il se mette à divaguer pour de bon.

En descendant me laver dans le ruisseau, je n'arrête pas de me dire qu'il va mourir, si je ne vais pas à ce festin. Il tiendra un jour ou deux, puis l'infection remontera au cœur, aux poumons ou au cerveau, et ce sera terminé pour lui. Je me retrouverai seule. Encore une fois. Pour attendre les autres.

Perdue dans mes pensées, J'ai failli ne pas voir le parachute argenté qui descend pourtant juste sous mes yeux. Je bondis, le récupère dans le courant, déchire l'emballage et découvre un flacon. Haymitch a réussi ! Il s'est procuré le remède – j'ignore comment, peut-être en persuadant une bande d'imbéciles romantiques de vendre leurs bijoux –, et je vais pouvoir sauver Peeta ! Je trouve quand même le flacon très petit. Il doit s'agir d'un remède puissant pour sauver quelqu'un d'aussi malade. Le doute m'envahit. Je débouche le flacon, je renifle le contenu. Son odeur douceâtre me ramène brutalement sur terre. Pour être sûre, j'en pose une goutte sur le bout de ma langue. Pas d'erreur, c'est du sirop pour le sommeil. On en consomme beaucoup, dans le district Douze. Peu coûteux, ce médicament a tôt fait d'entraîner une accoutumance. Presque tout le monde en a goûté à un moment ou à un autre. Nous en avons une petite bouteille, à la maison. Ma mère en donne à certains patients hystériques, quand elle doit les recoudre, les calmer, ou simplement pour les aider à passer la nuit sans trop souffrir. Il suffit d'en prendre quelques gouttes. Un flacon de cette taille pourrait faire dormir Peeta un jour entier, mais où est l'intérêt ? Je suis tellement furieuse que je suis sur le point de jeter le dernier cadeau d'Haymitch dans le ruisseau. Et puis je finis par comprendre. Un jour entier ? C'est plus qu'il ne m'en faut.

J'écrase une poignée de baies afin de masquer le goût et j'ajoute également quelques feuilles de menthe. Après quoi je remonte à la grotte.

— Je te rapporte un dessert. J'ai trouvé des baies un peu plus loin, en aval.

Peeta prend une première bouchée sans hésitation. Il l'avale, puis fronce les sourcils.

— Elles sont drôlement sucrées.

— Oui, ce sont des baies de sucre. Ma mère en fait des confitures. Tu n'en avais jamais mangé ? dis-je en lui faisant avaler une deuxième bouchée.

— Non, avoue-t-il, perplexe. Mais le goût me dit quelque chose. Des baies de sucre ?

— On n'en voit pas beaucoup sur le marché, parce qu'elles poussent uniquement à l'état sauvage.

Il prend une autre bouchée. Plus qu'une.

— C'est sucré comme du sirop, déclare-t-il en acceptant la dernière bouchée. Du sirop !

Il écarquille les yeux d'un air horrifié. Je plaque ma main sur sa bouche et son nez, pour le forcer à avaler au lieu de recracher. Il essaie de se faire vomir, mais trop tard, il est déjà en train de perdre conscience. Avant que ses paupières se ferment, je lis dans son regard que j'ai commis une faute impardonnable.

Je m'assois sur les talons et je le dévisage avec un mélange de tristesse et de satisfaction. J'essuie une petite tache de jus sur son menton.

— Alors, Peeta, je ne sais toujours pas mentir ? dis-je, bien qu'il ne puisse pas m'entendre.

Ça n'a pas d'importance. Le reste de Panem m'entend très bien.

21

Au cours des heures qui me restent avant la tombée de la nuit, je roule des rochers et fais de mon mieux pour camoufler l'entrée de la grotte. Le processus est pénible et laborieux, mais, après une bonne suée et pas mal d'efforts, je ne suis pas mécontente du résultat. La grotte disparaît désormais sous un empilement de pierres, comme il y en a partout aux environs. Il reste une petite ouverture par laquelle je peux ramper jusqu'à Peeta, mais elle est invisible de l'extérieur. Tant mieux, parce que je vais devoir partager le sac de couchage, cette nuit encore. Et puis, au cas où je ne reviendrais pas du festin, Peeta serait caché, mais pas totalement emprisonné. Quoique je doute qu'il tienne très longtemps sans médicaments. Si je meurs pendant le festin, le district Douze a peu de chances d'avoir un nouveau vainqueur.

Je prépare un repas avec l'un des petits poissons pleins d'arêtes qu'on trouve dans le ruisseau, je remplis les gourdes, purifie l'eau et brique mes armes. Il me reste neuf flèches. J'envisage de laisser le couteau à Peeta, afin qu'il puisse se protéger en mon absence, mais à quoi bon ? Il avait raison en affirmant que le camouflage représentait son ultime défense. Moi, en revanche, j'aurai peut-être besoin de ce couteau. Qui sait ce que je vais devoir affronter ?

Voici ce à quoi je peux m'attendre avec certitude. Cato,

Clove et Thresh seront là au début du festin. J'en suis moins sûre pour la Renarde, car la confrontation directe n'est pas dans son style. Elle est encore plus petite que moi, et sans arme, à moins qu'elle n'en ait ramassé une récemment. Elle rôdera sans doute à proximité, guettant l'occasion de faire main basse sur ce qu'elle pourra. Les trois autres, cependant, m'attendront de pied ferme. Ma capacité à tuer de loin constitue mon meilleur atout, mais je sais qu'il faudra me risquer au cœur de la mêlée si je veux décrocher ce sac à dos mentionné par Claudius Templesmith, celui avec le numéro 12.

J'observe le ciel, dans l'espoir d'avoir un adversaire de moins à l'aube, mais aucun visage n'y apparaît. Il y en aura demain soir. Les festins font toujours des morts.

Je rampe dans la grotte, range mes lunettes et me pelotonne contre Peeta. Heureusement que j'ai pu me reposer longuement, aujourd'hui. Car il ne faut pas que je dorme. Je ne crois pas qu'on risque de nous attaquer ici, cette nuit, mais je ne dois en aucun cas rater l'aube.

Il fait très froid cette nuit-là. Comme si les Juges avaient soufflé un air glacé à travers l'arène. C'est peut-être le cas, d'ailleurs. Allongée contre Peeta dans le sac de couchage, je tente d'absorber toute la chaleur de sa fièvre. C'est étrange de me sentir aussi proche physiquement de quelqu'un d'aussi absent. Peeta pourrait se trouver au Capitole, dans le district Douze ou sur la lune qu'il ne me semblerait pas plus loin. Je n'ai jamais eu l'impression d'être aussi seule depuis le début des Jeux.

« Tu vas passer une mauvaise nuit, c'est comme ça », me dis-je. Malgré moi, je ne peux m'empêcher de penser à ma mère et à Prim, de me demander si elles réussissent à dormir de leur côté. À l'aube d'une étape aussi décisive qu'un festin, il n'y aura probablement pas école. Ma famille suivra l'événement sur notre vieux téléviseur rempli de parasites ou bien sur la grand-place, parmi la foule, devant l'écran géant. Ma mère et ma sœur auront plus d'intimité à la maison, mais plus de soutien sur la place. On leur glissera un mot gentil, peut-être un petit quelque chose à grignoter... Je me demande si le boulanger est passé les voir, surtout depuis que Peeta et moi formons équipe, et s'il a tenu sa promesse de s'assurer que ma sœur mange à sa faim.

Le district Douze doit être en ébullition. Il est si rare que nous ayons encore des tributs à ce stade des Jeux. Les gens doivent vibrer pour Peeta et moi, encore plus maintenant que nous sommes ensemble. Si je ferme les yeux, je parviens à imaginer leurs cris d'encouragement devant l'écran. Je vois leurs visages – Sae Boui-boui, Madge ou même les Pacificateurs qui m'achètent mon gibier – en train de nous acclamer.

Et Gale. Je le connais. Je sais qu'il ne criera pas, qu'il n'acclamera pas avec les autres. Mais il sera là, à regarder, sans en perdre une miette, en priant pour me voir revenir. Je me demande s'il espère également que Peeta reviendra. Gale n'est pas mon petit ami, mais le serait-il si j'avais entrouvert la porte ? Il a dit que nous pourrions nous enfuir ensemble. Était-ce juste pour augmenter nos chances de survie loin du district ? Ou davantage ?

Que doit-il penser de toutes ces embrassades ?

Par une fissure entre les rochers, j'observe le cheminement de la lune à travers le ciel. Environ trois heures avant l'aube, d'après mes estimations, j'achève mes derniers préparatifs. Je laisse de l'eau ainsi que la trousse de premiers secours à portée de main de Peeta. Il n'aura besoin de rien d'autre si je ne reviens pas, mais, même avec ça, il ne vivra pas bien longtemps. Après un bref débat intérieur, je lui retire son blouson et l'enfile par-dessus le mien. Ça ne lui sert à rien. Pas dans ce sac de couchage, alors qu'il brûle de fièvre. Et dans la journée, si je ne suis pas là pour le lui enlever, il risque de cuire dedans. J'ai les mains engourdies par le froid, alors je sors les chaussettes de rechange de Rue, j'y découpe des trous pour mes doigts et je les enfile. C'est mieux que rien. Je remplis son petit sac à dos avec un peu de nourriture, une gourde pleine et des bandages, je glisse mon couteau dans ma ceinture et j'attrape mon arc et mes flèches. Je suis sur le point de partir quand je me souviens de notre amour maudit, qu'il ne faudrait surtout pas oublier. Je me penche donc vers Peeta pour l'embrasser tendrement sur les lèvres. J'imagine d'ici les soupirs émus qui doivent monter du Capitole. J'essuie une larme imaginaire au coin de mon œil, puis je me faufile par l'ouverture et sors dans la nuit.

Mon souffle dessine de petits panaches blancs dans l'air glacial. On se croirait en novembre, par l'une de ces nuits où je me glisse dans la forêt, lanterne à la main, pour rejoindre Gale en un lieu convenu, où nous nous serrerons l'un contre l'autre, en buvant de la tisane brûlante dans une gourde en métal et en espérant voir passer du gibier avant le lever du soleil. « Oh, Gale. Si seulement tu étais là pour couvrir mes arrières... »

Je me déplace aussi vite que possible. Les lunettes de nuit fonctionnent de manière remarquable, mais je n'ai toujours pas récupéré l'usage de mon oreille gauche. Quoi qu'ait touché l'explosion, il semble que les dégâts soient irrémédiables. Peu importe. Si je parviens à rentrer chez moi, je serai tellement riche que je pourrai payer quelqu'un pour entendre à ma place.

La forêt paraît toujours différente, en pleine nuit. Même avec les lunettes, elle prend un aspect étrange. Comme si les arbres, les fleurs et les rochers du jour étaient partis se

coucher en laissant des versions d'eux-mêmes plus inquié-
tantes. Je ne tente aucune fantaisie, comme emprunter un
nouvel itinéraire. Je remonte le ruisseau et reprends le
même chemin jusqu'à la cachette de Rue, aux abords du
lac. Je n'aperçois aucun signe des autres tributs : pas un
souffle, pas le moindre frémissement de branche. Soit je
suis la première, soit les autres sont déjà sur place depuis
la veille. Il reste encore plus d'une heure de nuit, peut-être
deux, quand je me faufile sous les taillis pour attendre que
le sang se mette à couler.

Je mâche quelques feuilles de menthe, c'est tout ce que
mon estomac veut bien accepter. Heureusement que j'ai le
blouson de Peeta par-dessus le mien. Sinon, je serais obligée
de piétiner pour me tenir chaud. Le ciel devient d'un gris
brumeux, et toujours aucune trace des autres. Ça n'a rien
d'étonnant, au fond. Chacun d'entre nous s'est distingué
par sa force, sa ruse ou son habileté. Je me demande s'ils
s'attendent à voir Peeta avec moi. Je doute que la Renarde
ou Thresh sachent qu'il est blessé. Tant mieux s'ils croient
qu'il me couvre pendant que j'irai chercher mon sac à dos.

Où sont les sacs, d'ailleurs ? Il fait désormais suffisamment jour pour retirer mes lunettes. J'entends chanter les
oiseaux. C'est l'heure, non ? Pendant une seconde, je panique à l'idée de m'être trompée d'endroit. Mais non, je me
souviens clairement d'avoir entendu Claudius Templesmith
mentionner la Corne d'abondance. Elle est là. Je suis là.
Où est le festin promis ?

À l'instant où les premiers rayons du soleil effleurent la
Corne d'abondance dorée, je distingue un mouvement sur
la plaine. Le sol s'ouvre en deux au pied de la Corne, et
une table ronde, couverte d'une nappe d'un blanc neigeux,
s'élève dans l'arène. Sur la table reposent quatre sacs à dos :

deux grands noirs frappés d'un 2 et d'un 11 ; un vert de taille moyenne avec le chiffre 5 ; et un orange, minuscule – je pourrais le porter à mon poignet –, qui doit avoir le chiffre 12.

À peine la table s'est-elle immobilisée avec un déclic qu'une silhouette bondit hors de la Corne, saisit le sac à dos vert et s'enfuit au pas de course. La Renarde ! On la reconnaît bien dans ce plan aussi malin que dangereux ! Les autres et moi sommes toujours en train d'hésiter au bord de la plaine, alors qu'elle a déjà récupéré ce qu'elle était venue chercher. Elle nous a piégés, en plus, parce que aucun de nous ne tient à lui courir après en abandonnant son propre butin sur la table. Elle a soigneusement évité de toucher aux autres sacs, sachant qu'en voler un qui ne portait pas son numéro lui vaudrait d'être poursuivie. Ç'aurait dû être ma stratégie ! Le temps que je surmonte ma surprise, mon admiration, ma colère, ma jalousie et ma frustration, sa crinière rousse disparaît dans les arbres, hors de portée de mon arc. Hum. Je me suis surtout méfiée des autres, mais c'est peut-être la Renarde que je devrais craindre.

J'ai perdu à cause d'elle de précieuses secondes, qui plus est, parce qu'il est clair que c'est à mon tour de courir vers la table. Si un autre me précède, il lui sera facile d'emporter mon sac avec le sien. Sans tergiverser plus longtemps, je pique un sprint vers la table. Je sens le danger avant de l'apercevoir. Heureusement, le premier couteau arrive de la droite en sifflant, de sorte que je peux l'entendre et le dévier avec la hampe de mon arc. Je pivote, j'arme mon bras et je décoche une flèche droit vers le cœur de Clove. Elle se détourne juste ce qu'il faut pour éviter un coup mortel, mais la pointe lui transperce le biceps gauche. Elle est droitière, hélas, mais ça la ralentit tout de même, le temps d'arracher la flèche et de jauger la gravité de sa blessure. Je continue à courir en encochant la flèche suivante avec l'aisance que procurent des années de chasse.

Je suis devant la table, à présent. Je referme les doigts sur le petit sac orange. J'enfonce la main dans les sangles et le fais glisser le long de mon bras car il est vraiment trop petit pour le mettre ailleurs. Je me retourne vers Clove quand son deuxième couteau m'atteint en plein front. Il m'entaille au-dessus du sourcil droit. Le sang me coule sur le visage, dans l'œil, m'emplit la bouche de son goût âcre et métallique. Je titube en tirant ma flèche vers mon adversaire. Je sais tout de suite que je l'ai ratée. Puis Clove me plaque brutalement en arrière, sur le dos, et me cloue les épaules par terre avec ses genoux.

« Cette fois, ça y est », me dis-je, en espérant pour Prim que ce sera rapide. Mais Clove a l'intention de savourer son triomphe. De prendre tout son temps. Cato ne doit pas être loin. Il couvre probablement ses arrières en attendant que Thresh se montre, ou peut-être Peeta.

— Où est ton petit ami, district Douze ? Il s'accroche toujours ? me demande-t-elle.

Bah, tant qu'on discute, je suis en vie.

— Il est dans le coin. Sur les traces de Cato, je riposte. (Et je hurle à pleins poumons :) Peeta !

Clove enfonce son poing contre ma trachée, ce qui me fait taire aussitôt. Mais elle tourne la tête à gauche, à droite, et, pendant un moment, je sais qu'elle se demande si je ne dis pas la vérité. Ne voyant aucun Peeta venir à mon secours, elle se retourne vers moi.

— Menteuse, dit-elle avec un grand sourire. Il est quasiment mort. Cato sait bien qu'il l'a eu. Je suppose que tu l'as planqué au sommet d'un arbre en lui faisant des massages cardiaques. Qu'est-ce que tu as dans ton petit sac à dos ? Un médicament pour Joli Cœur ? Dommage, il n'en profitera pas.

Clove ouvre son blouson. Une impressionnante panoplie de couteaux s'aligne à l'intérieur. Elle en choisit un d'aspect délicat, avec une lame cruellement incurvée.

— J'ai promis à Cato d'assurer le spectacle s'il me laissait m'occuper de toi.

Je me tortille pour la faire basculer, mais en vain. Elle est trop lourde et me serre trop bien.

— Laisse tomber, district Douze. Ton compte est bon. Comme celui de ta pathétique petite alliée… Comment s'appelait-elle, déjà ? Celle qui sautillait d'arbre en arbre ? Rue ? Eh bien, on l'a eue, elle. Quant à Joli Cœur je crois qu'on va laisser la nature s'en occuper. Qu'est-ce que tu dis de ça ? Voyons, par où allons-nous commencer…

Elle essuie négligemment d'un revers de manche le sang que j'ai sur le visage. Elle m'examine un moment, en m'inclinant la tête de part et d'autre comme un morceau de bois qu'elle se préparerait à sculpter. J'essaie de lui mordre la main, mais elle m'attrape par les cheveux et me plaque la tête contre le sol.

— Je crois… (Elle ronronne presque.) Je crois que je vais commencer par ta bouche.

Je serre les dents tandis qu'elle effleure le contour de mes lèvres avec la pointe de son couteau.

Je ne fermerai pas les yeux. Son commentaire à propos de Rue m'a rendue furieuse ; assez, je crois, pour mourir avec un semblant de dignité. Je la défierai du regard jusqu'au bout. Cela ne prendra sans doute pas très longtemps, mais je lui ferai baisser les yeux, je ne pousserai pas un cri, je mourrai invaincue, en un sens.

— Après tout, tu n'auras plus l'occasion de te servir de tes lèvres. Tu veux envoyer un dernier baiser à Joli Cœur ? demande-t-elle. (Je lui crache à la figure un jet de sang et de salive. Elle rougit de colère.) Très bien. Au travail !

Je me prépare à souffrir. Mais, au moment où je sens sa lame m'entailler la lèvre, une force colossale la décolle de moi, et elle se met à hurler. Au début, je suis trop abasourdie pour comprendre. Peeta aurait-il trouvé un moyen de venir à mon secours ? Les Juges auraient-ils fait intervenir une bête sauvage pour augmenter le suspense ? Un hovercraft l'aurait-il inexplicablement aspirée dans les airs ?

Mais, en me redressant sur mes bras engourdis, je ne découvre rien de tout cela. Clove se débat à trente centimètres du sol, emprisonnée dans les bras de Thresh. Je pousse un petit cri en le voyant, dressé au-dessus de moi, serrer Clove comme une poupée de chiffon. Il me paraît encore plus grand, plus fort que dans mon souvenir. On dirait qu'il a pris du poids, dans l'arène. Il fait basculer Clove et la jette dans la poussière.

Ses vociférations me font sursauter – jusqu'à présent, je l'avais toujours entendu grommeler.

— Qu'est-ce que tu as fait à la petite fille ? Tu l'as tuée ?

Clove recule à quatre pattes, comme un insecte affolé, trop effrayée pour appeler Cato.

— Non ! Non, ce n'est pas moi !

— Tu as dit son nom. Je t'ai entendue. Tu l'as tuée ? (Ses traits se déforment sous la colère.) Tu l'as tailladée à mort, comme tu allais le faire avec celle-là ?

— Non ! Non, je... (Elle aperçoit la pierre, de la taille d'un pain, qu'il tient à la main, et cède à la panique.) Cato ! hurle-t-elle. Cato !

— Clove ! lui répond Cato, mais de trop loin pour qu'il puisse intervenir à temps.

À quoi était-il occupé ? À chercher la Renarde, ou Peeta ? À moins qu'il ne soit resté caché pour guetter Thresh, et qu'il ait mal estimé la distance.

Thresh abat sa pierre contre la tempe de Clove. Elle ne saigne pas, mais elle a le crâne enfoncé, et je devine qu'elle est fichue. Elle vit encore, cependant. Sa poitrine se soulève et s'abaisse rapidement, et un gémissement s'échappe de ses lèvres.

Quand Thresh pivote vers moi, la pierre brandie bien haut, je comprends qu'il ne sert à rien de m'enfuir. Mon arc est vide, la dernière flèche que j'avais encochée est partie en direction de Clove. Je me retrouve clouée sous son drôle de regard brun doré.

— De quoi elle parlait ? Quand elle a dit que Rue était ton alliée ?

— Je... je... on a fait équipe. Pour faire sauter les provisions. J'ai essayé de la sauver, vraiment. Mais il est arrivé le premier. Le garçon du Un.

Peut-être que, s'il sait que j'ai aidé Rue, il ne m'infligera pas une mort trop longue ni trop cruelle.

— Tu l'as tué ? me demande-t-il.

— Le garçon ? Oui. Elle, je l'ai recouverte de fleurs. Et je lui ai chanté une berceuse.

Les larmes me viennent aux yeux. Toute volonté de me battre m'abandonne. Je suis submergée par le souvenir de Rue, la douleur que j'ai au front, la crainte de Thresh et les gémissements de la fille en train d'agoniser à quelques pas.

— Une berceuse ? grommelle Thresh, incrédule.

— Elle me l'avait demandé. Elle voulait partir sur une chanson. Les gens de ton district... ils m'ont envoyé un pain. (Je lève la main, pas pour attraper une flèche que je n'aurais jamais le temps d'encocher, mais pour m'essuyer le nez.) Fais ça vite, d'accord, Thresh ?

Des émotions contradictoires traversent le visage du colosse. Il abaisse sa pierre et pointe sur moi un doigt accusateur.

— Cette fois, rien que cette fois, je te laisse filer. Pour la petite fille. Toi et moi, on est quittes. Je ne te dois plus rien. Compris ?

Je fais oui de la tête, car je comprends. Qu'on se sente redevable. Qu'on déteste ça. Je comprends que, si Thresh gagne, il devra retourner dans un district qui a déjà enfreint toutes les règles pour me remercier, et qu'il est en train d'enfreindre les règles pour me remercier lui aussi. Je comprends qu'il ne va pas me défoncer le crâne tout de suite.

— Clove !

La voix de Cato est beaucoup plus proche à présent. On devine à ses accents douloureux qu'il l'a vue étendue par terre.

— Tu ferais mieux de déguerpir, Fille du feu, me prévient Thresh.

Pas besoin de me le dire deux fois. Je roule en arrière, je plante les pieds dans la terre battue et je cours le plus loin possible de Thresh, de Clove et de la voix de Cato. C'est uniquement à la lisière de la forêt que je prends une seconde pour me retourner. Thresh et les deux gros sacs à dos disparaissent au fond de la plaine, dans cette partie de l'arène que je n'ai jamais vue. Cato s'agenouille auprès de Clove, l'épieu à la main, en la suppliant de rester avec lui. Il va bientôt réaliser que c'est sans espoir, que rien ne peut plus la sauver. Je m'éloigne en trébuchant entre les arbres, en essuyant sans cesse le sang qui me coule dans l'œil, éperdue comme la pauvre créature blessée que je suis. Au bout de quelques minutes, un coup de canon m'apprend que Clove a finalement succombé. Cato va se lancer sur nos traces. Les miennes ou celles de Thresh. Je suis terrorisée, affaiblie par mon entaille à la tête, tremblante. J'encoche une flèche, mais Cato peut lancer son épieu presque d'aussi loin que je tire.

Une seule chose me rassure. Thresh a emporté le sac à dos de Cato, avec son contenu si précieux pour lui. Ce qui me fait penser que Cato préférera poursuivre Thresh plutôt que moi. Je continue néanmoins à courir jusqu'au ruisseau. Je saute dans l'eau avec mes bottines et je m'éloigne dans le courant. Je retire les chaussettes dont je m'étais fait des mitaines. Je me les colle sur le front pour essayer d'arrêter le saignement, mais elles sont très vite trempées.

Je réussis, je ne sais comment, à regagner la grotte. Je me faufile entre les rochers. Dans la lumière ténue, je fais glisser le petit sac orange de mon bras, tranche le fermoir et vide le contenu sur le sol. Je ne trouve qu'une simple boîte contenant une seringue hypodermique. Sans hésiter, je l'enfonce dans le bras de Peeta et presse lentement le piston.

Je me prends le front à deux mains. Je ramène mes doigts pleins de sang.

La dernière chose dont je me souvienne, c'est d'un splendide papillon argent et vert qui vient se poser sur mon poignet.

22

Le bruit de la pluie qui résonne sur le toit de la maison me fait doucement reprendre mes esprits. Je m'accroche néanmoins au sommeil, enveloppée dans mes couvertures douillettes, bien en sécurité chez moi. Je souffre d'un vague mal de tête, un rhume sans doute. Peut-être est-ce la raison pour laquelle on m'a laissée dormir plus longtemps que d'habitude. Ma mère me caresse la joue, et je ne la repousse pas comme je le ferais dans la journée, pour qu'elle ne sache pas à quel point j'aime le contact de sa main douce. À quel point elle me manque, même si je ne lui fais toujours pas confiance. Puis une voix s'élève, mais pas celle de ma mère, et je prends peur.

— Katniss. Katniss, tu m'entends ?

J'ouvre les yeux, et mon impression de sécurité s'évanouit. Je me trouve au fond d'une grotte sombre, glaciale, avec mes pieds nus qui gèlent sous la couverture, et je sens une odeur de sang. Un visage masculin, pâle et hagard, apparaît dans mon champ de vision et, passé le premier moment de surprise, je me sens mieux.

— Peeta.

— Salut, dit-il. Content de revoir tes yeux.

— Je suis restée inconsciente combien de temps ?

— Je ne sais pas. Quand je me suis réveillé, hier soir, tu étais couchée à côté de moi dans une flaque de sang drôlement impressionnante, répond-il. Le saignement a fini par s'arrêter mais, à ta place, j'attendrais un moment avant de m'asseoir.

Je porte prudemment la main à mon front et le trouve bandé. Ce simple geste me donne la nausée et le vertige. Peeta approche une gourde de mes lèvres. Je bois avidement.

— Tu vas mieux, toi ? dis-je.

— Beaucoup mieux. Je ne sais pas ce que tu m'as inoculé, mais c'est une réussite. Ce matin, ma jambe avait presque entièrement désenflé.

Il ne semble pas m'en vouloir de l'avoir drogué pour me rendre au festin. Peut-être ai-je l'air trop mal en point, peut-être compte-t-il attendre que j'aie repris des forces. Dans l'immédiat, il se montre aux petits soins.

— As-tu mangé ? dis-je.

— Je suis au regret d'avouer que j'ai englouti trois morceaux de groosling avant de réaliser que nous n'aurions peut-être rien d'autre avant un moment. Ne t'en fais pas, j'ai repris un régime sévère.

— Non, c'est bon. Tu as besoin de manger. Je retournerai bientôt chasser.

— Pas tout de suite, d'accord ? répond-il. Laisse-moi un peu m'occuper de toi.

Je n'ai pas vraiment le choix. Peeta me fait avaler de petites bouchées de groosling et de raisin, et me fait boire en abondance. Il me réchauffe les pieds entre ses mains, les enveloppe dans son blouson, puis remonte le sac de couchage jusqu'à mon menton.

— Tes bottines et tes chaussettes sont encore humides, ajoute-t-il. Il faut dire que le temps ne facilite pas les choses.

Un grondement de tonnerre retentit, puis je vois la foudre électrifier le ciel par une fente entre les rochers. La pluie s'infiltre par différents trous dans la voûte, mais Peeta a tendu une sorte de toit au-dessus de ma tête et du haut de mon corps, en coinçant le carré de plastique entre des pierres.

— Je me demande ce qui peut bien motiver cette tempête. Je veux dire, qui est la cible ? s'étonne Peeta.

— Cato et Thresh, dis-je automatiquement. La Renarde doit se cacher dans un trou quelque part. Quant à Clove… elle m'a attaquée, et puis…

Ma voix se brise.

— Elle est morte, je sais, achève Peeta. Ils l'ont affichée dans le ciel, hier soir. C'est toi qui l'as tuée ?

— Non. Thresh lui a fracassé le crâne avec une pierre.

— Une chance que tu ne sois pas tombée entre ses pattes.

Le souvenir du festin me revient en force et me soulève le cœur.

— Il me tenait. Mais il m'a laissée partir.

Après quoi, bien sûr, je suis forcée de tout lui raconter. De revenir sur certains détails que j'avais gardés pour moi, parce qu'il était trop malade pour me poser des questions et que je n'avais pas envie d'en parler, de toute manière. Comme l'explosion, mon oreille, la mort de Rue et du garçon du district Un, le pain. Ce qui m'amène à Thresh et à la dette dont il a voulu s'acquitter.

— Il t'a laissée filer parce qu'il ne voulait rien te devoir ? me demande Peeta avec incrédulité.

— Oui. Tu ne peux pas comprendre. Tu n'as jamais manqué de rien. Si tu avais grandi dans la Veine, je n'aurais pas besoin de t'expliquer.

— Oh, n'essaie pas. C'est visiblement trop compliqué pour moi.

— C'est comme pour tes pains. J'ai toujours eu le sentiment d'avoir une dette envers toi.

— Mes pains… ? Quoi, quand on était gosses ? s'exclame-t-il. Je crois qu'on peut oublier ça, maintenant. Je veux dire, tu viens juste de m'arracher à la mort.

— Mais tu ne me connaissais même pas. On ne s'était jamais adressé la parole. De toute façon, le premier don est toujours le plus difficile à rendre. Sans compter que je n'aurais jamais pu te payer de retour, si tu ne m'avais pas aidée à ce moment-là. Pourquoi l'avoir fait, d'ailleurs ?

— Pourquoi ? Tu sais très bien pourquoi, répond Peeta. (Je secoue légèrement ma tête douloureuse.) Haymitch m'avait prévenu que tu ne serais pas facile à convaincre…

— Haymitch ? je répète. Qu'est-ce qu'il vient faire là-dedans ?

— Rien du tout, soupire Peeta. Donc, Cato et Thresh, hein ? J'imagine qu'ils ne nous feront pas le plaisir de s'entre-tuer ?

Cette idée me révolte.

— Je crois qu'on s'entendrait bien avec Thresh, et qu'on pourrait devenir des amis, au district Douze.

— Dans ce cas, il n'y a plus qu'à prier pour que Cato le tue. Ça nous évitera de devoir le faire, déclare Peeta d'un ton cynique.

Je ne veux pas voir Cato tuer Thresh. Je ne veux plus voir mourir personne. Mais ce n'est pas le genre de chose qu'on peut déclarer à voix haute dans l'arène, si on veut espérer gagner. Malgré tous mes efforts, je sens mes yeux se mouiller de larmes.

Peeta me dévisage avec inquiétude.

— Qu'y a-t-il ? Tu as très mal ?

Je lui donne une autre réponse, tout aussi vraie, mais

qu'on mettra sur le compte d'une défaillance passagère et non d'une faiblesse rédhibitoire.

— Je voudrais rentrer chez nous, Peeta, dis-je d'une petite voix plaintive.

— On rentrera. Je te le promets.

Et il se penche pour m'embrasser.

— Je voudrais rentrer maintenant.

— Écoute, rendors-toi et rêve de la maison. Tu y seras pour de bon avant d'avoir dit ouf. D'accord ?

— D'accord, dis-je dans un murmure. Réveille-moi si tu as besoin que je prenne mon tour de garde.

— Je me sens en pleine forme, grâce à toi et à Haymitch. Et puis qui sait combien de temps ça va encore durer ?

De quoi veut-il parler ? De l'orage ? Du répit qu'il nous procure ? Des Jeux eux-mêmes ? Je l'ignore, mais je me sens trop triste, trop fatiguée pour lui poser la question.

Il fait nuit quand Peeta me réveille. Il pleut à verse, et l'eau coule à flots dans la grotte là où auparavant n'entraient que quelques gouttes. Peeta a glissé le pot de bouillon sous la plus grosse fuite et modifié la disposition du plastique afin de me protéger autant que possible. Je me sens un peu mieux, je peux m'asseoir sans que la tête me tourne, et je meurs littéralement de faim. Peeta aussi. Il paraît évident qu'il attendait que je me réveille pour manger et qu'il est impatient de s'y mettre.

Il ne nous reste pas grand-chose. Deux morceaux de groosling, un petit assortiment de racines ainsi qu'une poignée de fruits séchés.

— Veux-tu qu'on essaie de se rationner ? propose Peeta.

— Non, mangeons tout. Le groosling commence à dater, de toute façon. Il ne s'agirait pas de nous rendre malades avec de la viande avariée.

Je répartis la nourriture en deux tas égaux. Nous essayons de manger lentement, mais nous avons si faim que nous engloutissons tout en quelques minutes. Mon estomac est loin d'être rempli.

— Demain, j'irai à la chasse, dis-je.

— Je ne te serai pas très utile, répond Peeta. Je n'ai jamais chassé de ma vie.

— Bah, tu te chargeras de la cuisson. Et puis il te reste la cueillette.

— Je voudrais bien que les pains puissent pousser sur les arbres.

— Celui que m'a envoyé le district Onze était encore chaud, dis-je avec un soupir. Tiens, mâche ça.

Je lui tends des feuilles de menthe et je m'en glisse moi aussi quelques-unes dans la bouche.

Il n'est pas facile de suivre la projection dans le ciel, mais on voit tout de même assez clair pour constater qu'il n'y a pas eu de morts, aujourd'hui. Cato et Thresh n'en ont pas encore fini l'un avec l'autre.

— Où est parti Thresh ? Je veux dire, qu'y a-t-il de l'autre côté du cirque ?

— Une prairie, répond Peeta. De hautes herbes à perte de vue, qui m'arrivent à l'épaule. Je ne sais pas, peut-être qu'il y a des céréales, dans le lot. Certaines parcelles ont une couleur différente. Mais aucun sentier visible.

— Je parie qu'il y a des céréales. Et je te parie que Thresh sait les reconnaître. Avez-vous exploré un peu ?

— Non. Personne ne voulait aller le chercher dans ces hautes herbes. Elles ont quelque chose d'inquiétant. Chaque fois que je les vois, je pense à tout ce qui peut s'y cacher. Des serpents, des bêtes féroces, des sables mouvants. Il peut y avoir n'importe quoi, là-dedans.

Je me tais, mais les paroles de Peeta me font penser au grillage du district Douze, que nous n'avons pas le droit de franchir. Je ne peux m'empêcher, un bref instant, de comparer Peeta à Gale, qui verrait dans cette prairie une source potentielle de nourriture, et pas simplement un danger. C'est certainement comme ça que Thresh l'a vue. Non pas que Peeta soit trouillard – et il a prouvé qu'il n'était pas un lâche. Mais il y a certaines choses dont on s'accommode, semble-t-il, quand une odeur de pain chaud flotte en permanence chez vous, alors que Gale est constamment obligé de tout remettre en question. Je me demande ce que Peeta penserait des piques que nous échangeons, Gale et moi, en violant la loi tous les jours. Serait-il choqué de ce que nous pouvons dire sur Panem ? Des attaques de Gale contre le Capitole ?

— Peut-être y a-t-il vraiment un arbre à pains dans cette prairie, dis-je. Ça expliquerait pourquoi Thresh a l'air mieux nourri qu'avant le début des Jeux.

— Soit ça, soit il a des sponsors très généreux, rétorque Peeta. Je me demande ce qu'il faudrait qu'on fasse pour qu'Haymitch nous envoie du pain.

Je hausse les sourcils avant de me rappeler qu'il ne sait rien du message qu'Haymitch m'a fait parvenir, deux nuits plus tôt. Un baiser égale un pot de bouillon. Je ne peux pas lui dire ça, cependant. Pas à voix haute. Cela donnerait à penser au public que notre belle histoire d'amour n'est qu'une comédie destinée à inspirer la sympathie. Ce n'est pas comme ça que nous obtiendrons de la nourriture. Je dois trouver un moyen crédible de relancer la mécanique. Quelque chose de simple, pour commencer. Je lui prends la main.

— Eh bien, ce sirop a probablement dû épuiser son pouvoir de t'assommer, dis-je sur un ton malicieux.

— Ah oui, à ce propos, fait Peeta en mêlant ses doigts aux miens, ne recommence plus jamais un truc pareil.

— Sinon quoi ?

— Sinon… sinon… (Il ne trouve rien de convaincant.) Ça va venir. Donne-moi juste une minute.

— Quel est le problème ? dis-je avec un grand sourire.

— Le problème est que nous sommes toujours en vie, tous les deux. Ce qui va encore renforcer ta conviction d'avoir fait ce qu'il fallait.

— J'ai fait ce qu'il fallait.

— Non ! Non, Katniss, je refuse ! (Il me serre la main à me faire mal, et on entend une vraie colère dans sa voix.) Je refuse que tu meures pour moi. Ne t'expose plus à des dangers pareils. Compris ?

Quoiqu'un peu abasourdie par sa virulence, j'y vois une excellente occasion de gagner de quoi manger. J'essaie donc de poursuivre dans la même veine.

— C'est peut-être pour moi que je l'ai fait, Peeta, est-ce que tu y as pensé ? Peut-être que tu n'es pas le seul à… à t'inquiéter de… de devoir vivre sans…

Je m'emmêle les pédales. Je ne sais pas m'exprimer comme Peeta. Et, pendant ma tirade, l'idée de le perdre pour de bon m'a frappée de nouveau, et j'ai réalisé à quel point je ne voulais pas qu'il meure. Ça n'a rien à voir avec les sponsors. Ni avec ce qui se passera, à notre retour chez nous. Ni avec la peur de la solitude. C'est lui. Je ne veux pas risquer de perdre le garçon des pains.

— Sans quoi, Katniss ? m'encourage-t-il d'une voix douce.

Je voudrais pouvoir fermer les volets, préserver ce moment des regards indiscrets de Panem. Même si cela nous faisait perdre de la nourriture. Quoi que je puisse éprouver, cela ne regarde que moi.

— C'est exactement le genre de sujet qu'Haymitch m'a recommandé d'éviter, dis-je afin d'éluder la question.

Haymitch n'a jamais rien dit de tel, évidemment. En fait, il doit être en train de me maudire en me voyant faire capoter une scène aussi chargée en émotion. Mais Peeta réussit à redresser la situation.

— Dans ce cas, je vais devoir remplir les blancs moi-même, dit-il en se rapprochant.

C'est le premier vrai baiser que nous échangeons. Aucun de nous deux n'est abruti par la maladie, la douleur, ou simplement assoupi. Nos lèvres ne sont ni brûlantes de fièvre ni glacées. C'est le premier baiser qui déclenche un fourmillement dans ma poitrine. Chaud et curieux. Le premier baiser qui me donne envie d'en avoir un autre.

Mais j'en suis pour mes frais. Enfin, j'obtiens bien un deuxième baiser, mais un tout petit, sur le bout du nez, car quelque chose détourne l'attention de Peeta.

— J'ai l'impression que ta blessure se remet à saigner. Viens, allonge-toi, c'est l'heure de dormir, de toute façon, dit-il.

Mes chaussettes ont suffisamment séché pour que je les remette. J'oblige Peeta à reprendre son blouson. Vu le froid humide qui me glace jusqu'aux os, il doit être à moitié gelé. J'insiste aussi pour prendre la première garde, même s'il y a peu de chances qu'on vienne nous chercher des noises par ce temps. Mais il n'accepte qu'à la condition que je le rejoigne dans le sac de couchage, et je grelotte si fort qu'il serait absurde de refuser. Contrairement à la première fois, où Peeta m'avait donné l'impression d'être très loin de moi, je sens que nous sommes proches l'un de l'autre. Je pose ma tête sur son bras, comme sur un oreiller, son autre bras m'entoure chaudement, et il s'endort. Personne ne m'a serrée dans ses bras comme ça depuis longtemps. Depuis que mon père est mort et que j'ai perdu confiance en ma mère, je ne me suis jamais sentie aussi protégée par qui que ce soit.

À l'aide de mes lunettes, j'observe les filets de pluie qui giclent sur le sol de la grotte. Leur bruit régulier me berce. Je manque plusieurs fois de m'assoupir, mais me reprends à temps, honteuse et furieuse contre moi-même. Après trois ou quatre heures, je n'en peux plus et je suis obligée de réveiller Peeta car je n'arrive pas à garder les yeux ouverts. Il ne m'en veut pas.

— Demain, quand il fera sec, je nous trouverai un endroit si haut dans un arbre que nous pourrons dormir tranquillement tous les deux, je lui promets avant de m'endormir.

Mais le temps ne s'arrange pas, au matin. Le déluge se poursuit, comme si les Juges avaient l'intention de nous noyer dans notre trou. Le tonnerre gronde si fort qu'il en fait trembler le sol. Peeta envisage de sortir quand même pour rechercher de la nourriture, mais je lui explique que sous un orage pareil ce serait inutile. On n'y voit pas à un mètre, il se ferait tremper jusqu'aux os pour rien. Il sait que j'ai raison, seulement notre estomac commence à nous tenailler.

La journée se traîne jusqu'au soir, sans que le temps s'améliore. Haymitch représente notre seul espoir, mais rien ne vient, soit par manque de moyens – le moindre cadeau doit atteindre un prix exorbitant à présent –, soit parce que notre performance ne le satisfait pas. Je pencherais pour la seconde explication. Je suis la première à reconnaître que nous n'offrons pas un tableau très passionnant, aujourd'hui.

Morts de faim, à bout de forces, attentifs à ne pas rouvrir nos plaies. Nous sommes pelotonnés l'un contre l'autre dans le sac de couchage, oui, mais surtout pour rester au chaud. Nous passons le temps à faire la sieste.

Je vois mal comment réinjecter un peu de romantisme là-dedans. Notre baiser de la veille était agréable, mais que faire pour recommencer sans que cela tombe comme un cheveu sur la soupe ? Je connais des filles à la Veine, ou même de la ville, qui savent si bien s'y prendre ! Moi, je n'ai jamais eu beaucoup de temps ou de goût pour tout ça. De toute façon, il est clair qu'un simple baiser ne suffit plus, parce que, sinon, nous aurions reçu à manger la nuit dernière. Mon instinct me souffle qu'Haymitch attend quelque chose de plus personnel. Le genre de choses qu'il essayait de me faire dire à propos de moi, quand il me préparait à l'interview. Je suis nulle à ce jeu-là, mais pas Peeta. La meilleure solution consiste peut-être à le faire parler.

— Peeta, dis-je d'un ton léger. Lors de l'interview, tu as prétendu être amoureux de moi depuis toujours. Ça remonte à quand, exactement ?

— Oh, laisse-moi réfléchir. Je crois que ça date du premier jour d'école. Nous avions cinq ans. Tu portais une petite robe rouge à carreaux, et tes cheveux… tu avais deux nattes au lieu d'une seule. Mon père t'a montrée du doigt pendant que nous attendions de nous mettre en rang.

— Ton père ? Pourquoi ?

— Il m'a dit : « Tu vois cette petite fille ? Je voulais épouser sa mère, mais elle a préféré partir avec un mineur. »

— Quoi ? Tu es en train d'inventer ! je m'exclame.

— Non, je t'assure, insiste Peeta. Et moi, j'ai dit : « Un mineur ? Pourquoi elle serait partie avec un mineur alors

qu'elle pouvait t'épouser, toi ? » Et il m'a répondu : « Parce
que quand il chante... même les oiseaux se taisent pour
l'écouter. »

— Ça, c'est vrai. Ils le font. Enfin, ils le faisaient.

Je suis stupéfaite et étonnamment émue en imaginant le
boulanger en train d'avouer ça à son fils. L'idée me traverse
l'esprit que si j'ai du mal à chanter, si je rejette la musique,
ce n'est peut-être pas parce que j'ai l'impression de perdre
mon temps. Peut-être est-ce plutôt parce que ça me fait
trop penser à mon père.

— Alors ce jour-là, en cours de musique, la maîtresse
nous a demandé qui connaissait la chanson de la vallée.
Tu as levé la main tout de suite. Elle t'a fait monter sur
l'estrade, et tu l'as chantée pour nous. Et je te jure que
tous les oiseaux de l'autre côté de la fenêtre se sont arrêtés
de siffler.

— Oh, arrête ! dis-je en riant.

— Non, c'est vraiment arrivé. Et, à la fin de la chanson,
j'ai su que – comme ta mère – j'étais amoureux pour de
bon, raconte Peeta. Ensuite, pendant onze ans, j'ai essayé
de trouver le courage de te parler.

— Sans succès.

— Sans succès. D'une certaine manière, on peut dire
que j'ai eu de la chance que mon nom soit tiré au sort lors
de la Moisson, conclut Peeta.

Je me sens d'abord ridiculement heureuse, puis confuse.
Parce que nous sommes censés jouer la comédie de l'amour,
et non être vraiment amoureux. Mais le récit de Peeta a
des accents de vérité. Cette histoire à propos de mon père
et des oiseaux. Et c'est vrai que j'ai chanté à mon premier
jour d'école, même si je ne me rappelais pas la chanson.
Et cette robe rouge à carreaux... j'en avais une, que j'ai

donnée à Prim avant qu'elle finisse en chiffon après la mort de mon père.

Ça expliquerait aussi une chose. Pourquoi Peeta m'a offert ces pains, ce fameux jour. Alors, si tous ces détails sont vrais... se pourrait-il qu'il soit sincère ?

— Tu as... une mémoire remarquable, dis-je en bredouillant.

— Je me souviens de plein de choses à propos de toi, continue Peeta en ramenant une mèche de cheveux derrière mon oreille. C'est toi qui ne faisais pas attention.

— Je t'écoute, maintenant.

— Oh, je n'ai pas beaucoup de concurrence, par ici.

Je voudrais battre en retraite, refermer les volets de nouveau, mais je sais qu'il ne faut pas. J'ai l'impression d'entendre Haymitch me murmurer à l'oreille : « Dis-le ! Dis-le ! »

Je respire un bon coup et me jette à l'eau.

— Tu n'as aucune concurrence nulle part.

Et, cette fois-ci, c'est moi qui me penche vers lui.

Nos lèvres se sont à peine touchées quand un bruit sourd à l'extérieur me fait sursauter. Je saisis mon arc, la flèche prête à partir, mais on n'entend plus rien. Peeta jette un coup d'œil entre les rochers et pousse un cri de joie. Avant que je puisse l'arrêter, il sort sous la pluie et me tend quelque chose par le trou. Un parachute argenté fixé à un panier. J'ouvre celui-ci sans attendre et je découvre un véritable festin : des petits pains, du fromage de chèvre, des pommes et... une soupière de cet incroyable ragoût d'agneau au riz sauvage ! Ce plat à propos duquel j'ai dit à Caesar Flickerman qu'il représentait pour moi ce qu'on trouvait de mieux au Capitole.

Quand Peeta me rejoint à l'intérieur, son visage s'illumine.

— On dirait qu'Haymitch en a eu assez de nous voir mourir de faim.

— J'imagine, dis-je.

Mais, dans ma tête, je peux presque entendre notre mentor, pas mécontent de lui, déclarer avec une pointe d'exaspération : « Voilà, chérie, c'est *ça* que j'attends de vous. »

23

Toutes les cellules de mon corps me poussent à me jeter sur ce ragoût et à m'empiffrer à n'en plus finir. Mais la voix de Peeta me retient :

— Nous ferions mieux d'y aller doucement, avec ce ragoût. Tu te rappelles cette première nuit dans le train ? La nourriture trop riche m'a rendu malade, et je ne mourais pas encore de faim, à ce moment-là.

— Tu as raison, dis-je à regret. Je pourrais tout avaler d'un coup !

Nous n'en faisons rien. Nous nous montrons raisonnables. Nous ne mangeons qu'un petit pain, une demi-pomme et une petite portion de ragoût et de riz chacun. Je m'astreins à prendre de toutes petites cuillerées – ils ont même glissé des assiettes et des couverts, dans ce panier – en savourant chaque bouchée. Quand nous avons terminé, je contemple le plat avec envie.

— J'en veux encore.

— Moi aussi. Je vais te dire : on attend une heure et, si ça descend sans problème, on se ressert, propose Peeta.

— D'accord. Je vais trouver le temps long.

— Pas forcément, proteste Peeta. Qu'étais-tu en train de dire avant que ce panier nous tombe du ciel ? Un truc à propos de moi... Aucune concurrence... La meilleure chose qui te soit jamais arrivée...

— Je n'ai jamais dit ça ! je m'écrie, en espérant qu'il fait trop sombre dans cette grotte pour que les caméras me montrent en train de rougir.

— Hum, tu as raison. C'est *moi* qui pensais ça. Fais-moi une petite place, je gèle.

Je l'accueille dans le sac de couchage. Nous nous adossons à la paroi de la grotte, ma tête contre son épaule, son bras enroulé autour de moi. J'ai l'impression de sentir Haymitch m'encourager d'un coup de coude dans les côtes.

— Alors comme ça, depuis tes cinq ans, tu n'as jamais remarqué aucune autre fille ? dis-je.

— Oh si, j'ai remarqué presque toutes les autres filles, mais aucune ne m'a fait la même impression que toi.

— Je suis sûre que tes parents seraient enchantés de te voir sortir avec une fille de la Veine.

— Pas vraiment. Mais je m'en fiche. De toute façon, si on en réchappe, tu ne seras plus une fille de la Veine, mais une fille du Village des vainqueurs.

Exact. Si nous l'emportons, nous aurons chacun droit à une maison dans le quartier réservé aux vainqueurs des Jeux. Voilà bien longtemps, au début des Hunger Games, le Capitole a fait construire une douzaine de jolies maisons dans chaque district. Bien sûr, dans le nôtre il n'y en a qu'une d'occupée, pour l'instant. La plupart des autres n'ont jamais été habitées.

Une pensée troublante me frappe.

— Mais dis donc, notre seul voisin serait Haymitch !

— Ah, ce serait formidable, dit Peeta en me serrant dans ses bras. Toi, moi et Haymitch. Je vois ça d'ici. Les pique-niques, les anniversaires, les longues soirées d'hiver au coin du feu à nous raconter nos exploits aux Hunger Games.

— Puisque je te dis qu'il me déteste !

Mais je ne peux m'empêcher de rire en m'imaginant devenir amie avec Haymitch.

— Pas tout le temps. Quand il est sobre, je ne l'ai jamais entendu dire quoi que ce soit de négatif sur toi, m'assure Peeta.

— Il n'est jamais sobre !

— Ce n'est pas faux. Je devais penser à quelqu'un d'autre. Oh, je sais. C'est Cinna qui t'aime bien. Mais uniquement parce que tu n'as pas tenté de t'enfuir quand il t'a enflammée. Alors qu'Haymitch, de son côté... Bon, d'accord. Oublie Haymitch. Il te déteste.

— Tu disais que j'étais sa préférée !

— Il me déteste encore plus, explique Peeta. Je ne crois pas qu'il apprécie grand monde, d'une manière générale.

Le public doit se régaler en nous entendant plaisanter ainsi aux dépens d'Haymitch. Il participe aux Jeux depuis si longtemps qu'il est un peu comme un vieil oncle pour beaucoup de gens. Et, depuis son plongeon au bas de l'estrade lors de la Moisson, tout le monde le connaît. En ce moment même, il est sans doute bombardé de demandes d'interviews à propos de nous. Je me demande quel tissu de mensonges il est en train de broder. Sa situation n'est pas simple, car la plupart des mentors peuvent s'appuyer sur un partenaire, un autre vainqueur, pour les soulager de la pression, alors qu'Haymitch doit rester prêt à intervenir à tout moment. Un peu comme moi quand j'étais seule dans l'arène. Est-ce qu'il tient le coup, entre la boisson, les sollicitations et le stress lié à notre sort ?

C'est drôle. Haymitch et moi nous entendons plutôt mal, mais Peeta a peut-être raison quand il dit que nous sommes pareils car je comprends toujours où Haymitch veut en venir, malgré la distance. J'ai compris, par exemple, qu'il y avait une source à proximité en voyant qu'il ne m'envoyait pas d'eau. J'ai aussi deviné que le sirop pour le sommeil n'était pas uniquement destiné à apaiser les douleurs de Peeta, comme je devine, à cet instant, qu'il veut me voir continuer à jouer la comédie de l'amour. Il n'a pas fait autant d'efforts pour communiquer avec Peeta. Peut-être pense-t-il qu'un pot de bouillon ne serait qu'un pot de bouillon aux yeux de Peeta, alors que je perçois les significations cachées.

Une question me vient subitement. Je suis surprise qu'elle n'ait pas émergé plus tôt. Peut-être parce que c'est la première fois qu'Haymitch éveille en moi une certaine curiosité.

— Comment crois-tu qu'il a réussi ?

— Qui ça ? Réussi quoi ? demande Peeta.

— Haymitch. Comment crois-tu qu'il a remporté les Jeux ?

Peeta réfléchit un moment avant de répondre. Haymitch est solidement bâti, mais ce n'est pas un monstre à la manière d'un Cato ou d'un Thresh. Il n'a rien de particulièrement séduisant. Rien qui puisse lui valoir spontanément l'affection des sponsors. Et il est si grincheux qu'on imagine mal quiconque s'allier avec lui. Il n'a pu gagner que d'une seule façon, et Peeta l'énonce à voix haute alors que je parviens à la même conclusion de mon côté :

— En se montrant plus malin que tous les autres.

Je hoche la tête, avant d'abandonner le sujet. Mais, en secret, je me demande si Haymitch n'aurait pas cessé de boire pour nous aider, Peeta et moi, parce qu'il a vu en nous ce qu'il fallait pour survivre. Peut-être n'a-t-il pas toujours été un ivrogne. Peut-être qu'au début il faisait de son mieux pour aider les tributs. Mais qu'il n'a pas tenu le coup. Ça doit être terrible de voir mourir les deux gamins qu'on est chargé de conseiller. Et de recommencer chaque année, inlassablement. Je réalise que, si nous sortons d'ici, ce sera mon travail, désormais. De conseiller la fille du district Douze. Je trouve cette perspective si effroyable que je la refoule le plus loin possible.

Après une demi-heure, je décide que je ne peux pas attendre plus longtemps pour manger. Peeta a trop faim lui-même pour discuter. Pendant que je nous sers deux petites portions de ragoût et de riz, l'hymne résonne à l'extérieur. Peeta colle son œil contre une fente entre deux rochers pour scruter le ciel.

— Il n'y aura rien à voir ce soir, dis-je, beaucoup plus intéressée par le ragoût que par le ciel. Il ne s'est rien passé, sans quoi nous aurions entendu le canon.

— Katniss, fait Peeta d'une voix douce.

— Quoi ? Tu veux qu'on se partage aussi un deuxième petit pain ?

— Katniss, répète-t-il.

Mais je n'ai pas envie de l'écouter.

— D'accord. Mais je garde le fromage pour demain. (Peeta me dévisage d'un drôle d'air.) Quoi ?

— Thresh est mort.

— Ce n'est pas possible.

— Le canon a dû retentir pendant un coup de tonnerre, dit Peeta.

— Tu es sûr ? Je veux dire, il pleut des cordes, dehors. Je me demande comment tu peux voir quoi que ce soit.

Je l'écarte des rochers et je plisse les yeux à mon tour vers le ciel noir et pluvieux. Pendant une dizaine de secondes, j'aperçois le visage brouillé de Thresh. Puis il s'efface brusquement. Comme ça.

Je m'affale contre la paroi, oubliant momentanément ma situation. Thresh est mort. Je devrais m'en féliciter, non ? Un adversaire de moins. Et pas le moins redoutable, qui

plus est. Sauf que je n'arrive pas à me réjouir. Je le revois
en train de m'épargner, de me dire de filer, à cause de Rue,
morte transpercée d'un coup d'épieu...

— Ça va ? s'inquiète Peeta.

Je hausse les épaules et me prends les coudes en les serrant
contre mon corps. Je dois dissimuler ma peine car qui
voudrait miser sur un tribut qui se désole de la mort de
ses adversaires ? Pour Rue, c'était différent. Nous étions
alliées. Elle était si jeune. Mais personne ne comprendrait
que je puisse être bouleversé par le meurtre de Thresh. Ce
mot me fait bondir. Le meurtre ! Heureusement que je ne
l'ai pas dit à voix haute. Ça n'aurait pas renforcé ma popu-
larité. Je réponds simplement :

— C'est juste que... au cas où nous ne gagnerions pas...
j'aurais voulu que ce soit lui. Parce qu'il m'a laissée partir.
Et pour Rue.

— Oui, je sais, dit Peeta. Mais ça veut dire qu'on se
rapproche encore du district Douze. (Il me fourre mon
assiette dans les mains.) Mange. C'est encore chaud.

Je prends une bouchée de ragoût afin de montrer qu'au
fond tout ça ne m'affecte pas. Mais la nourriture a un goût
de colle. Je dois faire un gros effort pour l'avaler.

— Ça veut dire aussi que Cato va se mettre à notre
recherche.

— Et qu'il a de nouveau des provisions, souligne Peeta.

— Je te parie qu'il est blessé.

— Qu'est-ce qui te fait dire ça ?

— Thresh ne serait pas mort sans combattre. Il est si
fort – enfin, il l'était. Et ils se trouvaient sur son territoire.

— Bon, dit Peeta. Tant mieux, s'il est blessé. Je me
demande comment va la Renarde.

— Oh, à merveille, dis-je avec mauvaise humeur. (Je lui
en veux toujours d'avoir eu l'idée de se cacher dans la Corne

d'abondance, alors que je n'y avais pas pensé.) Elle sera
probablement plus difficile à débusquer que Cato.

— Avec un peu de chance, ils tomberont nez à nez, et
nous n'aurons plus qu'à rentrer chez nous, ajoute Peeta.
Mais nous allons devoir faire doublement attention en
montant la garde. J'ai failli m'assoupir plusieurs fois.

— Moi aussi, j'avoue. Mais pas ce soir.

Nous terminons de manger en silence, puis Peeta se
propose de prendre le premier quart. Je m'enfouis dans le
sac de couchage à côté de lui, en rabattant ma capuche sur
mon visage afin de le dissimuler aux caméras. J'ai besoin
d'un moment d'intimité, de laisser affluer mes émotions
sans qu'on me voie. À l'abri sous ma capuche, j'adresse un
adieu silencieux à Thresh et je le remercie de m'avoir épar-
gnée. Je lui promets de ne pas l'oublier et de faire mon
possible afin d'aider sa famille et celle de Rue, au cas où
je gagnerais. Puis je m'abandonne au sommeil, le ventre
plein et la chaleur de Peeta contre moi.

Quand Peeta me réveille un peu plus tard, je sens une
odeur de fromage de chèvre. Il tient à la main la moitié
d'un petit pain, tartiné de fromage crémeux et décoré de
tranches de pomme.

— Ne te mets pas en colère, dit-il. J'avais trop faim.
Voici ta moitié.

— Oh, bon. (J'en croque immédiatement une grosse
bouchée. Le fromage a exactement le même goût que celui
de Prim, et la pomme est croquante et sucrée.) Miam.

— On fait une tarte aux pommes et au fromage de
chèvre, à la boulangerie, dit-il.

— Ça doit coûter cher.

— Trop pour qu'on puisse s'en offrir. À moins qu'elle
ne soit devenue invendable. On ne mange pratiquement

que des trucs invendables, de toute façon, ajoute Peeta en s'enveloppant dans le sac de couchage.

Moins d'une minute après, il ronfle.

Hum. J'ai toujours cru que les artisans avaient la belle vie. Et, certes, Peeta a toujours mangé à sa faim. Mais il y a quelque chose de déprimant à n'avaler que du pain dur, les miches trop cuites ou trop sèches pour être proposées à la vente. L'avantage avec la nourriture que je dois trouver tous les jours, c'est qu'elle est si fraîche qu'il faut plutôt s'assurer qu'elle ne détale pas hors de l'assiette.

Pendant mon quart, la pluie s'interrompt – brutalement, comme si on avait tourné le robinet. On n'entend plus que le ruissellement des gouttes sous les branches, ainsi que le grondement du torrent qui déborde sur les berges. La pleine lune se dévoile, magnifique, et même sans lunettes on y voit comme en plein jour. Je serais incapable de dire si elle est réelle ou s'il s'agit d'une projection des Juges. Je sais qu'elle était pleine, peu avant notre départ du district. Gale et moi guettions son apparition lors de nos chasses nocturnes.

Depuis combien de temps suis-je ici ? J'ai dû passer environ deux semaines dans l'arène, auxquelles s'ajoute la semaine de préparation au Capitole. Peut-être que la lune a bouclé son cycle. J'ignore pourquoi, mais je tiens beaucoup à ce qu'il s'agisse de ma lune – celle que j'observe dans la forêt qui borde le district Douze. Cela me donnerait quelque chose à quoi me raccrocher dans ce monde surréaliste de l'arène, où l'authenticité de chaque détail est constamment remise en cause.

Nous ne sommes plus que quatre survivants.

Pour la première fois, je m'autorise sérieusement à envisager la possibilité de rentrer chez moi. Couverte de gloire. Riche. Avec ma propre maison au Village des vainqueurs.

Ma mère et Prim viendraient habiter avec moi. Nous n'aurions plus peur de manquer. Seulement… et ensuite ? De quoi ma vie sera-t-elle faite ? Jusqu'à maintenant, j'ai toujours consacré le plus clair de mon temps à me procurer de la nourriture. Si on me retire cela, saurai-je encore ce que je suis, qui je suis ? L'idée m'effraie un peu. Je pense à Haymitch, avec tout son argent. Qu'est-il devenu ? Il vit seul, sans femme ni enfants, la plupart du temps ivre mort. Je ne veux pas terminer comme lui.

« Sauf que tu ne seras pas seule », me dis-je. J'aurai ma mère et Prim. Enfin, dans l'immédiat. Parce que plus tard… Non, je ne veux pas me projeter aussi loin, quand Prim aura grandi et que ma mère sera morte. Je ne me marierai jamais, je ne prendrai pas le risque de faire naître un enfant dans ce monde. Parce que, s'il y a une chose que la victoire ne vous garantit pas, c'est la sécurité de vos enfants. Lors de la Moisson, on inscrirait leurs noms sur de petits papiers, comme pour les autres. Je ne laisserais jamais faire une chose pareille.

Le jour finit par se lever. Les rayons du soleil s'infiltrent entre les rochers et viennent éclairer le visage de Peeta. En qui se transformera-t-il, si nous rentrons chez nous ? Ce garçon joyeux, déroutant, capable de mentir de façon si convaincante que tout Panem le croit follement amoureux de moi ? Qu'il m'arrive de le croire moi-même ? « Au moins, nous resterons amis », me dis-je. Nous nous sommes sauvé mutuellement la vie dans l'arène. Rien ne pourra jamais changer cela. Et puis il sera toujours le garçon des pains. « Bons amis. » Savoir si nous serons davantage, ça… Et pendant que je suis là, à contempler Peeta, je sens les yeux gris de Gale peser sur moi depuis le district Douze.

Gênée, je me penche vers Peeta et le secoue par l'épaule.

Ses yeux s'ouvrent avec difficulté, son regard se pose sur moi, et il m'attire dans ses bras pour un long baiser.

— On perd un temps précieux pour la chasse, dis-je en finissant par me dégager.

— Oh, je n'appellerais pas ça une perte de temps. (Il s'assoit et s'étire de tout son long.) Que décide-t-on ? On chasse l'estomac vide pour se motiver ?

— Sûrement pas. On s'offre un solide petit déjeuner pour être au mieux de notre forme.

— Ça me va, approuve Peeta. (Mais il paraît surpris en me voyant partager le reste du ragoût et du riz, et lui tendre son assiette.) Tout ça ?

— On reconstituera nos réserves, aujourd'hui. (Nous piochons avec appétit dans nos assiettes. Même froid, cela reste l'un des meilleurs plats que j'aie jamais goûtés. J'abandonne ma fourchette et j'essuie les dernières traces de sauce avec mon doigt.) Effie Trinket doit en frémir d'horreur, si elle nous regarde.

— Tiens, Effie, vise un peu ça ! s'écrie Peeta. (Il jette sa fourchette par-dessus son épaule et lèche son assiette à grands coups de langue, avec des grognements de satisfaction. Puis il souffle un baiser dans le vide et clame à la cantonade :) Tu nous manques, Effie !

Je plaque ma main sur sa bouche, mais je pouffe.

— Arrête ! Cato est peut-être juste devant la grotte !

Il m'attrape la main.

— Et alors ? Je t'ai avec moi pour me protéger, dit-il en m'attirant contre lui.

— Arrête, dis-je, exaspérée.

Je m'arrache à son étreinte, mais pas avant qu'il ait obtenu un autre baiser.

Une fois équipés et sortis de la grotte, nous redevenons sérieux. Comme si ces derniers jours à l'abri des rochers, de la pluie et de la lutte entre Cato et Thresh nous avaient offert un répit, des sortes de vacances. Mais, maintenant que le beau temps est revenu, nous sentons tous les deux que nous sommes de retour dans les Jeux. Je tends mon couteau à Peeta, car il a perdu depuis longtemps les autres armes qu'il pouvait avoir, et il le glisse dans sa ceinture. Mes sept dernières flèches – sur les douze que j'avais, j'en ai sacrifié trois dans l'explosion et deux au festin – ballottent dans mon carquois. Je ne peux pas me permettre d'en perdre davantage.

— Cato doit nous chercher, en ce moment, dit Peeta. Ce n'est pas le genre à attendre que sa proie lui tombe entre les griffes.

— S'il est blessé...

— Ça ne change rien, m'interrompt Peeta. S'il est capable de marcher, tu peux être sûre qu'il est en chemin.

Après une telle pluie, le ruisseau déborde de plus d'un mètre sur les deux berges. Nous prenons le temps de remplir nos gourdes. Je passe vérifier les collets que j'avais tendus quelques jours plus tôt, mais je reviens bredouille. Pas étonnant, avec ce temps. De toute manière, je n'avais pas relevé beaucoup de traces de gibier dans les parages.

— Si nous voulons manger, nous ferions mieux de retourner vers mon ancien terrain de chasse.

— C'est toi le chef, répond Peeta. Dis-moi simplement ce que tu veux que je fasse.

— Ouvre l'œil. Reste le plus possible sur les rochers, afin de ne pas laisser trop d'empreintes. Et tends l'oreille pour nous deux.

Il est clair, désormais, que je resterai sourde du côté gauche.

Je marcherais bien dans le ruisseau pour être certaine de ne laisser aucune piste, mais je ne suis pas sûre que la jambe de Peeta puisse supporter le courant. Le médicament a beau avoir maîtrisé l'infection, il reste très faible. Mon entaille au front continue à me faire souffrir, mais au bout de trois jours elle a cessé de saigner. Je garde néanmoins le bandage, au cas où l'exercice rouvrirait la plaie.

En remontant le ruisseau, nous parvenons à l'endroit où j'ai découvert Peeta camouflé sous la boue et les feuilles. Heureusement, entre l'averse et la crue, l'eau a effacé toute trace de sa cachette. Ce qui signifie qu'au besoin nous pourrons regagner notre grotte. Je ne m'y serais pas risquée sinon – pas avec Cato à nos trousses.

Les rochers cèdent la place aux cailloux, puis aux galets. Enfin, à mon grand soulagement, nous retrouvons le sol en pente douce de la forêt. Je réalise aussitôt que nous allons avoir un problème. Quand on marche avec une patte folle sur un sol de gravier, eh bien... il est naturel de manquer de discrétion. Mais, même sur une couche épaisse d'aiguilles de sapin, Peeta reste bruyant. *Vraiment* bruyant – à croire qu'il le fait exprès. Je me retourne vers lui et le dévisage longuement.

— Quoi ? me demande-t-il.

— Il va falloir faire un peu moins de bruit. Et encore je ne te parle pas de Cato. Tu es en train de faire fuir tous les lapins dans un rayon de dix kilomètres.

— Ah bon ? Désolé, je ne me rendais pas compte.

Nous nous remettons en marche. C'est un tout petit peu mieux, mais, même avec une seule oreille, je tressaille à chacun de ses pas.

— Et si tu retirais tes bottines ? je suggère.

— Ici ? s'exclame-t-il avec incrédulité, comme si je lui demandais de marcher pieds nus sur des charbons ardents.

Je dois me rappeler qu'il ne connaît pas la forêt, que c'est pour lui cet endroit effrayant, interdit, au-delà du grillage du district Douze. Je songe à Gale, à son pas de velours. C'est incroyable à quel point il sait se montrer silencieux, même sur des feuilles mortes, là où le moindre geste risque de faire fuir le gibier. Il doit bien s'amuser devant son téléviseur.

— Oui, dis-je patiemment. Je vais retirer les miennes, moi aussi. Nous serons plus discrets.

Comme si je faisais le moindre bruit. Nous ôtons donc nos bottines et nos chaussettes. Malgré un léger mieux, je jurerais qu'il s'applique à écraser chaque brindille.

Inutile de dire qu'en arrivant à notre ancien campement, à Rue et à moi, plusieurs heures plus tard, je n'ai tiré sur rien. Si le ruisseau voulait bien s'apaiser, je pourrais peut-être pêcher, mais le courant est trop fort. Alors que nous faisons halte pour nous reposer et boire un peu, je réfléchis à une solution. L'idéal consisterait à me débarrasser de Peeta en l'envoyant ramasser des racines pendant que je chasse. Seulement, ça ne lui laisserait qu'un couteau face à Cato, ses épieux et ses gros muscles. Ce que j'aimerais vraiment, c'est le cacher quelque part, partir chasser, puis revenir le chercher plus tard. Mais une petite voix me souffle que son ego n'apprécierait pas.

— Il faut qu'on se sépare, Katniss. Je fais fuir tout le gibier.

— C'est à cause de ta jambe, dis-je, magnanime, parce que, franchement, on voit bien que ce n'est qu'une toute petite partie du problème.

— Je sais. Tu devrais continuer seule. Indique-moi quelques plantes bonnes à cueillir, comme ça je pourrai me rendre utile.

— Pas si tu te fais tuer par Cato.

Je dis ça sur le ton de la plaisanterie, mais ça donne quand même l'impression que je le prends pour une mauviette.

Curieusement, il se contente de rire.

— Écoute, je suis de taille à me défendre contre Cato. Je me suis déjà battu avec lui, non ?

« Oui, et on a vu le résultat. Tu t'es retrouvé à te vider de ton sang dans une gangue de boue. » Voilà ce que je voudrais répliquer, mais je m'abstiens. Je n'ai pas oublié qu'il m'a sauvé la vie en affrontant Cato. J'essaie une autre approche.

— Et si tu grimpais dans un arbre pour scruter les environs pendant que je chasse ? lui dis-je en essayant de présenter ça comme une mission de la plus haute importance.

— Et si tu me montrais ce qu'il y a de comestible, dans le coin, avant de partir nous chercher un peu de viande ? rétorque-t-il en imitant ma voix. Sans trop t'éloigner, au cas où tu aurais besoin de mon aide.

Je soupire et lui apprends à reconnaître quelques racines. Car nous avons besoin de nourriture, c'est clair. Il ne nous reste plus qu'une pomme, deux petits pains et un morceau de fromage de la taille d'une prune. Je resterai à proximité, en priant pour que Cato soit loin.

Je lui enseigne un cri d'oiseau – pas une mélodie comme celle de Rue, un sifflement simple à deux notes –, qui nous permettra de faire savoir à l'autre que tout va bien. Heureusement, il apprend vite. Je lui laisse le sac à dos et je m'enfonce dans la forêt.

Je m'accorde vingt, vingt-cinq mètres de distance pour chasser. J'ai l'impression de revivre mes onze ans, quand je n'osais pas perdre le grillage de vue. Sans Peeta, cependant, la forêt résonne à nouveau de mille petits bruits d'animaux. Rassurée par ses sifflements périodiques, je m'aventure un peu plus loin. Je ramène bientôt deux lapins et un gros écureuil. Je n'en demandais pas plus. Je peux encore tendre des collets, et peut-être attraper quelques poissons. Avec les racines de Peeta, cela devrait suffire pour l'instant.

En retournant sur mes pas, je prends conscience que cela fait un moment que nous n'avons plus échangé le signal. Mon sifflement ne recevant pas de réponse, je m'élance au pas de course. Très vite, je retrouve le sac à dos avec un petit tas de racines à côté. Des baies sèchent au soleil sur le carré de plastique. Mais où est-il passé ?

— Peeta ? (Je sens la panique me gagner.) Peeta !

Alertée par un bruissement de feuilles, je pivote sur mes talons et manque de le transpercer d'une flèche. Heureusement, je relève mon arc au dernier moment, et ma flèche va se ficher dans le tronc d'un chêne, sur sa gauche. Il fait un bond en arrière. La poignée de baies qu'il rapportait s'envole dans les fourrés.

Ma peur vire à la colère.

— Qu'est-ce que tu fichais ? Tu étais censé rester là, pas te promener dans les bois !

— J'ai trouvé des baies au bord du ruisseau, se défend-il, abasourdi par ma réaction.

— J'ai sifflé. Pourquoi n'as-tu pas répondu ?

— Je ne t'ai pas entendue. À cause du bruit de l'eau, j'imagine.

Il s'avance et pose ses deux mains sur mes épaules. Je m'aperçois alors que je tremble.

— J'ai cru que Cato t'avait tué !

— Non, je vais bien. (Peeta me prend dans ses bras, mais je ne lui rends pas son étreinte.) Katniss ?

Je le repousse en m'efforçant de faire le tri dans mes sentiments.

— Quand on convient d'un signal, on reste à portée de voix. Parce que, si l'un des deux ne répond pas, les deux ont des ennuis, d'accord ?

— D'accord !

— Bien. Parce qu'il m'est arrivé la même chose avec Rue, et elle est morte sous mes yeux !

Je lui tourne le dos, je m'approche du sac à dos et j'attrape la gourde pleine, bien qu'il me reste de l'eau dans la mienne. Mais je ne suis pas encore prête à lui pardonner. Je remarque la nourriture. Les pains et la pomme sont intacts, mais il manque un morceau du fromage.

— Et tu as mangé dans mon dos, en plus !

En réalité, je m'en moque. Je saisis simplement ce prétexte pour continuer à m'indigner.

— Quoi ? Non, pas du tout, proteste Peeta.

— Je suppose que c'est la pomme qui a grignoté le fromage ?

— Je ne sais pas qui a mangé du fromage, me répond Peeta avec lenteur, en détachant bien les mots, comme s'il tâchait de ne pas s'énerver. Mais ce n'est pas moi. J'étais au bord du ruisseau, en train de cueillir des baies. Tu en veux ?

J'en ai bien envie, c'est vrai, mais je ne veux pas lui donner l'impression de capituler trop vite. Je m'approche tout de même pour les examiner de plus près. Je n'ai encore jamais vu ce type de baies. Si : une fois. Mais pas dans l'arène. Ce ne sont pas les baies de Rue, même si elles leur ressemblent. Pas plus qu'aucune des sortes de baies qu'on nous a enseigné à reconnaître à l'entraînement. J'en ramasse quelques-unes, que je fais rouler entre mes doigts.

La voix de mon père me revient en mémoire. « Pas ces baies-là, Katniss. Jamais celles-là. C'est du sureau mortel. Ça te tuerait avant même d'atteindre ton estomac. »

À cet instant, le canon retentit. Je fais volte-face, certaine de voir Peeta s'écrouler devant moi, mais il se contente de hausser les sourcils. L'hovercraft se matérialise à une centaine de mètres. Il soulève dans les airs le corps très amaigri de la Renarde. J'aperçois un reflet de cheveux roux dans le soleil.

J'aurais dû comprendre à l'instant où j'ai vu qu'il manquait du fromage...

Peeta m'attrape le bras et me pousse vers un arbre.

— Grimpe. Il sera là d'une seconde à l'autre. Nous aurons une meilleure chance de là-haut.

Je l'arrête, soudain très calme.

— Non, Peeta, ce n'est pas Cato qui l'a tuée. C'est toi.

— Quoi ? Je ne l'ai pas revue une seule fois depuis le premier jour, dit-il. Comment veux-tu que je l'aie tuée ?

En guise de réponse, je lui tends ses baies.

Il me faut un certain temps pour expliquer la situation à Peeta. Lui faire comprendre que la Renarde est passée nous voler de la nourriture avant mon coup de colère, en essayant de prendre ce qu'il fallait pour rester en vie sans pour autant éveiller les soupçons, et qu'elle ne s'est pas méfiée de ces baies que nous allions nous-mêmes manger.

— Je me demande comment elle nous a retrouvés, s'interroge Peeta à voix haute. C'est ma faute, j'imagine. Si je fais autant de bruit que tu le dis.

Nous étions à peu près aussi difficiles à suivre qu'un troupeau de vaches, mais j'essaie de me montrer indulgente.

— N'oublie pas qu'elle est drôlement maligne, Peeta. Enfin, qu'elle l'était. Jusqu'à ce que tu te montres plus malin qu'elle.

— Sans le vouloir. Ça ne paraît pas très juste. Je veux dire, nous serions morts tous les deux si elle n'avait pas mangé ces baies la première. (Il se reprend.) Non, bien sûr que non. Tu les as reconnues tout de suite, pas vrai ?

Je fais oui de la tête.

— On appelle ça du sureau mortel.

— Rien que le nom est inquiétant. Je suis désolé, Katniss. J'ai vraiment cru que c'étaient les mêmes que celles que tu m'avais montrées.

— Ne t'excuse pas. Ça veut dire qu'on se rapproche encore de chez nous, non ?

— Je vais jeter le reste, dit Peeta.

Il replie le carré de plastique après avoir mis toutes les baies à l'intérieur et commence à s'éloigner dans les bois.

— Attends ! je m'écrie. (Je sors la bourse en cuir ayant appartenu au garçon du district Un et la remplis de sureau mortel.) Si ces baies ont pu tromper la Renarde, elles tromperont peut-être Cato, lui aussi. Suppose qu'il nous poursuive, qu'on perde cette bourse dans notre fuite et qu'il la ramasse…

— S'il mange ces baies, à nous le district Douze ! conclut Peeta.

— Exactement, dis-je en attachant la bourse à ma ceinture.

— Il sait où nous trouver, maintenant. S'il était à proximité et qu'il a vu l'hovercraft, il va se douter que nous l'avons tuée. Et il va venir nous chercher.

Peeta a raison. C'est peut-être l'occasion que guettait Cato. Mais, avant de partir, il nous reste encore à cuire la viande, et notre feu risque de nous trahir une nouvelle fois.

— Faisons du feu. Tout de suite.

Je commence à rassembler du bois mort et des branchages.

— Tu te sens prête à l'affronter ? demande Peeta.

— Je me sens surtout prête à manger. Mieux vaut faire cuire le gibier ici. S'il sait où nous sommes, ça ne changera pas grand-chose. Il sait aussi que nous sommes deux et il va probablement penser que nous avons piégé la Renarde. Ce qui veut dire que tu vas mieux. Et le feu signifie qu'on ne se cache pas, au contraire, c'est une invitation. Viendrais-tu, toi ?

— Peut-être pas, reconnaît-il.

Peeta, véritable magicien en matière de feu, parvient à tirer des flammes de mon bois humide. Bientôt, je fais rôtir les lapins et l'écureuil à la broche, tandis que les racines, enveloppées dans des feuilles, cuisent sur les braises. Nous cueillons des plantes et montons la garde à tour de rôle, mais, comme je m'y attendais, Cato ne se montre pas. Une fois la viande bien cuite, je l'enveloppe en réservant simplement une patte de lapin pour chacun, que nous grignoterons en marchant.

Je voudrais monter plus haut dans la forêt, grimper au sommet d'un grand arbre afin que nous nous y installions pour la nuit, mais Peeta secoue la tête.

— Je ne peux pas grimper aussi haut que toi, Katniss, surtout avec ma jambe, et je ne crois pas que je pourrais dormir à quinze mètres au-dessus du sol.

— On ne peut pas rester à découvert, Peeta.

— Et si nous retournions à la grotte ? Il y a de l'eau juste à côté, et elle est facile à défendre.

Je soupire. Plusieurs heures de marche – ou devrais-je dire de boucan – à travers bois pour regagner un endroit que nous devrons quitter au matin pour chasser… Mais Peeta ne demande pas grand-chose. Il a suivi mes instructions toute la journée, et je suis sûre que, si les rôles étaient inversés, il ne m'obligerait pas à passer la nuit dans un arbre. Je réalise que je n'ai pas été très gentille avec lui, aujourd'hui. Toujours à lui parler du bruit qu'il faisait, ou à lui crier dessus parce qu'il avait disparu. La tendresse malicieuse qui s'était installée entre nous n'est plus qu'un souvenir – évaporée au soleil, balayée par la menace que Cato fait planer sur nous. Haymitch doit en avoir par-dessus la tête de moi. Quant au public…

J'attrape Peeta par le cou et je lui donne un baiser.

— D'accord. Retournons à la grotte.

Il semble à la fois heureux et soulagé.

— Bon ! Alors, c'est réglé.

Je retire ma flèche du vieux chêne, attentive à ne pas abîmer la hampe. Ces flèches représentent désormais la nourriture, la sécurité et la vie.

Nous rajoutons un peu de bois sur le feu. Il devrait continuer à fumer pendant plusieurs heures, même si je doute que Cato en tire la moindre conclusion à ce stade. De retour au ruisseau, je constate que son niveau a considérablement baissé et qu'il a retrouvé son débit paresseux d'avant. Je suggère donc de progresser dans le courant. Peeta accepte avec joie et, comme il fait beaucoup moins de bruit dans l'eau, l'idée est bonne à double titre. La grotte est encore loin, cependant, même si nous suivons le courant, et même si le lapin nous remplit un peu l'estomac. Nous sommes tous les deux épuisés par notre marche d'aujourd'hui, et bien trop peu nourris. Je garde une flèche encochée en permanence, au cas où j'apercevrais Cato ou un poisson, mais on dirait que le ruisseau s'est vidé de ses habitants.

Nous traînons les pieds et le temps de parvenir à destination, le soleil descend sur l'horizon. Nous remplissons nos gourdes et grimpons jusqu'à notre refuge. Il ne paie peut-être pas de mine mais ici, en pleine nature, c'est ce qui se rapproche le plus d'un foyer. Et il y fait meilleur qu'au sommet d'un arbre, car il nous protège de ce vent d'ouest qui souffle sans relâche. Je sors de quoi faire un bon dîner, mais Peeta n'en a pas mangé la moitié qu'il commence à piquer du nez. Je le couche d'autorité dans le sac de couchage et lui garde son assiette de côté pour son réveil. Il s'endort aussitôt. Je lui remonte le sac de couchage sous le menton et dépose un baiser sur son front, pas pour le public, mais pour moi. Parce que je suis si heureuse qu'il soit là, au lieu d'être mort sur la berge, comme je l'avais redouté. Si heureuse de ne pas avoir à affronter Cato toute seule.

Cato, cette brute sanguinaire capable de vous briser la nuque d'une simple torsion de bras, qui a pris le dessus sur Thresh, qui m'a dans le nez depuis le tout début. Je suis sûre qu'il me déteste parce que j'ai obtenu un meilleur score que lui à l'entraînement. Un garçon comme Peeta aurait pris cela avec indifférence. Mais j'ai l'impression que, pour Cato, c'est beaucoup plus sérieux. Je me rappelle sa réaction ridicule devant ses provisions détruites. Les autres étaient consternés, bien sûr, mais lui était fou de rage. J'en arrive à me demander s'il a toute sa raison.

Le sceau illumine le ciel, et je regarde la Renarde briller au firmament avant de disparaître pour toujours. Bien qu'il n'en dise rien, je soupçonne Peeta de s'en vouloir d'être la cause de sa mort – même si c'était essentiel. Je ne prétendrais pas qu'elle me manque, mais je ne peux m'empêcher d'éprouver de l'admiration pour elle. À mon avis, si on nous avait soumis à une sorte de test, elle serait ressortie comme la plus intelligente du lot. Si nous avions vraiment cherché à lui tendre un piège, je parie qu'elle l'aurait flairé et n'aurait pas touché aux baies. C'est l'ignorance de Peeta qui a causé sa perte. Je me répétais si fort de ne pas sous-estimer mes adversaires que j'avais oublié qu'il est tout aussi dangereux de les surestimer.

Ce qui me ramène à Cato. Sauf que, contrairement à la Renarde, que j'avais le sentiment de comprendre et de pouvoir deviner, ce garçon m'échappe. Il est fort, bien entraîné, mais est-il malin ? Pas autant qu'elle, en tout cas. Et il n'a pas le dixième du sang-froid qu'elle a montré. Je crois que la colère pourrait facilement l'emporter sur son jugement. Non pas que j'aie des leçons à donner dans ce domaine. Je me rappelle cette flèche que j'ai décochée dans la pomme du cochon tellement j'étais furieuse. Je suis peut-être plus proche de Cato que je ne le pense.

Malgré ma fatigue, j'ai les idées parfaitement claires, de sorte que je laisse Peeta dormir bien au-delà de mon tour de garde habituel. En fait, un jour grisâtre pointe à l'horizon quand je le secoue par l'épaule. Il regarde autour de lui d'un air inquiet.

— J'ai dormi toute la nuit. Ce n'est pas juste, Katniss, tu aurais dû me réveiller.

Je m'étire et m'enfouis au fond du sac.

— Je vais dormir maintenant. Réveille-moi s'il se passe quelque chose.

Apparemment ce n'est pas le cas, car en rouvrant les yeux je vois le soleil de l'après-midi briller à travers les rochers.

— Aucun signe de notre ami ?

Peeta secoue la tête.

— Non, il reste étonnamment discret.

— Combien de temps avant que les Juges nous réunissent tous les trois, à ton avis ?

— Oh, la Renarde est morte depuis presque une journée, maintenant, si bien que le public a eu tout le temps de parier et de se lasser. Ça devrait se produire d'un moment à l'autre, répond Peeta.

— Oui, j'ai comme l'impression que ce sera le grand jour, aujourd'hui. (Je m'assois et je jette un coup d'œil sur le paysage paisible.) Je me demande comment ils comptent procéder.

Peeta demeure silencieux. Il n'y a pas de bonne réponse.

— Bon, en attendant, autant partir chasser, dis-je. Mais je crois que nous aurions intérêt à manger le plus possible, au cas où les choses tourneraient mal.

Peeta remballe le matériel pendant que je prépare un repas copieux : le reste des lapins, des racines, des plantes vertes et des pains avec le dernier bout de fromage. Les seules choses que je garde en réserve sont l'écureuil et la pomme.

Quand nous avons fini, il ne reste plus qu'un monceau d'os de lapin. Mes mains grasses renforcent encore ma sensation de saleté. On ne se baigne peut-être pas tous les jours à la Veine, mais on se lave beaucoup plus que je n'ai pu le faire ces derniers temps. À part mes pieds, qui ont trempé dans le ruisseau, je me sens littéralement couverte de crasse.

Je quitte la grotte avec le sentiment que c'est pour la dernière fois. Je ne crois pas que nous passerons une autre nuit dans l'arène. D'une manière ou d'une autre, j'en serai sortie ce soir – morte ou vive. Je tapote les rochers avec affection, et nous descendons vers le ruisseau pour nous laver. Je suis impatiente de sentir couler l'eau fraîche sur ma peau. Je pourrai aussi me mouiller les cheveux, les tresser. Peut-être même frotter rapidement nos vêtements sur une pierre, dans le courant. Sauf qu'il n'y a plus de courant. Le lit du ruisseau est à sec. Je pose la main à plat sur le fond.

— Pas même humide. Ils ont dû l'assécher pendant qu'on dormait, dis-je.

La crainte de connaître à nouveau la déshydratation, d'avoir la langue craquelée, le corps douloureux et les idées embrumées, s'insinue en moi. Nos gourdes et notre outre sont presque pleines, mais nous sommes deux à boire et sous un soleil pareil nous ne mettrons pas longtemps à les vider.

— Le lac, conclut Peeta. Ils veulent nous ramener là-bas.

— Les mares, dis-je avec espoir. Elles ne sont peut-être pas à sec, elles.

— On peut toujours vérifier, dit-il sans conviction.

Je n'y crois pas moi-même. Je sais très bien ce que nous trouverons en retournant à la mare dans laquelle j'avais trempé mon mollet. Un creux béant et poussiéreux. Mais nous y allons malgré tout, pour vérifier ce que nous savons déjà.

— Tu avais raison. Ils nous poussent vers le lac, dis-je. (En terrain découvert. Où ils sont certains d'obtenir un beau combat à mort en plein dans le champ des caméras.) Veux-tu y aller directement ou attendre que nous n'ayons plus d'eau ?

— Allons-y tout de suite, pendant que nous sommes rassasiés et reposés. Finissons-en.

Je hoche la tête. C'est drôle, j'ai l'impression de me retrouver comme au premier jour des Jeux. Dans la même position. Malgré la mort de vingt et un tributs, il me reste toujours à tuer Cato. Au fond, n'est-il pas mon principal adversaire depuis le début ? On dirait à présent que les autres tributs n'étaient que des obstacles mineurs, destinés à retarder le véritable choc des Jeux. Entre Cato et moi.

Non, il y a aussi le garçon qui se tient à mes côtés. Son bras s'enroule autour de moi.

— Deux contre un, ça va être du gâteau, m'assure-t-il.

— Ce soir, nous dînerons au Capitole, je réponds.

— Je te parie que oui.

Nous restons là un moment dans les bras l'un de l'autre, à savourer ce contact, la caresse du soleil, le froissement des feuilles sous nos pieds. Et puis, sans un mot, nous nous séparons et prenons la direction du lac.

Je me moque bien que les bruits de pas de Peeta fassent fuir les rongeurs ou s'envoler les oiseaux. Puisqu'il nous faut affronter Cato, j'aimerais autant que ce soit ici plutôt que dans la plaine. Mais je doute d'avoir le choix. Si les Juges ont décidé que ça se réglerait à découvert, ce sera à découvert.

Nous prenons le temps de souffler un moment sous l'arbre dans lequel les carrières m'avaient piégée. Les débris du nid de guêpes, mis en charpie par la pluie avant d'être séchés par le soleil, confirment l'endroit. Quand j'effleure le nid avec la pointe de ma bottine, il tombe en poussière, que la brise disperse rapidement. Je ne peux m'empêcher de jeter un regard vers l'arbre où se cachait Rue, d'où elle m'a sauvé la vie. Les guêpes tueuses. Le corps boursouflé de Glimmer. Les hallucinations terrifiantes…

— Allons-y, dis-je pour échapper à l'atmosphère lugubre qui plane sur cet endroit.

Peeta ne soulève pas d'objections.

Nous nous sommes mis en route assez tard, et l'après-midi touche à sa fin quand nous débouchons sur la plaine. Il n'y a aucun signe de Cato. Aucun signe de quoi que ce soit, hormis la Corne d'abondance dorée qui scintille dans la lumière oblique du soleil. Au cas où Cato tenterait de nous jouer le même tour que la Renarde, nous décrivons un large cercle autour de la Corne afin de nous assurer qu'elle est vide. Après quoi, docilement, comme si nous en avions reçu l'instruction, nous nous rendons au bord du lac et remplissons nos gourdes.

Je fronce les sourcils dans le jour qui décline.

— J'espère qu'on ne va pas devoir l'affronter de nuit. Nous n'avons qu'une seule paire de lunettes.

Peeta laisse tomber quelques gouttes de teinture d'iode dans l'eau.

— C'est peut-être ce qu'il attend. Que veux-tu faire ? Retourner à la grotte ?

— Ou bien nous trouver un arbre. Mais donnons-lui encore une demi-heure. Ensuite, nous chercherons un abri, dis-je.

Nous restons assis au bord du lac, bien en vue. Il ne nous servirait à rien de nous cacher, maintenant. Je vois voleter des geais moqueurs dans les arbres autour de la plaine. Des mélodies rebondissent entre eux, pareilles à des ballons de couleur. J'ouvre la bouche et je chante l'air de Rue. Les oiseaux s'interrompent pour m'écouter avec curiosité. Je répète les quatre notes. Un premier geai moqueur les reprend, puis un deuxième. La forêt entière résonne bientôt de leur chant.

— Comme avec ton père, dit Peeta.

Mes doigts se portent à la broche épinglée sur mon chemisier.

— C'est la chanson de Rue, dis-je. Je crois qu'ils s'en souviennent, c'est tout.

La musique enfle, belle et majestueuse. Les notes s'entre-mêlent, se répondent, tissent une harmonie délicate issue d'un autre monde. C'était ce chant qui, grâce à Rue, renvoyait chaque soir les cueilleurs du district Onze dans leurs foyers. Quelqu'un l'a-t-il repris à sa place, à présent qu'elle est morte ?

Pendant un moment, je me contente de fermer les yeux et d'écouter, fascinée par la beauté du chant. Puis quelque chose vient perturber la mélodie. Des interruptions impromptues, des notes dissonantes. Les geais moqueurs se mettent à pousser des cris d'effroi.

Nous sommes debout, Peeta le couteau à la main, moi prête à tirer, quand Cato surgit d'entre les arbres et charge dans notre direction. Il n'a plus son épieu. En fait, il a les mains vides. Il court pourtant droit sur nous. Ma première flèche l'atteint à la poitrine et rebondit sans dommage.

— Il porte une espèce d'armure ! je crie à Peeta.

Juste à temps, parce que Cato arrive déjà sur nous. Je me prépare au choc, mais il passe comme une flèche entre nous deux. À bout de souffle, le visage empourpré et ruisselant de sueur. On voit qu'il court ainsi depuis un long moment. Pas vers nous ; il fuit quelque chose. Mais quoi ?

Je scrute la lisière de la forêt et vois la première créature surgir dans la plaine. En me retournant, j'en aperçois encore une demi-douzaine d'autres. Alors je m'élance à la suite de Cato, sans plus penser à rien sinon à sauver ma peau.

25 ◉ ▶

Des mutations génétiques. Sans l'ombre d'un doute. Même si je n'avais jamais vu de chiens pareils, il est clair qu'ils n'ont rien de naturel. Ils ressemblent à de grands loups, mais quel loup se dresse et tient en équilibre sur ses pattes arrière ? Quel loup fait signe à sa meute de le suivre comme s'il avait un poignet ? Je vois tous ces détails de loin. De près, je suis sûre que j'en découvrirais d'autres plus inquiétants.

Cato file tout droit vers la Corne d'abondance, et je le suis sans hésiter. S'il estime que c'est l'endroit le plus sûr, qui suis-je pour discuter ? Par ailleurs, même si je parvenais à atteindre les arbres, Peeta ne pourrait jamais les distancer avec sa jambe. Peeta ! Je pose tout juste les mains sur la queue pointue de la Corne d'abondance quand je me rappelle que nous sommes une équipe. Il traîne à quinze mètres derrière environ, en claudiquant le plus vite possible, mais les chiens fondent sur lui. Je lâche une flèche dans la meute, et l'une des créatures mord la poussière, mais il en reste beaucoup d'autres.

Peeta m'indique la corne.

— Sauve-toi, Katniss ! Grimpe !

Il a raison. Je ne peux pas le protéger d'en bas. Je commence à escalader la Corne d'abondance. Sa surface en or pur est conçue pour rappeler la corne en paille que nous remplissons lors des récoltes, de sorte qu'on y trouve suffisamment de prises pour les mains et les pieds. Mais, après une journée sous le soleil de l'arène, le métal est si chaud que je me brûle les doigts.

Je vois Cato allongé tout en haut, à plus de six mètres au-dessus du sol. Secoué de haut-le-cœur, il cherche à reprendre son souffle. C'est l'occasion ou jamais de lui régler son compte. Je m'arrête à mi-hauteur et j'encoche une autre flèche mais, alors que je suis sur le point de tirer, j'entends Peeta pousser un cri. Je pivote et l'aperçois juste au pied de la Corne, les chiens sur ses talons.

— Monte ! je hurle.

Peeta fait de son mieux, malgré sa jambe blessée et le couteau qu'il tient à la main. Je tire une flèche dans la gorge du premier chien qui pose les pattes sur le métal. En mourant, la créature se débat et lacère profondément quelques-uns de ses congénères. C'est là que je remarque ses griffes. Longues de dix centimètres et tranchantes comme des rasoirs.

Peeta parvient au niveau de mon pied. Je lui attrape le bras et le hisse auprès de moi. Puis je me rappelle que Cato nous attend au sommet, et je fais volte-face, mais il est plié en deux par des crampes et semble se soucier davantage des chiens que de nous. Il crachote quelques mots inintelligibles. Les grondements et grognements des chiens n'arrangent rien.

— Quoi ? je lui crie.

— Il demande s'ils peuvent grimper, traduit Peeta en ramenant mon attention vers le bas.

Les chiens se regroupent au pied de la Corne d'abondance. Dressés sur leurs pattes arrière, ils prennent une allure étrangement humaine. Ils ont un poil épais et brillant, raide pour certains, bouclé pour d'autres, dans des teintes allant du noir de jais au blond. Il y a autre chose chez eux, une chose qui fait se dresser les cheveux sur ma nuque, mais je n'arrive pas à définir quoi.

Ils collent le museau à la Corne, reniflent le métal, le mordillent et le griffent, avant d'échanger de petits jappements aigus. Ce doit être leur manière de communiquer, puisqu'ils s'écartent comme pour faire de la place. Puis l'un d'entre eux, un chien de bonne taille, au long poil blond et ondulé, s'élance et se jette à l'assaut de la Corne. Il doit avoir une puissance incroyable dans les pattes arrière, car il s'élève à plus de trois mètres, les babines roses retroussées en un rictus. Il reste accroché là un instant, et je comprends soudain ce qui me dérange à propos de ces chiens. Ces yeux verts qui me fixent avec malveillance ne sont pas des yeux de chien, de loup ou d'aucun canidé que je connaisse. Ils sont incontestablement humains. Alors que cette révélation s'impose à moi, je remarque le collier incrusté de joyaux frappé du nombre 1, et l'horrible vérité me frappe de plein fouet. Le poil blond, les yeux verts, le chiffre… Il s'agit de Glimmer.

Un hurlement s'échappe de mes lèvres, et je manque de faire tomber ma flèche. J'attendais le dernier moment pour tirer, bien consciente que ma réserve s'épuise. J'attendais de voir si la créature pouvait effectivement grimper. Mais à présent, même si je vois le chien glisser en arrière, incapable de trouver une prise suffisante sur le métal, même si j'entends ses griffes crisser lentement comme des ongles sur un tableau noir, je décide de lui tirer dans la gorge. Le chien se tortille et s'écrase au sol avec un choc sourd.

— Katniss ?

Je sens Peeta m'empoigner le bras.

— C'est elle !

— Qui ça ? demande Peeta.

Je parcours la meute du regard, en examinant les tailles et les pelages. Le petit avec le poil roux et les yeux ambre... la Renarde ! Et là, les cheveux cendrés et les yeux noisette du garçon du district Neuf, qui est mort pendant qu'on se disputait le sac à dos ! Et pire que tout, le plus petit chien, avec son pelage noir et brillant, ses grands yeux bruns et son collier en paille tressée portant le numéro 11. Rempli de haine, montrant les crocs. Rue...

— Qu'y a-t-il, Katniss ?

— Ce sont eux. Tous ! Les chiens. Rue, la Renarde et... tous les autres tributs, je bredouille.

Peeta pousse un cri de stupeur.

— Qu'est-ce qu'ils leur ont fait ? Tu ne crois quand même pas que... ce sont leurs vrais yeux ?

Leurs yeux sont le cadet de mes soucis. Qu'en est-il de leurs cerveaux ? Renferment-ils certains souvenirs des tributs ? Sont-ils programmés pour nous haïr, parce que nous avons survécu alors qu'eux ont été assassinés sans pitié ? Et ceux que nous avons tués nous-mêmes... croient-ils venger leur propre mort ?

Avant que je puisse répondre, les chiens bondissent à l'assaut de la Corne. Ils se sont partagés en deux groupes et tentent de nous atteindre de chaque côté. Des mâchoires claquent à quelques centimètres de ma main, et puis j'entends Peeta crier et je le sens m'entraîner dans le vide, alourdi par le poids d'un chien. S'il ne m'avait pas tenu le bras, il serait déjà au sol. Moi-même, j'ai toutes les peines du monde à me cramponner. Et d'autres tributs s'élancent à leur tour.

— Tue-le, Peeta ! Tue-le !

Sans voir ce qui se passe, je devine qu'il a dû se débarrasser de son assaillant car il s'allège d'un coup. Je parviens à le remonter sur la Corne, et nous rampons vers le sommet, où nous attend le moindre des deux maux.

Cato ne s'est toujours pas relevé, mais sa respiration s'apaise, et je sais qu'il aura bientôt récupéré suffisamment pour s'occuper de nous, pour nous jeter en bas vers une mort certaine. J'arme mon arc, mais ma flèche finit dans un chien qui ne pouvait être que Thresh. Qui d'autre aurait bondi aussi haut ? J'éprouve un bref soulagement à l'idée que nous sommes enfin hors de portée des chiens, et je me retourne pour affronter Cato quand Peeta m'est brusquement arraché. Je suis persuadée que la meute l'a eu. Puis son sang m'éclabousse le visage.

Cato se dresse devant moi, au bord du vide, en maintenant Peeta par le cou, ce qui l'empêche de respirer. Peeta se débat sans conviction, comme s'il ne savait pas s'il était plus important de respirer ou de boucher le trou sanguinolent qu'un chien lui a laissé au mollet.

Je pointe mon avant-dernière flèche sur la tête de Cato, sachant qu'elle sera sans effet sur son torse ou ses membres. En effet, je peux voir à présent qu'il a endossé une fine cotte de mailles couleur chair. Une armure haute technologie issue du Capitole. Est-ce cela qu'il y avait dans son sac à dos, au festin ? Une armure afin de se protéger de mes flèches ? Eh bien, on a oublié de lui envoyer un masque.

Cato s'esclaffe.

— Si tu me tues, je l'entraîne avec moi.

Il a raison. En admettant que je l'abatte et qu'il tombe au milieu des chiens, Peeta y restera lui aussi. Nous sommes dans une impasse. Je ne peux pas tuer Cato sans condamner Peeta. Il ne peut pas tuer Peeta sans se prendre une flèche dans le crâne. Nous restons immobiles comme des statues, à chercher une issue.

Mes muscles sont tellement crispés qu'ils menacent de céder à tout instant. Je serre les dents jusqu'à en avoir mal. Les chiens se taisent. Je n'entends plus que le sang qui résonne à mon oreille indemne.

Les lèvres de Peeta sont en train de bleuir. Si je n'interviens pas très vite, il va mourir asphyxié, je l'aurai perdu pour de bon, et Cato se servira probablement de son corps comme d'une arme contre moi. En fait, je suis certaine que c'est son plan parce que, bien qu'il ait cessé de rire, ses lèvres restent figées sur un sourire de triomphe.

Au prix d'un ultime effort, Peeta lève sa main pleine de sang vers le bras de son agresseur. Mais, loin de chercher à se libérer, il trace, du bout de l'index, un grand X rouge sur la main de Cato. Ce dernier comprend une seconde après moi. Je le vois à la manière dont son sourire s'efface. C'est une seconde trop tard, car, à ce moment-là, ma flèche lui transperce la main. Il pousse un grand cri et lâche Peeta, qui le repousse de toutes ses forces. Pendant un instant terrible, je suis sûre qu'ils vont tomber tous les deux. Je plonge en avant, je retiens Peeta au dernier moment, pendant que Cato glisse sur la Corne d'abondance maculée de sang et bascule dans le vide.

Nous l'entendons s'écraser lourdement par terre. L'impact lui vide les poumons, puis les chiens se jettent sur lui. Peeta et moi nous serrons l'un contre l'autre en attendant que le canon retentisse, que la compétition se termine, qu'on nous relâche, enfin. Mais rien de tout cela ne se produit. Pas tout de suite. Car c'est maintenant la grande scène finale des Jeux, et le public s'attend à du spectacle.

Je ne regarde pas, mais j'entends les aboiements, les grognements de la meute, et les hurlements de douleur de

Cato. Je ne comprends pas comment il fait pour être encore en vie, jusqu'à ce que je me rappelle l'armure qui le recouvre des chevilles au cou, et que je réalise que la nuit risque d'être longue. Il devait avoir un couteau, une épée ou je ne sais quoi dissimulé sous ses vêtements, parce que de temps à autre on entend le cri d'agonie d'un chien ou un crissement métallique quand la lame raie la Corne d'abondance. Le combat se déplace le long de la Corne, et je devine que Cato doit tenter la seule manœuvre susceptible de le sauver : retourner à la queue et grimper nous rejoindre. Mais finalement, malgré toute sa vigueur et son habileté, il se fait submerger.

J'ignore combien de temps a pu s'écouler, peut-être une heure, quand Cato s'écroule dans la poussière, se fait traîner par les chiens et ramener devant la Corne d'abondance. « Ils vont l'achever », me dis-je. Mais le canon reste muet.

La nuit tombe, l'hymne s'élève, et Cato ne s'affiche toujours pas dans le ciel mais continue de gémir faiblement sous nos pieds. L'air glacial qui souffle sur la plaine me rappelle que les Jeux ne sont pas terminés, qu'ils peuvent encore durer un bon moment et que la victoire n'est toujours pas acquise.

Je me retourne vers Peeta, dont la jambe saigne plus que jamais. Nos sacs à dos et tout notre équipement sont restés au bord du lac, où nous les avons abandonnés en fuyant devant la meute. Je n'ai plus de bandages, rien pour étancher le sang qui ruisselle de son mollet. Bien que je grelotte déjà, j'ôte mon blouson, j'arrache mon chemisier et je renfile mon blouson le plus vite possible. Ce bref déshabillage me fait claquer des dents sans pouvoir m'arrêter.

Peeta est livide dans le clair de lune. Je le fais s'allonger avant de palper sa blessure. Son sang rougit mes doigts. Un bandage ne suffira pas. J'ai déjà eu l'occasion de voir ma mère poser un garrot, et je tente de l'imiter. Je déchire l'une des manches de mon chemisier, je l'enroule deux fois autour de la jambe de Peeta, juste sous le genou, et je fais un nœud. Faute de bâton, j'insère ma dernière flèche dans le nœud et je la tourne afin de serrer le nœud le plus fort possible. C'est dangereux – Peeta risque de perdre sa jambe –, mais ai-je vraiment le choix, quand on sait qu'il pourrait perdre la vie ? Je bande la blessure avec ce qui reste de mon chemisier et m'allonge auprès de lui.

— Ne dors pas, lui dis-je.

Je ne suis pas certaine que le protocole médical l'interdisc, mais j'ai trop peur de le voir s'endormir pour ne plus jamais se réveiller.

— Tu as froid ? s'inquiète-t-il.

Il m'ouvre son blouson. Je me presse contre lui, et il le referme sur moi. Je me réchauffe un peu, mais ce n'est que le début de la nuit. La température va continuer de chuter. En ce moment même, je sens que la Corne d'abondance, brûlante quand je l'ai escaladée, se change peu à peu en glaçon.

— Cato peut encore gagner, dis-je à Peeta dans un murmure.

— Tu parles, me répond-il en relevant ma capuche.

Mais il grelotte plus fort que moi.

Les heures qui suivent sont les pires de toute mon existence, ce qui n'est pas peu dire. Le froid serait déjà assez pénible en soi, mais le vrai cauchemar, c'est d'écouter Cato gémir, implorer et finalement se contenter de sangloter pendant que les chiens le mettent en pièces. Très vite, j'oublie qui il est ou ce qu'il a pu faire, je ne songe plus qu'à entendre ses souffrances prendre fin.

— Pourquoi ne l'achèvent-ils pas ?

— Tu le sais bien, me répond Peeta en me serrant plus fort.

C'est vrai, je le sais. Aucun téléspectateur ne peut plus se détacher de son écran, à présent. Du point de vue des Juges, nous avons atteint le stade ultime du divertissement.

La scène se prolonge et finit par me consumer entièrement, par balayer mes souvenirs et mes rêves de lendemain, par tout effacer sauf le présent – dont je commence à croire qu'il ne changera jamais. Je ne connaîtrai jamais rien d'autre que le froid, la peur et les râles du garçon qui agonise au pied de la Corne d'abondance.

Peeta se met à dodeliner de la tête, et chaque fois je hurle son nom de plus en plus fort. Je sais en effet que, s'il mourait maintenant, je deviendrais complètement folle. Il tente de résister, sans doute plus pour moi que pour lui, bien que ce soit difficile, car le sommeil lui apporterait la délivrance. Mais l'adrénaline qui court dans mes veines m'interdirait de le suivre, si bien que je ne veux pas le laisser partir. Je m'y refuse.

La seule indication concernant le passage du temps tient à la course lente de la lune à travers le ciel. Alors, Peeta me la montre du doigt en insistant pour que je mesure sa progression et, parfois, je ressens brièvement une pointe d'espoir avant de replonger dans cette nuit abominable.

Enfin, je l'entends murmurer que le soleil se lève. J'ouvre les yeux et je vois les étoiles pâlir dans la lueur de l'aube. Je remarque également à quel point Peeta est livide. À quel point il lui reste peu de temps. Je dois le ramener au Capitole au plus vite.

Mais le canon n'a toujours pas tonné. En collant ma bonne oreille contre la Corne d'abondance, je peux entendre la voix de Cato.

— Je crois qu'il est juste au-dessous. Katniss, tu ne voudrais pas l'achever ? demande Peeta.

S'il se trouve en bas, je devrais pouvoir l'atteindre. Ce serait un acte de miséricorde à ce stade.

— Ma dernière flèche maintient ton garrot.

— Prends-la, répond Peeta en dégrafant son blouson pour me libérer.

Je récupère donc ma flèche et je resserre le garrot de mon mieux avec mes doigts gelés. Je me frotte les mains pour tâcher d'y activer la circulation. Quand je rampe au bord de la Corne d'abondance et me penche dans le vide, je sens la main de Peeta me retenir par la ceinture.

Il me faut un moment pour distinguer Cato dans la pénombre, baignant dans son sang. Puis l'amas de chairs qu'est devenu mon adversaire profère un son, et je parviens à localiser sa bouche. Je crois qu'il essaie de me dire : « Je t'en prie. »

C'est la pitié, et non la vengeance, qui me fait viser son crâne avec ma flèche. Peeta me remonte, l'arc en main, le carquois vide.

— Tu l'as eu ? me chuchote-t-il.

Un coup de canon lui apporte la réponse.

— Alors nous avons gagné, Katniss, dit-il d'une voix éteinte.

— Super.

Mais on n'entend pas davantage la joie du triomphe dans ma voix.

Un trou s'ouvre dans la plaine et, comme à un signal, les chiens survivants bondissent à l'intérieur. La terre se referme sur eux.

Nous attendons que l'hovercraft vienne enlever le corps de Cato, qu'une sonnerie de trompettes salue notre victoire, mais il ne se passe rien.

— Hé ! je m'écrie à la cantonade. Qu'est-ce que vous attendez ?

Pas de réponse, hormis le chant des oiseaux qui se réveillent.

— C'est peut-être à cause du corps. Peut-être qu'il faut nous en éloigner, suggère Peeta.

J'essaie de me rappeler. Y a-t-il une distance minimale à respecter entre le corps de sa victime et soi, à l'issue du combat final ? J'ai les idées trop embrouillées pour en être sûre, mais comment expliquer cette attente autrement ?

— D'accord. Te sens-tu capable de marcher jusqu'au lac ?

— Essayons toujours, dit Peeta.

Nous rampons jusqu'à la queue de la Corne d'abondance et nous laissons tomber au sol. J'ai les jambes si raides que je crains que Peeta ne puisse même pas bouger. Je me relève la première, je me dégourdis les bras, les jambes, jusqu'à ce que je me sente prête à l'aider. Nous parvenons à gagner le lac tant bien que mal. Je recueille un peu d'eau froide au creux de ma main, pour Peeta, puis je bois à mon tour.

Un geai moqueur pousse un long sifflement inquiet, et des larmes de soulagement me montent aux yeux quand je vois l'hovercraft surgir et emporter le corps de Cato. Enfin, on va pouvoir nous évacuer. Nous allons retourner chez nous.

Mais la situation s'éternise.

— Qu'est-ce qu'ils attendent ? murmure faiblement Peeta.

Entre la perte de son garrot et l'effort qu'il a dû fournir pour atteindre le lac, il a rouvert sa blessure.

— Je n'en sais rien, dis-je.

Quelles que soient les raisons de cette attente, je ne supporte pas de le voir continuer à saigner. Je pars chercher un autre bâton, mais je tombe presque immédiatement sur la flèche qui avait ricoché sur l'armure de Cato. Elle fera aussi bien l'affaire que l'autre. Je me penche pour la ramasser quand la voix de Claudius Templesmith résonne à travers l'arène :

— Félicitations à nos deux finalistes de cette soixante-quatorzième édition des Hunger Games ! La révision antérieure vient d'être annulée. Un examen plus approfondi du règlement a fait apparaître qu'il ne pouvait y avoir qu'un seul vainqueur, annonce-t-il. Bonne chance, et puisse le sort vous être favorable !

On entend encore un petit grésillement parasite, et puis plus rien. Je dévisage Peeta avec incrédulité pendant que la vérité s'impose à moi. Les Juges n'ont jamais eu l'intention de nous laisser vivre tous les deux. Ce mensonge était uniquement destiné à mettre sur pied le plus spectaculaire combat final de l'histoire des Jeux. Et j'ai marché, comme une idiote.

— Ce n'est pas si étonnant, quand on y réfléchit, dit Peeta d'une voix douce.

Je le regarde se lever péniblement. Il s'avance vers moi, comme au ralenti, sort le couteau glissé dans sa ceinture...

Avant même de réaliser ce que je fais, j'encoche ma flèche et je vise son cœur. Peeta hausse les sourcils. Le couteau a déjà quitté sa main et vole vers le lac, où il s'enfonce. Je laisse tomber mes armes et recule d'un pas, le visage brûlant de honte.

— Non, dit-il. Fais-le.

Il s'approche en boitillant et me fourre l'arc et la flèche dans les mains.

— Pas question. Ne compte pas sur moi.

— Fais-le, répète-t-il. Avant qu'ils renvoient leurs chiens ou je ne sais quoi. Je ne veux pas finir comme Cato.

— Alors tue-moi, toi ! je m'écrie, furieuse, en repoussant les armes dans ses mains. Tue-moi, rentre chez nous et vis avec ça !

Et en disant cela je sais que mourir ici, en cet instant, ne serait finalement pas le plus difficile.

— Tu sais bien que j'en serais incapable, dit Peeta en lâchant les armes. Très bien, j'y passerai le premier, de toute façon.

Il se penche pour arracher son bandage, supprimant le dernier obstacle entre son sang et le sol.

— Non, ne meurs pas ! dis-je.

Je suis à genoux, plaquant désespérément le bandage sur sa plaie.

— Katniss, c'est ma décision.

— Pas question que tu m'abandonnes ici toute seule !

Parce que, s'il meurt, je ne pourrai jamais retourner chez moi, pas complètement. Je passerai le restant de mes jours dans cette arène, à chercher la sortie.

— Écoute, dit-il en me relevant. Nous savons tous les deux qu'il leur faut un vainqueur. Ça ne peut être que l'un de nous deux. Je t'en prie, accepte. Pour moi.

Et il continue en m'expliquant qu'il m'aime, que la vie sans moi lui serait insupportable, mais je ne l'écoute plus car ses paroles précédentes repassent en boucle dans ma tête.

« Nous savons tous les deux qu'il leur faut un vainqueur. »

Oui, il leur faut un vainqueur. Sans quoi, cette mise en scène savante serait un échec. Les Juges perdraient tout crédit auprès du Capitole. Peut-être même seraient-ils exécutés, d'une façon lente et douloureuse, retransmise en direct sur tous les écrans du pays.

Si Peeta et moi étions sur le point de mourir ensemble ou, du moins, s'ils le croyaient...

Je détache maladroitement la bourse passée dans ma ceinture. En me voyant faire, Peeta pose la main sur mon poignet.

— Non, pas question.

— Fais-moi confiance, je lui murmure. (Il me dévisage longuement et me lâche. J'ouvre la bourse et je verse une poignée de sureau mortel dans sa paume. Puis dans la mienne.) À trois ?

Peeta se penche et m'embrasse, de manière très tendre.

— À trois, approuve-t-il.

Nous nous plaçons dos à dos, en nous tenant par la main.

— Montre tes baies. Que tout le monde les voie, dis-je.

J'écarte les doigts, et les baies sombres luisent au soleil. Je presse une dernière fois la main de Peeta, comme un signal, comme un adieu, et nous commençons à compter.

— Un.

Je me trompe peut-être.

— Deux.

Peut-être se moquent-ils que nous y restions tous les deux.

— Trois !

Trop tard pour changer d'avis, maintenant. Je porte la main à ma bouche en jetant un dernier regard sur le monde. Les baies viennent de franchir mes lèvres quand les trompettes retentissent.

La voix affolée de Claudius Templesmith couvre leur vacarme :

— Arrêtez ! Arrêtez ! Mesdames et messieurs, j'ai le privilège de vous présenter les vainqueurs des soixante-quatorzièmes Hunger Games : les tributs du district Douze, Katniss Everdeen et Peeta Mellark !

26

Je recrache aussitôt les baies en m'essuyant la langue avec le bas de mon blouson, pour m'assurer qu'il n'y reste pas une goutte de jus. Peeta m'entraîne vers le lac, où l'on se rince la bouche avant de s'écrouler dans les bras l'un de l'autre.

— Tu n'en as pas avalé ? je m'inquiète.

Il fait non de la tête.

— Et toi ?

— J'imagine que je serais déjà morte, sinon.

Je vois ses lèvres formuler une réponse, mais je ne l'entends pas à cause du grondement de la foule du Capitole retransmis en direct par les haut-parleurs.

L'hovercraft se matérialise au-dessus de nous, et deux échelles en dégringolent, sauf qu'il n'est pas question pour moi de lâcher Peeta. Je l'aide à se relever, un bras autour de sa taille, de façon que nous posions tous les deux un pied sur le premier barreau. Le courant électrique nous pétrifie et, cette fois, j'en suis heureuse car je ne suis pas certaine que Peeta aurait pu s'accrocher jusqu'en haut. Comme mes yeux sont figés vers le bas, je peux voir que, malgré l'immobilité de nos muscles, rien n'empêche sa jambe de continuer à saigner. Dès que la trappe de l'habitacle se referme derrière nous et que le courant s'interrompt, il s'écroule sur le sol et perd connaissance.

J'agrippe si fort le dos de son blouson que, quand on vient m'arracher Peeta des mains, un morceau de tissu noir me reste entre les doigts. Des médecins en blouse blanche stérile, avec masques et gants, déjà prêts à opérer, se mettent au travail. Peeta paraît si pâle, allongé sur la table argentée, avec ces câbles et ces tuyaux qui partent de tous côtés, que pendant un moment j'oublie que les Jeux sont finis, et je vois les médecins comme une menace supplémentaire, une nouvelle meute de chiens appliquée à le tuer. Je m'élance vers lui, mais on me retient, on me repousse dans une autre cabine, et une porte en verre vient me séparer de lui. Je tambourine contre le verre, je hurle à pleins poumons. Personne ne fait attention à moi, hormis un assistant du Capitole, qui apparaît dans mon dos pour m'offrir un rafraîchissement.

Je me laisse glisser sur le sol, le visage collé à la porte, fixant stupidement la coupe en cristal au creux de ma main. D'un froid glacial, remplie de jus d'orange, avec une paille ornée d'une collerette blanche ridicule. Comme elle paraît déplacée entre mes doigts sanguinolents aux ongles noirs et aux nombreuses cicatrices ! Son arôme me met l'eau à la bouche, mais je la pose par terre avec précaution – je ne me fie pas à cet objet si propre et si joli.

De l'autre côté de la porte en verre, je vois les médecins travailler d'arrache-pied sur Peeta, le front plissé par la concentration. Je vois des flots de liquide pompés à travers les tubes, j'observe un mur de diodes et de cadrans lumineux, qui ne signifient rien pour moi. Je n'en suis pas sûre, mais j'ai l'impression que son cœur s'arrête à deux reprises.

Je ressens la même impression que chez moi, quand on nous amène un mineur blessé atrocement mutilé, ou une femme enceinte à son troisième jour de travail, ou un enfant à demi mort de faim qui lutte contre une pneumonie

– ma mère et Prim ont alors la même expression. Il serait temps pour moi de m'enfuir dans la forêt, de me cacher dans les arbres, jusqu'à ce que le patient succombe et que, dans une autre partie de la Veine, le marteau du charpentier s'abatte sur son cercueil. Mais je suis là, piégée par les cloisons de l'hovercraft autant que par cette force qui retient les proches auprès des mourants. J'en ai vu tellement, debout autour de la table de notre cuisine, et je me suis si souvent demandé : « Pourquoi ne partent-ils pas ? Pourquoi restent-ils là, à regarder ? »

Je sais, à présent. C'est parce qu'ils n'ont pas le choix.

Je sursaute en voyant un visage s'approcher à quelques centimètres du mien, puis je réalise qu'il s'agit de mon propre reflet dans la vitre. Les yeux brillants, les joues creuses, les cheveux en bataille. Une vraie sauvage. Une folle furieuse. Pas étonnant que tout le monde garde ses distances.

Nous nous posons bientôt sur le toit du centre d'Entraînement, et on emporte Peeta en me laissant derrière. Je me jette contre la porte en hurlant, et il me semble apercevoir une mèche de cheveux roses – ce doit être Effie, c'est forcément Effie qui vient à mon secours – quand l'aiguille me transperce par-derrière.

À mon réveil, j'ai d'abord peur de bouger. Le plafond tout entier répand une lumière ambrée. Je me trouve dans une chambre qui ne contient que mon lit, sans porte ni fenêtre visibles. Une forte odeur d'antiseptique flotte dans l'air. Plusieurs tubes partent de mon bras droit pour disparaître dans le mur derrière moi. Je suis nue, mais les draps sont frais contre ma peau. Je soulève ma main gauche avec prudence. Non seulement elle est propre comme un sou neuf, mais on m'a limé les ongles en ovales parfaits, et mes cicatrices de brûlure se sont estompées. Je palpe ma joue, mes lèvres, ma cicatrice sur le front. Je suis en train de passer les doigts dans mes mèches soyeuses quand je m'interromps. Je froisse mes cheveux au niveau de l'oreille gauche. Non, ce n'était pas une illusion : j'entends de nouveau.

J'essaie de m'asseoir, mais une large bande de cuir autour de ma taille m'empêche de me soulever de plus de quelques centimètres. Le fait de me sentir prisonnière me fait paniquer, je me tortille et tente de sortir les hanches de la ceinture quand une portion de mur coulisse et laisse entrer la Muette rousse avec un plateau. Sa vue me tranquillise, et je cesse de me débattre. J'aurais mille questions à lui poser, si je ne craignais pas qu'une quelconque familiarité lui attire des ennuis. À l'évidence, on me surveille de près. Elle dépose le plateau sur mes cuisses et presse un bouton qui me relève en position assise. Pendant qu'elle arrange mes oreillers, je me risque à lui demander une chose.

Je pose ma question tout haut, aussi distinctement que ma voix éraillée veut bien me le permettre, afin de ne pas donner l'impression de faire des messes basses.

— Est-ce que Peeta s'en est sorti ?

Elle hoche la tête, et je sens une pression amicale quand elle me glisse une cuillère entre les doigts.

Peut-être n'a-t-elle jamais souhaité ma mort, en fin de compte. Et Peeta s'en est sorti. Naturellement, avec le matériel hors de prix dont ils disposent, ici. Tout de même, je n'en étais pas sûre jusqu'à maintenant.

Après le départ de la Muette, la porte se referme sans bruit, et je me penche sur le plateau avec voracité. Un bol de bouillon, une coupelle de compote de pommes et un verre d'eau. « C'est tout ? » me dis-je avec mauvaise humeur. N'avait-on vraiment rien de mieux à m'offrir pour mon premier repas après mon retour ? Pourtant, j'ai bien du mal à terminer cette maigre collation. On dirait que mon estomac s'est rétréci aux dimensions d'une châtaigne, et je ne peux m'empêcher de me demander combien de temps je suis restée inconsciente, car j'avais avalé sans difficulté un petit déjeuner assez copieux, ce dernier matin dans l'arène. On observe généralement un délai de quelques jours entre la fin de la compétition et la présentation du vainqueur, afin que ce dernier, affamé, blessé et mal en point, soit de nouveau présentable. Cinna et Portia doivent être en train de créer des tenues pour nos dernières apparitions publiques. Haymitch et Effie organisent sans doute le banquet avec nos sponsors, en examinant les questions de notre interview finale. Chez nous, on doit préparer dans la fièvre une cérémonie en notre honneur, à Peeta et à moi – voilà presque trente ans que le district Douze n'a plus fêté de vainqueur.

Chez moi ! Revoir Prim et ma mère ! Et Gale ! Même l'idée de retrouver le vieux matou de Prim me fait sourire. Je vais bientôt rentrer chez moi !

Je veux sortir de ce lit. Voir Peeta, Cinna, me renseigner sur la suite des événements. Pourquoi pas ? Je me sens bien. Mais, alors que j'entreprends de me défaire de cette bande en cuir, je sens un liquide froid couler dans mes veines par l'un des tubes et je perds conscience presque immédiatement.

Ce processus se répète plusieurs fois, pendant un temps indéterminé. Je me réveille, je mange et, bien que je n'essaie plus de quitter mon lit, on m'assomme de nouveau. C'est comme un étrange crépuscule continuel. Je n'en retiens que quelques bribes. La Muette rousse n'est pas revenue depuis la première fois, mes cicatrices s'effacent et je ne sais si c'est un effet de mon imagination mais je crois entendre vociférer une voix d'homme. Non pas avec l'accent du Capitole, mais avec les tonalités rudes de chez moi. Et j'éprouve vaguement la sensation réconfortante que quelqu'un est à ma recherche.

Arrive enfin le jour où je me réveille sans le moindre tuyau dans le bras. On m'a ôté la bande autour de la taille, et je suis libre de mes mouvements. Je tente de m'asseoir mais m'arrête en découvrant mes mains. Non seulement les cicatrices que je me suis faites dans l'arène sont effacées, mais celles que j'ai accumulées au cours de plusieurs années de chasse ont disparu sans laisser de traces. J'ai le front doux comme du satin, et, quand je me palpe le mollet à la recherche de ma brûlure, je ne trouve rien.

Je glisse les jambes hors de mon lit, en me demandant si elles vont pouvoir supporter mon poids, et j'ai la surprise de les découvrir fermes et vigoureuses. La tenue qu'on m'a préparée au pied de mon lit m'arrache une grimace. C'est celle que nous portions dans l'arène. Je la regarde comme si elle allait me mordre, jusqu'à ce que je me souvienne que, bien sûr, c'est dans cette tenue que je dois recevoir mon équipe.

Je m'habille en moins d'une minute, après quoi je fais le pied de grue là où j'ai vu s'ouvrir une porte. Soudain, un pan de mur coulisse. Je passe dans un couloir qui ne comporte aucune autre porte. Il doit bien y en avoir, pourtant. Et Peeta doit se trouver derrière l'une d'elles. Maintenant que j'ai récupéré mes forces et mes esprits, je me sens de plus en plus nerveuse à son sujet. Je suppose qu'il va bien, sinon la Muette me l'aurait fait comprendre. Mais j'ai besoin de m'en assurer par moi-même.

— Peeta ! j'appelle, puisqu'il n'y a personne à qui je puisse poser la question.

J'entends une voix me répondre en criant mon nom, mais ce n'est pas celle de Peeta. C'est une voix qui m'inspire d'abord de l'agacement, puis de l'impatience. Effie.

Je pivote et les vois qui m'attendent tous dans une grande pièce au fond du couloir : Effie, Haymitch et Cinna. Je m'élance sans hésiter. Une gagnante devrait peut-être manifester davantage de retenue, de supériorité, surtout lorsqu'elle se sait filmée, mais je m'en moque. Je cours jusqu'à eux et me surprends moi-même en me jetant dans les bras d'Haymitch en premier.

— Bien joué, chérie, me chuchote-t-il à l'oreille d'un ton qui n'a rien de sarcastique.

Effie est au bord des larmes. Elle ne cesse de me tapoter les cheveux et de répéter qu'elle a toujours su que nous étions des amours. Cinna se contente de me serrer contre lui sans dire un mot. Je remarque alors l'absence de Portia, et ma gorge se noue.

— Où est Portia ? Avec Peeta ? Il va bien, au moins ? Il est en vie, n'est-ce pas ? dis-je en balbutiant.

— Il se porte à merveille. Ils tiennent simplement à filmer vos retrouvailles en direct, lors de la cérémonie, m'assure Haymitch.

— Oh. Ce n'est que ça, dis-je. (Mon angoisse à l'idée d'apprendre la mort de Peeta se dissipe.) Je serais curieuse de voir ça, moi aussi, j'imagine.

— Accompagne Cinna. Il doit te préparer, ajoute Haymitch.

C'est un soulagement de me retrouver seule en compagnie de Cinna, de sentir son bras protecteur sur mes épaules tandis qu'il m'entraîne hors du champ des caméras, le long des couloirs, jusqu'à un ascenseur qui mène à l'accueil du centre d'Entraînement. L'hôpital se trouve très loin sous terre, sous le gymnase où nous nous sommes entraînés à faire des nœuds ou à lancer l'épieu. Les fenêtres du hall d'accueil sont assombries, et une poignée de vigiles montent la garde. Il n'y a personne d'autre pour nous voir gagner l'ascenseur des tributs. Nos pas résonnent dans le vide. Pendant que nous montons au douzième étage, je revois les visages de tous les tributs qui ne reviendront jamais, et j'ai la sensation d'avoir une grosse boule dans la poitrine.

Dès que les portes de la cabine s'ouvrent, Venia, Flavius et Octavia se jettent sur moi, en me parlant si vite et avec un tel enthousiasme que je ne comprends pas un mot de ce qu'ils disent. Le sentiment général est assez clair, malgré tout. Ils sont sincèrement heureux de me revoir, et je le suis moi aussi, quoique pas autant qu'en revoyant Cinna ; plutôt comme on est content de retrouver ses animaux de compagnie en rentrant chez soi après une dure journée.

Ils m'escortent dans la salle à manger, où je peux enfin savourer un vrai repas – rôti de bœuf, petits pois, pain frais –, même si l'on continue à surveiller ce que je mange. Par exemple, on refuse que je me resserve.

— Non, non et non. Pas question que tu te mettes à vomir sur scène, proteste Octavia.

Mais elle me glisse un petit pain sous la table afin de me faire savoir qu'elle est de mon côté.

Nous retournons à ma chambre, et Cinna s'éclipse un moment pendant que l'équipe de préparation s'affaire autour de moi.

— Oh, on t'a offert un polissage complet, s'extasie Flavius. Il ne reste plus un seul défaut sur ta peau.

Mais, quand je me contemple toute nue dans le miroir, la seule chose que je vois est ma maigreur. Même si je veux bien croire que c'était pire en sortant de l'arène, je peux facilement compter mes côtes.

Ils règlent la douche pour moi. Lorsque j'en ressors, ils entreprennent de me coiffer, de me faire les ongles, de me maquiller. Je peux à peine placer un mot au milieu de leur bavardage – tant mieux, je ne suis pas d'humeur très loquace. C'est drôle, ils parlent des Jeux mais les rapportent sans cesse à ce qu'ils faisaient ou ont ressenti lors de tel ou tel événement. « J'étais encore dans mon lit ! » « Je venais de me teindre les sourcils ! » « Je vous jure que j'ai failli m'évanouir ! » Il est toujours question d'eux, jamais des garçons et des filles qui sont morts dans l'arène.

Nous ne discutons pas des Jeux de cette manière, au district Douze. Nous les suivons en serrant les dents, parce que nous y sommes contraints, puis nous retournons à nos occupations dès que possible, lorsqu'ils sont terminés. Pour ne pas les haïr, je me coupe complètement de ce que racontent mes préparateurs.

Cinna nous rejoint en apportant une robe dorée d'apparence toute simple.

— Vous avez abandonné ce truc de fille du feu ? je lui demande.

— À toi de me le dire, répond-il en la faisant passer par-dessus ma tête.

Je remarque immédiatement le rembourrage au niveau des seins, qui rajoute des courbes là où la faim m'en a fait perdre. Je me touche la poitrine et fronce les sourcils.

— Je sais, me coupe Cinna avant que je commence à protester. Mais les Juges souhaitaient carrément une intervention chirurgicale. Haymitch a dû batailler bec et ongles pour les en dissuader. C'est le compromis auquel nous sommes parvenus. (Il m'arrête avant que je puisse m'admirer.) Attends, n'oublie pas les chaussures.

Venia me tend une paire de sandales à talons plats, et je me tourne face au miroir.

Je suis toujours la fille du feu. Le tissu de ma robe scintille doucement. Des ondulations lumineuses parcourent mon corps au moindre frémissement dans l'air. En comparaison, ma tenue du chariot en deviendrait presque vulgaire, celle de l'interview trop flamboyante. Dans cette robe, je donne l'impression d'être drapée dans la lueur d'une chandelle.

— Qu'en dis-tu ? me demande Cinna.

— Je crois que c'est celle que je préfère.

Quand je parviens à détacher les yeux du tissu scintillant, j'ai un choc. Mes cheveux dénoués ne sont retenus que par un serre-tête. Le maquillage gomme les angles durs de mon visage. Un vernis transparent couvre mes ongles. Ma robe sans manches est cintrée au niveau des côtes, et non à la taille, ce qui annule largement l'effet que le rembourrage aurait pu avoir sur ma silhouette. Elle s'arrête juste au-dessus du genou. Sans talons, je fais beaucoup moins grande. J'ai l'air d'une petite fille, très jeune, quatorze ans tout au plus. Innocente, inoffensive. Oui, c'est choquant que Cinna m'ait dessiné une tenue pareille quand on sait que je viens de remporter les Jeux.

L'effet de cette allure est soigneusement calculé. Les choix de Cinna ne sont jamais arbitraires. Je me mords la lèvre en tâchant de deviner où il veut en venir.

— Je m'attendais à quelque chose de plus... sophistiqué, dis-je.

— J'ai pensé que Peeta préférerait te voir comme ça, me répond-il en pesant ses mots.

Peeta ? Non, ce n'est pas pour Peeta. C'est pour le Capitole, les Juges et le public. Même si je ne comprends pas encore la finalité de cette tenue, elle me rappelle que les Jeux ne sont pas tout à fait terminés. Et, derrière sa réponse anodine, je perçois une mise en garde. Contre un danger qu'il ne veut même pas mentionner en présence de ses assistants.

Nous prenons l'ascenseur jusqu'au niveau où nous avons suivi notre entraînement. D'ordinaire, le vainqueur et son équipe d'encadrement s'élèvent du dessous de la scène. D'abord les préparateurs, ensuite l'hôtesse, le styliste, le mentor et, enfin, le vainqueur. Seulement cette année, avec deux vainqueurs qui se partagent la même hôtesse et le même mentor, il a fallu repenser toute l'organisation. Je me retrouve dans la pénombre, sous la scène. Une plaque métallique flambant neuve attend le moment de me hisser dans la lumière. On voit encore des traces de sciure, on sent une odeur de peinture fraîche. Cinna et les autres me laissent seule pour partir se changer et se mettre en place. Dans l'éclairage médiocre, je distingue une cloison d'installation récente à une dizaine de mètres. Je suppose que Peeta doit se trouver derrière.

Le brouhaha de la foule est si fort que je n'entends pas venir Haymitch avant qu'il me touche l'épaule. Je sursaute violemment – je crois que je suis encore à moitié dans l'arène.

— Du calme, ce n'est que moi. Je voulais voir de quoi tu avais l'air, dit Haymitch. (J'écarte les bras et je décris un tour sur moi-même.) Pas mal.

Ce n'est pas un compliment très chaleureux.

— Mais… ? dis-je.

Le regard d'Haymitch balaie la pénombre environnante. Il paraît prendre une décision.

— Mais rien du tout. Un petit câlin pour te porter chance ?

D'accord, c'est une drôle de suggestion venant d'Haymitch, mais, après tout, nous avons remporté la victoire. Un minimum d'effusions s'impose peut-être. Seulement, quand je passe les bras autour de son cou, il me serre très fort et se met à chuchoter très vite, au creux de mon oreille, les lèvres masquées par mes cheveux :

— Écoute-moi bien. Tu as de gros ennuis. Les autorités du Capitole n'ont pas apprécié ta manière de leur forcer la main dans l'arène. S'il y a une chose qu'elles ne supportent pas, c'est qu'on les tourne en ridicule. Et, en ce moment, elles sont la risée de Panem.

Un frisson de peur me parcourt l'échine, mais j'éclate de rire, comme si Haymitch me racontait quelque chose d'hilarant – car je n'ai rien pour masquer ma bouche, moi.

— Et alors ?

— Alors, tu dois convaincre tout le monde que l'amour t'a fait perdre la tête et que tu ne savais plus ce que tu faisais. (Haymitch me lâche et redresse mon serre-tête.) Compris, chérie ?

Cela pourrait se rapporter à n'importe quoi.

— Compris. Vous l'avez dit à Peeta ?

— Pas la peine, m'assure Haymitch. Il sera parfait.

— Vous croyez que je ne le serai pas ? dis-je en rajustant son nœud papillon rouge, que Cinna a dû lui passer de force.

— Depuis quand mon opinion a-t-elle la moindre importance ? grommelle Haymitch. Allons nous mettre en place. (Il me conduit jusqu'au disque métallique.) C'est ta soirée, chérie. Savoure-la.

Il m'embrasse sur le front et disparaît dans la pénombre.

Je tire sur ma robe, en regrettant qu'elle ne soit pas plus longue, qu'elle ne dissimule pas le tremblement de mes genoux. Puis je réalise que c'est stupide. Je tremble comme une feuille de la tête aux pieds. Heureusement, on mettra ça sur le compte de ma nervosité. Après tout, il s'agit de ma soirée.

L'odeur de moisissure sous la scène menace de me suffoquer. Une sueur froide me coule dans le dos, et je ne parviens pas à me débarrasser de la sensation que les planches au-dessus de moi vont s'effondrer, m'ensevelir vivante sous les décombres. En quittant l'arène au son des trompettes, je pensais n'avoir plus rien à craindre. Plus jamais. Jusqu'à la fin de mes jours. Mais, si Haymitch dit vrai, et il n'a aucune raison de me mentir, je n'ai jamais été plus en danger que maintenant.

C'est bien pire que dans l'arène. Là-bas, je risquais de mourir, c'est tout. Alors que, maintenant, ce sont Prim, ma mère, Gale, les gens du district Douze, tous ceux que j'aime et que je connais qui pourraient en pâtir, si je rate ce numéro d'oie blanche égarée par l'amour que me suggère Haymitch.

Je ne suis donc pas encore sauvée. C'est drôle, en versant ces baies dans l'arène, je pensais uniquement à me montrer plus maligne que les Juges, sans réfléchir aux conséquences. Mais les Hunger Games sont l'arme du Capitole, une arme considérée comme invincible. Les autorités du Capitole vont prétendre avoir tout contrôlé de bout en bout. Comme si elles avaient planifié tous les événements, jusqu'à notre double tentative de suicide. Mais cela ne pourra fonctionner que si je joue le jeu.

Et Peeta… Peeta aussi en souffrira, si les choses tournent mal. Que m'a dit Haymitch quand je lui ai demandé s'il avait prévenu Peeta ? Qu'il devrait faire semblant d'être follement amoureux de moi ?

« Pas la peine. Il sera parfait. »

Pourquoi ? Parce qu'il a une longueur d'avance sur moi et qu'il a pleinement analysé la situation ? Ou alors… parce qu'il est bel et bien follement amoureux de moi ? Je n'en sais rien. Je n'arrive pas à démêler mes sentiments à son égard. C'est trop compliqué. Mon bluff désespéré m'a-t-il été dicté par la compétition, par ma colère à l'égard du Capitole, par le souci de ce qu'on penserait de moi au district Douze ? N'était-ce pas tout bonnement le seul choix envisageable ? Ou alors, aurais-je vraiment des sentiments pour Peeta ?

Ces questions se résoudront chez nous, dans le calme et le silence des bois, loin des oreilles indiscrètes. Pas ici, où tous les regards sont braqués sur moi. Mais je ne connaîtrai pas ce luxe avant longtemps. Dans l'immédiat, la partie la plus dangereuse des Hunger Games est sur le point de s'engager.

27

'hymne résonne à mes oreilles, puis j'entends Caesar Flickerman saluer le public. Sait-il l'importance cruciale que prendra chaque mot à partir de maintenant ? Sans doute. Il va s'efforcer de nous aider. La foule applaudit à tout rompre pendant la présentation des équipes de préparation. J'imagine Flavius, Venia et Octavia, qui doivent sautiller en multipliant les courbettes. Je mettrais ma main au feu qu'ils ne se doutent de rien. Vient ensuite le tour d'Effie. Elle attend ce moment depuis si longtemps. J'espère qu'elle va tout de même en profiter car, si gaffeuse soit-elle, elle a un instinct très sûr concernant certaines choses et doit bien se douter que nous avons des ennuis. Portia et Cinna reçoivent un tonnerre d'applaudissements ; bien sûr, ils ont été brillants, surtout pour leurs premiers Jeux. Je comprends à présent pourquoi Cinna m'a choisi cette robe pour ce soir. J'aurai besoin de paraître aussi enfantine et innocente que possible. L'apparition d'Haymitch est saluée par des martèlements de pieds qui se prolongent cinq bonnes minutes. Il faut dire que son exploit est une première : ramener non pas un seul, mais deux tributs ! Et s'il ne m'avait pas prévenue à temps ? Me serais-je comportée différemment ? Aurais-je pavoisé, jeté l'incident des baies à la figure du Capitole ? Non, je ne crois pas. Mais je me serais sans doute montrée beaucoup moins convaincante que je vais devoir l'être à présent. Là, tout de suite. Parce que je sens la plaque me hisser sur la scène.

Les lumières m'aveuglent. La clameur assourdissante fait vibrer le métal sous mes pieds. Puis je découvre Peeta, à quelques mètres seulement. Il a l'air en pleine forme, si propre, si beau que je le reconnais à peine. Mais son sourire reste le même, que ce soit dans la boue ou bien au Capitole, et je le rejoins en trois foulées pour me jeter dans ses bras. Il vacille en arrière, manque de trébucher, et c'est là que je remarque que la mince tige de métal qu'il tient à la main est une sorte de canne. Il trouve son équilibre, et nous restons collés l'un à l'autre devant la foule en délire. Il m'embrasse, et moi je n'arrête pas de me demander : « Le sais-tu ? Sais-tu dans quel pétrin nous sommes ? » Au bout d'un moment, Caesar Flickerman lui tape sur l'épaule pour reprendre l'émission, mais Peeta le repousse sans même un regard. La foule explose. Qu'il sache ou non, Peeta est toujours aussi habile pour se mettre le public dans la poche.

Finalement, Haymitch intervient et nous pousse avec bonhomie vers le siège du vainqueur. D'ordinaire, il s'agit d'un fauteuil magnifique, où prend place le vainqueur pour regarder une sélection des meilleures séquences des Jeux, mais, puisque nous sommes deux, les Juges ont prévu un sofa en velours rouge vif. Un petit – je crois que ma mère appellerait cela une causeuse. Je m'assois si près de Peeta que je me retrouve pratiquement sur ses genoux, mais un regard discret vers Haymitch me fait comprendre que ce n'est pas suffisant. Je me débarrasse de mes sandales d'un coup de pied, ramène mes jambes contre moi et pose ma tête sur son épaule. Son bras m'entoure aussitôt, et j'ai l'impression d'être de retour dans notre grotte, lovée contre lui pour avoir plus chaud. Sa chemise est taillée dans la même étoffe dorée que celle de ma robe, mais Portia lui a choisi un long pantalon noir. Et pas de sandales non plus, mais une paire de bottes noires, qu'il garde solidement plantées sur la scène. J'aurais préféré que Cinna m'ait choisi une tenue similaire, je me sens trop vulnérable dans cette robe légère. Enfin, je suppose que c'était le but.

Caesar Flickerman enchaîne quelques plaisanteries, puis l'émission peut démarrer. Elle durera exactement trois heures, et chaque citoyen de Panem est tenu de la regarder. Tandis que les lumières s'estompent et que le sceau s'étale à l'écran, je réalise que je ne suis pas prête pour ça. Je n'ai aucune envie d'assister à la mort de mes vingt-deux adversaires. J'en ai déjà vu trop mourir sous mes yeux. Mon pouls s'accélère, et je suis prise d'une violente envie de me sauver. Comment les autres vainqueurs ont-ils pu affronter cette épreuve tout seuls ? Aux moments les plus forts, on affiche régulièrement la réaction du vainqueur dans une vignette, au coin de l'écran. Je repense aux vainqueurs des années précédentes… Certains exultaient, poing serré, ou se frappaient le torse. La plupart semblaient abasourdis. En ce qui me concerne, la seule chose qui me retient sur ce sofa c'est Peeta – son bras autour de mes épaules, son autre main prisonnière des deux miennes. Bien sûr, les vainqueurs précédents n'avaient pas à redouter un dernier coup fourré du Capitole.

Condenser plusieurs semaines en trois heures n'est pas un mince exploit, surtout quand on pense au nombre de caméras qui filmaient simultanément. Ceux qui montent les meilleures séquences doivent choisir quel genre d'histoire ils désirent raconter. Cette année, pour la première fois, ils ont opté pour une histoire d'amour. J'ai beau savoir que nous avons gagné, on nous consacre tout de même une attention disproportionnée – et depuis le tout début.

J'en suis heureuse, néanmoins, car cela renforce cette image de passion éperdue qui est mon excuse pour avoir défié le Capitole. Et puis cela veut dire que nous aurons moins de temps pour nous attarder sur les morts.

La première demi-heure est centrée sur les événements antérieurs à l'arène : la Moisson, le trajet en chariot à travers le Capitole, nos scores à l'entraînement, les interviews. La bande-son guillerette rend ce spectacle encore plus horrible, parce que, bien sûr, la plupart de ceux que nous voyons à l'écran sont morts.

L'action se déplace ensuite dans l'arène où, après une couverture détaillée du bain de sang, le montage se contente pour l'essentiel d'alterner les morts et les séquences avec nous deux. Surtout avec Peeta, en fait ; il est clair qu'il porte cette histoire d'amour à bout de bras. Je découvre tout ce que le public a déjà pu suivre : comment il a trompé les carrières à mon sujet, monté la garde toute la nuit sous l'arbre des guêpes tueuses, affronté Cato pour me permettre de fuir… Même allongé dans sa gangue de boue, il trouvait encore la force de murmurer mon prénom dans son sommeil. Je ressemble à une machine sans cœur en comparaison – j'esquive des boules de feu, je lâche des nids, je fais sauter des provisions –, jusqu'à ce que je me mette en quête de Rue. Sa mort repasse en intégralité – le coup d'épieu, ma vaine tentative pour la sauver, ma flèche dans la gorge du garçon du district Un, et Rue qui expire entre mes bras. Et la chanson. Elle passe jusqu'à la dernière note. Quelque chose se ferme en moi ; je me sens trop engourdie pour éprouver quoi que ce soit. Comme si je regardais des étrangers en train de participer à une autre édition des Hunger Games. Je remarque tout de même qu'ils ont omis la séquence où je la couvrais de fleurs.

Eh oui. Il y avait quand même un parfum de rébellion, là-dedans.

Les choses s'arrangent pour moi quand on nous annonce que les deux tributs d'un même district peuvent gagner ensemble, et que je crie le nom de Peeta avant de plaquer ma main sur ma bouche. Alors que j'avais jusque-là semblé plutôt indifférente à son sort, je me rattrape désormais en le cherchant, en le soignant, en allant récupérer le remède au banquet et en me montrant prodigue de baisers. Objectivement, la scène des chiens et de la mort de Cato reste aussi abominable que dans la réalité. Mais, une fois encore, j'ai le sentiment de voir s'agiter de parfaits inconnus.

Puis vient le moment des baies. J'entends le public murmurer, soucieux de ne pas en perdre une miette. Une vague de gratitude envers les monteurs me submerge quand je vois que le film s'achève, non pas avec l'annonce de notre victoire, mais avec des images de moi en train de marteler la porte en verre de l'hovercraft et de hurler le nom de Peeta pendant qu'on s'efforce de le ranimer.

En termes de survie, c'est mon meilleur moment de la soirée.

On rejoue l'hymne encore une fois, et tout le monde se lève tandis que le président Snow en personne grimpe sur la scène, suivie d'une petite fille qui porte la couronne sur un coussin. Il y a une seule couronne, cependant, et la confusion de la foule est palpable – sur la tête duquel va-t-il la placer ? – jusqu'à ce que le président la torde entre ses mains et en détache deux moitiés. Il pose la première sur le front de Peeta avec un grand sourire. Il sourit toujours en me posant la deuxième sur la tête, mais ses yeux, à quelques centimètres des miens, sont plus froids que ceux d'un serpent.

Je comprends alors que, même si nous avons été deux à prendre des baies, c'est moi qui suis à blâmer pour en avoir eu l'idée. Je suis l'instigatrice. C'est moi qu'il faut punir.

S'ensuit une interminable série de courbettes et d'acclamations. J'ai l'impression que mon bras va se décrocher à force de saluer quand Caesar Flickerman souhaite enfin bonne nuit au public, en lui rappelant d'allumer son téléviseur demain pour l'interview finale. Comme s'il avait le choix.

Peeta et moi sommes escortés jusqu'à la demeure du président pour le banquet de la victoire, où nous n'avons guère le loisir de manger tant les dirigeants du Capitole et les sponsors les plus généreux sont nombreux à vouloir se faire prendre en photo avec nous. Les visages souriants se succèdent, de plus en plus imbibés à mesure que la soirée s'éternise. De temps à autre, j'aperçois Haymitch, ce qui me rassure, ou le président Snow, ce qui me terrifie, mais quoi qu'il en soit je continue à rire, à remercier et à sourire à l'objectif. La seule chose que je refuse, c'est de lâcher la main de Peeta.

Le soleil pointe tout juste à l'horizon quand nous regagnons en titubant le douzième étage du centre d'Entraînement. Je pense avoir enfin l'occasion de discuter en tête à tête avec Peeta, mais Haymitch l'envoie avec Portia se choisir une tenue pour l'interview, tandis qu'il me raccompagne à ma porte.

— Pourquoi je ne peux pas lui parler ?

— Vous aurez tout le temps pour ça, une fois rentrés à la maison, me répond Haymitch. Va te coucher, tu passes à l'antenne à deux heures.

Malgré les réticences d'Haymitch, je suis bien résolue à voir Peeta en privé. Après m'être tournée et retournée dans mon lit pendant quelques heures, je me glisse dans le couloir. Ma première idée est d'aller vérifier sur la terrasse, mais il n'y a personne. Même les rues en contrebas sont désertes après les festivités de la nuit dernière. Je regagne mon lit un moment, puis décide de me rendre directement dans sa chambre, mais, quand j'essaie d'abaisser la poignée, je découvre qu'on m'a enfermée à clé dans ma chambre. Je soupçonne d'abord Haymitch. Puis me vient la crainte plus insidieuse que le Capitole puisse être en train de me surveiller et me retenir. J'étais prisonnière depuis le début des Jeux, mais cette fois-ci les choses prennent une tournure différente, plus personnelle. Comme si j'avais été jetée en prison pour un crime et que j'attendais la sentence. Je me recouche et fais semblant de dormir jusqu'à ce qu'Effie vienne m'annoncer joyeusement le début d'une autre « grande, grande, grande journée ».

Je dispose d'environ cinq minutes pour avaler un bol de blé bouilli et de ragoût, avant l'arrivée de mes préparateurs. Il me suffit de leur dire : « Le public vous a adorés ! » pour n'avoir plus besoin de parler pendant les deux heures suivantes. Quand Cinna nous rejoint, il renvoie tout le monde et me fait enfiler une robe blanche vaporeuse avec des souliers roses. Après quoi il rectifie personnellement mon maquillage. Lorsqu'il a terminé, une douce lueur rosée semble émaner de moi. Nous discutons à bâtons rompus, mais je n'ose pas lui poser la moindre question importante car, depuis l'incident de ma porte, je ne parviens pas à me défaire du sentiment d'être constamment surveillée.

L'interview doit avoir lieu juste au bout du couloir, dans le grand salon. On a dégagé suffisamment de place pour y installer la causeuse et l'entourer de vases de roses rouges et roses. Seules quelques caméras sont prévues. Au moins, l'enregistrement ne s'effectuera pas en public, cette fois-ci.

Caesar Flickerman m'accueille par une étreinte chaleureuse.

— Félicitations, Katniss. Comment te sens-tu ?

— Bien. Un peu nerveuse.

— Détends-toi. Nous allons passer un excellent moment, m'assure-t-il avec une petite tape sur la joue.

— Je ne suis pas très douée pour parler de moi.

— Quoi que tu dises, tu ne pourras pas te tromper.

Et je pense : « Oh, Caesar, si seulement c'était vrai ! Mais, en réalité, le président Snow est peut-être en train d'organiser une sorte "d'accident" pour moi, à l'heure où nous parlons. »

Puis Peeta arrive, très séduisant en rouge et en blanc, et m'entraîne sur le côté.

— On n'a presque pas pu se parler. J'ai l'impression qu'Haymitch se donne un mal de chien pour nous séparer.

Haymitch se donne un mal de chien pour nous sauver la vie, mais trop d'oreilles indiscrètes nous écoutent, alors je me contente de répondre :

— Oui, il est devenu très responsable, ces derniers temps.

— Bah, c'est la dernière ligne droite avant de rentrer chez nous. Il ne pourra plus nous surveiller en permanence, là-bas, dit Peeta.

Un frisson me traverse, mais je n'ai pas le temps d'en analyser les raisons car tout est prêt pour nous. Nous nous installons côte à côte sur la causeuse, mais Caesar nous dit :

— Oh, tu peux te nicher dans ses bras comme hier, si tu veux. C'était adorable.

Je relève donc mes jambes, et Peeta m'attire contre lui.

Quelqu'un entame un compte à rebours, et ça y est, nous sommes retransmis en direct à travers tout le pays. Caesar Flickerman est merveilleux – enjoué, drôle, ému quand l'occasion se présente. Peeta et lui retrouvent tout de suite cette complicité qu'ils avaient établie le soir des premières interviews, cette effronterie joyeuse, si bien que je souris beaucoup et m'efforce d'en dire le moins possible. Je suis obligée de parler un peu, bien sûr, mais, dès que je le peux, je ramène la conversation sur Peeta.

Inévitablement, Caesar en arrive à des questions qui exigent des réponses plus fouillées.

— Eh bien, Peeta, nous savons depuis votre séjour dans la grotte que, pour toi, ç'a été le coup de foudre à l'âge de, quoi, cinq ans ?

— Dès que j'ai posé les yeux sur elle, répond Peeta.

— Mais pour toi, Katniss, ce n'était pas joué d'avance. Je crois qu'une des choses que le public a adorées, c'est d'assister à l'éclosion de tes sentiments. À quel moment as-tu réalisé que tu étais amoureuse de lui ? demande Caesar.

— Oh, c'est une question difficile...

Je pousse un petit rire gêné et je baisse les yeux sur mes mains. Au secours.

— Moi, en tout cas, je sais quand ça m'a frappé, dit Caesar. La nuit où tu as crié son prénom dans cet arbre.

« Merci, Caesar ! » me dis-je, et je brode sur son idée :

— Oui, je crois que ç'a dû être à ce moment-là. Avant, j'essayais de ne pas trop réfléchir à mes sentiments parce que, honnêtement, je ne savais pas où j'en étais, et puis cela ne faisait qu'empirer les choses si je m'inquiétais pour lui. Mais là, dans cet arbre, tout a changé.

— Pourquoi, à ton avis ? m'encourage Caesar.

— Parce que... peut-être parce que, pour la première fois, j'avais une chance de le garder, dis-je.

Derrière un cameraman, je vois Haymitch pousser un soupir de soulagement et je comprends que j'ai répondu ce qu'il fallait. Caesar sort un mouchoir et doit s'excuser un instant tellement il est ému. Je sens Peeta presser son front contre ma tempe.

— Alors, maintenant que tu m'as, que vas-tu faire de moi ?

Je me tourne vers lui.

— Te mettre à l'abri quelque part où il ne t'arrivera plus rien.

Et quand il m'embrasse, j'entends plusieurs personnes soupirer dans la pièce.

Pour Caesar, c'est l'occasion d'enchaîner sur les plaies et les bosses que nous avons pu récolter dans l'arène, les brûlures, les piqûres, les blessures. Mais c'est seulement quand nous en arrivons aux chiens que j'oublie les caméras. Lorsque Caesar demande à Peeta comment il s'habitue à sa nouvelle jambe.

— Ta nouvelle jambe ? (Et je ne peux m'empêcher de me pencher pour relever le bas de son pantalon.) Oh non, je murmure en découvrant le mélange de plastique et de métal qui a remplacé sa chair.

— Personne ne t'avait prévenue ? demande Caesar avec douceur.

Je secoue la tête.

— Je n'en ai pas eu le temps, dit Peeta avec un léger haussement d'épaules.

— C'est ma faute, dis-je. C'est à cause de mon garrot.

— Oui, c'est ta faute si je suis encore en vie.

— Il a raison, fait observer Caesar. Sans cela, il se serait sûrement vidé de son sang.

J'imagine que c'est vrai, mais je me sens si bouleversée que je suis à deux doigts de pleurer. Je me rappelle alors que le pays entier nous regarde et j'enfouis mon visage dans la chemise de Peeta. J'y reste quelques minutes car je me sens bien comme ça, là où personne ne peut me voir, et quand j'en émerge, Caesar me laisse tranquille un moment pour me permettre de reprendre mon sang-froid. En fait, il ne s'adresse pas une seule fois à moi jusqu'à ce que surgisse la question des baies.

— Katniss, je sais que tu viens d'avoir un choc, mais il faut que je sache. À l'instant où tu as sorti ces baies, qu'est-ce qui t'est passé par la tête... hmm ?

Je réfléchis longuement avant de répondre. C'est le moment crucial. Soit j'ai voulu défier le Capitole, soit j'avais perdu la tête, et on ne peut pas me tenir pour responsable de ce que j'ai fait. Voilà qui mériterait sans doute un grand discours plein d'émotion, mais je ne réussis qu'à bredouiller une phrase presque inaudible :

— Je ne sais pas. Je crois que... je ne supportais pas l'idée... de vivre sans lui.

— Peeta ? Quelque chose à ajouter ? s'enquiert Caesar.

— Non. Je crois que c'est valable pour nous deux, dit-il.

Caesar conclut l'interview, et c'est fini. Tout le monde rit, pleure ou se congratule, mais je ne suis toujours pas rassurée avant d'atteindre Haymitch.

— Alors ? dis-je dans un murmure.

— Parfait, répond-il.

Je passe dans ma chambre récupérer mes affaires, pour m'apercevoir que je n'ai rien à emporter, hormis la broche ornée d'un geai moqueur que Madge m'a donnée. On me l'a rapportée à l'issue des Jeux. Une voiture aux vitres teintées nous conduit à la gare, où le train nous attend. Nous avons à peine le temps de faire nos adieux à Cinna et à Portia, que nous reverrons de toute façon dans quelques mois pour notre tournée triomphale à travers les districts. C'est la façon du Capitole de rappeler à la population que les Hunger Games ne sont jamais vraiment finis. On nous remettra toutes sortes de trophées inutiles, et tout le monde devra faire semblant de nous aimer.

Le train s'ébranle, et nous plongeons dans la nuit. Quand nous émergeons du tunnel, je respire librement pour la première fois depuis la Moisson. Effie nous accompagne, bien sûr, ainsi qu'Haymitch. Après un repas gargantuesque, nous prenons place en silence devant la télévision pour assister à une retransmission de l'interview. Alors que le Capitole s'éloigne de seconde en seconde, je commence à songer à la maison. À Prim et à ma mère. À Gale. Je m'éclipse le temps de changer ma robe pour un chemisier et un pantalon. Je me démaquille longuement, minutieusement, je reforme ma natte et retrouve l'ancienne Katniss Everdeen. La fille qui vit dans la Veine. Qui chasse dans la forêt. Qui fait du troc à la Plaque. Je me contemple dans le miroir en tâchant de me rappeler qui je suis et qui je ne suis pas. Quand je rejoins les autres, la sensation du bras de Peeta autour de mes épaules m'est devenue étrangère.

À l'occasion d'un bref arrêt du train, on nous laisse sortir prendre un peu l'air. Il n'y a plus de raisons de nous surveiller. Peeta et moi marchons le long des rails, main dans la main, et, maintenant que nous sommes seuls, je ne trouve plus rien à dire. Il se penche pour me cueillir un bouquet de fleurs blanc et rose. Quand il me l'offre, je dois faire un gros effort pour paraître touchée. Il ne peut pas savoir qu'il s'agit de fleurs d'oignons sauvages et qu'elles me rappellent les heures passées à en récolter en compagnie de Gale.

Gale. Mon estomac se noue à l'idée de le revoir. Pourquoi ? Je n'arrive pas à le savoir. J'ai tout de même le sentiment d'avoir menti à une personne qui me faisait confiance. À deux personnes, plus précisément. J'ai pu m'en tirer jusqu'à présent grâce aux Jeux. Mais je ne pourrai plus me cacher derrière les Jeux une fois de retour chez nous.

— Qu'y a-t-il ? me demande Peeta.

— Rien.

Nous continuons à marcher, au-delà de la queue du train, à un endroit où je suis bien certaine qu'il n'y a pas de caméras dissimulées dans les buissons. Mais je ne trouve toujours rien à dire.

Haymitch me fait sursauter en me posant la main sur l'épaule. Même ici, au milieu de nulle part, il nous parle à voix basse.

— Joli travail, tous les deux. Continuez simplement à donner le change jusqu'au départ des caméras. Et nous ne devrions pas avoir d'ennuis.

Je le regarde s'éloigner vers le train. J'évite le regard de Peeta.

— Que voulait-il dire ? me demande Peeta.

— C'est le Capitole. Il n'a pas trop apprécié notre petit numéro avec les baies.

— Quoi ? De quoi est-ce que tu parles ?

— Ça ressemblait trop à un acte de rébellion. Alors, Haymitch m'a conseillée en secret, ces derniers jours. Pour m'éviter d'aggraver la situation.

— Il ne m'a rien dit, à moi, s'indigne Peeta.

— Il savait que tu étais suffisamment intelligent pour comprendre tout seul.

— J'ignorais qu'il y avait quelque chose à comprendre. Donc, tout ce que tu as fait, ces derniers jours, et peut-être même... dans l'arène... c'était une sorte de stratégie mise au point entre vous ?

— Non ! Comment veux-tu que j'aie pu communiquer avec lui dans l'arène ?

— Mais tu savais ce qu'il attendait de toi, pas vrai ? insiste Peeta. (Je me mords la lèvre.) Katniss ?

Il me lâche la main, et je fais un pas en avant, comme pour reprendre l'équilibre.

— Tout ça, c'était uniquement pour les Jeux, dit Peeta. La manière dont tu t'es comportée.

— Pas uniquement, dis-je en me cramponnant à mes fleurs.

— Alors, dans quelle mesure ? Non, laisse tomber. J'imagine que la vraie question, c'est : que va-t-il rester de tout ça, une fois que nous serons rentrés chez nous ?

— Je n'en sais rien. Plus on se rapproche du district Douze, moins je sais où j'en suis.

Il attend que je lui fournisse plus d'explications, mais rien ne vient.

— Eh bien, fais-moi savoir quand tu y verras plus clair, dit-il avec une douleur palpable.

Je sais que mes oreilles sont guéries car, malgré le grondement du moteur, je peux entendre crisser chacun de ses pas jusqu'au train. Le temps que je remonte à bord, Peeta s'est enfermé dans son compartiment pour la nuit. Je ne le vois pas non plus au petit déjeuner. En fait, je ne le revois qu'à notre arrivée au district Douze. Il m'adresse un hochement de tête, le visage inexpressif.

Je voudrais lui dire qu'il est injuste. Que nous étions des étrangers l'un pour l'autre. Que j'ai fait ce qu'il fallait pour rester en vie, pour nous garder en vie tous les deux dans l'arène. Que je ne peux pas lui expliquer où j'en suis avec Gale, car je ne le sais pas moi-même. Qu'il ne sert à rien de m'aimer car je ne me marierai jamais et qu'il finira tôt ou tard par me haïr. Que, si j'ai des sentiments pour lui, peu importe, car je ne serai jamais en mesure d'offrir le genre d'amour qui mène à une famille, à des enfants. D'ailleurs, comment pourrait-il m'aimer ? Après tout ce que nous venons de traverser ?

Je voudrais aussi lui dire qu'il me manque déjà – énormément. Mais ce ne serait pas juste de ma part.

Alors nous restons là, silencieux, à regarder notre vilaine petite gare noire de suie se dresser autour de nous. De l'autre côté de la vitre, le quai croule sous les caméras. Tout le monde semble impatient de nous accueillir.

Du coin de l'œil, je vois Peeta me tendre la main. Je lui adresse un regard hésitant.

— Une dernière fois ? Pour le public ? dit-il.

Il n'y a pas de colère dans sa voix. Elle est neutre, ce qui est pire. Le garçon des pains est déjà en train de m'échapper.

Je lui prends la main et la serre fort, en me préparant pour les caméras, redoutant l'instant où je devrai finalement lâcher prise.

Découvrez dès maintenant
la suite des aventures de Katniss dans

Hunger Games II
L'embrasement

PREMIÈRE PARTIE

L'ÉTINCELLE

Je serre la flasque au creux de mes mains, même si la chaleur du thé s'est dissipée depuis longtemps dans l'air glacé. J'ai les muscles raidis par le froid. Si une meute de chiens sauvages me tombait dessus en cet instant, il y aurait peu de chances que je réussisse à grimper à temps dans un arbre. Il faudrait me lever, marcher un peu, me dégourdir les jambes. Mais je reste immobile, assise sur cette pierre, face à l'aube qui commence à éclairer la forêt. On ne peut pas lutter contre le soleil. Je me contente de l'observer, impuissante, tandis qu'il me précipite dans une journée que j'appréhende depuis des mois.

À midi, tout le monde débarquera chez moi, au Village des vainqueurs. Journalistes et cameramen seront venus en force du Capitole. Il y aura même Effie Trinket, mon ancienne hôtesse. Je me demande si elle aura encore la même perruque rose ridicule, ou si elle aura adopté une autre couleur absurde pour notre Tournée de la victoire. D'autres personnes m'attendront également : du personnel qui sera aux petits soins pendant toute la durée du voyage, une équipe de préparation pour me pomponner lors de mes apparitions publiques ; et mon styliste et ami, Cinna, le créateur de ces tenues à couper le souffle qui m'ont valu d'entrée l'attention du public dans les Hunger Games.

Si cela ne tenait qu'à moi, j'essaierais d'oublier complètement les Jeux. Je n'en parlerais plus jamais. Comme si tout cela n'avait été qu'un mauvais rêve. Mais c'est impossible, à cause de la Tournée de la victoire, qui se déroule, stratégiquement, à mi-chemin entre deux éditions des Jeux. C'est une manière pour le Capitole de raviver et d'alimenter l'horreur au sein des districts. Non seulement sa main de fer se rappelle à nous chaque année, mais on nous oblige à célébrer l'événement. Et, cette fois-ci, je fais partie du spectacle. Je vais devoir voyager d'un district à l'autre, supporter les acclamations de foules secrètement hostiles, contempler le visage des familles dont j'ai tué les enfants...

Comme le soleil persiste à grimper, je me lève à mon tour. Toutes mes articulations protestent. Ma jambe gauche est restée engourdie si longtemps que la circulation sanguine met plusieurs minutes à se rétablir. Je suis dans les bois depuis trois heures, mais, faute d'avoir vraiment chassé, je risque de rentrer bredouille. Cela n'a plus d'importance pour ma mère ni pour ma petite sœur, Prim. Elles ont les moyens d'acheter de la viande chez le boucher, à présent, même si nous aimons toujours autant le gibier. Mais mon ami Gale Hawthorne et sa famille ont besoin de tout ce que je pourrai rapporter. Pas question de les laisser tomber. J'entame le circuit d'une demi-heure le long de notre ligne de collets. Quand nous étions à l'école, nous passions nos après-midi à chasser, à relever nos pièges et à cueillir des fruits ; et il nous restait encore assez de temps pour rentrer faire un peu de troc en ville. Mais, maintenant que Gale travaille dans les mines de charbon, et vu que je n'ai rien d'autre à faire de mes journées, je m'en charge seule.

À cette heure-ci, Gale a sans doute déjà pointé à la mine. Après être descendu dans les profondeurs de la terre à bord d'un ascenseur vertigineux, il doit piocher dans une veine de charbon. Je sais à quoi ressemble une journée, là-dessous. Chaque année, à l'école, notre classe descendait visiter les mines. Gamine, je trouvais cela désagréable, sans plus : les galeries suffocantes, l'air rance, l'obscurité poisseuse… Mais, après la mort de mon père et de plusieurs autres mineurs dans un coup de grisou, je ne voulais même plus grimper dans l'ascenseur. La visite annuelle devenait une source d'anxiété abominable. Deux fois, je m'étais rendue malade par avance au point que ma mère m'avait gardée à la maison, persuadée que j'avais attrapé la grippe.

Je pense à Gale, qui n'est heureux que dans la forêt, avec de l'air frais, du soleil et de l'eau pure. Je ne sais pas comment il fait pour tenir le coup. Enfin… si, je sais. Il serre les dents, parce que c'est la seule manière de nourrir sa mère, ses deux jeunes frères et sa petite sœur. Dire que j'ai de l'argent à la pelle, largement de quoi faire vivre nos deux familles à présent, et qu'il refuse la moindre pièce ! Il rechigne même à accepter la viande que je leur apporte. Pourtant, il aurait sûrement nourri ma mère et Prim, si j'étais morte dans les Jeux. Je lui raconte que je fais ça pour moi, que je deviendrais cinglée à rester assise toute la journée. Néanmoins, je m'arrange toujours pour passer déposer le gibier en son absence. Ce qui n'est pas bien difficile, vu qu'il travaille douze heures par jour.

Je ne le vois vraiment que les dimanches, quand nous nous retrouvons dans la forêt pour chasser ensemble. Ça reste le meilleur jour de la semaine, même si ce n'est plus comme avant, à l'époque où nous nous partagions tout. Même ça, les Jeux l'ont gâché. J'espère sans cesse qu'avec le temps nous pourrons retrouver notre complicité d'autrefois, mais, au fond de moi, je sais que ça n'arrivera pas. On ne revient pas en arrière.

Les collets m'assurent une bonne récolte : je ramasse huit lapins, deux écureuils et un castor, qui s'est empêtré dans une nasse en fil de fer confectionnée par Gale. Gale est le roi des pièges. Il les accroche à des branches repliées qui, quand elles se détendent, hissent le gibier hors de portée des prédateurs ; il sait disposer des rondins en équilibre sur des baguettes fragiles qui se brisent au moindre frôlement, ou tisser des paniers dans lesquels les poissons viennent se prendre. Je relève les pièges l'un après l'autre, en les retendant soigneusement. Je sais que je n'aurai jamais son coup d'œil, son instinct pour deviner avec précision le passage du gibier. C'est plus que de l'expérience. Il a un véritable don. Comme celui qui me permet d'abattre mes proies d'une seule flèche, dans une obscurité quasi complète.

Le temps que je regagne le grillage qui entoure le district Douze, le soleil est déjà haut. Comme toujours, je prends un moment pour écouter, mais on n'entend aucun bourdonnement électrique dans les maillons métalliques. Ce n'est pratiquement jamais le cas, même si le grillage est censé rester sous tension en permanence. Je me faufile par-dessous et je débouche dans le Pré, à quelques pas de mon ancienne maison. Nous avons pu la conserver car, officiellement, c'est toujours là qu'habitent ma mère et ma sœur. Si je mourais aujourd'hui, elles seraient obligées d'y retourner. Mais, pour l'instant, elles profitent de ma nouvelle maison au Village des vainqueurs, et je suis la seule à me servir de cette minuscule bicoque où j'ai grandi. Il n'y a que là que je me sente vraiment chez moi.

Je m'y rends pour me changer. Troquer le vieux blouson en cuir de mon père contre une veste de laine fine un peu trop serrée aux entournures. Enlever mes bottes de chasse assouplies par les ans pour enfiler une coûteuse paire de souliers, que ma mère juge plus appropriée pour quelqu'un de mon statut. J'ai déjà caché mon arc et mes flèches dans un tronc creux dans la forêt. Bien que je ne sois pas en avance, je m'attarde quelques minutes dans la cuisine. Avec son poêle éteint et sa table sans nappe, l'endroit a l'air abandonné. Je regrette un peu notre ancienne vie. Nous avions du mal à joindre les deux bouts mais, au moins, je savais où me situer, je me sentais à ma place. Je donnerais cher pour la retrouver. Avec le recul, j'étais beaucoup plus en sécurité que maintenant, où je suis riche, célèbre et haïe par les autorités du Capitole.

Un miaulement m'appelle à la porte de derrière. Je vais ouvrir à Buttercup, le vieux matou de Prim. Il déteste presque autant que moi notre nouvelle maison. Dès que ma sœur part à l'école, il en profite pour se sauver. Nous qui n'avons jamais été fous l'un de l'autre, voilà qui nous rapproche. Je le laisse entrer, je lui glisse un bout de lard de castor, je le caresse même un moment entre les oreilles.

— Tu es vraiment vilain, tu sais ? dis-je. (Buttercup quémande encore quelques caresses, mais il faut partir.) Allez, amène-toi.

Je l'attrape sous le ventre, je m'empare de ma gibecière et je sors de la maison. Le chat m'échappe et disparaît sous un buisson.

Mes souliers me font mal aux pieds, tandis que je m'éloigne le long de la rue charbonneuse. En coupant par les ruelles et les arrière-cours, j'arrive chez Gale en quelques minutes. Sa mère, Hazelle, m'aperçoit par la fenêtre. Elle est penchée au-dessus de l'évier de la cuisine. Elle s'essuie les mains sur son tablier et vient m'ouvrir à la porte.

J'aime bien Hazelle. J'ai du respect pour elle. Le coup de grisou qui a emporté mon père a également tué son mari, la laissant seule avec trois garçons et une petite fille sur le point de naître. Moins d'une semaine après son accouchement, elle cherchait du travail. Hors de question qu'elle aille à la mine, pas avec un bébé aussi petit, mais elle a convaincu certains commerçants fortunés de lui confier leur lessive. À quatorze ans, Gale, l'aîné de ses fils, est devenu le principal soutien de la famille. Il avait pris des tesserae, qui leur rapportaient un peu de blé et d'huile en échange d'inscriptions supplémentaires au tirage au sort de la Moisson. Sans compter qu'à l'époque c'était déjà un excellent chasseur. Mais ça n'aurait pas suffi à faire vivre une famille de cinq personnes si Hazelle n'avait pas résolu de s'user les doigts jusqu'à l'os sur sa planche à laver. En hiver, ses mains devenaient tellement rouges et gercées qu'elles saignaient à la moindre occasion. Mais Hazelle et Gale se sont juré que les enfants, Rory, douze ans, Vick, dix ans, et la petite Posy, quatre ans, ne prendraient jamais aucun tessera.

Hazelle sourit devant mon tableau de chasse. Elle empoigne le castor par la queue.

— Ça va faire un bon ragoût.

Contrairement à Gale, notre arrangement ne lui pose aucune difficulté.

— Et la fourrure est intacte, fais-je remarquer.

Je trouve agréable de me trouver là avec Hazelle. De discuter des mérites de mon gibier, comme nous l'avons toujours fait. Elle me sert un bol de tisane brûlante, sur lequel je réchauffe, avec reconnaissance, mes doigts gelés.

— Vous savez, à mon retour de tournée, je me disais que je pourrais peut-être emmener Rory avec moi, quelquefois. Après l'école. Pour lui apprendre à tirer.

Hazelle hoche la tête.

— Ce serait bien. Gale avait l'intention de le faire, mais il n'a que ses dimanches, et je crois qu'il préfère te les réserver.

Je ne peux pas m'empêcher de rougir. C'est absurde, bien sûr. Hazelle me connaît mieux que personne. Elle sait parfaitement ce que je partage avec Gale. Je suis sûre que tout le monde nous imaginait déjà mariés, lui et moi, même si l'idée ne m'avait jamais effleurée. Mais c'était avant les Jeux. Avant que mon partenaire, Peeta Mellark, annonce qu'il était fou de moi. Notre relation est devenue un élément-clé de notre stratégie de survie dans l'arène. Sauf qu'il ne s'agissait pas uniquement de stratégie pour Peeta. En ce qui me concerne, je ne sais pas. Je sais seulement que Gale a eu du mal à l'encaisser. J'ai la gorge qui se noue quand je pense que, pendant la Tournée de la victoire, Peeta et moi allons devoir recommencer à jouer les amoureux.

Je termine ma tisane trop chaude et me lève de table.

— Je ferais mieux d'y aller. Je dois encore me rendre présentable pour les caméras.

Hazelle me serre dans ses bras.

— Profite de la nourriture.

— Comptez sur moi, dis-je.

Mon étape suivante est la Plaque, où j'avais l'habitude de revendre le gros de ma récolte. C'est un ancien entrepôt à charbon désaffecté depuis des années. Toutes sortes de commerces illégaux s'y sont installés, donnant naissance à un véritable marché noir. Vu les malfrats qu'il attire, l'endroit est fait pour moi, je suppose. Le braconnage aux alentours du district Douze enfreint une bonne douzaine de lois. C'est passible de la peine de mort.

On ne m'en parle jamais, mais j'ai une dette envers les habitués de la Plaque. Gale m'a raconté que Sae Boui-boui, la vieille marchande de soupe, a lancé une collecte pour nous aider, Peeta et moi, pendant les Jeux. Au départ, ça devait concerner seulement la Plaque, mais beaucoup de gens en ont entendu parler et ont tenu à participer. J'ignore combien elle a récolté exactement, mais je sais que, dans l'arène, le moindre don atteignait un prix exorbitant. En tout cas, ça fait partie des éléments qui m'ont permis de survivre.

J'éprouve toujours une curieuse sensation en poussant la porte avec une gibecière vide, sans rien à négocier, avec le poids de ma bourse pleine contre ma hanche. J'essaie de m'arrêter à tous les stands, de répartir mes achats de café, de petits pains, d'œufs, de fil ou d'huile. Dans la foulée, j'achète aussi trois bouteilles d'alcool pur à une manchote du nom de Ripper, une victime d'un accident de mine qui a eu suffisamment de jugeote pour trouver ce moyen de rester en vie.

L'alcool n'est pas pour ma famille, mais pour Haymitch, qui nous a servi de mentor, à Peeta et à moi, au cours des Jeux. Il est acariâtre, brutal et, la plupart du temps, soûl comme un cochon. Mais il a tenu son rôle – et même mieux que ça –, car, pour la première fois de l'histoire, deux tributs ont pu gagner. Alors peu importe son caractère, j'ai une dette envers lui également. Et pour toujours. Je pense à lui parce que, quelques semaines plus tôt, il s'est trouvé à court d'alcool et n'a pu s'en procurer nulle part ; il était en manque. Il tremblait, il hurlait de terreur devant des monstres qu'il était seul à voir. Il a flanqué la frousse à Prim et, franchement, ce n'était pas drôle pour moi non plus de le découvrir dans cet état. Alors, depuis, je me constitue une petite réserve en prévision de la prochaine pénurie.

Cray, notre chef des Pacificateurs, fronce les sourcils en me voyant avec mes bouteilles. C'est un homme entre deux âges, avec quelques mèches grisonnantes plaquées sur le côté de son visage rubicond.

— Ce truc est trop fort pour toi, petite.

Il sait de quoi il parle. Hormis Haymitch, Cray est le pire ivrogne que je connaisse.

— Oh, c'est pour ma mère, dis-je avec indifférence. Pour ses remèdes.

— C'est sûr que ça élimine n'importe quel microbe, admet-il avant de poser à son tour une pièce sur l'étal.

En arrivant au stand de Sae Boui-boui, je me hisse sur le comptoir et lui commande un bol de soupe. On dirait un mélange de calebasse et de fayots. Un Pacificateur du nom de Darius vient s'en acheter un bol, lui aussi, pendant que je mange. C'est l'un de mes préférés. Pas le genre à rouler des mécaniques, toujours prêt à plaisanter. Il doit avoir une vingtaine d'années mais ne paraît pas vraiment plus vieux que moi. Quelque chose dans son sourire, dans ses cheveux roux en bataille, lui donne une allure presque enfantine.

— Tu n'as pas un train à prendre ? me demande-t-il.

— Si. On passe me chercher à midi.

— Tu vas vraiment y aller comme ça ? Sans rien, sans même un ruban dans tes cheveux ?

Il donne une pichenette dans ma natte. Je repousse sa main avec un sourire.

— Ne vous en faites pas. Quand ils en auront fini avec moi, je serai méconnaissable.

— Bien, approuve-t-il. Faisons un peu honneur au district pour changer, mademoiselle Everdeen. D'accord ?

Il secoue la tête avec une commisération feinte, puis part rejoindre ses amis.

— Il faudra penser à me rapporter ce bol ! lui lance Sae Boui-boui en rigolant.

Elle se tourne vers moi.

— Gale t'accompagne à la gare ? me demande-t-elle.

— Non, il ne figure pas sur la liste. Mais je l'ai vu dimanche.

— Tiens ? Je croyais qu'on l'aurait inscrit. Vu que c'est ton cousin et tout ça, me dit-elle avec un clin d'œil.

Encore un élément du mensonge concocté par le Capitole. Voyant Peeta et moi rester parmi les huit derniers dans les Hunger Games, des journalistes sont venus tourner un reportage sur nous. Quand ils ont voulu rencontrer mes amis, tout le monde les a adressés à Gale. Mais ça ne convenait pas, ça ne cadrait pas avec la comédie romantique que je jouais dans l'arène. Gale était trop beau, trop viril, pas du tout disposé à sourire ni à se montrer aimable devant la caméra. C'est vrai qu'on a un air de famille, par contre. On voit qu'on vient de la Veine, tous les deux. Les cheveux bruns et raides, le teint mat, les yeux gris. Alors, un petit malin a décidé d'en faire mon cousin. Je l'ai appris à mon retour, sur le quai de la gare, quand ma mère m'a dit : « Ton cousin est très impatient de te revoir ! » Et j'ai vu Gale, Hazelle et tous les enfants qui m'attendaient. Je n'ai pas eu d'autre solution que de jouer le jeu.

Sae Boui-boui sait que nous n'avons aucun lien de parenté, mais d'autres, qui nous connaissent pourtant depuis des années, semblent l'avoir oublié.

— Vivement que tout ça se termine, je murmure.

— Je te comprends, compatit Sae Boui-boui. Mais tu ne peux pas y échapper. Autant ne pas te mettre en retard…

Une neige légère commence à tomber tandis que je me dirige vers le Village des vainqueurs. Il se dresse à six cents mètres à peine de la grand-place, mais on dirait qu'il fait partie d'une autre planète. C'est un quartier distinct, bâti autour d'une pelouse verdoyante avec des massifs de fleurs. Il compte douze maisons, chacune dix fois plus grande que celle dans laquelle j'ai grandi. Neuf sont vides depuis toujours. Les trois autres sont occupées par Haymitch, Peeta et moi.

Une atmosphère chaleureuse se dégage des deux maisons habitées par ma famille et par celle de Peeta. On voit de la lumière aux fenêtres, de la fumée au-dessus de la cheminée, des épis de maïs peints de couleurs vives, accrochés à la porte comme décoration pour la fête des Récoltes. En revanche, malgré le travail des jardiniers, un sentiment d'abandon et de négligence suinte de la maison d'Haymitch. Je marque une courte pause sur le seuil, pour me préparer à ce qui m'attend, puis j'entre.

Je fronce aussitôt le nez avec dégoût. Haymitch refuse de prendre une femme de ménage, et lui-même ne manie pas le balai bien souvent. Au fil des ans, la puanteur est devenue effroyable, un mélange d'alcool et de vomi, de chou bouilli, de viande brûlée, de linge sale et de crottes de souris. J'en ai les larmes aux yeux. Je marche sur des papiers d'emballage, des débris de verre et des os de poulet pour arriver jusqu'à la pièce où je suis sûre de trouver Haymitch. Il est assis dans la cuisine, les bras en croix sur la table, le nez dans une flaque d'alcool, en train de ronfler.

Je lui secoue l'épaule.

— Debout ! dis-je d'une voix forte. J'ai appris qu'il n'existe aucun moyen plus délicat de le réveiller.

Ses ronflements s'interrompent brièvement, avant de reprendre de plus belle. Je le secoue plus fort.

— Allez, Haymitch ! C'est le jour de la Tournée !

J'ouvre la fenêtre à moitié bloquée et je respire l'air frais à pleins poumons. Du bout du pied, je fouille parmi les détritus qui jonchent le sol. Je finis par dégager une cafetière en fer-blanc, que je remplis à l'évier. Le poêle n'est pas complètement éteint ; à force de souffler sur les derniers charbons rougeoyants, je fais repartir la flamme. Je verse un peu de café dans le pot, de quoi préparer un breuvage à réveiller un mort, et je mets le tout à bouillir sur le poêle.

Haymitch ne s'est toujours pas réveillé. Voyant que rien d'autre ne marche, je remplis une bassine d'eau froide et la lui renverse sur le crâne, avant de m'écarter précipitamment. Un cri guttural lui échappe. Il se dresse d'un bond, envoie promener sa chaise d'un coup de pied et fend l'air devant lui avec sa lame. J'avais oublié qu'il s'endort toujours le couteau à la main. J'aurais dû le lui ôter, mais j'avais d'autres soucis en tête. Lâchant un chapelet de jurons, il continue à brasser de l'air un moment, puis finit par reprendre ses esprits. Il s'essuie le visage avec sa manche et se tourne vers moi, perchée sur l'appui de la fenêtre – au cas où j'aurais besoin de sortir rapidement.

— Qu'est-ce que tu fiches ici ? bredouille-t-il.

— Vous m'avez demandé de vous réveiller une heure avant l'arrivée des journalistes, je lui rappelle.

— Hein ?

— C'est vous qui avez insisté.

Il semble retrouver la mémoire.

— Pourquoi suis-je tout mouillé ?

— Pas moyen de vous réveiller autrement, dis-je. Écoutez, si c'est une nounou que vous vouliez, vous auriez dû demander à Peeta.

— Me demander quoi ?

En entendant la voix de Peeta, je sens toutes sortes d'émotions désagréables m'envahir – comme la culpabilité, la tristesse et la peur. Avec une pointe de désir. Je veux bien admettre qu'il y a un peu de ça aussi. Sauf que c'est largement noyé par tout le reste.

Je regarde Peeta marcher jusqu'à la table. Le soleil qui rentre par la fenêtre fait scintiller quelques flocons de neige dans ses cheveux blonds. Il est en pleine forme, sans rien de commun avec le garçon amaigri et brûlant de fièvre que j'ai connu dans l'arène. On remarque à peine qu'il boite. Il pose une grosse miche de pain frais sur la table et tend la main à Haymitch.

— Te demander de me réveiller sans me refiler une pneumonie, grommelle Haymitch en lui donnant son couteau.

Notre ancien mentor arrache sa chemise sale, dévoilant un maillot de corps tout aussi douteux, et s'en frotte le visage.

Peeta sourit. Il ramasse une bouteille par terre, verse un filet d'alcool sur la lame du couteau d'Haymitch et l'essuie soigneusement sur un pan de sa chemise. Puis il coupe le pain. Peeta est notre boulanger attitré. Je chasse. Il fait du pain. Haymitch boit. Chacun d'entre nous s'occupe à sa manière, pour chasser le souvenir des Jeux. Quand il tend le croûton à Haymitch, il se tourne vers moi.

— Tu en veux un morceau ?

— Non, j'ai déjà mangé à la Plaque. Merci quand même.

Je ne reconnais pas ma voix, tellement elle est guindée. Comme chaque fois que je m'adresse à Peeta depuis que les caméras ont cessé de filmer notre retour heureux et que nous avons pu reprendre le cours normal de nos vies.

— Pas de quoi, dit-il avec raideur.

Haymitch jette sa chemise en boule dans un coin.

— Brrr. Il va falloir vous échauffer un peu avant le lever de rideau, tous les deux.

Il a raison, bien sûr. Le public s'attend à retrouver le couple d'amoureux qui a remporté les Hunger Games. Et non deux étrangers qui peuvent à peine se regarder en face. Mais tout ce que je trouve à dire, c'est :

— Allez donc prendre un bain, Haymitch.

Puis je balance mes jambes par la fenêtre, me laisse tomber

à l'extérieur et me dirige vers chez moi, de l'autre côté de la pelouse.

La neige commence à tenir, et je laisse une série d'empreintes derrière moi. Parvenue à la porte, je prends le temps de m'essuyer les pieds avant d'entrer. Ma mère a travaillé jour et nuit pour rendre la maison impeccable en prévision des caméras. Ce n'est pas le moment de salir son parquet. À peine ai-je posé le pied à l'intérieur qu'elle se précipite vers moi et me retient par le bras.

— Ne t'inquiète pas, je me déchausse, dis-je en enlevant mes souliers sur le paillasson.

Ma mère lâche un drôle de petit rire avant de me débarrasser de ma gibecière remplie de provisions.

— Bah, ce n'est que de la neige. Tu as fait une bonne promenade ?

— Une promenade ?

Elle sait pourtant que j'ai passé la moitié de la nuit dans la forêt. C'est alors que j'aperçois un homme, debout dans l'embrasure de la porte de la cuisine. Un seul coup d'œil à son costume fait sur mesure, à ses traits ciselés par la chirurgie, m'indique qu'il est du Capitole. Quelque chose ne va pas.

— J'ai failli me rompre le cou. Ça glisse comme une patinoire, dehors.

— Tu as de la visite, m'annonce ma mère.

Son visage est livide, et sa voix trahit une anxiété mal dissimulée. Je fais mine de ne rien remarquer.

— Je croyais qu'ils n'arrivaient pas avant midi ? Est-ce que Cinna est venu en avance pour m'aider à me préparer ?

— Non, Katniss, c'est... commence ma mère.

— Par ici, s'il vous plaît, mademoiselle Everdeen, l'interrompt l'homme.

Il me fait signe de le précéder dans le couloir. C'est un

peu curieux de se faire commander comme ça chez soi, mais je préfère garder mes commentaires pour moi.

Au passage, j'adresse un sourire rassurant à ma mère.

— Probablement des instructions de dernière minute pour la tournée.

On m'a déjà envoyé toutes sortes de documents concernant notre itinéraire, ainsi que le protocole à respecter dans chaque district. Mais, tout en me dirigeant vers la porte du bureau, que je vois fermée pour la première fois, je sens mon esprit s'emballer. « Qui est là ? Que me veut-on ? Pourquoi ma mère est-elle aussi pâle ? »

— Entrez, me dit l'homme du Capitole, qui m'a suivie dans le couloir.

Je tourne la poignée en laiton et j'entre. Mes narines hument des senteurs de rose et de sang. Un petit homme aux cheveux blancs, à l'allure vaguement familière, est penché sur un livre. Il lève un doigt, comme pour dire : « Accorde-moi une minute. » Puis il se retourne vers moi, et je me fige sur place.

Je reste pétrifiée sous le regard de serpent du président Snow.

Cet ouvrage a été composé par
PCA – 44400 REZÉ

Impression réalisée sur Presse Offset par

Normandie Roto Impression s.a.s., à Lonrai (Orne)
en novembre 2011
N° d'impression : 114224

Dépôt légal : septembre 2011

Suite du premier tirage : novembre 2011

Imprimé en France

12, avenue d'Italie
75627 PARIS Cedex 13